JN328439

高榮蘭　*Ko Youngran*

「戦後」という イデオロギー

歴史／記憶／文化

藤原書店

「戦後」というイデオロギー——歴史／記憶／文化

目次

第Ⅱ部　記憶をめぐる抗争

「戦後」というイデオロギー——歴史／記憶／文化

凡　例

一　引用文の表記は、旧仮名遣いは原文のまま、カタカナはひらがなに、漢字は新漢字とした。

一　特に明示していない場合、引用中の傍点およびルビは引用者による。

一　特に明示していない場合、引用文の日本語訳は引用者による。

一　今日では適切でない表現が見られるが、時代の制約を映しているものとして原文通りとした。

はじめに——日本（語）の八月

一九九四年八月は、日本で過ごした初めての夏であった。未だに忘れられない衝撃を受けた暑い八月であった。六日は広島、九日は長崎に原爆が落とされたこと、連合軍の大空襲、沖縄戦などについては歴史的知識として知っていた。しかし、沖縄戦の悲惨な状況、原爆の惨状、空襲の焼跡などがテレビ画面に映し出されるたび、「日本」で死んでいた人々に対する自分の想像力のなさに気づき、がっくりしたことをよく覚えている。

韓国で蓄積された、戦争をめぐる私の記憶は間違いだったのだろうか？　日本のテレビ・映画・新聞をいくら眺めても、韓国の八月に召還されるような残虐な日本軍人は何処にもいない。家族を軍隊に送らなければならなかった、引き上げの悲惨な体験をした、空襲に堪えなければならなかった、かけがえのない肉親を失った「日本国民」の悲しみに満ちた声だけが聞こえる。その後、一五回の八月を東京で過ごしているが、広島、長崎、終戦の儀式の間に、「日本人」が如何に大変な時代を過ごしたかを丁寧に描くドラマは、主役を変え、音楽を変え作り続けられている。しかも、そこは、「我々＝日本人」の悲しみに満ちた空間であり、このような戦争の記憶を共有しない他者が入る隙間などないのである。

一九四五年八月一五日を起点として作られた「戦後」。その「戦後」というバイアスを通して編成される記憶は、アメリカとの戦争、しかも日本の「終戦」物語に符合するものに限られる。日本が植民地を広げていた時期、戦争に勝利をしていた時期にまで「戦後」の想像力が及ぶことはないのである。[1]

例えば、二〇〇八年一一月には、BC級戦犯を扱った『私は貝になりたい』が、中居正広と仲間由紀恵主演でリメイクされた。私が来日した一九九四年に、所ジョージ主演で、TBSによるドラマ化がなされて以来のことである。これまで三回の映画化・ドラマ化の際には、一九五八年の橋本忍の脚本をもとにしてきたが、[2]今回の映画化のために、橋本は脚本を書き直したという。よく知られている通り、一九五八年のフランキー堺主演のドラマ（芸術祭大賞）は、TBSが自社のホームページに「戦後の平和論争を揺るがしたテレビ史上最大の話題作」「日本のテレビドラマのエポックメーキングとなった」とまで記すほど非常に好評で、翌年には映画化されている。また、一九九四年のドラマは、日本民間放送連盟賞ドラマ番組部門優秀賞、放送文化基金賞ドラマ番組部門奨励賞、日本テレビ技術協会賞（照明）を受賞したことからわかるように、作品自体に対する評価も極めて高かった。TBSでは、映画公開に先立つイベントの一環として、二〇〇八年八月一四日に、一九五八年のドラマを、八月一五日には、一九九四年のドラマを再放送した。

橋本の脚本において主人公である「田舎の平凡な理髪店主人」（ＴＢＳホームページ）清水豊松の日常は、赤紙によって奪われてしまう。しかも、彼は、日本が侵略し、多くのアジアの「敵」（民間人を含む）や、連合軍と直に対面しながら、激しい戦闘を行った「外地ではなく、本土防衛の為に編成された中部軍・第三方面の部隊[3]」に配属される。日本の本土に深刻な打撃を与えた空襲の際に撃墜されたＢ29の米兵の捕虜の刺殺を、上官から命じられるが、豊松は腕にしか刺さらなかったと主張する。結局、彼は、戦犯として処刑されてしまう。[4]その処刑の場面、とりわけ、フランキー堺演じる主人公が、絞首台の一三階段を上り「私は貝になりたい」という声が響くラストシーンは、有名である。このフレーズは、一九五八年当時、流行語にさえなったのだが、そこには「当時の日本人の気分にフィット」した「被害者意識への退行と〈ＢＣ級戦犯釈放運動〉」に通底する回路があったのは確かであろう。[5]

実際、主人公が、「平凡な」日常から強制的に切り離され、上官に無理強いされる行為は、処刑判決が如何に理不尽であるかを際だたせることになる。しかも、主人公のキャラクターは、喜劇俳優であったフランキー堺、九四年当時、好感度ランキングの常連であった所ジョージ、スマップのリーダーでバラエティ番組の人気者、中居正広の親しみやすいイメージと接合されるだろう。このドラマを見て、主人公である清水豊松から、軍人の「戦争犯罪」という言葉を連想する視聴者はあまり多くはないだろう。すなわち、「心地よい涙を流して共感した『庶民』は、自分たちは戦争の被害者であり責任はどこか外にあるのだと心から納得する[6]」ことが出来るというのだ。鳥羽耕史は、一九五八年の公開直後から『私は貝になりたい』が国民的ドラマとして神話化されてきたプロセスは、ほぼ同時代に公開された朝鮮人戦犯が登場する『壁あつき部屋』(安部公房のシナリオ、小林正樹監督、一九五六年)が、「葬られ」排除されてしまった過程とパラレルな関係にあることを指摘している。[7]

一九九〇年代以後、本格化した「日本の〈加害の歴史〉」の再編成、例えば「慰安婦問題、毒ガス・細菌兵器の使用などの〈隠された戦争犯罪〉、昭和天皇の戦争責任などへの関心は、しばしば、冷戦期におけるアメリカの対アジア政策への批判と表裏一体」をなしているのは確かである。しかも「東京裁判が不問に付した植民地支配のような〈裁かれなかった犯罪〉」の前景化は、「欧米の帝国主義支配や植民地主義への批判[8]」と連動しているのである。

ただ、『私は貝になりたい』のようなドラマ、とりわけ戦争の記憶をめぐるドラマの文法は、連合国・アメリカへの批判を強めるベクトルが作動する場においても、日本の植民地主義をめぐる記憶の召還を許さない。例えば、五八年のドラマ『私は貝になりたい』は、東条英機がA級戦犯として死刑を宣告された東京裁判の記録映像から始まる。このような配置は、罪深いA級戦犯に対し、無力なBC級戦犯としての主人公豊松の悲劇を際立たせる。それに対し、二〇〇八年の映画ではその場面が削除され、連合軍による裁判の理不尽さだけが目立つ構図になっているのである。もちろん、「われわれ」の記憶編成にノイズを加える要素、すなわち旧植民地を示す記号はどこにも見られない。

それは、一九九一年八月一五日に放映されたNHKスペシャル『アジアと太平洋戦争(四)チョウ・ムンサンの遺書――シンガポールBC級戦犯裁判[9]』とは明らかに違う構図である。タイ・ミャンマーの間を結ぶ泰緬鉄道の建設に、イギリス、オーストラリアの捕虜が駆り出され、多くの犠牲者が出たのはよく知られている。その捕虜収容所の監視員であった趙文相(チョウ・ムンサン)は、捕虜にビンタをはったことを問われ、死刑判決を受けた。二〇〇七年八月の『現代思想』誌「特集 東京裁判とは何か」に掲載された「東京裁判が作った戦後日本」は、一九八二年に刊行された『朝鮮人BC級戦犯の記録』(勁草書房)の著者である内海愛子、そして小森陽一と成田龍一による鼎談である。鼎談は内海の活動や研究を軸に進められ、戦争裁判をめぐる議論に、植民地の問題が欠落していることが浮き彫りになってゆく。ここで内海は、朝鮮人戦犯が日本政府からも韓国政府からも補償の対象外にされたこと、しかも、「刑は日本人と等しくうけることを強制」されながら、「援護は日本人ではないと排除」されてきたことを批判的に語っている。

他方で、植民地を日本という領土の地図に位置づけ、総力戦を行った「日本帝国」という亡霊は、現在の韓国においてどのように前景化されているのだろうか。韓国では、例えば、二〇〇八年四月二九日に、民族問題研究所と親日人名辞典編纂委員会から、「親日」に関わった四七七六名の名簿が公開された。編纂委員長によれば、一九〇五年に伊藤博文の主導で強制的に締結された「韓日協商条約」から独立までの間、日本の国権侵略、植民地統治、侵略戦争に協力し、我が民族に身体的・物理的被害を与えたと判断された人々の中から、厳密な調査を行い、対象者を選んだ」という。その名簿には、朴正熙元大統領や、本書の第Ⅱ部で扱う『東亜日報』と『朝鮮日報』の社主、舞踊家・崔承喜(チェ・スンヒ)らが含まれている。周知の通り、韓国で「親日派」といわれる人々の多くは、朝鮮人の戦争動員など、日本が行った戦争への協力について問われている。韓国の政治的社会的状況、日本と韓国の関係により、何処までを「親日」行為と見なすべきかをめぐる論議は絶えないものの、日本の行った戦争は、植民地朝鮮の戦争でもあったのであり、その「過去」をめぐる係争そのものが終わることはないのである。

ここで、冷静に考えてみると、原爆の被害に苦しんでいる広島にも長崎にも、空襲を受けた東京にも、沖縄にも、植民地から動員された人、移動してきた人が住んでいたはずである。そして、軍人を送った以上、日本軍と殺し合い、敗退した大陸や島々での敵や、日本軍によって殺された民間人が間違いなく存在する。だとすれば、日本帝国は、無力な「我々」の頭の上に爆弾を落とすアメリカという大きな「敵」とだけ戦ったわけではないはずである。

日本の八月の特番でそれらのことが前景化されることがあまりないのは何故だろうか。どこで何が捻れてしまったのか。本書は、その些細な疑問から始まったものである。

＊　＊　＊

本書は全三部構成である。各章で扱うテクストや出来事の配置は、日露戦争前後―アジア・太平洋戦争―占領期という流れになっているが、通史的手法をとっているわけではない。むしろ一九四五年から五五年までの間に近代の記憶がいかに再編され、それが日韓国交正常化、ベトナム戦争、冷戦崩壊、九・一一という言葉に遭遇することによって、どのような衝突と再編を繰り返したのかについて注目したものである。

記憶は断絶されるものでも、継続されるものでもなく、歴史的・社会的コンテクストと交渉しながら再編を繰り返すものではないだろうか。日本語には、さまざまな記憶の破片が、まるでノイズのように刻まれている。一九四五年以後、流通している「戦後」という言葉によってどのような遠近法が働くことになったのか。

本書のタイトルに「戦後」という言葉が使用されているが、全編を通して「戦後」という言葉の意味内容が提示されないことに戸惑いを感じる読者もいるのではないだろうか。注目すべきは、「戦後」という言葉の空白性である。行政の場で「外国人」として登録されて以来、自分の誕生日すらも「昭和」という年号によって計算され、登録されてしまう法的言語の暴力を経験する過程で時間軸の問題を強く意識せざるを得なかった。「戦後」という言葉に対する戸惑いも同じである。来日直後、韓国語の記憶が刻まれている私の日本語において、「戦後」という言葉が喚起する風景が「朝鮮戦争」であったために、正しい言葉の意味の獲得を強いられているような感覚に陥ったことがある。所与の前提として与えられているにもかかわらず、「戦後」の意味はいまだに分らずじまいである。

本書は、「戦後」という言葉の空白性が充填される瞬間＝歴史的記憶に亀裂が垣間見られる瞬間に注目し、記憶の再編が如何に行われているのかについて分析したものであり、「戦後」に新たな意味内容を充填しているわけではない。「戦後」という言葉には、「アメリカ」「アジア」という言葉の駆け引きが見られる。とりわけ「植民地」という記号の消費は著しいが、「植民地」が必ずしも帝国日本の支配を受けた旧植民地を意味しているわけではないことに注意すべきである。

「戦後」という言葉と交渉する過程で編成される歴史的記憶は、一九四五年から五二年まで続いた

GHQ占領の記憶によって作られた、強いアメリカ対弱い日本（植民地・日本）という枠組みから自由だとは言いにくい。戦後あるいはイデオロギーという言葉と最も無縁に思える阿部和重の長編小説『シンセミア』（二〇〇三、朝日新聞社）すらも、九・一一以後に再編される占領の記憶、いわば「植民地・日本」という表象と補完関係におかれてしまう。「弱い日本」─「平和なニッポン」幻想はつねに旧植民地の記憶との抗争を繰り広げてきたのではないか。

本研究の狙いは、「戦後」のかわりに「ポストコロニアル」という枠組みから、日本の近代へアクセスするのではなく、むしろそれらの言説の交錯に注目することにある。ポストコロニアルという言葉を媒介に過去の植民地支配の記憶が、「戦後」に新たなノイズとして作用しているのは確かである。冷戦崩壊以後、双方の言説が交錯する過程で生じた記憶の抗争がそれである。その過程で浮上してきたのが「抵抗」をめぐる言説であろう。

現在のナショナル・アイデンティティに基づく線引きによって出現する遠近法的構図を警戒しながら、近代における抵抗と連帯の言説が如何に編成されていたのかについて考えてみたい。それは、私自身が置かれている複雑な社会的コンテクストを相対化し、自分自身のアイデンティティがどのように構成されるのかを問い続ける作業にもなるだろう。

注

（1）　佐藤卓己は『八月一五日の神話──終戦記念日のメディア学』（二〇〇五、ちくま新書）において、「国民、一般が八月一五日を終戦記念日と感じる根拠」（傍点原文）とは、一九六三年五月一四日に第二次池田勇人内閣で閣議決定された「全国戦没者追悼式実施要綱」によるものではないという。その意味において、「〈八・一五終戦特別番組〉として企画されたドラマや劇映画をお茶の間で観て育った」という一九六〇年生まれの佐藤が、「マスメディアによって八月に集中的に行われる〈終戦報道〉」によって、「八・一五＝終戦」神話の自明化のプロセスを詳細に論じているのは、非常に興味深いことである。

（2）橋本の脚本は、加藤哲太郎「狂える戦犯死刑囚」を元に、理論編集部編『壁あつき部屋――巣鴨BC級戦犯の人生記』（一九五三、理論社）、飯塚浩二『あれから七年』（一九五三、光文社）、巣鴨遺書編纂会編『世紀の遺書』（一九五三、巣鴨遺書編纂会）などの手記をコラージュしたものであるという。鳥羽耕史「映像のスガモプリズン――『壁あつき部屋』と『私は貝になりたい』」（『現代思想』二〇〇七・八、青土社）を参照。

（3）ここでは、あえて、二〇〇八年度一一月公開の映画の公式ホームページに掲載された「ストーリー」から引用した。（http://www.watashi-kai.jp/story.html）なお、ここで引用する二〇〇八年版の映画については、朝日文庫（二〇〇八）に収録された脚本『私は貝になりたい』を参照した。

（4）二〇〇七年八月二四日、日本テレビでは、TBSにおける橋本の脚本に距離を置きながら、原作『私は貝になりたい――あるBC戦犯の叫び』（加藤哲太郎、一九九四、春秋社）を前景化させる形で、終戦記念特別ドラマを制作している。

（5）桜井均『テレビは戦争をどう描いてきたか』（二〇〇五、岩波書店、四九頁）。

（6）鳥羽耕史（前掲）。

（7）また、鳥羽は、これらの映像が、「死者とされた生者の声を代弁＝収奪することからはじめられた」こと、すなわち、BC級戦犯の手記が、本人の生死にかかわらず遺書として読まれたことについて興味深い分析を示している。

（8）ジャック・チョーカー『歴史和解と泰緬鉄道――英国人捕虜が描いた収容所の真実』（根本尚美訳、二

〇〇八、朝日新聞出版、二二二頁）の小菅信子「解説」を参照。
（9）このドキュメンタリーについては、桜井均『テレビは戦争をどう描いてきたか』（前掲、三六九〜三七六頁）を参照。

第Ⅰ部　戦後というバイアス

第1章　幸徳秋水と平和的膨張主義

二〇世紀の幕が切って落された一九〇一年、「日本」における帝国主義を新たな世紀の「怪物」として形容した書物が登場した。

> 我国民を膨張せしめよ、我版図を拡張せよ、大帝国（グレーターエムパイア）を建設せよ、我国威を発揚せよ、我国旗をして光栄あらしめよ、是（こ）れ所謂帝国主義者（イムペリアリスト）の喊声（かんせい）也。彼等が自家の国家を愛するや深し。（ルビ原文）

「世界の平和と自由と平等を願う」この本の著者、幸徳秋水は、二〇世紀が世界的な「帝国主義の流行」の只中で迎えられたことを憂えていた。中国は「義和団戦争」中であった一九〇〇年八月一四日、日・英・米・露・独・仏・伊・墺の八か国の連合軍によって北京が陥落し、日本の内部でも清国の処理をめぐる議論が交わされていた。『廿世紀之怪物帝国主義』（一九〇一、警醒社書店、以下『帝国主義』と略す）

が刊行された時期、日本は、欧米の脅威に怯えていた位置から、連合八か国の中に名を連ねるに至ったのである。また、一九〇〇年代に入ってからは、日露戦争に勝利することによって、朝鮮の領有に向かう日本帝国の侵略・膨張路線が本格化していた。同じ時期、日本で活動をはじめていた社会主義者は、戦争による膨張に反対し、「非戦」の立場を強く打ち出すことによって注目される。

よく知られているように、幸徳秋水や堺利彦らが社会主義者としてその名を轟かしたのは、日露戦争をめぐる「非戦」論である。これまで、主戦論と非戦論は、帝国主義的、あるいは侵略主義的な主戦論に対して、帝国主義批判的、あるいは平和主義的な非戦論というように、お互いに相容れないものとして位置付けられてきた。歴史の語りに関する見直しはさまざまなレベルで行われているが、この二元論的評価だけはいまだ封印されたままになっている。

この章では、日本の第二次世界大戦での敗戦以来、一九〇〇年代の非戦言説に関する評価がどのような問題点を含んでいたか、また「幸徳秋水」や『帝国主義』という固有名がその内容以上にどのような機能を果たす記号であったのかに注目したい。

一 「幸徳秋水」の編成

まず、一九四六年に発表された中野重治の「日本文学史の問題」をとりあげ、その書き出しに注目してみよう。

日本の文学者のせねばならぬことの一つは日本文学史の書きかえの仕事である。いままでの日本文学史を根本的に書きかえ、特に太平洋戦争中に出た無数の嘘の文学史を根本的に破却して、千年以来の日本文学史を正しくあきらかに整理しなおすことである。（中略）正しい明治文学史はどこにもまだ書かれていない。いままでの明治文学史は一人の松岡荒村を扱っていない。一人の幸徳伝次郎を扱っていない。[1]

一九四六年に、「嘘の文学史」を捨て、「千年以来の日本文学史を正しく」書き直すべきであると主張する狙いは、「太平洋戦争」すなわち侵略戦争を行った過去の「破却」のためであったことはいうまでもない。中野と同様に民主主義文学運動を立ち上げようとしていた小田切秀雄は、「日本反戦文学史素描」（『アカハタ』一九四八・五・二六〜二八）で、「日本反戦文学史の叙述は、日本の文学者と戦争との関係の全面的な追求によって裏づけられ補われねばならぬ」として、「幸徳秋水や堺利彦また内村鑑三たちの論文・感想・随筆のうちには、反戦的なすぐれた散文の数々を見出すことができる」と述べている。そして、中野重治や小田切秀雄の構想を土台としながら書かれた西田勝の「日本戦争文学の前駆者たち」（『新日本文学』一九五二・五）では、秋水の「所謂戦争文学」（『日本人』一九〇〇・九・五）が「戦争を奨励」していた文学への批判として、高く評価されている。

西田の論が掲載された雑誌『新日本文学』については、本書の第Ⅲ部で詳述するが、発行元である新日本文学会の創立大会の報告から、文学者の戦争責任を唱えていた。日露戦争前後の「非戦」言説は、戦争責任追及の議論が盛んに唱えられていた当時において、民主主義文学運動を推進していた新日本文学会のメンバーによって、「反戦」の言説として召喚されることになる。

中野重治の論が世に出された一九四六年五月は、東京裁判が始まり、戦争責任が裁かれようとしていた時期であり、丸山眞男の「超国家主義の論理と心理」(『世界』一九四六・五、岩波書店)が発表された時期でもある。

日本帝国主義に終止符が打たれた八・一五の日はまた同時に、超国家主義の全体系の基盤たる国体がその絶対性を喪失し、今や始めて自由な主体となつた日本国民にその運命を委ねた日である。

米谷匡史のいうとおり、ここは「戦中から戦後へ」の決定的な「断絶」の地点として、一九四五年の「八・一五」という日付を意味付け、「戦後民主主義の始まり」を宣言したともいえる部分である。(2)『新日本文学』の創刊号(一九四六・三)においても、「八月一五日の記」という特集が組まれ、民主主義文学の出発が宣言された。それを主導した中野重治をはじめ新日本文学会による、反戦・反帝国主義的言説の召喚は、必然だったともいえるだろう。

「難波大助や朴烈とともに、戦前の日本では天人ともに相容れない大逆犯人であるとされていたから、幸徳を中心とする単独の研究が公刊されるというようなことは思いもよらぬことであった」[3]という絲屋寿雄『幸徳秋水研究』(一九六七)での指摘どおり、秋水に関する研究は第二次世界大戦以後本格的に展開した。同書の序論には、一九六〇年代までの秋水に関する研究資料が網羅されている。そもそもこの本は、一九五〇年二月に『幸徳秋水選集』[4]の別巻として編まれた『幸徳秋水伝』を書き改めたものである。一九八七年の復刻版に絲屋は、書き直しの理由として、「『幸徳秋水伝』は(中略)秋水を民主主義の理想像として描きだすのに急で、彼の思想的成長発展の分析、その歴史的評価の点で客観性を欠いていた」からだとのべている。確かに、一九五〇年の絲屋の『幸徳秋水伝』は、秋水を「民主主義の理想像」として神話化することに重点がおかれていたのだが、このような姿勢は、同時代に民主主義文学を立ち上げようとした中野らの『新日本文学』に通底するものである。

一方、秋水の著作が本格的に復刊されるようになったのも、一九四五年以後である。『幸徳秋水研究』で絲屋寿雄は、一九四五年から約一〇年間を「戦後の秋水ブーム」として区切っているが、一九四五年一二月に秋水と堺利彦との共訳であった『共産党宣言』(彰考書院)が刊行されたのをはじめ、一九四六年一二月には『幸徳一派大逆事件顚末』(宮武外骨編、龍吟社)など、大逆事件に関する資料が、一九四七年二月には『秋水三名著』(『兆民先生』『社会主義神髄』『神愁鬼哭』龍吟社)など、社会主義関連のテクストも復刊された。一九四八年からは『幸徳秋水選集』(全三巻、世界評論社)が刊行されたが、元来、全一〇巻構成の全集として発行される予定だった。[5]『選集』第一巻の序で、編者である平野義太郎は、ここに集められたものは、秋水が「人民の民主主義、社会主義、世界平和のためにたたかった著作」であると紹介している。山泉進によれば、『選集』の広告文には「革命的民主主義の草分け、そして日本社会主義運動の炬火なるがゆえに、永く発表が阻まれた先駆的思想の全貌！」と記されていたという。このように、この時期の秋水に関する著作は、民主主義運動の起源として紹介され、刊行されていた。

しかし、『帝国主義』は、選集に収録されていない。山泉進は、このような出版事情はＧＨＱによる検閲を意識したからだと述べている。山泉は、秋水全集の編纂委員の一人であった山本正美の遺品の中に、幸徳秋水全集第一巻のゲラがあったが、そのゲラに、山本は一九四七年八月の日付で、「本『秋水全集第一巻』内容はＧＨＱ検閲通過困難なるため、紙型にて保存し置き、公刊可能の時期来らば発行するものとす」と万年筆で書き記していたという。これについて山泉は、「事前検閲の段階で通過の見込みがたたないとの判断」があっただろうと解釈している。ゲラの扉部分には「社会主義時代Ｉ——反帝国主義・社会主義」と記され、目次をみると『帝国主義』『社会主義神髄』『共産党宣言』によって、この巻が構成されていたという。先述した通り、『共産党宣言』や『社会主義神髄』はすでに単行本化されていることから、秋水全集一巻がＧＨＱの検閲に抵触した理由は「『帝国主義』本文内容にあり、またその点に触れた解説にあった」と容易に判断できる」という山泉の分析は妥当だといえるだろう(6)。

秋水の『帝国主義』が岩波文庫の一冊としてようやく刊行されたのは、日米安保条約が発効した一九五二年一二月のことである。文庫の解説は、未刊におわった全集で『帝国主義』の解説を担当していた山本が書いているが、「最後の一頁の新しく付け加えられた部分を除けば」、全集での解説が「ほぼそのままにして使われている」という。この解説で、『帝国主義』は「秋水の反帝国主義論・反戦活動の成果の集約」であり、「太平洋戦争における日本帝国主義の敗北」を予言していたとまで称賛されている。その上、山本は、この本には侵略戦争が「わが国人民自身」だけではなく、「近隣の弱小民族の経済的・軍事的略奪・抑圧」へとつながることへの怒りが現れていると主張している。

一九四六年以後、文学研究において秋水及び日露戦争前後の非戦言説を反戦言説の系譜の中に位置付けたのは、新日本文学会のメンバーであった。このような系譜は、『帝国主義』を「世界平和のための人道的理想主義」の現れたものとして紹介した瀬沼茂樹の『明治文学研究』(一九七四、法政大学出版局)や、「非戦運動」を「反戦運動」として表記し、それを「帝国主義侵略戦争」への反対運動として評価している竹長吉正の『日本近代戦争文学史』(一九七六、笠間書院)など、一九七〇年代の文学史の語りにも見出すことができる。このように、秋水の『帝国主義』に関する「反帝国主義・反侵略主義・世界平和主義」という意味付けは、戦争責任追及の問題がうやむやになってからも流通することになる。

このような評価の軸は、歴史研究の領域にも見出すことができる。一九六八年の『幸徳秋水全集』第三巻(明治文献)には、社会政策学者の大河内一男による「反戦の書『廿世紀之怪物帝国主義』」という論が見られる。この論はタイトルのとおり『帝国主義』を秋水の「反戦闘争のための前哨戦」であったと位置づけ、「戦前日本を通じて、日露戦争における社会主義こそが、反戦運動としても最も鮮明卒直（ママ）であり、大胆不屈」であったと述べている。史学の方から秋水研究にとりくんでいた井口和起も、秋水評価の大きな軸として反戦言説に注目している。[7]それ以降も、歴史学における秋水の非戦論に関する研究は、くり返し『帝国主義』を「反戦の書」として位置づけていく。また、大原慧のように非戦という言葉を使用した論者も、結局は「すぐれた『反戦の書』」として『帝国主義』を扱っている。[8]しかも、日露戦争前後に発表された秋水のエッセイを「侵略主義的」であると捉え、彼に対する本格的批判をくりひろげた石坂浩一すら、秋水の『帝国主義』だけは「かつての幸徳自身のような乱暴な対外強硬論への批判」があり、「従来の反省を加え、帝国主義否定に到達した」ものであるとし、ある程度の評価を与えている。[9]

秋水の反戦的言説に関する評価は、二〇〇五年に出された加藤陽子の『戦争の論理――日露戦争から太平洋戦争まで』（勁草書房）においても同様の傾向にある。加藤の場合、日露戦争をめぐる研究を精査し、「日露戦争前において、偽政者や国民のかなりの部分が対露宥和論」であったという最新の研究動向に注目している。その上で、加藤は、どのような過程で日露戦争「積極論へと国論が転換し、戦争正当化」がなされたのかについて論じつつ、秋水の非戦論を「反戦思想」として位置づけている。[10]このように、文学、歴史学という研究の領域を超えて、秋水、あるいは彼の非戦論、そのなかでも『帝国主義』は第二次世界大戦後、一貫して代表的な反侵略主義・平和主義的書物として定置されてきたことがわかる。

はたして、一九〇一年の帝国主義をめぐる言説の配置は、現在と相似する構図であったのだろうか。

図1―1　「排帝国主義論」（『万朝報』1900年11月17日）

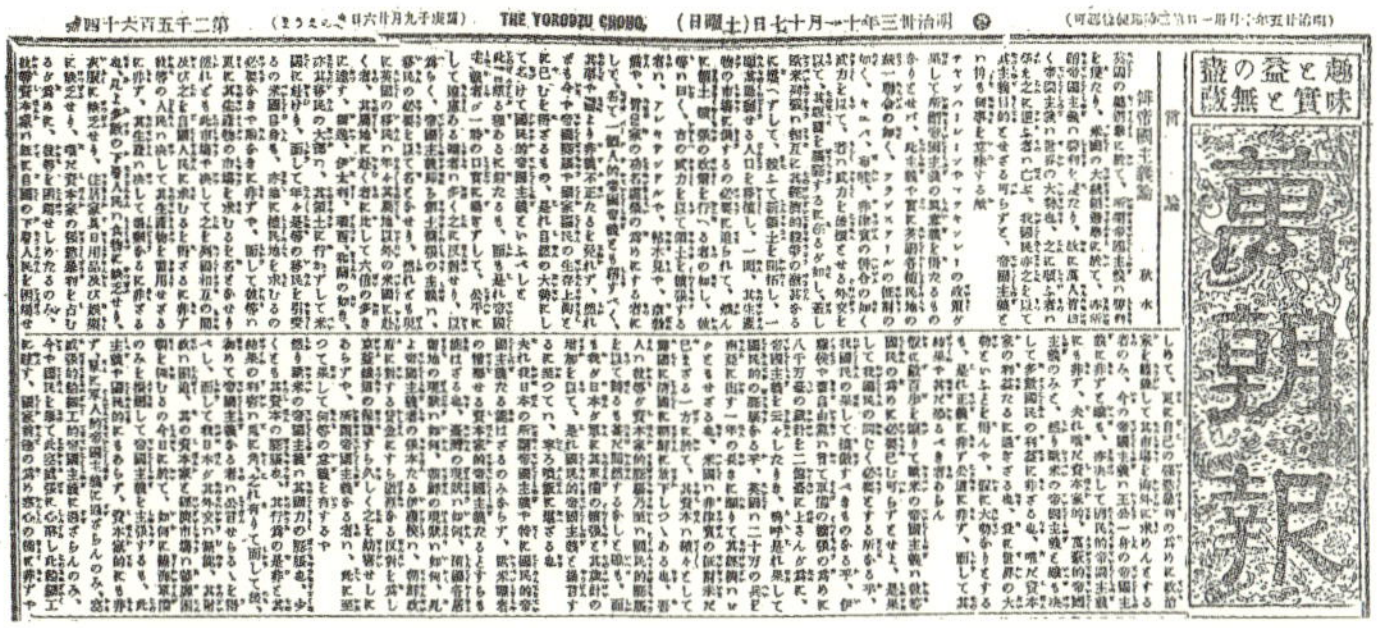
萬朝報
THE YORODZU CHOHO
排帝國主義論　秋水

この疑問を解くべく、『帝国主義』が刊行された一九〇〇年代における「帝国主義／帝国主義批判」をめぐる言説の配置について考えてみよう。

二　錯綜する「帝国主義」の概念

秋水の「帝国主義」批判が本格的にはじまったのは、「排帝国主義論」（『万朝報』一九〇〇・一一・一七）からである（**図1―1**）。同年の雑誌『日本人』に「紛々たり帝国主義の解釈」（三宅雪嶺、一九〇〇・八・五）というタイトルのエッセイが現れるほど、当時は帝国主義の概念をめぐるさまざまな議論が交錯していたことをまず押さえておかなければならない（**表1―1**）。そこには帝国主義とは何かという概念をめぐる相違だけではなく、帝国主義をめぐる賛否の議論が展開されていた。この時期において、帝国主義的言説とそれを否定する言説の境界は、どのような形で線引きされていたのだろうか。

日本で「帝国主義」という訳語が使用され、その概念に関する

表1―1　錯綜する帝国主義の概念

		題名	著者	媒体、出版社	備考
99	3	帝国主義と殖民	高山樗牛	太陽	
99	3・24	帝国主義の真意	徳富蘇峰	国民新聞	
99	3・25	帝国主義の解（国民記者の説を読む）	陸羯南	日本	前日の蘇峰の論への批判
99	4	詹々録	高山樗牛	太陽	
99	5・25	帝国主義	内村鑑三	東京独立雑誌	「記者之領分」欄
99	7・20	帝国主義と日本帝国		太陽	「時事評論」欄
99	7	キップリングの帝国主義――帝国主義は白人膨張の謂なり		日本人	
99	9・10	個人主義、社会主義、国家主義、帝国主義、平和的世界統一主義（大なる一主義に調和せざる乎）		万朝報	
00	3・6	国是談（帝国主義＝軍国主義の価値）	陸羯南	日本	
00	8・5	紛々たり帝国主義の解釈	三宅雪嶺	日本人	
00	11・17	排帝国主義論	幸徳秋水	万朝報	
00	11・24	大逆無道録	幸徳秋水	千代田毎夕新聞	～12・15まで15回連載。『帝国主義』2章
00	12・17	刀尋段段録	幸徳秋水	千代田毎夕→毎夕新聞(27)	～01・1・16まで16回連載。『帝国主義』3章
01	1・19	帝国主義	幸徳秋水	毎夕新聞	～2・14まで9回連載。『帝国主義』4章
01	3・5	帝国主義と社会政策	桑田熊蔵	太陽	

		題名	著者	媒体、出版社	備考
01	4・7	日本の帝国主義（上）	浮田和民	国民新聞	後に『帝国主義と教育』に収録される
01	4・9	日本の帝国主義（下）	浮田和民	国民新聞	
01	4・16	『帝国主義』に序す	内村鑑三	万朝報	秋水『帝国主義』序
01	4・20	『廿世紀之怪物帝国主義』	幸徳秋水	警醒社書店	初めての単行本
01	4・21	排帝国主義		万朝報	
01	4・29	『廿世紀之怪物帝国主義』書評		読売新聞	
01	6・29	帝国主義の教育	浮田和民	国民新聞	～7・6まで7回連載
01	8・1	『帝国主義と教育』	浮田和民	民友社	序は蘇峰
01	8・9	浮田和民の新著『帝国主義と教育』上・中・下	木下尚江	毎日新聞	～10（中）、13（下）
01	12	『帝国主義論』	ポール・S・ラインシュ	東京専門学校出版部	高田早苗訳。
03	1	余は何故に帝国主義の信者たる乎	山路愛山	独立評論	創刊号
03	2	余が所謂帝国主義	山路愛山	独立評論	
03	3・28	帝国主義の理想	浮田和民	民友社	『国民教育論』
03	5	帝国主義の真義	海老名弾正	新人	
03	12・5	『破帝国主義』	山口義三	鉄鞭社	孤剣。序：片山潜・秋水。付録「開戦論を駁す」
05	10	基督教の帝国主義	海老名弾正	新人	
09		『倫理的帝国主義』	浮田和民	隆文館	
10		『帝国主義』	大西猪之助	宝文館	

議論が初めて行なわれたのは一八九九年である。[11] この年に「帝国主義」を支持する立場から発言していたのは高山樗牛と徳富蘇峰だが、両者による「帝国主義」の概念は異なるものであった。樗牛は、「近頃頻りに称讃せられ、而も最も曖昧なる『帝国主義』の意義を明に」するために「帝国主義と殖民」(『太陽』一八九九・三)を書いたという。そこで彼は、「領土及び殖民地の膨張と帝国主義の励行と相伴はざるの国家は、必ず衰亡せむ」とし、帝国主義とは、「殖民地に於ける異人種若しくは異民族に、本国人と同一の権利を与」えない、「本支主従の差別を規定する主義」だと定義している。

その一か月後の『太陽』においては、帝国主義とは「排他主義なり、独占主義なり、侵略主義なり、非人道主義なり」(「詹々録」一八九九・四)とまで語っている。植民地と本国が権力による主従関係であるという樗牛による指摘は、すでに一八九七年の「我が国体と新版図」(『太陽』一八九七・一〇)にも見られる。この論は小熊英二の指摘どおり、台湾領有以後露呈してきた国体論の矛盾をめぐる、キリスト教系知識人と大日本協会との攻防の最中に出てきたものであり、議論の焦点は領有したばかりの台湾の支配方針にあった。[12]「帝国主義と殖民」と同号の『太陽』(一八九九・三)に掲載された「殖民的国民としての日本人」で樗牛は、植民地の支配を、権力にもとづく「差別」によって行うべきだと主張している。

しかし、帝国主義に賛成する論がすべて樗牛のような侵略による膨張主義を主張していたわけではない。徳富蘇峰は「帝国主義の真意」(『国民新聞』一八九九・三・二四)で、樗牛とは異なる帝国主義の定義を示している。蘇峰は、帝国主義は「侵略主義にあらず、又た独占主義にもあらず、又た武権主義にもあらず、又た浪費主義にもあらず」、「平和的膨張主義」だという。「帝国主義と殖民」とほぼ同じ時期に出されたこの論は、樗牛の定義とはまったく逆の方向性をもっているかのようにも見える。

帝国主義は、平和的膨張主義也、壟断独占にあらざる意味に於ての膨張主義也。貿易を以て、生産を以て、交通を以て、植民を以て、一国の利益を拡充し、民族の発達を期する也。所謂軍備の如きも、此の目的を達する方便に外ならず。

帝国主義において、軍備は目的のための「方便」にすぎないものの、「吾人の平和主義は、亦た決して退嬰的行動に同意する能はず」、とこの論を締めくくっている。この「平和主義」という言葉に注目してみよう。蘇峰の名を世に轟かしたともいえる『将来之日本』（一八八六、経済雑誌社）で彼は、「戦争ヲ支配スルノ主義ハ以テ商業ヲ支配スルノ主義ニアラス」として、「生産」は「平和世界」に、「武備」は「腕力世界」に属すると主張していた。軍備を否定していた蘇峰が、軍備を方便とする「平和的膨張主義」へと変化したのは、『大日本膨張論』（一八九四、民友社）を書いた日清戦争前後であることはよく知られている。そのため、『将来之日本』と「帝国主義の真意」との落差を、日清戦争前後の蘇峰の変化と合わせて考えなければならないのは確かである。しかし、本章の主旨は蘇峰の「平民主義から帝国主義へ[13]」の変化の結果として、彼の平和的膨張主義を帝国主義側に位置づけることではない。ここで注目すべきは、『大日本膨張論』において蘇峰が、「個人膨張して、国家膨張す。積極的の大活動は、先づ個人の活動より始めざる可らず」と、戦争による「国家膨張」だけではなく個人の「海外拓殖」も並行して遂行すべきであると主張している点である。

このような彼の帝国主義解釈に対し、すぐさま反応を示したのが陸羯南である。蘇峰の論が『国民新聞』に載った翌日、陸羯南は「帝国主義の解（国民記者の説を読む）」（『日本』一八九九・三・二五）と題した記事で、蘇峰の論に反駁した。羯南は「平和的膨張主義」という概念は、蘇峰の恣意的解釈にすぎないとして、帝国主義はその本質において侵略主義であると断言し、帝国主義批判を展開した。羯南が蘇峰の帝国主義解釈を批判した理由は、二つの面から考えられる。一つ目は軍備拡張の問題である。羯南は日清戦争以後一貫して軍備拡張に反対していた。特に、一八九七年一一月の山県内閣成立以後、軍備拡張のための地租増徴案を支持するキャンペーンを大々的に展開していた蘇峰とは違って[14]、羯南は増租案に猛烈に反対していた。軍備拡張によって「財産を割きて国費を負担する」のは「日本民族」だというのが反対の理由である（「増租必要の程度」『日本』一八九八・一二・二〇）。二つ目は、ちょうどこの年の七月から実行される内地雑居に対する不安からである。それは「内地の全開放（独り支那朝鮮のみを見る勿）」（『日本』一八九九・三・二二）によくあらわれている。

独り外政軍備に帝国主義てふものを称して民力を吸収しつつ、一面には内地の全開放を冷眼視するが如き、寧ろ矛盾の観なき乎。天下に臣民なきの政府はあらず、臣民を外人の勢力下に駆逐して、而して独り政府のみ帝国主義を実行する者、吾輩不肖未だ其の例を見ざるなり。

ここからもわかるとおり、羯南は内地雑居に賛成していた蘇峰とは違い、内地雑居により「臣民」が列強の勢力下におかれることを憂慮していたのである。羯南の新聞『日本』と同様の見解を示していたのが雑誌『日本人』である。新聞『日本』と同様、雑誌『日本人』は、政教社のメンバーによって経営されていた。本節の冒頭でふれた同誌掲載の「紛々たり帝国主義の解釈」も、帝国主義を侵略主義であるとし、帝国主義という言葉が流行していた当時の状況を厳しく批判していた。

一方、当時の『国民新聞』には蘇峰だけではなく、浮田和民の帝国主義をめぐる論が多くあらわれる。[15] 秋水の『帝国主義』のほぼ二か月後である六月二九日から七月六日の間に、七回にわたって浮田の「帝国主義の教育」が連載される。八月には同じタイトルの単行本が、蘇峰の序文付きで、民友社から出版される。浮田が提示する帝国主義の概念をめぐって、蘇峰は「我が日本帝国の国是とす可き帝国主義の何物たるを（中略）世或は著者と其の所見に於て、異同あるものあらむ」と断言している。それは浮田による帝国主義に関する定義が、蘇峰が描いている概念とあまり差がないことを意味する。

帝国主義には二個の側面あり。一は侵略的膨張の側面にして、其の経営は政府的なり、又た軍事的なるを原則とす。一は自然的膨張の側面にして、人民的なり又た経済的なるを原則とす。

浮田も蘇峰と同様に、「独立する価値なき（中略）野蛮民族若くは小弱国を侵略併合する」という帝国主義における軍事的膨張を認めた上で、「侵略的手段のみによりて建設せられたる帝国は永久に存続するものに非ざるなり」と強調している。彼が目指している帝国主義というのは、「自然的膨張」だという。これは軍備を方便とする「平和的膨張」を提案していた蘇峰と共通している。

浮田に対する強い批判を展開したのは、木下尚江である。同年八月九日から三回(一〇日と一三日掲載)にわたって、『毎日新聞』紙上に掲載された「浮田和民の新著『帝国主義と教育』」において尚江は、帝国主義はただの侵略主義にすぎないと強調し、平和的膨張主義とは相容れないと主張している。浮田の帝国主義概念を批判したのは、彼自身が浮田とは異なる意味で平和的膨張論を主張していたからである。尚江のいう平和的膨張論がはっきりとあらわれたのは、同じ年に書かれた「日本国民の新運」(『毎日新聞』一九〇一・二・七)においてである。

戦闘的成功は最早や最後の勝利に非ず、世界的競争場裡に於ける今後の優勝者は、平和的膨張力を有する果敢の人種に在るなり、吾人は日本国民が非常なる生殖力を有することを知る、生殖力ある国民は膨張せざるべからざる運命を有す、顧みて我日本人民が果して故郷を異域に求め、充実せる領域を人種的に拡張するの偉大なる思想と、壮烈なる気力とを具ふるや否を案ずるに当り、転(うた)た痛歎に堪へざる者あり。

あくまでも尚江は、平和的膨張と侵略的膨張を組合せるという思想を採らなかった。侵略的膨張を避ける方法としての平和的膨張、すなわち「移動」を考えていたのである。ここに平和的膨張と非戦主義との接合のプロトタイプを見出すことができる。実際のところ、こうした論理は、第2章で検証するように、日露戦争前の非戦言説に多く見られる。

『毎日新聞』は、「共同の要求最後の決心」(一九〇三・一〇・八)の掲載以後、主戦的言説を唱えるようになるのだが、それ以前、主筆である島田三郎は明らかに非戦的な立場をとっていた。非戦運動が起こる以前から、島田三郎は武力的膨張には否定的であったのだ。その彼が武力による膨張の代案として平和的膨張を勧めていたことは興味深いことである。

> 平和的膨張によらざれば、永久国民の勢力を海外に拡張する能はざるを確信する者なり。(中略)今日の所謂移民は、真実の意義に於て移民に非ず。唯是れ(ただこれ)労力を他人に売る者に過ぎず。蓋し(けだし)他国に移住して其地を第二の故郷と為し、事業を経営し、家族を蕃息(はんそく)し此に新社会を建設するの覚悟あるに非れば、之を殖民と称するを得ず。(16)

このような流れとリンクする形で、秋水の『帝国主義』が発表される。

三　『廿世紀之怪物帝国主義』と構成される平和主義

『帝国主義』が、一九〇一年四月に出されたことを再確認しておこう。この本は、『千代田毎夕新聞』（一九〇〇・一二・二七以降『毎夕新聞』に改名）に「大逆無道録」・「刀尋段段録」・「帝国主義」というタイトルで一九〇一年二月一四日まで連載された一連の「帝国主義」批判をもとにしている。[17] 発行から一か月も経たない同年五月一〇日に再版され、一九一〇年九月に発禁になるまで四版を重ねている。また、三版の「本書に対する批評」には、『万朝報』『読売』『東京日日』など一六のメディアによる書評などが収録されていて、出版当時において『帝国主義』が大きな反響をよんでいたことが窺える。[18]

例えば、一九〇一年四月、雑誌『日本人』には、「著者幸徳氏は一の国家、一の政府の利害を離れ、唯だ一の大なる社会の更に広き利害よりして帝国主義を論じ」ているという評価が掲載される。また、社会主義者による非戦運動の全盛期には、「軍備の害毒と戦争の罪悪とを痛論し、今の軍国主義をして顔色なからしむ、時節柄志士の一読を乞ふ」、（『平民新聞』一九〇三年一一月一五日、『帝国主義』第三版）という広告がみられる（**図1―2**）。このように、日露戦争前後において『帝国主義』は秋水の非戦論の一つとして扱われるようになっていた。

この本は内村鑑三の「序」の外に、第一章「緒言」、第二章「愛国心を論ず」、第三章「軍国主義を論ず」、第四章「帝国主義を論ず」、そして最後の第五章「結論」という構成になっている。[19] 秋水は帝国主義を「所謂愛国心を経となし、所謂軍国主義を緯となして、以て織り成せるの政策」であると分析しつつ、愛国心や軍国主義への批判を展開している。この愛国心というのは、「戦勝の虚栄と敵国の憎悪」より生まれるが、これは「国民相互の同情博愛の心に益する所」がない。「愛国心」対「国民相互の同情博愛」、「愛国主義」対「社会主義」はお互いに相容れないものとして提示されている。

> 日本の皇帝は独逸（ドイツ）の年少皇帝と異り。戦争を好まずして平和を重んじ給ふ、圧制を好まずして自由を重んじ給ふ、一国の為めに野蛮なる虚栄を喜はすして、世界の為めに文明の福利を希ひ給ふ。決して今の所謂愛国主義者、帝国主義者に在らせられさるに似たり。然れども我日本国民に至つては、所謂愛国者ならざる者寥々（りょうりょう）として晨星（しんせい）也。
>
> （二―六　日本の皇帝）

図1—2

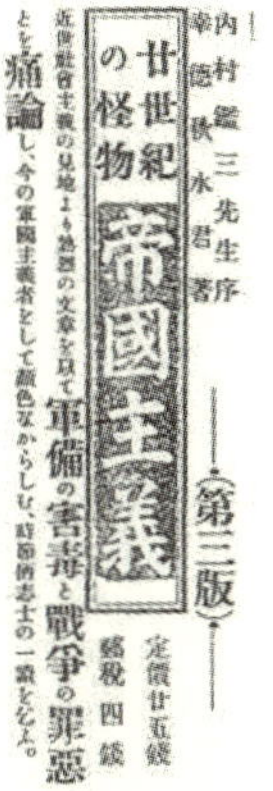

廿世紀の怪物 帝國主義（第三版）
内村鑑三先生序　幸徳秋水君著
定價廿五錢　郵税四錢
軍備の害毒と戰爭の罪惡

『平民新聞』
1903年11月15日

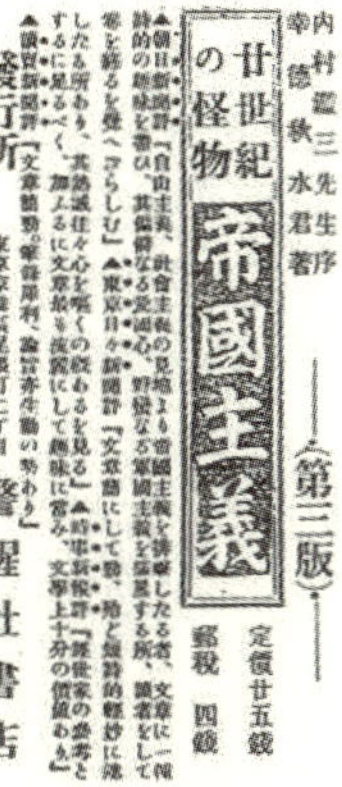

廿世紀の怪物 帝國主義（第三版）
内村鑑三先生序　幸徳秋水君著
定價廿五錢　郵税四錢
發行所　警醒社書店

『平民新聞』
1903年12月6日

「戦争を好まずして平和を重んじ」る天皇は、愛国主義者でも帝国主義者でもない存在として高く評価されている。『帝国主義』では、天皇対愛国者という対立の構図を作っているだけではなく、愛国主義と対立するもの同士として社会主義者と天皇が隣

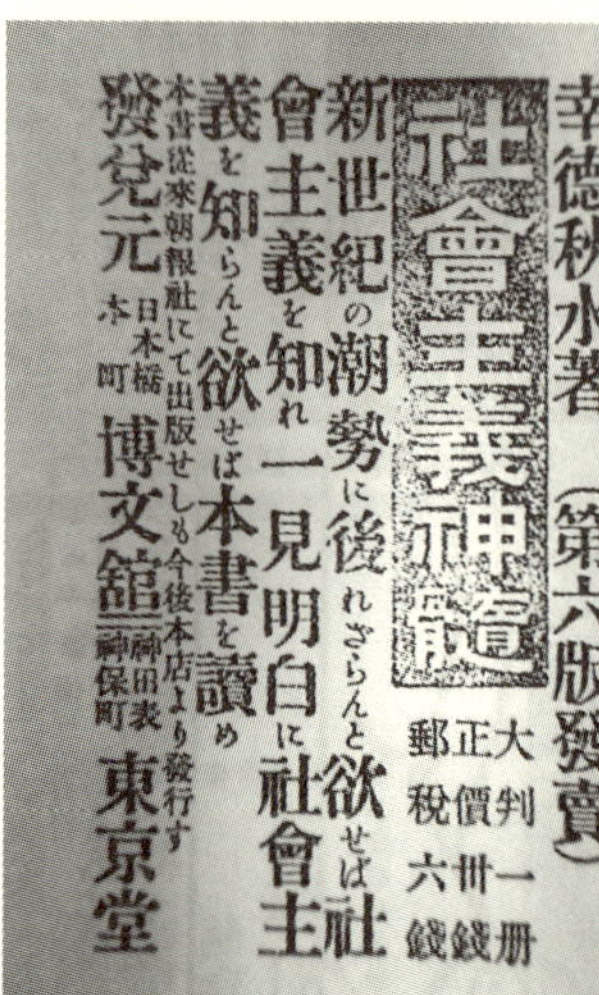

図1—3『平民新聞』1903年11月15日

接関係に置かれているのである。

『帝国主義』の一年後に出版された「社会主義と国体」をみると、秋水がこの時期における社会主義と天皇の関係をどのように捉えていたのかが明らかになる。「社会主義と国体」は、一九〇二年一一月一五日『六合雑誌』に発表され、一九〇三年七月に出版された『社会主義神髄』（博文館）の付録として再録される。『平民新聞』の創刊号には『社会主義神髄』第六版と『帝国主義』第三版の広告が一緒に載っている（図1—3）。出版からわずか三か月で第六版が出るほど『社会主義神髄』の売れ行きは好調であった。『社会主義神髄』の「自序」には、「社会主義とは何ぞ」ということを「知らしむるの責任あるを感ずるがゆえに、この書を作れり」と書かれている。『社会主義神髄』は社会主義に関する一般向けの啓蒙書である。

一九〇一年七月七日に社会主義協会が復活して以来、『労働世界』が『社会主義』（一九〇三・三）へ雑誌名を変えるなど、当時社会主義者を標榜していた秋水ら、社会主義協会のメンバーが社会主義の啓蒙に力を注いでいた時期である。また、「日露戦争中の非戦論、それが日本社会主義運動の最初の大飛躍であった[20]」と堺利彦が回想しているように、非戦論は社会主義の名で語られることが多かったのである。

社会主義の啓蒙のために書かれた『社会主義神髄』、その付録として収録されている「社会主義と国体」には、「日本」の「二千五百年一系の皇統」は古今東西類のないもので、「日本人」にとっては無上の誇りでなければならない、社会主義は国体と矛盾衝突するものではないと語られている。社会主義は「社会人民の平和と進歩と幸福」を目指し、「日本の皇統」も、「社会人民全体の平和と進歩と幸福」を目的とする。社会主義の目的達成の手段としての「階級制度打破」は、明治維新後の「有害なる階級の打破」ともいえる四民平等と同様に、国体と矛盾しないと主張している。ここでも『帝国主義』と同様に、天皇と社会主義が同じ側に属するものとして捉えられていたことは明らかであるが、さらに重要なのは、この「日本の皇統」の繁栄を「東洋の社会主義者が誇りとする所であらねばならない」と記述されている点である。ここで、「日本」ではなく、「東洋の社会主義者」という言葉が選ばれたことに注目しよう。この問題を考えるためには、彼が「朝鮮」「清国」「台湾」と「日本」の関係をどのような構図で示していたかについて考えなければならない。

数百歩を譲りて欧米の帝国主義は彼等国民の為めに必要已む可らずとせよ、是果して我国民の同じく必要とする所なる乎、（中略）伊藤侯や旧自由党は曾て軍備の拡張の為めに八千万台の歳計を二億台に上さんが為に、帝国主義を云々したりき、嗚呼是れ果して国民的の膨張なる乎（中略）台湾の現状は如何、清国各居留地の現状は如何、朝鮮の現状は如何、見よ帝国主義者の張本たる伊藤侯は、朝鮮政府に対する資金にすら激烈なる反対を為し、京釜鉄道の保護すら久しく之を妨害せしにあらずや（「排帝国主義論」）

当時、秋水は伊藤博文を強く批判していた。その理由の一つは、秋水自身が軍備拡張のための増税に反対していたからである。ここで強調しているのは軍備拡張による膨張が「国民膨張」にはなりえないということである。また、植民地である台湾、清国における日本の居留地、そして朝鮮を同じレベルでとらえている。「排帝国主義論」より三か月前に書かれた、「朝鮮の動乱と日本」（『万朝報』一九〇〇・八・二三）では、「朝鮮の独立を扶植し平和を保持するに力むるは」、日清戦争以来の「国是」とする所、「我が国家存立の為に必要の条件」だとし、「東洋平和の担保者を以て任ずる我帝国の使命」、「仮令朝鮮政府の希望之れなしとするも、猛然自ら進んで彼を幇助し、平和保持の事に任ぜざるべからず」といった表現がみられる。

同じ時期の「保全論と人種の区別」（『万朝報』一九〇〇・九・一九）でも、「清国」の保全が「我が権利」、「利益」、「国是」だと述べている。ここでいう保全論とは、清国をめぐる、保全か、列強による分割かという論議をさす。この記事は「義和団戦争」[21]の結果、一九〇〇年八月一四日に日・英・米・露・独・仏・伊・墺の八か国の連合軍によって北京が陥落し、一九〇〇年九月二日、それぞれの分割支配区域の管理がほぼ終了したころに書かれたものである。一九〇三年以後の日露戦争をめぐる非戦言説の先駆けとして扱われている『帝国主義』も、清国の処分に関する列強の方針が定まっていない状況で書かれたことに注意すべきである。

清朝に対する処分は、一九〇一年の講和に関する北京議定書により、清朝に四億五千万両の賠償金を支払わせることでおわり、清国の分割は行われなかった。その結果、日本は一九〇一年の夏までに軍隊を本国に引き上げ、他の軍隊もそれに続いた。しかし、ロシアだけは満洲一帯を占領しようとして引き続き軍を駐留させた。それが日露戦争の開戦へつながる火種になったことはいうまでもない。秋水が、「義和団戦争」以後、『帝国主義』と同時期に出された清国と朝鮮をめぐるエッセイの中で、「武力」の行使に反対していたのは、日本の軍備拡張による「亜細亜」への影響より、「日本の内地」への影響について憂慮したからである。この問題は、『帝国主義』の中でイギリスの「従来」型の植民地経営方法が高く評価されていることとあわせて考えてみる必要がある。

英国が従来の繁栄膨張は、決して其武力に依るに非ずして、其饒多なる鉄と石炭の膨張に依れる也、武力の侵奪却掠に依るに非ずして、平和の製造工業なりし也。(中略)各植民地の自治を許せり。故に彼等が広大の領土や、事実に於て決して帝国主義の所謂帝国を形成せる者に非ず。唯た其れ血脈、言語、文学を同じくして、真個の同情渝らざるあると、其貿易に於ける相互の利益の違はざるが為めに、其連合は能く永久の運命を持して、無限の繁栄を致せし也。

(四―五　英国繁栄の原由)

ここで秋水が支持しているのは「武力の侵奪却掠」によらない「英国」的な膨張の方法、すなわち「移動」、「各植民地の自治」による「経済的膨張」である。「排帝国主義」でとりあげられた「京釜鉄道の保護」の問題は、「非戦論」(『日本人』一九〇三・八・五)というタイトルで発表されたエッセイでは「多数の農夫商人を朝鮮に移」すことで対処するといったより具体的な文脈で語られることになる。これは秋水の「帝国主義」批判が、木下尚江や島田三郎らの「平和的膨張」と同じ路線に立っていたことを表しているのである。

「平和的膨張」論を検討する前に、当時秋水らと同じように「軍備拡張」に反対し、「帝国主義」を批判していた羯南の『日本』と雑誌『日本人』の「帝国主義」批判について再検討してみよう。羯南が蘇峰ら『国民新聞』系の「帝国主義」論への批判を展開したのは、内地雑居実施(一八九九・七)の前である。内地雑居を憂い、「今日我が日本国の状態は、一面に軍備拡張を以て勢力圏を域外に拡めんと欲しつゝも、他の一面には、外資輸入を以てして自ら他国の勢力圏に入らんとするに同じ」(「一種の勢力圏」『日本』一八九九・一〇・一〇)だという。羯南は外からの「経済的膨張」をおそれていたのである。

一方、彼が義和団戦争前後において、軍備拡張を反対した理由も、経済的問題である。

経済界の厄運を叫ぶの今日に在り、(中略)列国の共同軍に敗られたる其の時の支那は、往日の如き充分の償金を支払ふ能はざるべく、又た他国との戦争に勝を制し得たりとするも、其の結果

は恐らくは以て我れの費やす所を償ふに足らざる。（「戦乱と経済界」一九〇〇・六・二二）

彼は列国の共同軍の中に日本を含めた上、国内の経済の困難を理由として、軍備拡張に反対していた。そのため、内地雑居をめぐって、強い「欧米」対日本を含む弱い「亜細亜」という構図を示していた羯南による帝国主義批判と、「義和団戦争」前後の軍備拡張反対が同じ構図に基づいていたとは言いにくいのである。とはいえ、羯南と秋水の接点が見出せるのはこの時期である。伊藤博文らの政友会に対抗し、一九〇〇年九月一一日、中国保全や朝鮮の扶掖を掲げた「国民同盟会」が結成された。[22]羯南は国民同盟会の発起人であった。結成から四日後、秋水は「清国保全の意義」（『万朝報』一九〇〇・九・一五）で国民同盟会の活動に期待を寄せている。また、「断じて名誉に非ず」（『万朝報』一九〇〇・九・二七）では、秋水自身と同じように「同盟会の諸君も亦決して戦ひを好まざることを信ず」と述べているのである。

雑誌『日本人』や新聞『日本』は、「帝国主義」批判、「軍備拡張」批判を展開していた時期に、高島炭坑における坑夫虐待問題、足尾鉱毒問題など当時の社会問題にも敏感に反応を示していた。また、羯南は「軍備拡張」反対を表明しつつ「二〇万の陸兵を大陸に出さんとの策よりは、十万の良民を北海道に移すの計こそ最も有益の計なり」（「移民談の偶感」『日本』一九〇〇・四・八）といい、日清戦争後の政府は「軍備拡張」よりは「移動」を推進すべきであったと述べている。一方、『日本人』にも「過大の軍備を投じて以て遠く有用ならざるの地を支那に求むるよりは寧ろ近く朝鮮に移して其の地を拓く」べきであると主張する「朝鮮に移民すべし」(一八九九・三・五)のような「移動」をすすめる論が多く現れる。ここからは、秋水ら当時の社会主義者との接点が見出せるし、秋水の「非戦論」がやがて『日本人』に掲載されることになる流れも窺うことができる。

しかし、羯南は日露戦争の開戦をめぐって、秋水とは異なる立場に立つことになる。羯南は、強い「欧米」対日本を含む弱い「亜細亜」という構図から、義和団戦争前後には、強い「欧米」対日本以外の弱い「亜細亜」という構図を描くようになった。この時期、伊藤博文をはじめとする政友会を猛烈に批判していた羯南と秋水の論が、対外問題/対内問題の両面において交錯していたのは確かであろう。一方、同じ「平和的膨張主義」を主張しているものの、浮田和民・徳富蘇峰と木下尚江・島田三郎の「膨張」の方法に関する捉え方は、「武力」使用を容認するかどうかで明らかな違いが認められる。

注意しなければならないのは、当時の「帝国主義」をめぐる言説圏を考える際に、「武力=帝国主義」「非武力=帝国主義批判」という単純な構図は成り立たないということである。それは「平和」という言葉を借りた「日本膨張」の言説である「移動」や、「経済的侵略」の意味を内包する「平和的膨張主義」が、「帝国主義」「帝国主義批判」の言説のどちらにも属し、政治・社会的状況によって「帝国主義」から「帝国主義批判」へ、あるいは、「帝国主義批判」から「帝国主義」への転換を可能にする役割を担っていたからである。

四　戦争責任論と戦後責任論の限界

「一九四五年八月一五日」という日付を「戦中」と「戦後」の「断絶」の表象として意味付けする過程の中で、秋水および当時の社会主義者に対する評価はゆるぎないものになる。それは、彼等の「非戦」論あるいは「帝国主義」批判の言説をきわめて高く評価したために起きた現象である。しかし、いままで確認してきたように、そのこと自体、日清戦争以後から日露戦争前後の「帝国主義」をめぐる言説の配置とはかけはなれた、第二次世界大戦後の文脈に基づく解釈である。

本章の第一節で検証したとおり、この時期の秋水の評価に関わるキーワードとして「反戦」「平和」が取り上げられる。それに対する評価は、反戦とは平和主義的であり、戦争とは侵略主義的であるという二項対立的な枠組みから生まれたものである。そのため、反戦あるいは平和主義の表象としての「幸徳秋水」『帝国主義』をめぐる言説は、中野重治、小田切秀雄らが先頭にたって繰り広げた「戦争責任」追及の言説と接続することになった。新日本文学会は、一九三一年九月の中国東北侵略から第二次世界大戦までの間を、帝国主義的侵略戦争期として否定的にとらえていた。また、新しい「日本文学史」の構築を試みていた中野は、単一民族としての「日本人」という枠組みには疑問を持っていなかった。例えば、中野は「文学者の国民としての立場」（『日本文学の諸問題』一九四六、新生社）で、「日本文学は日本人の文学である。それは日本に生まれ、日本人のあいだにまず生きる。日本と日本人となしには日本文学そのものがない。日本と日本人、その運命は、日本文学そのものの土台である」と述べている。「日本の文学者は日本人を卑劣な民族に仕立てようとする試みと戦わねばならら」ないが、それが「日本の文学者の国民としての」「国民生活への教師としての」立場だという。このように、中野が試みる「日本文学史」というのは「日本民族」の文学史とすりかえ可能な意味内容を持っていたのである。

そもそも「文学」をめぐる反戦言説探しは、反戦運動と「戦争責任」追及が同時に遂行されるべきだという中野ら新日本文学会側の動きから生まれたのである。しかし、一九五〇年代になると、民主主義運動側が構築した「戦争責任」言説は、吉本隆明と武井昭夫の登場により、否定的に捉えなおされることになる。はたして一〇年という時間をおいて現われた吉本と武井らの「戦争責任」論には、中野ら新日本文学側の「戦争責任」論とは異なる認識の地図が描かれていたのだろうか。二つの「戦争責任」論の構図についての考察は、「幸徳秋水」『帝国主義』を考えるうえで、避けてはとおれない。

吉本・武井による民主主義文学への批判は『文学者の戦争責任』というタイトルで一九五六年九月に単行本として出版される。[23] 柄谷行人が武井昭夫へのインタヴューで述べたように、戦争が終わってから東京裁判にいたるあたりまで、戦争責任論は非常に強く議論されていたが、その後は「消えてしまった」。[24] それがもう一度出てきたのは、一九五五年の吉本隆明の「高村光太郎ノート」(『現代詩』一九五五・七)、「前世代の詩人たち」(『詩学』一九五五・一一)の発表によって論争に火がついてからである。小熊英二は、二つの戦争責任論は「主体性」の確立の手段であったと指摘している。彼は、二つの戦争責任論の差異について、「敗戦直後においては、大日本帝国の権威主義に対抗する〈主体性〉を築くために」、「一九五〇年代後半においては、知識人たちが共産党の精神的権威から自立する過程で、主として共産党系知識人への戦争責任追及が行われた」と述べている。[25]

吉本隆明・武井昭夫による『文学者の戦争責任』が出された一九五六年は、経済白書にGNPが「戦前の水準まで回復した」と発表される一方で、「戦後一〇年」の記憶を語る論が目立つようになった。同年八月、『世界』誌上で「『戦後』への決別」という特集が組まれ、「『戦後』意識」への決別が告げられた。日高六郎の「戦争体験と戦後体験――世代のなかの断絶と連続」が象徴するように、「戦争体験ではなく、戦後体験を生活と思考の支えとするような世代が成長しつつあること」を踏まえ世代間の差異を強調する論が目立つようになったといえよう。小熊英二のいうように、吉本らの戦争責任論は、「戦中派」による年長世代への戦争責任追及としてとらえることもできるだろう。[26]

それは、吉本による新日本文学会の「戦争責任」「戦後責任」を追及したエッセイ「高村光太郎ノート」の発表とまったく同じ時期の一九五五年七月二七日から、日本共産党の第六回全国協議会が開かれたことと深くかかわっている。六全協では、五〇年問題以来の分裂状態の解消が宣言されたことはよく知られている。この宣言について、「自己批判によって共産党が再建されたことで多くの党員に希望を与えた半面、それは決定的に党の権威を失墜させるもの」であったという絓秀実の指摘どおり、『文学者の戦争責任』に収められた吉本の文章を貫いているのは〈戦後民主主義革命の挫折の文学的責任〉を問うことにあり、それは「六全協に収斂する日本共産党の権威失墜によって可能」となったのは確かであろう(27)。

しかし、ここで注目すべきは、六全協の直前である七月二四日から二五日の間に日本共産党民族対策委員会(略称、民対)全国代表者会議で「在日朝鮮人運動の転換について」討議がなされ、民対解消、朝鮮人党員の離党が決定されたことである。これは同年五月二五日から二六日の間の「朝鮮総連」の結成大会で採択された、在日朝鮮人は朝鮮民主主義人民共和国の「公民」であり、日本共産党員として活動することは誤りであるという宣言を受け入れた形をとっていた。詳しくは第7章で取り上げることにするが、一九五六年以後あらためて「日本人」だけの「日本共産党」として組織の再整備、運動方針の変更が行われたことを意味している。新日本文学会側の戦争責任追及の枠組みを容認していた金達寿(キム・ダルス)をはじめとする在日朝鮮人作家(28)について考える場合、この出来事は非常に大事な問題を孕んでいる。一九四六年前後の戦争責任論を主導した新日本文学会には在日朝鮮人作家が参加していたが、この時期の戦争責任をめぐる論争の場において、日本共産党から離党し、朝鮮民主主義人民共和国の指示に従うことになった在日朝鮮人党員が、日本の戦争責任について発言をすることはなかったのである。

吉本と武井はそれぞれ『新日本文学会創立準備会の活動報告』の「発起人としては、帝国戦争に協力せず、これに抵抗した文学者のみがその資格を有するという結論となった。秋田雨雀、江口渙、蔵原惟人、窪川鶴次郎、壺井繁治、徳永直、中野重治、藤森成吉、宮本百合子が決定した」を引用し、「このうち、すくなくとも三分の一の文学者は文学的表現によって『帝国主義戦争に協力』したことはあきらかである」という。[29] 特に、吉本は一九四六年前後における戦争責任追及の主体であった新日本文学会側に「戦争責任を追及する資格があるか、わたしたちはすべて戦争にたいして共犯者だったのではないか」(「まえがき」)という問いかけをし、戦争後に新日本文学会側によって構築された「転向」論に異議を唱えた(「『民主主義文学』批判――二段階転向論」『荒地詩集』一九五六)。

一九四五(昭和二〇)年敗戦のすぐあとで、いわゆる「民主主義文学」は、昭和初年のプロレタリア文学運動と、どういう関係にたつかという困難な問題にぶつかっている。それは中野重治(日本文学の諸問題　新生社刊)によって、「民主主義文学」運動は、プロレタリア文学運動からの前進か後退かという問題として提出されたものである。中野は、おおざっぱにいえば平和革命論的な展望をふまえて、「民主主義文学」運動は、プロレタリア文学運動からの正規の発展だと結論した。(中略)プロレタリア文学運動をどう評価するかで、この結論はひっくりかえらねばならぬ。この転向につぐ転落(戦争の積極合理化)の期間をどうふまえるかで、戦後「民主主義文学」運動はその出発点を転倒せねばならぬ。また、この期間をどう評価するかで、戦後のいわゆる「民主革命」の展望は転倒せねばならぬ。

このような根拠をもとに、自らの責任追及を回避してはじめられた民主主義文学運動側の「戦後責任」追及が展開されるようになるのである。確認したいのは、吉本が戦争協力者に対置する戦争の犠牲者として、「戦争権力の強制した視野にはばまれて、もがきながら戦闘に参加した青年」や、「名分のない戦争」に多くの人命を損じた「日本の人民」を位置付けたことである。その議論は、帝国日本という言葉によって想起される「日本人」ではなく、一九四五年八月以後に編成された「単一民族」としての「日本人」に限定されている。そのため、一九五〇年代の「戦争責任」論争においても、旧植民地の戦争動員の問題や植民地政策により被害を蒙った他者に対する視点は欠落したままとなった。「かろうじて戦時下の戦争協力を免罪されうる無垢な年齢であった」あるいは「自らそういう年齢とキャリアであると積極的に主張」する戦略をとった吉本らによって仕掛けられた戦争責任論は[30]、民主主義文学運動側の「戦争責任」「戦後責任」という二分法的問題系だけを前景化することに終始していた。「無垢な年齢」というイメージ作りは、「われわれ―日本人」という内向きの世代論を拠り所にしていることは明らかである[31]。しかも、この時期の吉本、武井によって主導された議論において、民主主義文学運動による戦争責任論争の場で編成された「反戦」「平和」主義の枠組みに関する検討はなされていなかったことに注目する必要がある。

五　非戦／反戦論の遠近法

吉本、武井は「国民文学論」に批判的な立場にたっていた[32]。ところで、幸徳秋水への批判が初めて現れたのは、「国民文学論」「国民的歴史学」が盛んに論じられていた時期である。竹内好は「国民文学論」の論者としてよく取り上げられるが、「国民文学論」は『人民文学』誌上だけではなく、当時対立関係にあった『新日本文学』誌上でも議論されていた。また、一九五四年六月の日本文学協会第九回大会のテーマは「国民文学の課題」であった。

第Ⅲ部で詳述するが、一九五一年の歴史学研究会の統一テーマは「歴史における民族の問題」であった。この時期、石母田正の『歴史と民族の発見——歴史学の課題と方法』（一九五二、東京大学出版会）と『続歴史と民族の発見——人間・抵抗・学風』（一九五三、同右）に収録された多くの論稿は、「国民的歴史学」運動の提唱につながり、若い研究者・学生の心を捉えていたという。[33] ここで石母田正を取り上げる理由は、『続歴史と民族の発見』に収録されている「幸徳秋水と中国」が、現在にいたるまで、まれに登場する秋水批判の一つの典拠になっているからである。

「祖国の独立と平和のためのたたかい」という言葉を繰り返し強調する続篇で、石母田は、秋水が「朝鮮民族の独立を圧迫し、日本帝国主義のもとに隷属せしめようとする当時の一切の世論に反対して、朝鮮民族の独立のためにたたかった跡」があることは評価する。しかし、秋水の「無政府主義的な〈国家観念の否認〉の主張が、なんら朝鮮民族の解放のための実践的方向をあたえるものではない」ことは批判せざるを得ないという。ここで石母田が批判する秋水の文章は、現在は木下尚江のエッセイとして著者名が書き直された「敬愛なる朝鮮」である。[34]

石母田によれば、秋水の論には「民族」という視点が欠けているという。無政府主義の思想は民族問題に対して正しい理論を与えることができなかったこと、それは秋水が「被圧迫民族の革命家でなかった」ことによる弱点であったと書かれている。ちなみに、秋水と違う立場にあった日本共産党は、一九二二年の結党以来、「中国・朝鮮の民族独立運動を日本人民の問題として正しく評価し（中略）有効に援助する仕方も発見できた」としながら、「これもまた中国、朝鮮、日本の人民がもとめていたものであった」と唱えている。だとすれば、創立直後の日本共産党だけが、正しい連帯関係を結んだということになる。本章の第一節で取り上げたように、「反戦」言説の起源を秋水ら社会主義者にもとめていた新日本文学会の創立メンバーの論とは異なった様相を見せている。

『歴史と民族の発見』の本編と続編の間に、秋水の『帝国主義』は岩波文庫として出版された。『帝国主義』の解題で、同じ共産党系の論客であった山本正美は、第一節で取り上げたように秋水を高く評価している。しかし、石母田は『帝国主義』の軍国主義と帝国主義に対する批判を「日本人がいま誇りとしなければならない」と記しているものの、秋水の「愛国心」批判を問題にしている。彼は、秋水には「国民のなかにある〈愛国心〉を軍国主義と侵略主義からうばいかえして、国際主義と社会主義のもとに結集しようとする態度はない」と否定的に記している。石母田は秋水の「民族と祖国にたいする彼の考え方の弱さ」にすべての問題を還元してしまうのである。

この石母田のエッセイは、一九六三年、竹内好によって『現代日本思想大系　アジア主義』（筑摩書房）に選ばれることになる。[35] 秋水が、愛国心を侵略主義の枠組みで捉えていたことを批判し、愛国心を侵略主義から奪い返すべきであったと主張する石母田の「幸徳秋水と中国」は、侵略主義的要素をまとった「アジア主義」から侵略主義を分離して、アジア主義だけを奪い返そうとする竹内によって新たに意味づけられることになる。とはいえ、竹内にとっての他者はもっぱら中国であり、戦争責任というのは「アジア、とくに中国にたいする侵略の痛み」(「戦争責任について」『現代の発見』第三巻、一九六〇、春秋社) であったことに注意すべきである。

石母田のエッセイを批判的に捉えなおしたのは飛鳥井雅道である。飛鳥井は「明治社会主義者と朝鮮そして中国」(『季刊　三千里』一九七八・二) で、石母田が「日中連帯の伝統を自己批判しすぎたため」、「中国訳されていた秋水の文章がほとんど発掘されなくなってしまった」と述べ、石母田の秋水批判を再批判している。近代日本の社会主義者が、中国の革命運動と強い連帯をつくりあげかけていたことをその根拠として提示し、秋水に欠落していたのは「朝鮮」に関する認識であったというのである。このエッセイが所収されていたのは、金達寿ら在日朝鮮人によって運営されていた『季刊　三千里』の「朝鮮の友だった日本人」という特集号である。ここでようやく秋水と朝鮮の問題が取り上げられ、一九八七年には石坂浩一によって詳しく論じられることになる。[36] 両者の指摘は忘却されていた秋水の「朝鮮」表象を問題にすることによって秋水研究において新しい切り口を開いたといわなければならない。

ただ、飛鳥井と石坂の秋水評価は、秋水の「朝鮮」認識を、名高い非戦論者の「限界」あるいは「弱点」としてとらえていることに注意すべきである。秋水の「朝鮮」をめぐる論に対するこのような評価は、飛鳥井のエッセイをきっかけに、『季刊　三千里』誌上で巻き起こされた秋水の「朝鮮観」をめぐる論争にも現れている。[37] ここには秋水の「朝鮮観」に批判的であった飛鳥井雅道と、秋水の非戦論と「朝鮮観」を同時に評価しようとした西重信・伊藤成彦の対立という構図がみられる。飛鳥井と石坂は、「朝鮮」に関する言及がなされている日露戦争前後の秋水のエッセイを批判的に分析しているが、「朝鮮」の問題が具体的に扱われていない『帝国主義』に関しては、肯定的な評価を与えてしまったのである。

これまで見てきたように、「幸徳秋水」や彼の『帝国主義』は発表当時のコンテクストとは非常にかけ離れた形で、「戦争責任追及」「民族的歴史学」「アジア主義」など第二次世界大戦以後のコンテクストによって意味づけられてきた。ここには、第6章で詳論する「八・一五」という記号が召喚する記憶と同様の時間の構図があり、植民地領有の記憶より、侵略戦争の記憶だけが前景化されていたといわざるをえない。

では、なぜ、一九七〇年代の半ばに、飛鳥井や石坂のような論者によって「朝鮮」というキーワードが浮上することになったのだろうか。[38] それはおそらく、一九六五年以後の歴史的文脈において、忘却されてきた植民地朝鮮が急速に認識されるようになり、飛鳥井・石坂のような秋水批判にもつながったということなのだろう。一九六五年以後というのは、韓国と日本との国交正常化条約の前後を意味する。国交正常化をめぐる議論の中で在日朝鮮人問題がマスコミ等で取り上げられ、本格的に論及の対象とされた時期にあたる。[39] 尹健次は「戦後の日本人がはじめて自覚的に出会った〈他者としてのアジア人〉」(『日本国民論』)という表現でこの現象を説明している。

日本から韓国へ、賠償と贈与の名目で七億ドルが動いたが、それは韓国の軍事独裁政権主導による工業化の原動力になったといえるだろう。しかし、日本の侵略、支配から独立したフィリピン、インドネシア、南ベトナムへの賠償と同様、日本からの賠償・援助は、のちの経済協力に布石を敷くことで日本の対外膨張の先兵の役割を果たすことになる。[40]冷戦下のアメリカのアジア政策でもあった、「戦後版〈東アジア経済圏〉の始動」の始まりは一九六五年の日韓条約によるが、[41]皮肉にも植民地支配の記憶が呼び起こされることで「朝鮮」という言葉の意味内容が再構成されたのもこの条約がきっかけだったのである。

すなわち、植民地記憶が刻まれている「朝鮮」という言葉の浮上によって、「幸徳秋水」という記号をめぐる新たな評価の枠組みが編成されたことになる。これについては、幸徳秋水が非戦運動を媒介に代表的な社会主義者としての名声を得ていく時期に書かれた島崎藤村の『破戒』の結末、主人公である瀬川丑松のテキサス行きをめぐる問題と併せて検討しなければならない。『帝国主義』と『破戒』のテキサスは、武力的移動―侵略戦争の批判と非武力的移動―移民という枠組みによって線引きされており、両者が同じ日露戦争前後の言説であったこと、とりわけ「移動」という言葉を媒介に交錯していたことに注意が払われることはなかったといえよう。次章ではこの問題について考えた上で、幸徳秋水の『帝国主義』によって編成される、冷戦崩壊以後の日本における平和主義の問題について考えてみたい。

注

（1）『日本文学の諸問題』（一九四六、新生社）収録。ここでの引用は、『中野重治全集』第一二巻（一九九七、筑摩書房、一五九頁）による。同書の解説によると初出は未詳である。

（2）米谷匡史「丸山真男と戦後日本――戦後民主主義の『始まり』をめぐって」（『丸山真男を読む』一九九七、情況出版）。この論からは、「八・一五の終戦神話」の問題及び丸山の「戦後民主主義の『起源』の隠蔽と偽造」について示唆をえた。

（3）絲屋寿雄『幸徳秋水研究』（一九六七、青木書店。ここでは復刻版を使う。『近代作家研究叢書　五三』一九八七、日本図書センター、一六頁）。

（4）世界評論社刊。復刻版には「戦後における幸徳秋水研究の歴史」（四頁）が新たに書き加えられている。

（5）山泉進「『帝国主義』という書物の外部で起きた事」（『初期社会主義研究』第一四号、二〇〇一・一二、不二出版）には、世界評論社版の『秋水選集』の出版事情に関する経緯や関連資料が非常に詳しく提示されている。

（6）本論での『帝国主義』とGHQの検閲に関する記述は山泉の前掲の論からの引用である。

（7）「幸徳秋水『廿世紀之怪物帝国主義』について」（『人文学報』一九六八・一二、京都大学人文科学研究所。後に『日本帝国主義形成と東アジア』二〇〇〇、名著刊行会）。本章では、『帝国主義』をめぐる研究について、その論が書かれた時代のコンテクストを意識しながら分析するため、あえて、一九六八年の議論を優先した。一九六八年において、秋水の『帝国主義』がレーニンの『帝国主義』より一五年、ホブソンの『帝国主義論』よりも一年早い一九〇一年四月に出版されたことに注目し、それまでの秋水のテクストをめぐる評価が、レーニンやホブソンの論を軸にする遠近法に立っていることへの批判がなされたことは興味深い。ただ、『帝国主義』が出される直前、『万朝報』に掲載された秋水のエッセイを詳細に分析した井口は、二〇〇〇年版においても、『帝国主義』を反帝国主義（二一八頁）として捉え、「排帝国主義論」（『万朝報』一九〇〇・一一・一七）以来の非戦言説の系譜に位置づけている。

（8）「儒教論理と『非戦論』――『廿世紀之怪物帝国主義』を中心に」（『幸徳秋水の思想と大逆事件』一九七七、青木書店）。

（9）石坂浩一「朝鮮認識における幸徳秋水」（『史苑』一九八七・五、立教大学史学会）。石坂はこの論で、秋水の「朝鮮」に関する論に注目し、「軍事力の行使も含めて朝鮮を日本の勢力圏として確保」することを主張していた時期と、「経済的な側面から朝鮮を日本の確かなる勢力圏とし『併合』までも展望」していた時期、また「平民社以後――朝鮮への日本の侵略政策を否定する時期」にわけて捉えている。

（10）ただ、加藤の場合、「戦争に異議を唱えるという点、またその異議の唱え方の有効性という点で、非戦と反戦の間に価値の上下はない」と述べ、「非戦と反戦を含めて反戦思想」ととらえている点において、他の論者とは違う立場に立っている（『戦争の論理』前掲、一六四～一六五頁）。

（11）清水靖久「二十世紀初頭日本の帝国主義論」（『比較社会文化』二〇〇〇・三、九州大学大学院比較社会文化研究紀要）、山泉進「勢と進化論――近代日本政治思想の基相」（『大学基礎講座　政治学』一九八〇、成文堂）、井上清『日本帝国主義の形成』（一九六八、岩波書店）、鹿野政直「国家主義の台頭」（『近代日本政治思想史Ⅰ』一九七一、有斐閣）、和田守『近代日本と徳富蘇峰』（一九九〇、御茶の水書房）を参照した。

（12）『単一民族神話の起源――〈日本人〉の自画像の系譜』（一九九五、新曜社）。

（13）例えば、和田守『近代日本と徳富蘇峰』（前掲）の第二章「帝国主義への転向」を含めたこれまでの研究において『将来之日本』と「帝国主義の真意」との落差が、「転向」なのかどうかに関する議論はみられるものの、その多くは「平民主義から帝国主義へ」という図式にもとづいて論じられてきた。

（14）有山輝雄『徳富蘇峰と国民新聞』（一九九二、吉川弘文館、一一一頁）。蘇峰と当時の内閣との間で交わされた「覚書」、『国民新聞』の「転回」、またそれによる『国民新聞』の読者層と販売部数の変化を、詳しいデータに基づいて論じている。

（15）浮田は、一九〇三年三月には「帝国主義の理想」（『国民教育論』民友社）を、日露戦争後は『倫理的帝国主義』(一九〇九、隆文館)を書いている。

(16) 「殖民新論」(『毎日新聞』一九〇〇・四から八回連載)。

(17) 「大逆無道録」は一九〇〇年一一月二四日から一二月一五日まで一五回連載。『帝国主義』第二章にあたる。「刀尋段段録」は一九〇〇年一二月一七日から一九〇一年一月一六日まで一六回連載。『帝国主義』第三章にあたる。「帝国主義」一九〇一年一月一九日から二月一四日まで九回連載。『帝国主義』第四章にあたる。

(18) 山泉進「〈資料紹介〉『廿世紀之怪物帝国主義』書評(第三版収録『本書に対する批評』)」(『初期社会主義研究』第一四号、前掲)を参照。

(19) 本文の引用は、『幸徳秋水全集 第三巻』(一九六八、明治文献)による。

(20) 「社会運動史話」(『社会科学』一九二八・二)。

(21) 本論の義和団に関する記述は小林一美『義和団戦争と明治日本』(一九八六、汲古書院)を参照した。

(22) 国民同盟会と陸羯南の関係については、小山文雄『陸羯南――「国民」の創出』(一九九〇、みすず書房)と本田逸夫『国民・自由・憲政――陸羯南の政治思想』(一九九四、木鐸社)を参照した。

(23) 当該書に収録された吉本隆明と武井昭夫の論の初出は本文中に表記するが、引用は単行本『文学者の戦争責任』(一九五六、淡路書房)による。

(24) 武井昭夫・柄谷行人・絓秀実、共同インタヴュー「武井昭夫に聞く五〇年代の運動空間」(『批評空間』一九九九・一)。

(25) 小熊英二『〈民主〉と〈愛国〉――戦後日本のナショナリズムと公共性』(二〇〇二、新曜社)第七章。

(26) 小熊英二『〈民主〉と〈愛国〉』(前掲)の第一四章によれば、「戦中派」という言葉は一九五五年ごろから広まったもので、「後年には、この言葉は戦争体験のある世代すべてを総称するものになったが、当初は敗戦時に一〇代後半から二〇代前半の青春期だった年代を指した。より年長(敗戦時に三〇歳前後)の丸山真男や竹内好の世代は〈戦前派〉、より年少(敗戦時に一〇歳前後)の江藤淳や大江健三郎などの世代は〈戦後派〉とよばれたこともある」という。

(27) 絓秀実『吉本隆明の時代』(二〇〇八、作品社、四六〜四七頁)。

(28) 一九四六年前後の戦争責任論争の際、金達寿ら在日朝鮮人が参加した『新日本文学』と『民主朝鮮』の関係については、第6章と第7章で詳述した。

(29) 吉本隆明「前世代の詩人たち――壺井・岡本の評価について」(初出は『詩学』一九五五・一一、五二頁)。武井昭夫「戦後の戦争責任と民主主義文学」(初出は『現代詩』一九五六・三、一二一頁)。

(30) 絓秀実『吉本隆明の時代』前掲、五四頁。

(31) 世代論を考える際、多く援用されるのは、花田清輝と吉本隆明の論争である。この論争をめぐる研究の流れについては、鳥羽耕史「世代論・座談会論・サークル論――花田清輝・吉本隆明論争」(『現代思想』二〇〇八・八臨時増刊号、青土社)に詳論されている。鳥羽は、両者の論争をめぐる議論が、戦争責任・戦後責任・転向など多岐に展開されているにもかかわらず、かならずといっていいほど、研究主体の「それぞれの立場に合わせた勝敗判定を行ってきた」(一四四頁)と指摘している。これらの流れに距離をおきつつ、「世代論のねじれ」について論じている鳥羽の論もやはり、これまでの世代論をめぐる議論の拠り所になっている内向きな「われわれ―日本人」という枠組みから自由ではない。なぜなら、「世代」という言葉による線引きの対象として、「日本人」だけが想定されているからである。

(32) 吉本は「いわゆる〈戦後転向〉の問題、民主革命の分裂問題、タイハイ的〈国民文学〉論の問題、現在、だれにむかってなされているか、了解にくるしむ〈平和共存〉論の問題、これら、低能者が革命的な仮面をかぶっているために生じた問題の原因は、とおくここに発しているのである」と『民主主義文学』批判――二段階転向論」で述べている。武井もエッセイ「戦後責任と民主主義文学」で、「国民文学論はその裏がえしとして、政治の右翼日和見戦術への旋回に追随した階級性喪失の〈文学論〉として現れた。そしてその民族主義的偏向は、戦時下の〈国民文学論〉を彷彿させるものがあった。今日出現している思想の平和共存論は、この国民文学論がゆきづまりから脱するために、新たな政治の偏向にすがりつこうとしているあがきにほかならないのである」と国民文学論の批判を展開していた。

(33) 和田春樹は、一九五三年、竹内好が『日本イデオロギイ』の中で、『歴史と民族の発見』をほめていたから、高校入学記念としてこの本を購入したという。初版から一年ぐらい経っていた時期であるが、和田の本は九版であった。和田は、この本が「当時の大学生、とくに歴史家を目指す青年のバイブル」であったと回想している（『ある戦後精神の形成　一九三八―一九六五』二〇〇六、岩波書店、一四五〜一四六頁）。なお、石母田と国民的歴史学については、川本隆史「民族・歴史・愛国心――『歴史教科書論争』を歴史的に相対化するために」（『ナショナル・ヒストリーを超えて』一九八五、東京大学出版会）、尹健次『日本国民論――近代日本のアイデンティティ』V（一九九七、筑摩書房）、小熊英二『〈日本人〉の境界』（前掲）第二一章を参照した。

(34) 谷口智彦「幸徳秋水は『敬愛なる朝鮮』を書かなかった」（『朝鮮研究』一九七七・七、日本朝鮮研究所）を参照。

(35) この時期の石母田と竹内の差異については三宅芳夫「竹内好における『近代』と『近代主義』――丸山真男との比較を中心に」が参考になる。竹内好の唱える「方法としてのアジア」については尹健次『日本国民論』（前掲）、大澤真幸「掙扎の無思想――竹内好のナショナリズム」（『思想の科学』一九九五・八、思想の科学社）を参照した。

(36) 「朝鮮認識における幸徳秋水」（『史苑』一九八七・五、立教大学史学会）。

(37) 飛鳥井の論に対する批判である、伊藤成彦「大逆事件と『日韓併合』」と、西重信「幸徳秋水――飛鳥井論文について」は『季刊　三千里』一七号（一九七九・二）に掲載された。飛鳥井はこの二つの論に対する反論として、同誌に「再論・幸徳秋水と朝鮮――日本人の朝鮮への連帯は事実にもとづくべきである」を書いている（二〇号、一九七九・一一）。

(38) 外村大は、「日本における在日朝鮮人問題研究の流れ」において、一九七〇年代に入ってから在日朝鮮人だけではなく日本人による在日朝鮮人研究の刊行が相次いでいたことを指摘しながら、当時の文献を紹介している（韓日民族問題学会編『在日朝鮮人とはだれか』二〇〇三、サムイン、二〇三頁、韓国語）。

（39）韓国では、一九六四年三月に、対日屈辱外交反対国民闘争委員会が組織されて以来、逮捕者一千名を超えるほど、激しい反対運動があった。日韓条約締結をめぐる韓国と日本の異なる動きについては、尹健次『思想体験の交錯――日本・韓国・在日　一九四五年以後』（二〇〇八、岩波書店）の第四章を参照した。

（40）小林英夫は、アジア諸国との賠償交渉と連動して現地に日本人団体結成の動きが生まれ、一九六六年にソウルにも日本商工会が、六九年に香港日本人商工会が、七〇年代に入ると東南アジア各国で日本人会が開設されたと述べている。また、小林は、アメリカの東アジア政策を利用しながら、国交正常化から賠償、交易の拡大、人流の増加、ネットワークの拡大へと向かう一九五〇年代から七〇年代の日本と東アジアの構図の形成に、「満洲人脈」が動いていたという興味深い指摘をしている（「戦後東アジアにおける日本人団体の活動――引揚げから企業進出まで」『東アジア近代史』第一〇号、二〇〇七・三、東アジア近代史学会、八四～八五頁）。

（41）涂照彦「脱植民地化と東洋資本主義」（『岩波講座　近代日本と植民地八　アジアの冷戦と脱植民地化』一九九三、岩波書店、一一四頁）。その他、末廣昭「経済再進出――日本の対東南アジア政策と開発体制」（『戦後日本　占領と戦後改革　第六巻　戦後改革とその遺産』一九九五、岩波書店）を参照した。伊豫谷登士翁は「『帝国』と『グローバリゼーション』」（『現代思想』二〇〇一・七、青土社）で、日本企業の多国籍化の始まりを一九六五年の日韓合意に求めている。

第2章　『破戒』における「テキサス」

幸徳秋水の『廿世紀の怪物帝国主義』で憂慮されていた事態は、現実のものになる。帝国日本は、秋水が主張していた「平和的膨張」ではなく「武力的膨張」の道へと本格的に進むことになったのである。一九〇四年二月、朝鮮と満洲の主導権をめぐる日露戦争が開戦し、一九〇五年九月のポーツマス講和条約で日本の勝利が確認される。それにより、日本は朝鮮と満洲への侵略の土台を整えることになった。このような帝国日本の方向性が見えていた時期に、アメリカの「テキサス」への移動はどのような意味を持つことになるのだろうか。

島崎藤村の『破戒』は、日露戦争の勃発した時期に起稿され、戦後間もない一九〇五年に脱稿、翌年の一九〇六年三月に「緑陰叢書」第一篇として自費出版された。日露戦争の「二年間の文学的労作」（発売一か月前『芸苑』に掲載された出版予告）は大きな反響を呼び、初版の一五〇〇部をたちまち売り尽くし、再版三版と印刷が間に合わないほどだったという。

はたして、日露戦争直後に出された『破戒』の結末に、主人公丑松の「テキサス」行きが挿入されたのは、ただの偶然なのだろうか。よく知られている通り、『破戒』では、小学校教師である瀬川丑松という主人公の出自が、被差別部落民として設定されている。第5章で具体的に論じるが、物語内容のレベルにおいて、部落民に対する差別の厳しさを際だたせることで、父から身分を隠すことを命じられ、煩悶する丑松像が浮かび上がる構図になっている。結末で、丑松は受け持ちの生徒たちに自らの出自を告白し、「テキサス」行きを決心することになる。

丑松のテキサス行きを捉える際、「植民地」という言葉を参照項とする論が近年見られるようになった。例えば、『〈朝鮮〉表象の文化誌』(二〇〇四、新曜社)の中根隆行は、日露戦争後、「日韓併合へと向かう歴史的文脈」において「朝鮮に関する言説を検討することは、日本の植民地主義あるいは帝国主義との連携を把捉することに繋がる課題」であると指摘している。そして、日露戦争後に著しくなる朝鮮への移動、すなわち「植民」とは異なる方向性を持っているものとして『破戒』のテキサス行きを取り上げている。

中根は、日露戦争前後に植民と移民という言葉の意味が混在していたと指摘した上で、二つの言葉の間には、「文化的階層化」の問題が内在し、「植民(朝鮮など)」という語は「文明低き境域」という言葉と隣接関係にあったと分析している。それに対して、テキサス行きとは、「植民」とは異なる「移民」であったと指摘している。はたして、日露戦争後の「朝鮮」と「テキサス」への移動を捉える際、文明の階層化という視点は生産的に機能するのだろうか。文明の階層化自体が、経済システムの変動によってもたらされたものであるが、この時期の帝国主義的膨張の言説や「移動」の言説もやはり、経済的膨張——新たな経済圏の編成——の問題とリンクしていたことをどのように考えればよいだろうか。

一 島崎藤村『破戒』をどう読むか

日中戦争の渦中にあった一九三九年、全国水平社と島崎藤村、新潮社の協議に基づいて改訂されていた『破戒』は、一九五三年、初版へと復原される。『破戒』の改訂過程については、第5章で詳しく論じることにするが、一九五三年の初版への復原をうけて雑誌『部落』(一九五三・一二)では、「初版・『破戒』をめぐって」という特集が組まれた。そこには、被差別部落の代表的な論客である北原泰作の「『破戒』と部落解放の問題」、詩集『部落冬物語』(一九五三、理論社)で話題を集めた酒井眞右の「継承と発展のために」、中野重治の「文学作品に出て来る歴史的呼び名について」と野間宏の「『破戒』における人間自然」、そして「高校生の見た『破戒』」が掲載された。この特集では、『破戒』における「部落」表象に焦点が当てられたのである。

とりわけ北原は、「テキサス」行きは、「逃げ」であると強く批判している。彼は、翌年三月に発表された「『破戒』と部落解放運動」(『文学』一九五四・三)でも、「テキサス」行きを、「不合理な差別をなくすために闘おうとせず、新生活をテキサスで築くために日本を離れようとする」行為であると述べている。一九五二年四月二八日、サンフランシスコ講和条約が発効し、日本と連合軍の間の「戦争状態」は終結した。第Ⅲ部で論じているように、当時は、この条約により日本がアメリカに隷属する恐れがあると思われ、烈しい反対運動が展開されていた。丑松のテキサス行きは、日露戦争の文脈から離れ、一九五三年の「日本国民が当面している民族解放民主革命の課題」（北原『破戒』と部落解放の問題」、前掲）というコンテクストで読まれていたことに注意しなければならない。

すなわち、当時の部落解放運動や民主主義文学運動の周辺において、敗者の国「日本」から勝者の国「アメリカ」へ向かうことが、好意的に解釈されるコードは用意されていなかったのである。例えば、一九五七年以来、岩波文庫版『破戒』に所収されている野間宏の解説では、「テキサスへ新天地を求める」ことは「逃げ」であると指摘されている。[1] 野間の解説は、一九五四年四月、『破戒』初版本復原に関する「部落解放全国委員会からの声明」で、『破戒』の初版復原には「周到な準備が必要である」という指摘を受け入れたことを示すために加えられたものである。北原と野間の論に導かれる形で、「テキサス」は、日本での差別から逃れてきた「逃避」者のための「新生活」を保証すべき「新天地」というイメージをかもしだすことになる。

こうした否定的評価に対する批判は、一九七八年一一月『歴史公論』の対談「日本近代文学における被差別部落――『破戒』の評価をめぐって」を待たなければならなかった。歴史学者であった飛鳥井雅道と、雑誌『部落』（部落解放同盟刊）の編集長であり、小説家でもあった土方鉄の対談である。そのなかで土方は、「アメリカへ逃げていくからダメだというような、単純な論議だけでは、生産的」ではないとし、「日露戦争前後のあの時代までさかのぼらせ」て「『破戒』を評価しないと、まちがいになる」と指摘している。それに対し、飛鳥井も「移民の問題は当時の社会情勢として考える必要がある」と述べている。強調されるべき「当時」の状況として土方は、「全国水平社を創立した西光万吉さんや阪本清一郎さんが南方へ移住しようと考えてマレー語なんかを勉強していたこと」を、飛鳥井は「日露戦争の前後ではれっきとした社会主義者が渡米の運動」をしていたことを提示している。

丑松の「テキサス」行きの意味を、全国水平社の創立メンバーの「南方移住計画」や、日露戦争前後の社会主義者の渡米運動、とりわけ「れっきとした社会主義者」としての片山潜に重ねあわせて考えるということは、「内地」の迫害をさけるための「逃亡ではない」、むしろ闘争を続けるための「亡命」として捉えようとしていることを示していよう。この対談のなかで注目すべきは、土方が「テキサス」行きをアメリカ行きと語っているだけでなく、丑松の行き先を「カリフォルニア」に間違えている点であろう。これがそのまま『歴史公論』に載っていたことからもわかるとおり、丑松の「テキサス」行きは、「日本の外に出る」こととしてだけ焦点化されていたのである。

『破戒』において「テキサス」行きについて言及されるのは、次の二ヶ所だけである。[2]

大日向が――実は、放逐の恥辱が非常な奮発心を起させた動機と成つて――亜米利加の「テキサス」で農業に従事しやうといふ新しい計画は（中略）教育のある、確実な青年を一人世話して呉れ、とは豫て弁護士が大日向から依頼されて居たことで、（二二―五）

大日向といふ人は、見たところ余り価値の無さそうな——丁度田舎の漢方医者とでも言つたやうな、平凡な容貌で、これが亜米利加の「テキサス」あたりへ渡つて新事業を起さうとする人物とは、いかにしても受取れなかつたのである。（中略）大日向は「テキサス」にあるといふ日本村のことを丑松に語り聞かせた。北佐久の地方から出て遠く其日本村へ渡つた人々のことを語り聞かせた。一人、相応の資産ある家に生れて、東京麻布の中学を卒業した青年も、矢張其渡航者の群に交つたことなぞを語り聞せた。（二三一―二）

ここからわかる情報は、大日向がアメリカの「テキサス」で農業に従事しようという計画を持ち、行き先は「テキサス」の「日本村」であった、ということである。注目すべきは、『破戒』のなかでは、アメリカではなく「テキサス」という単語が強調されていることであろう。

川端俊英は、丑松の行き先が「他ならぬテキサスの地」であったことに注目し、当時「テキサス」行きの奨励を行なっていた吉村大次郎の『テキサス州の米作』（一九〇三）や、外務省通商局編『移民調査報告』（一九〇八）等をたんねんに調べている。[3] 川端は当時の「テキサス」行きは、出稼ぎ的渡米ではなく、「技量と資力の備え」のある者による「農場経営」のためであったと指摘している。その上で彼は、丑松の「テキサス」行きに「逃亡的な日本脱出の気配を感じとることは、形式論理の域を免れないもの」だとし、丑松の行為には、「自由と平等の村づくりという社会的実践に直接携わろうとする積極性があった」と述べている。[4]

「テキサス」行きを否定的にではなく、日露戦争前後の生産的行為として捉えようとしているこれらの論に見られるのは、日本の差別構造に抵抗する場を表象する「テキサス」である。では、そうした表象としての「テキサス」が、国民国家「日本」における部落民の位置、すなわち「日本」の境界、「国民」の境界という視点を取り込んだ論においてはどのような様相を見せているのだろうか。紝秀実は「天皇という不死の身体の上で『国民』化されない」丑松が「『放逐』されることで『国民』化される」道を選んだとみている。[5] また、天皇の「支配から離れ、明治日本という『国家』からの脱出」として捉えた千田洋幸においても、[6]「テキサス」は、ただ「日本」という国家のイデオロギーが届かない場としての意味しかもたない。[7]

はたして「テキサス」は、千田洋幸の言うとおり、その「地名を実体化して考える必要はまったくない」「読者に明瞭なイメージをけっしてむすばせることのないニュートラルな場所」なのだろうか。また、当時の「テキサス」は、瀬沼茂樹以来、川端に至るまで語られてきたような「『下層社会』を解消した『自由社会』――『理想社会』」が実現すべき土地として表象されていたのだろうか。[8]

先に述べたとおり、日露戦争前後は「移動」をめぐるさまざまな言説が飛びかう時期にあたる。これらの言説は、「植民・移住・移民」の概念が入り混じる形で繰り広げられていた。そもそも「移民」は、一八九六年の移民保護法第一条によれば、「労働を目的として外国に渡航する者」、いわば「出稼ぎ」を意味している。[9] とはいえ「移民」という言葉が、移民保護法の定義通りに使われたとは言いにくいだろう。[10] 一九〇一年、移民保護法の改正により「韓国」[11]と「清国」への渡航制限が緩和される。[12]

表2—1　渡米者数

年	1901	1902	1903	1904	1905	1906	1907	1908	1909	1910
渡米者数	5,841	15,443	9,965	10,263	11,764	29,579	29,808	6,103	2,777	3,616

（出典）外務省領事移住部「わが国民の海外発展資料編」1971年、138頁より。

表2—2　海外渡航者数

年	1901	1902	1903	1904	1905	1906	1907	1908	1909	1910
海外渡航者総数（植民地含）	27,582	36,804	38,411	24,181	36,234	134,181	93,644	69,602	48,726	68,870
植民—植民地圏渡航者数	14,699	13,421	14,154	10,836	22,876	84,887	54,125	51,293	35,726	49,449
植民地圏渡航者数	12,883	23,383	24,266	13,345	13,358	53,294	39,519	18,309	13,000	19,421

（出典）木村健二「明治期日本人の海外進出と移民・居留民政策」（『商経論集』36号）より。

これは日清戦争勝利による台湾領有とは異なる形式での、「日本」の境界線を拡張する試みであっただろう。このような法的装置の変化と呼応するように「移動」の言説もまた、「日本」の境界の揺れをもたらすべく組み立てられていた。

実際の「移動」の痕跡をたどってみると、注目すべきは日露戦争前後における変化である。外務省の『わが国民の海外発展』の統計（**表2—1**）によると、一九〇一年の渡米者は約五千人であるのに対し、一九〇六年は約二万九千人、一九〇七年は二万人まで急激に多くなる。しかし、一九〇八年以降は約六千人以下に減ってしまう[13]。これにより、一九〇六年から一九〇七年の間は渡米のピークを迎える時期であったことがわかる。

それだけではない。木村健二の論（**表2—2**）によると、海外渡航者の総数が一九〇五年までは約三万人前後だったのに対し、一九〇六年に約一三万四千人、一九〇七年には約九万三千人に激増していく。それが一九〇八年以降は約六万人へと減っていくのだ。[14]「植民圏」[15]への移動が増えつづけていたことを考慮すると、減っていたのは「非植民圏」への移動であろう。一九〇六年から一九〇七年の間は、渡米の絶頂期であるとともに、「植民圏」への移動が「非植民圏」への移動より多くなり始める時期であったことがわかる。このように移動の歴史において変化が起りつつあった日露戦争前後に、島崎藤村の『破戒』は執筆され、世に出されたのである。

二　差別解消法としての植民論

『破戒』が流通していた時期、「移動」は部落に対する差別解消法の一つとして提案されていた。台湾総督府に赴任していた柳瀬勁介の遺作『社会外の社会穢多非人』（一九〇一、文学館）に注目してみよう。[16]柳瀬は、部落民の救済策として「人為的の移転」を取り上げている。彼のいう「人為的の移転」とは「内国若くは外国に殖民するの謂にして故郷と隔絶せる天地に放て新たなる故郷を造る」ことである。ここで、柳瀬が「移転」先として勧めているのは、日清戦争の勝利によって獲得した台湾である。部落民は日本の支配下にある台湾へ「移転」することによって、「内地」の差別から逃れ、「斉しく亜細亜人となり、大日本帝国の臣民」になり、それによって「速に恒産を作り得る」と述べている。ここにおいて、「移住」「移転」は、「植民」を意味する。

この本が書かれたのは、おそらく一八九六年五月の柳瀬の台湾総督府赴任以後、彼が亡くなる同年一〇月までの間であろう。この時期に、台湾を「我が民族の播殖すべき」地として「嘱望」し、部落民の移住が、「国家も亦た之に依て南門の鎖鑰に用」いられると記されていることに注意すべきである。小熊英二のいうように、台湾が「『南門の鎖鑰』と形容された」場合、それは国防重視路線による台湾原住者の台湾島外への排斥と「『日本人の住む土地』に改造するための」日本人の移住を意味する。[17]そのため、部落民の台湾移住に国家も「相応の助力を与る」べきであるという柳瀬の救済策は、侵略的植民の言説に接合されているのである。

柳瀬のほかにも、部落の問題を扱った人物としてよく知られているのが、杉浦重剛である。政教社のメンバーである杉浦が、部落の問題を正面から論じているのは、「革俗一家言第三十八項　新平民論」(『読売』一八八六・六・五)と「新平民諸氏に檄す」(『読売』一八八六・七・三)の二編で、小説としては『樊噲夢物語』(一八八六、沢屋)がある。これらの三つのテクストに共通するのは、現在のわれわれの目から見ると明らかに差別的とも言える、部落民の「肉食」についての強調である。

新平民の社会に在ては従来肉食を常とする。(中略)新平民の如きは、其体力性質等に於ては他の日本人に比すれば、西洋人の方に一歩を先んじ居る。(中略)其力を日本の社会に自由に用ふること能はざらしむるは、随分不利益のことなるべし。

(「革俗一家言第三十八項　新平民論」)

部落民の「食」に関する言及は、同年一月二三日の「革俗一家言第六項」(『読売』)にも出てくる。

部落民の「肉食」は、食物の「淡泊」な日本人が「西洋人と競争」するために行われるべき「食物の改良」への説得の材料として使われる。「肉食」の勧めは、「雑婚」より「衣食等の改良」に「至極御同意」を明らかにした「革俗一家言第八項　日本人種改良論を聞く」（『読売』一八八六・一・二七）と同文脈とみてよいだろう。従来なら差別を本質化する要素であった「肉食」が、ここにおいて肯定的に反転され、しかもそれは「人種改良」や「植民」の言説と接合される。「植民」とは、「肉食」によって生み出された部落民の「力を日本の社会に自由に用ふ」るべき道として提示されているのである。

また、「新平民諸氏に檄す」（前掲）では、「六十余州の外に於て別に殖民地を設け新日本を開」くことがあたかも差別の解消法になるかのように論じられている。その上、おおいに日本の「国威を海外に輝かすの機関となる」ため、「他種の日本人が先鞭を着けざる前、此殖民の業を従事することを促」すべきだ、というのだ。加えて、「東洋論策」（『読売』一八八六・一〇・一）では「版図を拡張するは、国を維持せんが為め」として、日本の対外侵略論が唱えられていく。このような流れのなかで、『樊噲夢物語』は書かれる。

一八八七年夏、井上馨外務大臣の条約改正案が民間に洩れ、彼は政府の内部からも民間世論からも攻撃を受けるようになる。[18] そのため、同年七月には条約改正会議が無期延期となり、九月に、井上は辞職に追い込まれる。後に条約改正、特に「内地雑居」反対論者として名を知られるようになる杉浦の、反対運動の始まりはこの時期である。[19]

杉浦の一八八六年の論の背後には、条約改正の問題が関わっていた。だからこそ、植民や侵略論を唱える一方で、「人民中にも猶ほ日本国と云ふ思想に乏しきもの甚だ少ならず[20]」という言葉をさまざまな論のなかに組み込んで行ったのである。条約改正の延期後に出された「進取論」では、「殖民侵略の策」の利点として、「国内に於て不平党の如きものゝ起きるは、（中略）他に楽郷あるを検出し」、日本の外に出すことにあると述べている。それと同時に、「殖民侵略」が「条約改定の準備」にもなると語っている。結局、「日本に於ても殖民省を建て、北海道、小笠原島等の管轄より布哇国の移住民に至るまで之を監督」すべきであるという主張は、軍事的侵略だけではなく移住あるいは「殖民」をもって「新日本を開く」可能性を見出そうとするものだということがうかがえる[21]。

彼が、部落民に「殖民」を勧めたことが何に繋がるのかは明らかである。『樊噲夢物語』では、「一畿八道の外」への移住が、「日本の光輝を添」い、「興亜の策略」を助けられうると語られるが、そこには軍事行動とは異なる「版図」拡張の狙いがあったとみてよいだろう。柳瀬においても、杉浦においても、部落民を植民地開拓の尖兵として利用しようとする意図があったのだ。

三　「平和的」膨張論・前史

早い時期からアメリカ移住を主張したのは福沢諭吉である[22]。福沢の移住論は、主に『時事新報』や三田演説会を通して繰広げられる。それを示してくれるのが福沢諭吉の門下で、実際、福沢の援助により、いわゆる農業開拓移民団を率いてアメリカへの移住をはかった井上角五郎の証言である。井上は当時の福沢の移住論について次のように述べている。

先生（引用者：福沢）は移住の必要を極論せられた。時事新報創刊以来、殊に明治十八年より二十二年頃にかけての同新報を繙閲せられたる人は、三四枚毎に、移住の必要を論ぜられたる社説を発見するであらう。（中略）日本人は、サツサと外国へ出て行け。出て行つて、其処に安楽な居住を定め、平生に於ても、万一の場合に於ても、母国を忘るゝことなく、その日用品は母国産を取り、そして母国の為になる様な事業を興すが善い。そこで、移住を盛んにすればする程、海外に我が国力を発展することが出来るのであるから、移住は、大に奨励しなければならぬと。これが先生の論ぜられた移住奨励の要旨であつて、先生は、私に向つて、唯だ口で言つたばかりでは、中々世間の者が墳墓の地を捨てゝ出かけるまでには成らぬ、そこで角五郎、お前が卒先して行くが善からうと云はれた。つまり先生が資本を私に与へて、亜米利加に移住せしめられたのである。(23)

ここで語られた、福沢「移動」言説は、定住を意味していることがわかる。それは一八八五年二月の第一回官約移民のホノルル入港以来、アメリカ移住の主流になる出稼ぎ的移民とは異なるものである。また、同時期に『時事新報』が渡米論の対象として想定していたと言われる「貧書生」、特に慶應周辺の「書生」の関心をアメリカに向かせた言説とも違う方向性をもっていたと言える。(24)

井上角五郎は、一八八四年一二月、朝鮮での金玉均（キム・オクギュン）ら親日的開化派によるクーデターの起きた折、襲撃用の武器を提供するなど重要な役割を担っていたし、クーデターの失敗後も金玉均らの日本への脱出を助けている。[25] 甲申政変といわれるこのクーデターを福沢諭吉が支援していたことはよく知られている。そもそも慶應義塾を卒業した井上に朝鮮行きの話を持ちかけたのは福沢である。朝鮮政府の唯一の外国人顧問になった井上の朝鮮での活動は、福沢の影響圏内にあったといえる。[26]

その井上は、一八八七年一月に朝鮮から帰国してから、同年二月から渡米する六月まで、『時事新報』の記者としての活動の傍ら、移民団を組織し、渡米の準備をする。そのきっかけになったのが福沢に命ぜられ、「海外移住問題調査」に着手したことである。井上のいう「模範移民」というのは、当時問題になっていた中国人排斥の原因を考察して、アメリカの労働者との衝突を避けうる方法として見出されたものである。それは「高級な移民」、アメリカで「土地を買つて農業を営むとか、或は適当な企業を経営するとかいふ労働者兼地主・企業家たり得る者」を送ることを意味した。井上は福沢諭吉と協議し、自ら「模範移民」を実行に移すことにしたのである。[27]

「高級な移民」のための費用は、福沢諭吉、米穀取引所知事長であった中村道太、井上の三人で出すことになった。井上の移民団はカリフォルニアにむけて六月九日に出発し、キャラベラス郡のバーレースプリングに、相当の住宅付きの土地を約五〇エーカーほど購入した。しかし、翌年一月、井上は事業拡張を協議するため帰国した際、井上馨の告発で警視庁に逮捕される。表面的逮捕の理由は、失敗におわった金玉均らのクーデターの責任追及であるが、実際は井上馨と黒田清隆との政治的衝突と関係があるといわれている。[28] 一八八八年一月二七日の逮捕から、翌年二月一一日特赦として出獄するまで、一年以上の時間が経過したため、彼の移民団は一年程度で解散してしまう。

井上移民団は、福沢の移住論の実現を目指したものであった。「移住を盛んにする」ことによって、「海外に我が国力を発展」させる場として選ばれたのが、当時開拓が本格的に始まっていたカリフォルニアだったのである。その井上移民団の役割をうかがえるのが、移民団結成の年に『時事新報』に発表された福沢の移住に関する記事である。

「明治二十年一月一日」という記事のなかで福沢は、アメリカへ移住者を多く送ることによって、「遂に人口幾千幾万の日本国、亜米利加の地方に創立することに至る可し。既に新日本国を海外に開く」と述べている[29]。ここで「新日本国」とは定住移民を指している。「内地に学校を設立すると外国に移住するを助ると其利不利如何」(『時事新報』一八八七・一・一二)は、華族から中学設立に関する相談を受けた際、その答えを記した書簡である。そのなかでも、学校設立費用をもって移住を実践すれば「北米の一地方に日本の部落を成し、厳然たる一国の基を立るに至るべし」と述べている。福沢は、井上移民団をもって、「新日本国建設」の土台作りを試みていたのであろう。興味深いのは、実行者であった井上の資金が「朝鮮」から「持つて帰つた余裕」だと述べられていることである。朝鮮での経験がいかされるべき土地としてアメリカを目指し、資金もやはり朝鮮からアメリカへ流れる仕組みになっていたことは、福沢の動きと合わせて考えるべきだろう。福沢が金玉均らのクーデター失敗以降、「脱亜論」的エッセイを発表しはじめたことはよく知られている。「脱亜論」は移住論として、石川好の「近代日本の宿命となった脱日入米論」のなかで詳しく論じられているが[30]、この「脱亜論」的エッセイから見出されたものがアメリカでの「新日本建設」ではなかっただろうか。

杉浦が「殖民」をもって「新日本を開く」ことが「興亜ノ策略」の為になると論じたのは、それとほぼ同じ時期である。「脱亜」的言説と「興亜」的言説から生じる「アジア」「日本」「欧米」の構図の相違は小熊英二のいう通り「同和政策」や欧米的「植民地」政策へと分かれることになるが、[31]福沢や杉浦の「移動」の言説のなかにもその一端がうかがえるといえる。これは同時期の「内地雑居」をめぐる、両論の相違のなかにもはっきり現れている。簡単に言えば、「内地雑居」反対の杉浦と、中国人以外の外国人の「内地雑居」に賛成していた福沢の見解の違いである。差異があるにも拘わらず両者の目指す「新日本建設」「平和的膨張」という共通項があるがゆえに、福沢的移住の実践者であった井上と杉浦は、一八九三年、榎本武揚の「殖民協会設立」に評議員として参加したのである。

殖民協会は、日本の植民地として南米に注目し、その推進のため榎本武揚によって一八九三年三月設立された。杉浦、井上、それに『社会外の社会穢多非人』の序で部落の台湾への「移植」を評価していた島田三郎が評議員として参加している。協会運営の中心となる二八名の評議員は、この三人の外に、現職の代議士・政府官僚出身者が全体の七割近くを占めていた。[32]そのなかには、いわゆる国権主義を提唱し、対外的に強硬外交を推進しようとする者が多く含まれ、政教社の人々も名を連ねていた。

「殖民協会設立趣意書」では、「海外に移住する者」を「定住移民」と「定期移民（出稼ぎ）」の二つに分け、当時の主な移民の形態であった「一時の利を収むる」出稼ぎ移民より、「欧洲の雄国」のような「移住殖民の業を急務」とするとした上で、その理由を記している。この「殖民協会設立趣意書」において「移住・移民・殖民」の定義は錯綜しているが、「定住移民」が「移住殖民」と同じ意味であるのは確かであろう。

「殖民協会設立趣意書」のなかで、「移住殖民」を勧める根拠として、人口、土地の狭さ、海権の拡張、商権の伸張などが取り上げられている。「殖民協会」における「定住移民＝移住殖民」の狙いをうかがわせるのは、「殖民協会設立趣意書」第二と第三のくだりである。

> 第二　我国の地形は四面海を環らし交通自在なれば最も能く移住殖民の業に適せり中古我国人が東洋及び南洋に遠征したるは地形の便利あるに由るなり彼の兵力を以て人の国を略し地を掠むるか如きは以て我国の殖民政略と為すべきに非らすと雖も海外に適当の地を卜し平和の手段に由て之を行ふに於ては何の妨か之れあらん今日海外の交通愈々盛なるや我国は宜しく其天然の地形を利用し四隣に移住雑居して日本人種の繁殖を謀るべきなり。

「移住」は、植民地獲得のための「平和の手段」として見出されている。これは軍事的侵略に反対していたというよりは、欧米との競争をさけうる方法の模索として見るべきである。そのため「移住」は「行ふに於ては何の妨か之れあらん」と述べられているのである。加えて、この「殖民の事業」の趣意書第三では、「海権を収攬するの勢援を為る者」と表現され、「殖民を扶助し航海するは海軍平時の一大要務」であり、そのため「海軍の拡張」が必要であるという論理が示される。このような見方は、先の杉浦の「進取論」での「殖民侵略の策」と繫がり、いわゆる「平和的」日本膨張の言説にもなりうるのである。

福沢の「移動」に関するエッセイは、日清戦争以降、移民保護法が施行になった一八九六年一月に再び『時事新報』誌上に現れる。そこでは、植民地獲得に不可欠な海軍による「海外定期航路を開拓」[33]し、移住地においては「必ず日本語を通用せしむることとして移住民の便利を謀ると共に、本国の勢力を其地に拡張す可き」[34]であると語られる。移住先を「世界のあらゆる所」[35]とし、特定はしなかったものの、一八八七年の井上移民団と同じ方向性を示しているものであることがわかる。このように「興亜」的移動と「脱亜」的移動の言説は、ともに「平和的」日本膨張論の系譜を形成することになる。しかも、それは、「平和的」膨張論と接合していることに注意すべきである。

四　雑誌『社会主義』における「移動」の言説

明治期渡米奨励論の先駆け的存在が福沢であったとすれば、本格的渡米ブームがおこった一九〇〇年代においては片山潜がその役割を担っていたと見てよいだろう。[36]一九〇一年を境として渡米奨励本が数多く出版されるが、[37]そのブームに火をつけたのは片山潜である。彼の『渡米案内』(労働新聞社)は、一九〇一年八月に刊行されてから、一週間に二千部も売れ、[38]一九〇九年まで一四版を重ねている。その後出された『続渡米案内』(一九〇二、渡米協会)も、ベストセラーになる。当時の渡米熱が苦学熱や

図2―1 『渡米案内』と『続渡米案内』の広告(『社会正義より』)

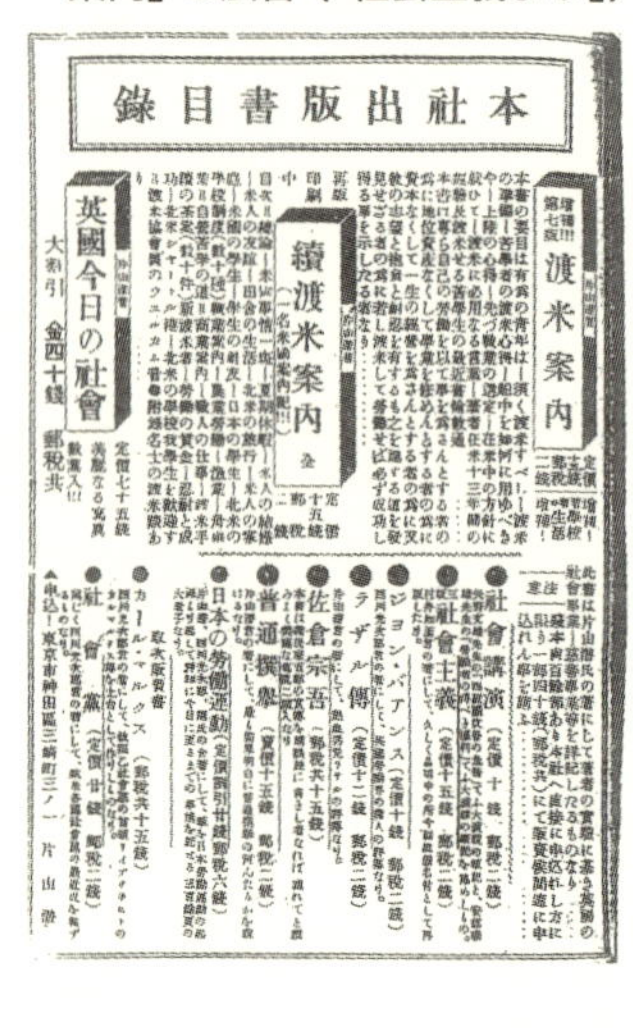

図2―2 雑誌『労働世界』『社会主義』『渡米雑誌』『亜米利加』の表紙

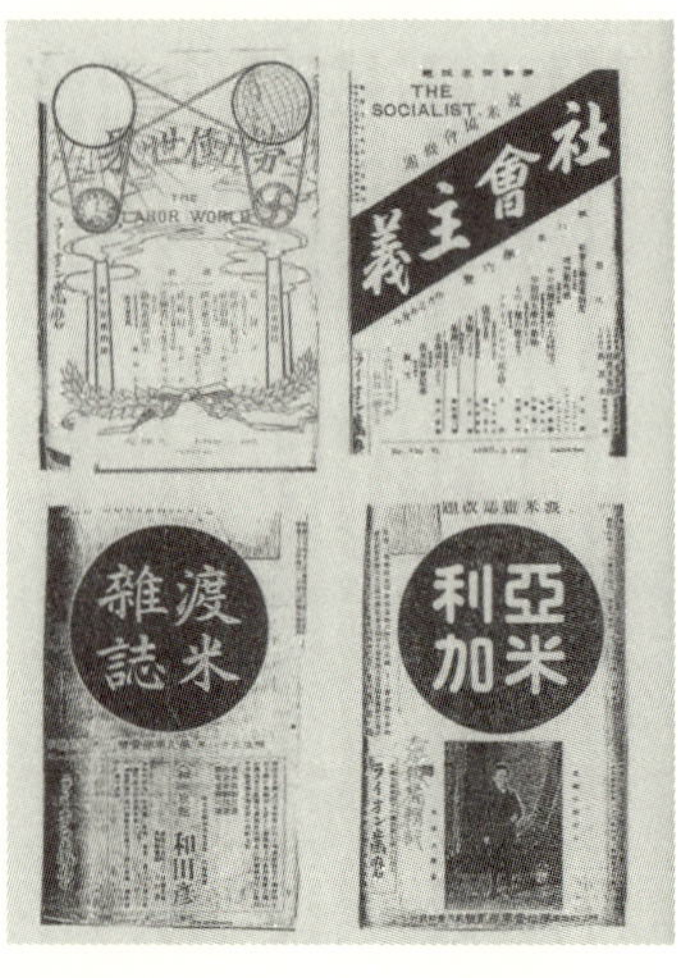

成功ブームとともにあったからこそ、「苦学生」を読者として想定して書かれた『渡米案内』はベストセラーになったのであろう(39)(図2―1)。

片山潜の『渡米案内』での「移住」は永住を意味しているわけではない。ここでの「移住」というのは「多年の後我国に帰り、国を善くし、種々なる方面より、日本を助長」するための一時的移動である。『渡米案内』の成功は、一九〇二年四月三日『労働世界』再刊と同時に「渡米協会」を設立するにいたる。『労働世界』はもともと一八九七年鉄工組合の機関誌として出発し、一九〇一年七月から社会主義協会の機関誌になる。再刊以後、『社会主義』、『渡米雑誌』、『亜米利加』へと雑誌名が変わっていく(40)(図2―2)。ここで注目したいのは、『社会主義』における「移動」の言説である。

「渡米協会規則」第四条には「『労働世界』直接

購読者は会員たることを得」ると書かれてある。これは「渡米協会を『労働世界』経営の基盤とし、渡米奨励と社会主義啓蒙の一石二鳥」を狙ったともいえるが、[41]「渡米協会規則」第四条は『社会主義』に変わってからも続く。[42]また、第六条に出ているとおり、「渡米協会」は「労働世界を以て会務を報告」することになる。

『労働世界』（以降『社会主義』）誌上で「渡米協会」と「社会主義協会」の記事が出会うようになったのは、当時両協会の中心メンバーであった片山潜が『労働世界』（『社会主義』）の編集を担当していたことと深く関わっている。『労働世界』において、渡米協会会員のために与えられた紙面（「渡米協会記事」・「渡米案内」）は二、三頁程度にすぎない。「北米は苦学生の天国なり」という渡米協会の第一声からも分かるとおり、「記事」の内容も、会員からの「たより」「会員問答」なども、苦学生のためのものが多かった。それは「渡米協会」が『渡米案内』と同様の路線であったことの現れであろう。渡米協会の紙面数は『労働世界』が『社会主義』になってからも変わらないし、「渡米」あるいは「移住」を促す言葉が「渡米協会記事」の枠を出ることもなかった。

しかし、一九〇三年七月頃から、『社会主義』誌上に変化が起きる。それは、非戦論の登場と、それと前後して「渡米」あるいは「移動」の言説が「渡米協会記事」の枠をはみ出すようになったことである。『社会主義』における「渡米協会記事」の拡大や「移住」をめぐる記事の増加は、社会主義協会の活動の中心が『社会主義』から『平民新聞』に移ったことによると指摘されてきた。[43]確かにそれまで『社会主義』が担ってきた社会主義協会機関誌としての役割は一九〇四年一月をもって『平民新聞』に移され[44]、同時期に『社会主義』の表紙には「渡米者の良友」(一九〇四・一・三)と書かれ、三月三日号からは「渡米協会機関誌」になっていく。また、「渡米協会の事業を拡張」するという予告記事が載ったのは、一九〇三年一〇月一八日であり、それは片山潜が渡米協会幹事「改選」に落選してから三日後のことである。このような変化のきっかけになったのは、他ならぬ社会主義者による「非戦」運動であろう。

当時、社会主義者の主な活動の一つは「非戦」運動である。「非戦」論の中には、「移動」を促す言葉が散見され、この時期、社会主義者の多くが「移住」論を書き始めていることがわかる。社会主義者による「非戦」と「移動」、無関係にもみえる二つの言葉が頻繁に交差しつつ「渡米」をある特殊な表象として作り上げて行く。そうした過程がうかがえるのは、一九〇三年七月以降の雑誌『社会主義』である。

一九〇三年七月、『社会主義』には、幸徳秋水の「非開戦論」が掲載される。秋水は、「戦争の費用」や徴兵などによって苦しむのは「賤家の子弟」だけであり、「兵を出すことが日本人の理想」ではないと語っている。ここで彼が戦争の代案として示したのは「移住」である。

今日、日本の急は露西亜と戦ふことではない、実際的に経済的に満州に出て行くより外はない。即ち沢山の人間を移住させ、資本を投じて、固着せる土地に密着して、富を吸収するに如くはない。之れでこそ日本は安泰である。

秋水は「移住」をもって平和的膨張、彼の言葉を借りると「経済的膨張」を図りうると見たのであろう。同様の「移動」の言説は、翌月の『日本人』に発表した「非戦論」にも現れる。[45] ここにおいても、「農夫商人」の「移住」によって「経済的に」韓国や満洲を「我手中に握り」うると主張している。似たような「非戦」言説は、同時期の内村鑑三「満州問題解決の精神」(『万朝報』一九〇三・八・二五)にも見られる。

国は到底剣や政略を以て取ることの出来るものでないことは世界歴史の充分に証明する所である、其国を愛する者が終(つひ)には其国の主人公となるのである、最も多く満州を愛する者が終には満州の持主となるのである(中略)為(な)し得る範囲内に於て大に其膨張を計るべきである。

極めて曖昧な表現ではあるが、ここでは膨張の方法として、戦争(「剣」)ではない「愛」という言葉が使われている。内村の「愛」は、秋水の「経済的膨張」とリンクしている。それを示してくれるのが、雑誌『社会主義』である。

注目すべきは、一九〇三年一〇月一二日、内村鑑三・堺利彦・幸徳秋水ら三人の『万朝報』退社から、同年一一月一五日の『平民新聞』創刊までに、『社会主義』において語られた「非戦」あるいは「移動」の言説である。一〇月一八日には、秋水ら三人の『万朝報』退社の記事が掲載される。同号には、

「非戦論大演説会」（一〇月二〇日に実施）の予告と共に、「今後大いに渡米協会の事業を拡張」するという「渡米案内」の宣伝が記される。同欄には方舟（山根吾一、この記事の翌年から、『社会主義』の編集を担当する）の「大石徳太郎氏の成功」が載る。ここで彼は、「亜米利加」では「小日本村を造りつゝ」あり、米国の市民権を持つ「小児」が「天長節又は新年」には「日本天皇陛下万歳を称へて」いると紹介している。

一一月三日には、前号で予告していた「非戦論大演説会」の内容が「論壇」欄で報告される。とりわけ、『万朝報』記者だった斯波貞吉は「戦争史観」という演説で「殖民は戦争によってするものでない」とし、その例として英国の「殖民政策」、「平和主義」的「移住」を取り上げている。「非戦」論が並ぶこの「論壇」欄には「海外移住論（一）」と「海外移住論（二）」が掲載される。[46] このエッセイを合わせて読むと、これが、「移動」の言説にも、「非戦」の言説にもなり得ることがわかる。ここで「海外移住」というのは、「偉大なる使命」である「民族膨張」に繋がるとして、日本の「膨張」のためには「自ら進んで他国を屈服し、他国を支配」する必要はないと述べられる。

「渡米協会」演説を記事にした藏原惟廓「渡米者に対して予の希望」は、他の「移動」の言説と同様に、人口問題の解決の方法として、外国移住を勧めている。[47] 集団移住について、「兵は強いが、何も人の国を取らなくても宜い、人の国を自分の国と思へば宜いのだ」と言いながら、「百年の間」「海外に押し出せば、満洲や西比利亜を二つや三つ取ったよりはまだ広い」と語っている。移住後、そこで結婚し、子供を生み、日本人を増やしていけば、「露西亜と戦争」して「金を使ひ、多数の人間を他殺して勝つた所で」、この「殖民法に及ばない」と主張している。論者は「殖民」をとおして、いたるところに「小日本国を造る」ことが出来ると述べている。

『社会主義』の「渡米案内」欄に絶えず「苦学生」の渡米に関する情報が飛びかう一方、その他の欄における「移動」は「平和の戦争」として、「非戦」の言説と同じレベルで語られ[48]、「平和的膨張」「小日本建設」を表象するようになっていく。片山潜の「移動」の言説に変化が見られるのもこの時期である。一九〇三年一〇月一五日協会幹事の座を去らなければならなくなった片山は、二〇日の「非戦論大演説会」には参加せず、一二月二九日、「社会主義者の万国大会」参加と、彼の紹介で渡米した人々の「総合」のために渡米し[49]、「米国だより」という形で『社会主義』に記事を送り続ける。

片山潜は渡米直前に「永住」こそ渡米青年の成功の鍵であり、「永住して必要なのは家庭である」と、女性の渡米を勧めている[50]。ここで注目すべきは「永住」という言葉である。そもそも彼の「渡米」奨励は、『渡米案内』や『社会主義』誌上の「渡米案内」においても、労働による「苦学」を促しているものの、「永住」を積極的に勧めてはいなかった。彼の変化は、渡米以後の「テキサス」をめぐるエッセイとともに考察しなければいけない。これに関しては、後でふれることにしよう。

いままで述べてきたとおり『社会主義』誌上の「非戦」的「移動」の言説が、「主戦」の言説に対抗する、植民地をめぐる駆引きの手段として見出されたことは確かであろう。代表的反戦論者であった内村鑑三の「最も多く満州を愛する者が終には満州の持主となる」とか、幸徳秋水の「満洲」への「移住」奨励のように、「移動」は、「非戦」の言説に書きこまれることによって、「平和」という言葉を借りたもう一つの「日本膨張」になりえた。これらの問題は「非戦」の立場を取っていた『社会主義』のなかに、『労働世界』の時代とは異なる「民族膨張」として「移動」の言説が登場したことと合わせて注目すべきであろう。

五　日本の植民地「テキサス」

一九〇三年一二月二九日に渡米した片山潜は、日露戦争中に「テキサス」に関する話を『社会主義』(『渡米雑誌』)だけではなく、当時の一般誌であった『成功』や『東洋経済新報』などにも送り続ける。そもそも「テキサス」は、一九〇二年一〇月二六日発行の『通商彙纂』に、当時のニューヨーク総領事内田定槌の報告書が公表されてから、[51]日本の各メディアに注目の土地として取りあげられてきた。これは、成功ブームにのっている青年たちの渡米や移民(出稼ぎ)の動きとは異なる、「植民」の言説であった。

一九〇八年一二月に出された在シカゴ領事清水精三郎の「北米テキサス州移民地取調報告[52]」を見てみよう。

布哇(ハワイ)若くは太平洋沿岸諸州本邦人事業の発展は多数の出稼より年所を経て資金を積み漸く事業を起すに至る例なるにテキサス州に於ける事業の発達は大に其趣を異にし其経営者は本邦に於け

る中流以上相当の地位信用ある者先づ資金を携え来り土地農業機械等を買入れ日本人を使役すると其に米人、墨其西哥人、黒人等をも使役し（中略）本邦の海外発展の事例中特色を帯べる真個の殖民事業なりと謂ふべし

当時旅券下付を厳格にすることで渡米を制限する政策をとっていた政府側の報告書に、「テキサス」が「殖民事業」として取り上げられていたことは注目すべきであろう。[53]『万朝報』誌上には、「テキサスの日本殖民事業」（一九〇三・一一・一九）という記事が載り、テキサス州は「日本帝国に二倍の面積を有し而も其人口僅に三百万人、日本人の殖民事業として有望なる新天地」として紹介される。同年一月『大阪朝日新聞』にも同様の記述が見られる。「再びテキサス州の米作地に就て」が八回にわたって連載されるが、これは、先に発表された「テキサス州に於ける米作」及び「合衆国の米作地と日本移民」が「我数十万の読者に特別なる注意を以て閲読」されたことにより書かれたものである。[54]

ここでいう「移住」は、「一時的の移住」ではなく、「子孫を此地に繁栄なさしむべき決心」、いわば「永住」を意味し、そのためには「日本村を彼地に設立するの覚期を以て、三戸以上の連合」による「移住」が望ましいという。[55]「日本村」以外にも「資金」のことが多く取り上げられる。三回目の記事のタイトル「作男は、悉く、黒色人種」からもその内容がうかがえる。

下級労働者として渡米するもの多く低廉なる賃銀を楯として白人の下級労働者と競争を為すが

為なり併しながら其は未だ敵手たるもの〻白人なるが故に尚已むを得ずとするも米作地方に於て黒人と労働を争ふに至りては日本人の面目を損すること最も大なるものあればなり此の事に関しては内田総領事も我が労働者の同地に入込まざらんことを希望する旨を余に語れり

「内田総領事」の言葉をかりた形で、「黒人と労働を争ふに至りては日本人の面目を損する」恐れがあるため、「労働者」ではなく資本をもっている日本人が「テキサス」に来るべきであると述べている。白人優位の差別的眼差しを内面化したものであり、当時アメリカで頻発していた日本人排斥の防止策として打ち出された案だともいえるだろう。そのため、資本家が移住することによって、「今日の所にてはテキサス州米作地方の白人等は」、日本人を黒人のような「下等人種にあらずと信」じ、日本人の「永住」を「歓迎」していると語られることになる。資本をもった集団移住の利点として、第六の「移住者と英語」では、「一人英語を少し話し得れば足れり」と強調されている。

繰り返しておくと、この記事は、「テキサス州に於ける米作」が反響を呼び、書かれたものであった。吉村大次郎も『渡米成業の手引』（一九〇三）で、「テキサス州に於ける米作」及び「合衆国の米作地と日本移民」をそのまま転載した形で、テキサスを紹介した[56]。彼は『渡米成業の手引』以外にも渡米案内書や『北米テキサスの米作』（一九〇三）『テキサス州米作の実験』（一九〇五）のような本を出し[57]、片山潜のように、テキサスに滞在しながらテキサス移住を勧めた。『渡米成業の手引』で吉村は、定住移民によって、「新日本を太平洋の彼方に形成するに至らば」、個人の幸福のみならず国家のためにもなると述べている。

> 若しも相当の資力を備へ組織を立てゝ、奮然渡航此未発の富原を開拓する人々あるならば、真にこれ家に取りては子孫の為の無上の良計、国に取りては国民膨張の先鋒として、偉大の貢献を国家に致すことが出来るであろう。

こうした文脈において、吉村の言う「新日本」建設と「テキサス」移住奨励による「国民膨張」は接続されることになる。この時期から彼は本格的に「テキサス」移住奨励を行ない、『渡米成業の手引』から二年後の「テキサス日本人」（『渡米雑誌』一九〇五・一）では、「テキサス」日本村のことを「日本人殖民地」として扱っている。『渡米雑誌』の「北米テキサス州日本村経営」（一九〇六・三）にも、同様の表現が見られる。

> 我日本国民が其子弟及家族をして務めて海外に発展せしむべき急務は今更喋々するの必要なかるべし、而して其発展は何れの地を可とするかとの国論は未だ一定せざるなり、否（いな）一定するの必要なし、戦後の日本国民は寧ろ全世界に向つて発展すべきなり、（中略）殖民事業に成功せし国民が、即ち勢力ある国家を形成せしことは、已に歴史の証する所なり。彼の希臘（ぎりしや）人、羅馬（らうま）が其勢力を有したるは、其殖民に努めたるに因るなり、希臘人の殖民は必ず常に絶へざるの火を持ち行け

図 2—3　雑誌『成功』1906 年 3 月号

史傳

米國テキサス最大成功者
岡崎常吉君立身傳

不撓不屈の青年、米國日本村の基礎を作る!!

米國哲學博士　片山潜

戰後の日本が其經營の一として重視せざるべからざる一事は國民の奮起して海外に向つて民族の發展を行ふにあり、是れ現下國民の思想なり、青年國民の熱望なり、焦眉の急務なり、而して其方面は如何と云ふに實に全世界に向つてならざるべからず、而して其方法手段は如何と云ふに、先づ目的地の地位、人情、風俗を究め其經濟の狀態を探査して然る後に決する所なかるべからず、抑々海外殖民に向つて第一に必要なるは其地に曉通するにありて、地位氣候は固より產業の發達程度如何を熟知し、兼ねて其人情風俗に精通するを要す、換言すれば殖民地の調査

りと、是れ彼等が多数の団体によりて成功せし所以にして（後略）

この論では、「満韓」「阿弗利加」「南米各国」「北米」などを「好殖民地」として並べているが、とりわけ「テキサス」を「望ましき」「殖民地」として取り上げている。「日本村経営」という題名どおり、これを書いた岡崎常吉は「吾人の主なる目的は我同胞の村落」の組織化にあるとし、その「日本村」については「大和民族の子孫をして、其故国を忘れざらしめ」る場であると紹介している。「家庭と其宗教、道徳、習慣」を保ったままの「移住」を語った岡崎常吉は、実際この時期、片山潜と共同で農場経営を計画していた。[58] この論は、その計画の実行に必要な日本からの移住希望者を集める目的で書かれたのであろう。

岡崎のいう「吾人の殖民地」としての「テキサス州日本村」のことを、同計画に加わっていた片山潜は「模範村」と名付け、[59]テキサスを「大和民族の膨張を得せしむる」「好殖民地」として紹介している[60]（図2―3）。

岡崎の記事より一か月前、『渡米雑誌』には「岡崎常吉氏の農場経営」という記事が見られる。これは同雑誌の編集者である山根吾一によるものである。山根は、岡崎の「日本村」経営計画が「第一回に於ては少なくとも二百家族の邦人」の移住であり、「相当資産ある人士にして日本村に加入せんと欲する人士には旅券は容易に下付さるべし」と「日本村」を宣伝している。岡崎の「日本村」と山根のいう「小日本村」（『社会主義』誌上が非戦論でゆれていた時期に書いた「大石徳太郎氏の成功」、前掲）は、移住を植民事業として捉えている面で共通している。

当時の「テキサス」を語るエッセイでは、「日本村」建設が繰り返し述べられる。しかし、「日本村」に対する批判も存在した。その批判の一つが植原悦二郎の「排日の真相と其の解決策」である。植原は、一八九九年渡米し、『破戒』出版の翌年である一九〇七年まで滞在する。帰国後は明治大学教授となり、一九一七年には衆議院議員に当選した。[61]彼が帰国後書いた「排日の真相と其の解決策」のなかで言及される「日本村」は、カリフォルニアを指しているが、彼は「日本村」について、「日本人の海外発展として一面喜ばしきものゝやうに思はるゝけれども」、これは「米国に於いて、日本人が一種の特殊部落を作つて居ることは、明かに日本人の米国に同化せざることを示す」ものだと批判している。[62]最初から「永住」を目的とし、集団移住に近い形での「移動」が企てられ、「植民地」あるいは「新日本」として表象された「テキサス」と、渡米者の増加により、「日本村」を形成していったカリフォルニアの「日本村」は相違点があるとはいえ、[63]「日本村」がアメリカのなかの「日本」という、そのナショナリティを強く意識させる点においては共通するものがあった。

片山潜や『社会主義』誌上の「渡米」をめぐるエッセイにおいて、「永住」が強く勧められるようになった時期に、同誌上には社会主義者による「非戦」の言説が多く現れる。まさにこの時期に「テキサス」は「植民地」として見出されたのである。これらのことを踏まえて考えるなら、幸徳秋水や内村鑑三の「非戦」の言説を「平和的日本膨張」の言説と解釈することができるように、片山潜の「テキサス」移住奨励も同一線上のものとして捉えうるのではないだろうか。内田総領事の影響でテキサスへ移住した人々のなかには、『時事新報』の記者であった大西理平や、自由民権運動家としても活躍し、一八九五年からは北海道開拓事業にも関わっていた西原清東も含まれる。この二人も日本に向けて「テキサス」移住奨励論を発信していたことはいうまでもない。[64]

実際には失敗に終わったとはいえ、当時の言説がつくりだした「テキサス」は、さまざまな「移動」の言説が出会う場である。「テキサス」は、在ニューヨーク領事、後期の自由民権運動家、時事新報の記者、社会主義者といった、まったく立場もイデオロギーも異なる面々の言説によって織りなされ、「平和的」日本膨張の対象とすべき未踏の領土という一個の表象として機能するようになった。「日本の膨張地」としての「テキサス」。そしてそのなかの「日本村」を「新日本」として表象することにおいて、まったくかけ離れた言説が相互に協力補完関係を結んでいたのである。

まさに「テキサス」行きが「平和的」日本膨張として意味づけられていた時期に、『破戒』は執筆され、世に出される。『破戒』には、大日向や丑松が「新日本建設」という自覚をもって「テキサス」に渡ろうとしているとはどこにも語られていない。しかし、部落の移動の言説圏においてみても、また渡米あるいは「テキサス」の移動の言説圏においてみても、丑松の最後の跳躍が「『日本』という『国家』からの脱出」を意味するとはいえないだろう。(65) なぜなら「テキサス」は「『国家』という堅固な秩序体系とは無縁(66)」な場であるどころか、まぎれもなく「新日本」建設の場にほかならなかったからである。

『破戒』を作品論的にそれ自体で完結した有機的テクストとしてとらえることは正しくない。それは結局、表象としての「テキサス」を取りこぼし、読者のそれぞれの立場によって意味を充当することにとどまるからである。研究者の読解がその例外ではないことは、すでに見てきたとおりである。そしてそれが罪深いのは、左右どちらのイデオロギーに属するものであったとしても、あの幸徳秋水ですら、ナショナリズムの陥穽をまぬがれず、帝国の膨張を主張することを通してしか国内矛盾の解決がないと主張していたことを見落してしまうためである。ナショナリズム一般を事後的な視点で断罪することは論者自身をも問い返すことになるが、しかし、その罠を自覚することのない者たちには、その自己批判も無意味だといわざるをえない。

＊　＊　＊

冷戦が崩壊した一九九〇年代以後、日本においては、アジア諸国への加害責任を視野にいれた「戦争責任」「植民地責任」論争が繰り広げられている。また、世界システムの変化の波と連動する形で、ナショナリズムを超えた「東アジア」のネットワーク作りへの模索が盛んになってきている。具体的には第Ⅲ部で論じることになるが、一九四五年「八月一五日」を日本の内部にだけ通用する「敗戦」としてとらえ、一九四五年以後を「戦後」という言葉で表現することにより、どのようなバイアスが働くことになったのかについて考えなければならないだろう。

また、一九四五年以後、歴史研究や文学研究の場において、「経済的侵略主義」をあわせもっていた日露戦争前後の「非戦」言説、秋水の『帝国主義』が、当時のコンテクストとは異なるレベルで、「世界平和」の表象として流通してきたことは[67]、第二次世界大戦以後の「経済大国日本」のアジアへの経済侵略に関する無批判な姿勢とかかわっている。それは、植民地主義について論じる際、「日本」という近代的帝国の形成過程を、軍事的なパワーに基づく北海道・蝦夷・台湾・朝鮮半島・満洲への移動にだけ焦点化してきたことと連動しているといえよう。このような「戦後」言説という枠組みによって論じられる「テキサス」への移動の言説、すなわち、経済的パワーを優位におく「平和的膨張」の言説が、「日本」からの脱出として理想化されてしまうのは当然の成り行きであろう。

行うべきは、「平和」の言説に刻まれている言葉の記憶を相対化する作業であろう。「幸徳秋水」神話の形成過程から露呈しているように、「植民地支配」の問題が「戦争責任」という審級においてのみ議論されることには、中国や米国との戦争以前に始まっていた「植民地支配」に関する議論の欠落に気付かないまま「世界平和」という枠組みを作り上げてしまう危険性が内包されていることに意識的である必要がある。

注

（1）野間宏「『破戒』について」（『破戒』の解説、一九五七、岩波文庫）。
（2）引用は、『藤村全集』第二巻（一九六六、筑摩書房）による。
（3）川端俊英「『破戒』の読み方——読書指導の観点から」（『『破戒』とその周辺——部落問題　小説研究』一九八四、文理閣）。川端は「西光万吉や阪本清一郎らの自覚的な青年たちでさえ、日本脱出を企てていた時代である。そういう時代状況のなかで丑松のテキサス行きをとらえてみることが、作品に忠実な読みとして要求される」と述べている。
（4）川端俊英「『破戒』の結末をめぐって（一）」（『『破戒』の読み方』一九九三、文理閣）。
（5）絓秀実「『国民』というスキャンダル」（『批評空間』一九九七・四、太田出版）。
（6）千田洋幸「父性と同性からの解放——『破戒』の構図」（『島崎藤村　文明批評と詩と小説と』一九九六、双文社出版）。
（7）同様の指摘は最近の研究においても見られる。「『破戒』をどう読むか」（『試想』第六号、二〇〇八、『試想』の会）は、これまでの『破戒』をめぐる研究史を詳細に調べた前田角藏の基調報告に基づく討論によって構成されている。ここでの議論から、日露戦争前後の国民国家日本の差別構造に目を向け、丑松が「国民国家の枠から出て〈新天地〉テキサスへと向かう。逃げたのではなく、そこしか抱えてくれる場所がなかった」、すなわち当時の文脈から考えると極めて「現実的」選択であったという結論が見出されている（三六頁）。
（8）瀬沼茂樹『評伝島崎藤村』（一九八一、筑摩書房）。

(9) 移民保護法の第一条に、「移民と称するは労働を目的として外国に渡航する者」とある。
(10) 移民関係の用語に関しては、これまで「移民」のほか、「移住」や「殖民」といった言葉が使用されてきた。しかしそれらの意味内容については、実にさまざまなものがあり統一的規定は未だなされていないようである。木村健二「明治期日本人の海外進出と移民・居留民政策(二・完)」(『商経論集』三六号、一九七九、早稲田大学大学院商学研究科院生自治会)。

これらの事情を今井輝子は、移民保護法の規定による「移民」と、immigrant の訳語としての「移民」の概念が異なることが、移民ということばの不明確さを生んだと指摘している(「明治期における渡米熱と渡米案内書および渡米雑誌」『津田塾大学紀要』一六号、一九八四・三)。明治以来日露戦争前後に至るまでの間、「移民・移住・殖民」という言葉は明確に定義されて使われていたというより、錯綜していたのだろう。本書では、このような錯綜状態にあった「移民・移住・殖民」の概念をあえて定義しないことにする。なぜなら回顧的に「移民・移住・殖民」を分類して定義づけようとする試みこそ、警戒しなければならないことだと思われるからである。
(11) この章では、韓国の国号を、一八九七年一〇月の大韓帝国(韓国)成立前は「朝鮮」と、成立後は「韓国」と表記する。「韓国」という国号は、「韓国併合に関する条約調印」の公布と同日(一九一〇・八・二九)に、「韓国の国号は之を改め、爾後朝鮮と称す」という公布勅令(即日施行)により「朝鮮」に変えられた。
(12) 第一条中「外国を清韓両国以外の外国と改む」。
(13) 外務省領事移住部編、一九七一、外務省大臣官房領事移住部。
(14) この表は『帝国統計年鑑』各年「海外旅券受取人員」によるという(木村健二「明治期日本人の海外進出と移民・居留民政策(二・完)」前掲、一〇四頁)。
(15) 木村によれば、植民圏というのは、台湾渡航者数に、一九〇五年以降は韓国、一九〇六年以降は樺太、関東租借地渡航者数を加えた数。
(16) 柳瀬勁介『社会外の社会穢多非人』第五章救済策(『明治文化全集　第六巻　社会篇』一九二九、日本評論社、ここでは一九六九年の第三版による)。
(17) 小熊英二『〈日本人〉の境界』(一九九八、新曜社)第四章「台湾領有」を参照。
(18) 稲生典太郎『条約改正論の歴史的展開』(一九七六、小峰書店、二七〇頁)。
(19) 大町桂月・猪狩史山共著『杉浦重剛先生』(一九二四、杉浦重剛先生顕彰会。ここでは一九八六年、思文閣の復刻版を参照、二三三頁)。
(20) 杉浦重剛「外交論」(『読売新聞』一八八七・七・六)。
(21) 『読売新聞』(一八八七・八・一一)。
(22) 立川健治「明治前半期の渡米熱(一)」(『富山大学教養部紀要』人文・社会科学編、一九九〇・一)は、『時事新報』に渡米奨励論が多く現れるのは、一八八四年から一八八八年と見ている。
(23) 古庄豊編『井上角五郎君略伝』(一九一九、井上角五郎君功労表彰会、五二頁)。
(24) 立川健治「明治前半期の渡米熱(二)」(前掲)。
(25) 海野福寿『韓国併合』(一九九五、岩波新書)。
(26) 以下の井上角五郎に関する記述は、古庄豊編『井上角五郎君略伝』(前掲)、近藤吉雄編『井上角五郎先生伝』(一九四三、井上角五郎先生伝記編纂会。ここでは、大空社の「伝記叢書」四三、一九八八)を参照した。
(27) 「井上角五郎自己年譜」による(近藤吉雄編『井上角五郎先生伝』前掲、一一五頁)。
(28) 入獄の原因については、近藤吉雄編『井上角五郎先生伝』(前掲、一四四〜一四九頁)が詳しい。
(29) 「明治二十年一月一日」(『時事新報』一八八七・一・一)。
(30) 『中央公論』(一九八三・八)。
(31) 小熊英二『〈日本人〉の境界』(前掲、六四五〜六四八頁を参照)。
(32) 児玉正昭「解説」『殖民協会報告　解説・総目次・索引』(一九八七、不二出版、一〇頁)。
(33) 「移民と航海」(一八九六・一・二五)。

（34）「移民と宗教」（一八九六・一一・一七）。

（35）「人口の繁殖」（一八九六・一一・三）。

（36）立川健治「福沢諭吉の渡米奨励論――福沢の交通、アメリカの原光景を中心として」（『富山大学教養部紀要』人文・社会科学編、一九八九・一二）。

（37）渡米奨励本のリストや売行きに関しては、立川健治「明治後半期の渡米熱――アメリカの流行」（『史林』一九八六・三、史学研究会）の「表I」を参照。今井輝子は、この渡米案内書の出版ブームが一九〇四・五年まで続いたと述べている（「明治期における渡米熱と渡米案内書および渡米雑誌」前掲）。

（38）片山潜の『自伝』（一九二二、改造社）によれば、『渡米案内』が「大当たりに当つて一週間に二千部も売れると云つた様な風で（中略）其の後（引用者：『渡米案内』出版後）間も無く渡米研究会を開くと、多くの青年がやって来たものだ――其れも其の筈だ予が『渡米案内』を発行してから半年も出でずして『太陽』でさへ渡米案内欄を設けて盛んに渡米熱を鼓吹させ、のみならず、渡米に関する書物も発行した（中略）売上の収入で一家を支へる事が充分出来得た位であった」（二一三頁）という。

（39）立川健治「明治前半期の渡米熱――アメリカの流行」（前掲、七六頁）、今井輝子（「明治期における渡米熱と渡米案内書および渡米雑誌」（前掲、三三〇頁）、正田健一郎「明治期における社会主義者の海外移民に対する態度について」（『早稲田政治経済学雑誌』一九八九・四、二九頁）に同様な指摘が見られる。

（40）『労働世界』は一九〇三年三月三日から『社会主義』へ、一九〇五年一月から『渡米雑誌』へ、一九〇七年一月から『亜米利加』へと改題。

（41）隅谷三喜男『片山潜』（一九六〇、東京大学出版会、一三八頁）、今井輝子「明治期における渡米熱と渡米案内書および渡米雑誌」（前掲）に同様の指摘が見られる。

（42）『社会主義』の一九〇三年八月一八日発行の号から第三条へと変わる。「渡米協会の会費の変遷」については、立川健治「時代を吹きぬけた渡米論――片山潜の活動をめぐって」（『汎』一九八七・三、PM

C出版、一〇〇頁）が詳しい。

(43) それが幸徳秋水・堺利彦側と片山潜との決裂を意味するのかどうかに関しては、異なる見解があるが、『社会主義』が「渡米協会機関」になり、『平民新聞』が「社会主義協会機関」になったことに対しては、各論者ともにほぼ同一の見解で一致している。太田雅夫『初期社会主義史の研究――明治三〇年代の人と組織と運動』（一九九一、新泉社）第一部第四〜五章、正田健一郎「明治期における社会主義者の海外移民に対する態度について」（前掲、三三頁）、立川健治「時代を吹きぬけた渡米論――片山潜の活動をめぐって」（前掲、一〇四頁）、岸本英太郎「解説」（労働運動史研究会編『明治社会主義史料集 補遺V』一九六三、明治文献資料刊行会、一〇頁）。

(44) より詳しく言えば、一九〇三年一〇月一五日、片山潜が社会主義協会幹事の座を失ってからである。

(45)『日本人』（一九〇三・八・五）。

(46) 植松考昭（東洋経済新報主幹）「海外移住論（一）」（一九〇三・一一・三）、「海外移住論（二）」（一九〇三・一二・三）。論壇の枠のなかで「移動」の言説が載ったのはこの論が初めてである。

(47) 藏原惟廓は五月一七日に渡米協会で演説している（『社会主義』一九〇四・六・三）。

(48) 加藤時次郎「国民の発展」（『社会主義』一九〇四・七・四）。

(49) 片山潜「告別の辞」（『社会主義』一九〇四・一・一八）。

(50)「渡米奨励演説会」での片山潜の演説。「青年女子の渡米」（『社会主義』一九〇四・一・三）。

(51) 内田定槌の報告書の影響で「テキサス」への移動が始まったという指摘は同時代の『移民調査報告』（一九〇八、外務省通商局、一頁。ここでは一九八六、雄松堂出版の復刻版を参照）。また入江寅次『邦人海外発展史上』（一九三八、移民問題研究会）第一九章「日露戦争前後の在米同胞」の「三、テキサスの邦人米作」に詳しく記されている。

(52)『移民調査報告』（前掲、二五頁）。

(53) 当局者が「渡米者に向つては条件に条件を附し（中略）刑事探偵を派して罪人かの如く身元調べを為

す（中略）渡米者を妨害するものの如くは（中略）上陸は少しも困難ならざるは其着後の報に依りて確証得る所なり」（『労働世界』一九〇二・五・三）。「渡米協会記事」には絶えず「渡米」制限に対する批判が展開された。

(54) 在紐育青尊生。吉村大次郎の『渡米成業の手引』（一九〇三、岡島書店、五七頁）によれば、彼の知人である福永青尊が、内田総領事の談話に頼りて、『大阪朝日新聞』にテキサス移住奨励文を書いたという。（一）一九〇三年一月二〇日、（二）一月二七日、（三）一月二八日、（四）一月二九日、（五）一月三〇日、（六）二月一日、（七）二月二日、（八）二月三日。

(55) （四）一月二九日。

(56) 五八頁〜七三頁。転載の理由として「テキサス州米田の実況は、簡にして要は尽し内田氏の親談と符節を合するが如きものがあるから」だと述べている。

(57) 吉村大次郎『北米テキサスの米作』（一九〇三、海外企業同志会）、同『テキサス州米作の実験』（一九〇五、海外企業同志会）。

(58) 片山のパトロンであった岩崎清七は『欧米遊蹤』（一九三三、アトリエ社）のなかで「ヒューストン市にレストランを開いて居た岡崎と云ふ人と共に、二万エーカーの地所を買う約束をして帰つて来て、其の事業の有利有望なことを力説するのであつた」と回想している（隅谷三喜男『片山潜』、前掲）。

(59) 『光』（一九〇六・二・五）。

(60) 片山潜「米国テキサス州最大成功者岡崎常吉君立身伝」（『成功』一九〇六・二）。

(61) 小熊英二「有色の殖民帝国——一九二〇年前後の日系移民排斥と朝鮮統治論」（『ナショナリティの脱構築』前掲、八四頁参照）。

(62) 植原悦二朗「排日の真相と其の解決策」（『太陽』一九二〇・一一、五頁）のなかの「（四）加州に於ける日本村」。

(63) 両者の米作事業に関する比較は、佳知晃子「テキサス州における日本人米作の起源とその成果についての一考察」(『社会科学研究年報』一九八二・三)が詳しい。

(64) 例えば大西理平「米国の米作事業」(『渡米雑誌』一九〇六・一一・三)があり、西原清東「テキサス移住」(『亜米利加』一九〇七・四・一)がある。

(65) 紅秀実「「国民」というスキャンダル」(前掲)。同論は、二〇〇一年に刊行された「〈帝国〉の文学——戦争と〈大逆〉の間」に収録されている。本論の初出(『ディスクールの帝国』二〇〇〇、新曜社、所収)に対する絓氏の誤読は、私が「丑松の〈脱出〉=〈放逐〉が同時に丑松を〈『国民』化〉する契機」(三四五頁)であったという同氏の鋭い指摘を批判していると判断したことに起因しているようである。拙稿で繰り返し強調しているのは、「テキサス」の表象の問題である。絓氏の結論は、丑松のテキサス行きを片山潜による「移民」招致と農場経営に接合させている。しかも、同氏の論は「その片山を、幸徳秋水が訪ねようと渡米している。二人はサンフランシスコで出会って会談した。幸徳がいわゆる〈大逆〉事件に連座するのは、それからたかだか六年後であった」(同著、五四頁)という記述で終わる。丑松の移動が秋水と片山の会談に収斂されるのは、『破戒』から「大逆」へ向かう同著の流れに沿うものであろう。しかし、このような構図によって、これまで片山の「移民」や秋水の非戦言説に刻まれている平和的膨張の問題が不可視化されてきたのではないだろうか。絓氏の指摘どおり、丑松のテキサス行きから「多様な意味を見出せる」のは確かである。しかし、同著の第四章「〈冷笑〉するオリエンタリズム」で絓氏によって見出されたのは、「丑松のテキサス行きもまた〈未だ見ぬ極楽へ行く〉といった文脈を潜在させていた」(一六七頁)という「意味」である。

(66) 千田洋幸「父性と同性からの解放——『破戒』の構図」(前掲)。

(67) 最後に一九九三年に出された家永三郎の幸徳秋水『帝国主義』に関する評価にふれておこう。一九八五年七月に出された『戦争責任』(岩波書店)で家永は、「日本国家の戦争責任」について「国際的責任、国内的責任、日本国家の戦争責任は誰がおうべきであるか」と、「日本」による他者への責任だけではなく、「連合諸国の日本に対する戦争責任」など複数の責任主体を立ち上げ、戦争責任の問題を明確に打ち出している。本章の第四節で取り上げた二つの戦争責任論と家永の論は明らかに異なる責任の主体を立てている。しかし、このような捉え方と、秋水の『帝国主義』が「世界の平和と軍国主義侵略主義の批判を主目的とする」書物であると捉える（『『帝国主義』をささえる『愛国心』と『軍国主義』への秋水の批判」、『日本平和大系』第二巻、一九九三、日本図書センター）家永の主張にはズレがあるように見える。家永は「戦争開始以前からの植民地支配国の被支配諸民族に対する加害責任と完全に分離して、戦争中の加害責任のみを抽出して考えにくい面が多い」と述べつつも、『戦争責任』では「植民地化の問題は最小必要限度にとどめ、もっぱら戦時下の加害行為のみに論述を限定する」という。ここでは、「植民地支配」の問題が「戦争責任」という審級において議論されることによって、位相を異にするはずの「植民地支配責任」に関する議論が宙吊りになっている。

家永の『帝国主義』の評価は、『日本平和大系』全体の構成とあわせて考えなければならない。秋水の『帝国主義』に関するエッセイが収録された『日本平和大系』の編集（一、作品・論文・史料の選定。二、テクストとなる底本の提供。三、解説執筆者の選定）は家永三郎の主導で行われ、日露戦争前後の社会主義者及び内村鑑三らによる日露戦争前後の非戦論が多く含まれている。家永は『大系』第一巻の「序にかえて——一九四五年以前の反戦・反軍・平和思想」で、前近代から一九四五年までの反戦的言説の系譜を丹念に記述している。ここで、秋水の『帝国主義』をはじめ、日露戦争前後の社会主義者の非戦言説が高く評価されていたのは、第二次世界大戦以来、「反戦・平和」的なものとして秋水、また彼の一連の著作が受け入れられるようになった事情と無縁ではないだろう。また、秋水の『帝国主義』が「世界の平和」という言葉で表象されていることからわかるように、『大系』における「日本平和」の言説は「世界平和」の言説に同一化されていたのである。

第Ⅱ部　記憶をめぐる抗争

第3章　戦略としての「朝鮮」表象

一九一〇年に日本の植民地になった朝鮮では、一九一九年の三・一万歳運動を契機に、「民族」という言葉が可視化される（第5章を参照）。そして、植民地朝鮮の支配政策は、「武断統治」から「文化政治」へと軌道修正される。このような流れとともに幕を開けた一九二〇年代は、地主、産業資本家層を主な対象とした「協力メカニズム」の構築が模索され、それがある程度機能しはじめた時代である。それは、「近代的土地所有制度と商品経済の浸透を根底とする、資本主義化への動向が不可避のプロセスであった」ことによる、統治システムであったのである[1]。

一九二〇年代から三〇年代に入ると、植民地は、内地の商品を販売するための市場として本格的に機能するようになる。帝国日本の支配圏内における資本主義の形成と深く関わっているこの動きは、様々な文化現象と連動していた。李惠鈴は、「文化政治」の意味について次のように述べている。

文化政治において、もっとも価値のあるものとして見出されたのが「朝鮮語」であることに注目すべきである。朝鮮総督府が文化政治という名を掲げた新施政第一三条は、慣習及び文化の尊重であるが、その一環として行われたのが「朝鮮語の奨励」である。朝鮮人による朝鮮語新聞及び雑誌の発刊を許可し、植民地朝鮮人を、「国語を常用しない者」として名付けた朝鮮教育令の改正（一九二二）は、朝鮮語を植民地民の意思表現と日常生活の大事な媒介として認め、公式化した措置である。一九二一年五月に公布された総督府及び所属官署の職員に対する「朝鮮語奨励の規定」は、武力のかわりとして選ばれたのが何かを示してくれる。すなわち、朝鮮に来た日本人、とりわけ、植民地官吏らに朝鮮語を通して、朝鮮人を把握し、朝鮮を知ることを督励した措置であったのである(2)。

文化政治において「朝鮮語」がもっとも価値のあるものとして見出され、それまで「新聞紙法(3)」によって禁止されていた朝鮮人による新聞・雑誌メディアの発刊が許される。支配政策の一環として、メディアを媒介としながら普及していく朝鮮語、そして、日常に侵蝕しつつあった日本語という二つの言語は、位階関係にあった(4)。それは、帝国日本の支配領域における言葉への「検閲」が、内地より植民地の方に厳しい制約を加えたことからも明らかであろう。しかし、朝鮮語や日本語で生産されたテクストが、このような検閲の網の目と駆け引きしながら、支配・被支配の枠組みでは捉え切れないほど、「移動」し、資本を媒介とする販売ルートの開拓を試みていたことをどのように考えればよいだろうか。

また、よく知られているように、一九二七年の改造社と春陽堂の「円本合戦」が激しさを増す過程の中で、改造社は、「東京を始め、全国各地で文芸講演会を開くため、あらゆる作家を動員したのはもちろんのこと、社員を遠く満洲、朝鮮、台湾まで派遣し、更にハワイにまで送った」と言われている[5]。旧改造社広告関係資料の中に含まれている「地方新聞普通単価一覧表」の中には、「台湾・朝鮮・満洲・青島・天津・上海など中国各都市、ハワイからカリフォルニアで発行されていた新聞」の欄があり、「一九三一年七月一四日付・同年九月一日付けで、朝鮮と満洲の地域紙が、規模の小さいものまで含めて計三二紙分追加」されている[6]。もちろん、これは、植民地の日本人読者を意識したものだともいえるのだが、その広告が、朝鮮語の新聞も対象にしたことを参照すれば、この時期になると朝鮮の人々の間にも日本語書物の読者が増えていたことを見逃してはならないだろう[7]。それは、一九二〇年代後半以降、「植民地朝鮮の読書文化は、日本の出版産業の影響下にあった」という指摘からも確認できるのである[8]。

冷戦崩壊以後、「戦後」的な枠組みを乗り越える方法として、ポストコロニアルな視点からの東アジアにおける日本帝国の歴史や文学の分節化が試みられている。とはいえ、内地と植民地の文化形成については、現在の日本と韓国という国民国家単位の線引きがなされ、「日本近代文学」や「韓国近代文学」というアカデミックな領域の境界を認めた上で、様々な議論がなされている。そのため、当時の複雑な文化の交錯が、国内向けの発言に留まり、国民国家単位の記憶として蓄積されてしまう傾向が強い。しかも、旧宗主国であった日本においては、「過去の罪」をいかに清算すべきかをめぐる議論が前景化されることが多い。そのため、「資本を掌握している側」「抑圧者」の宗主国側と「従順な消費者」「抵抗する主体」としての植民地側という二項対立的な枠組みに囚われ、当時の書物などの文化資本が、内地と植民地の必ずしも一致していない支配政策（例えば、検閲のシステムの差異）などと駆け引きしながら流通・移動していたことに注意が払われることはない。そのもっとも代表的な例が、本章で取り上げる中野重治の詩「雨の降る品川駅」の朝鮮語訳をめぐる問題であり、第4章で取り上げる小説家・張赫宙（チャン・ヒョクチュ）と舞踊家・崔承喜（チェ・スンヒ）の問題であろう。

一　中野重治「雨の降る品川駅」を翻訳する

中野重治の詩「雨の降る品川駅」は、雑誌『改造』の一九二九年二月号（図3―1）に掲載され、その三か月後には、朝鮮人による雑誌『無産者』（一九二九・五）（図3―2）に朝鮮語訳された。伏字だらけだった改造版にくらべ、無産者版は、天皇を直接的に示す表現だけが禁止されている。日本語と朝鮮語の差があるとはいえ、ともに日本の内地の検閲を受けた二つの詩が、同様な方向性を持っていたにも拘わらず、日本語の方により厳しい検閲が行われたことは興味深い(9)。

このような検閲の差異によって、無産者版は、一九七〇年代に水野直樹によって日本に紹介されて以来、改造版を復原する典拠とされてきた。金允植『創痕と克服』（大村益夫訳、一九七五、朝日新聞社）

図 3—1　『改造』1929 年 2 月号

雨の降る品川驛

中野重治

×××記念に　李北満　金浩永におくる

辛よ　さやうなら
金よ　さやうなら
君らは雨の降る品川驛から乗車する

李よ　さやうなら
も一人の李よ　さやうなら
君らは君らの父母の國に歸る

君らの國の河は寒い冬に凍る
君らの反逆する心は別れの一瞬に凍る

海は雨に濡れて夕暮れのなかに海鳴りの聲を高める
鳩は雨に濡れて煙のなかを車庫の屋根から舞ひ下りる

君らは雨に濡れて君らを、、、、、、を思ひ出す
君らは雨に濡れて　、、、、、、　、、、、、、　、、
、、　、、、　、、、、、、、を思ひ出す

降りしぶく雨のなかに緑のシグナルは上がる
降りしぶく雨のなかに君らの黒い瞳は燃える

雨は敷石に注ぎ暗い海面に落ちかゝる
雨は君らの熱した若い頬の上に消える

君らの黒い影は改札口をよぎる
君らの白いモスソは歩廊の闇にひるがへる

シグナルは色をかへる
君らは乗り込む

君らは出發する
君らは去る

おゝ
朝鮮の男であり女である君ら
底の底までふてぶてしい仲間
日本プロレタリアートの前だて後だて
行つてあの堅い　厚い　なめらかな氷を叩き割れ
長く堰かれて居た水をしてほとばしらしめよ
そして再び
海峡を躍りこえて舞ひ戻れ
神戸　名古屋を經て　東京に入り込み
、、、、に近づき
、、、、にあらはれ
、、、、
、、顎を突き上げて保ち
、、、、、、、、、、、、
、、、、、、、
温もりある、、の歡喜のなかに泣き笑へ

に記述された無産者版の存在に注目した水野は、それを典拠としながら改造版の伏字を復原（日本語訳）し、中野に届けた。水野によれば「中野氏はそれまで朝鮮語訳の存在を知らず、たいへん喜ばれたとのことで、これによって記憶を取りもどしながら、原詩の復原を試みられたという」[10]。一九七七年に刊行された『中野重治全集』第七巻（筑摩書房）の付録である「月報七」には、松下裕によって改造版の伏字の数を意識し、その「×」の字数に適合すると推定される日本語の単語をあてはめた無産者版の日本語訳が掲載された。水野直樹も、「「雨の降る品川駅」の朝鮮語訳をめぐって」（「月報八」『中野重治全集』第三巻、筑摩書房）と「「雨の降る品川駅」の事実しらべ」（『季刊三千里』一九八〇・春）において、無産者版の発見をめぐる経緯を説明し、無産者版の

図3—2 『無産者』創刊号1929年5月

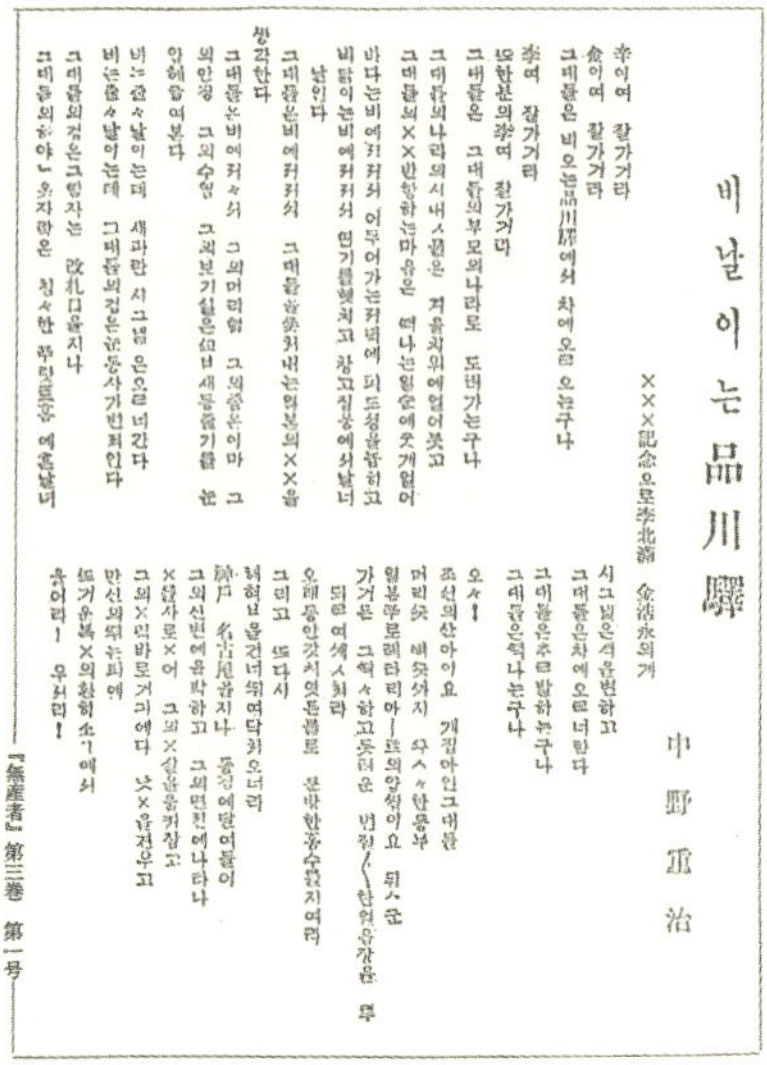

비날이는品川驛

×××記念으로李北滿 金浩永의게

中野重治

『無産者』第三巻 第一号

日本語訳を掲載した。

　ここで注目したいのは、改造版と無産者版に、「×××記念に　李北滿(イ・ブクマン)、金浩永(キム・ホヨン)におくる」という献辞が付されていることである。この伏字が、昭和天皇の「御大典」（一九二八・一一・一〇）であることは明らかであろう。[11] 一九二八年一一月の御大典の前後には、一九二八年三・一五事件、一九二九年四・一六事件など、共産党関係者の大量検挙があった。また、一九二八年六月には「国体を変革することを目的として結社を組織したる者又は結社の役員其の他指導者たる任務に従事したる者は死刑又は無期」に処することが出来るように、治安維持法が改悪された。そもそも治安維持法は、「国体（若(もしく)は政体）を変革し又は私有財産制度を否認することを目的として結社を組織し又は情を知りて之に加入したる者」（第一条）を対象としたことから分るように、おもに無政府主義者・共産主義者を取り締まるためのものであった。[12]

　一九二八年は特高警察体制が確立された年であるといわれるが、それも御大典の警備のためである。[13] とりわけ、同年八月の特高課長会議での指示事項・第一「大礼に関し各種要注意人物の視察警戒に関する件」には、「在外不逞鮮人」が内地に潜入することへの警戒が強調されていた。[14]天皇をめぐる表現に対する検閲がもっとも厳しかったこの時期に、「御大典記念に」と記されたこの詩が朝鮮人に贈られたのである。[15]しかも、この詩の朝鮮語訳が掲載された『無産者』は、朝鮮共産党再建のために作られた雑誌である。すなわち、「雨の降る品川駅」は、当時の特高がもっとも警戒していた「共産党」「不逞鮮人」メディアによって朝鮮語訳されたのである。

「御大典」のために、「検束された中野重治[16]／追放された李北満」という対関係は、「追われていく朝鮮人に送った改造版／追われた朝鮮人による無産者版」の構図と対応しているようにみえ、「連帯」をめぐる議論を誘発してきた。例えば、申銀珠は、改造版の「民族を超えた階級的結束に夢を託した力強い同志愛」は「階級的結束というものの虚像」であったと述べている。[17]申は、植民地下の非対称的関係において「真の連帯」は不可能であり、そこに中野にとっては不本意な歴史的限界が内在していると捉えている。一方、林淑美はコミンテルンの二七年テーゼと御大典という当時の日本共産党が置かれていたコンテクストに注目し、中野が「朝鮮人に呼びかけることで、この詩は、植民国人が意識的にも無意識的にも、もっているあるいはもたされている植民地主義的な意識を克服しえた」と評価している。[18]ここで、克服すべきものとして提示される「植民地主義的な意識」から露呈するのは、申と同様の、支配と被支配という磁場に回収される「日本人」と「朝鮮人」という構図であろう。こうした議論とはやや異なる構図を示したのが、丸山珪一である。丸山は、「詩の高いインターナショナリズム」は「他民族を恣意的に操作しうる存在としての抑圧者天皇を日本人自身の敵として引き据えるところにある」という。[19]「抑圧者天皇」という共通の敵を持つ朝鮮人と日本人という構図の前提になっているのは、どちらも同じ「プロレタリアート」階級だということである。

差異をはらんでいるとはいえ、「民族」と「階級」という言葉を歴史的コンテクストを超越したところに位置づけてきたのが、連帯をめぐるこれまでの言説の文法であろう。だが、はたして、「民族」「階級」という言葉の意味内容に揺らぎはなかったのだろうか。

本章では、雑誌『無産者』が、検閲制度と駆け引きをする方法として、朝鮮総督府ではなく、日本の内地の法的制度を利用したこと、しかも、その雑誌が朝鮮人の読者を想定していたことに注目したい。特に、無産者社メンバーをふくめ、スタンスが異なる様々な「朝鮮人」と「日本人」による、「民族」と「階級」表象の交錯を分析し、それにより改造版と無産者版が、表象の場においてどのように機能していたのかについて検討したい。

二　帝国日本のプロレタリア文学運動

共産党の朝鮮支部は、一九二五年四月に、コミンテルンにより、正式に承認される。それ以来、雑誌『無産者』が創刊されるまでの四年間、朝鮮共産党は朝鮮総督府の検挙により壊滅的打撃をうけ、四回にわたって再組織されることになる。[20]その過程で、朝鮮人党員同士の主導権争いが過熱していく。この内部抗争は、一九二八年一二月のコミンテルン「朝鮮問題の為めに」（以下一二月テーゼと略す）[21]で

表3―1　雑誌『無産者』をめぐる出来事

1925年4月	第1次朝鮮共産党、コミンテルンにより正式な朝鮮支部として承認される。
1925年8月	KAPF（朝鮮プロレタリア芸術同盟）結成。
1927年3月	東京で「第三戦線社」結成。**機関誌『第三戦線』**発行。
1927年11月	第三戦線社解散 ⇒ **KAPF 東京支部を結成。KAPF の機関誌『芸術運動』を東京で創刊。**編集者：金斗鎔、発行元：朝鮮プロレタリア芸術同盟
1928年12月	コミンテルンの12月テーゼ：朝鮮共産党の承認が取り消される
1929年1月	高麗共産青年会の結成（ML 派が中心）
1929年5月	**合法的出版社「無産者社」組織**、ML 派により**雑誌『無産者』創刊**⇒ソウルのKAPFの主導権は東京帰りのML派へ（林和・金南天・安漠ら）
1929年11月	KAPF 東京支部が解散し、無産者社に合流

批判され、朝鮮共産党の承認が取り消される一つの原因となる。同テーゼでは朝鮮共産党の再建が命じられるが、それを実行すべく、朝鮮共産党のセクトである上海のML派によって派遣された高景欽（コ・ギョンウム）が、朝鮮で資金を調達し、日本の内地で立ち上げた合法的な出版社が無産者社である（**表3―1**）。これに協力したのは、「雨の降る品川駅」の朝鮮語訳を行った可能性があるといわれる李北満と、中野の新人会の後輩である金斗鎔（キム・ドゥヨン）である(22)。

　李と金は、一九二七年三月に東京で第三戦線社を結成し、機関誌『第三戦線』を宣伝するため同年の夏、京城に行く。李北満は、『プロレタリア芸術』一九二七年八月号に「朝鮮からのたより」という短い報告を寄せている。

　昨夜、当地の青年会館の大ホールで、学生芸術研究会後援の下に講演会を開催、聴衆五六百名、大盛況だった。（中略）プロ芸幹部と直接会見して意見を交換した。（詳しいことは後日に譲る）雑誌売捌所は書店よりプロ芸本部の方がよさそうだつたから、その方に定めた。但しお互ひの便利を計るため四五割引して貰ひたいとのこと。宣伝は書店よりもよりよく誠意を持ってやってくれると。

右でプロ芸というのは一九二五年八月に結成された朝鮮プロレタリア芸術同盟（Korea Artista Proleta Federatio。以下KAPFと略す）である。大きな反響を呼んだ第三戦線社メンバーの京城行きの目的は雑誌の販売ルートの開拓と朝鮮プロレタリア芸術同盟との連携であった。その目論見は成功し、李北満らがKAPFの組織再編を促したことを契機に(23)、アナキストと民族主義者を追放するなど、政治闘争を軸とするKAPFの方向転換が行われる(24)。朝鮮の著名な詩人である林和(イム・ファ)(25)は、講演会を契機に、KAPFが「東京的な政治気分に引っ張られるようになり、日本のプロレタリア芸術運動との××的連絡ができるようになったことは驚くべき展開であった」（傍点原文）と述べている(26)。

東京に戻ってきた李と金らは、第三戦線社を発展的に解散し、KAPF東京支部を結成する。そして、KAPFの機関誌『芸術運動』を発行する。『無産者』の前身であるこの雑誌が、KAPF本部のある京城ではなく(27)、東京で出された経緯について、司法省判事局の資料には、京城での朝鮮総督府の「取締の厳重なる為機関誌の発行困難なりしところより其の指令を受けて機関誌『芸術運動』を発行」することになった、と記されている(28)。

同じ時期、帝国日本の内地では、一九二七年七月一三日に文芸家協会など三八の団体が検閲制度改正期成同盟を結成するなど、検閲制度改正運動が行われている。しかし、朝鮮での要求と比較してみると、内地と外地の検閲制度の違いだけではなく、植民地朝鮮内部の言語別、民族別の検閲制度の違いについて、植民地のメディアが敏感に反応していたことがわかる。植民地朝鮮で結成された「新聞紙法と出版法改正期成会」について、『朝鮮日報』（一九二三・三・二五、朝鮮語）には次のように記されている。

> 日本人と朝鮮人に対する出版上の条文が異なるため、同一の朝鮮内でも日本人は出版許可を必要としないが、朝鮮人は出版許可が必要である。しかも、出版物を納本すると、一～二ヶ月ぐらい待たされる。日本人には出版予約を許可するのに対し、朝鮮人には許可しない。日本には登録係りがいて、何種の書籍を発刊しても、登録しその版権が保障されるが、朝鮮には此れが設置されない。（中略）武断政治が文化政治へと変わり、朝鮮人経営の数種類の新聞紙が許可されたとはいえ、法律上の朝鮮文新聞紙と日本文新聞紙の取り締まりが異なる。（中略）新聞界と雑誌界に、このような差別的法律が適用されることは、一視主義が終始矛盾していることを意味している。このままでは民衆の不平と不満というものを到底消化することは出来ないだろう。

このような記事の出現自体が、既述した通り、武断政治から文化政治へと朝鮮総督府の統治政策が変化したことの表れである。日韓併合後、総督府は大韓帝国末期に発行されていた朝鮮語メディアをすべて廃刊させたために、一九二〇年までは、総督府の機関紙である『毎日申報』だけが、唯一の朝

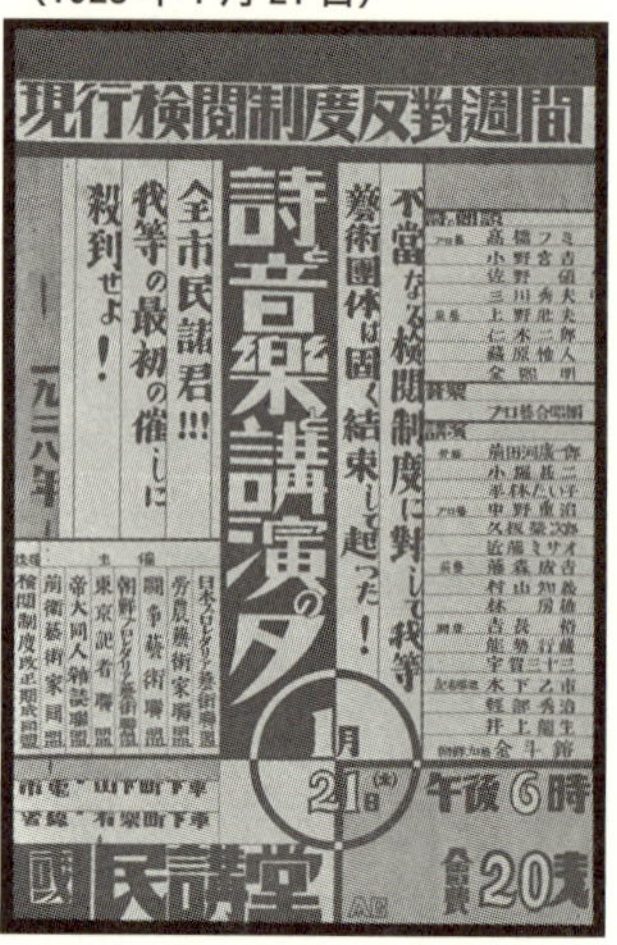

図3—3 「詩と音楽と講演の夕」(1928年1月21日)

写真提供：法政大学大原社会問題研究所

鮮語新聞であった。総督府は、一九二〇年一月六日に、『朝鮮日報』『東亞日報』『時事新聞』など、三つの朝鮮語による民間紙の発行を許可した。韓基亭によれば、「文化政治期のメディアの解放」は単に三・一運動に対する「賠償金」の意味合いを持っているのではなく、「日帝がメディア不在という反近代的状況に韓国を閉じこめておくことは、現実的に不可能だと判断した」ことによる「精巧な政策」であった。このような政策に基づいて、総督府は、「メディアを通しての民族的葛藤の〈仮想的対立〉を許可し、検閲体制がそのゲームを監視した」。結局、「植民地において出版物刊行の許可は、むしろ検閲対象の拡大と、検閲強度の深化を意味するものであった」のである(29)。

朝鮮のメディアが、日本人、日本文、内地と同じ法律を求めていた一方、その法律と実際に駆け引きをしていた内地のメディアも、検閲制度改正を求めていた。雑誌『プロレタリア芸術』の一九二七年九月号で、浅野晃は、労働民主党の提唱のもとに、出版、演劇、映画、美術に関係する団体の大半が参加し、検閲制度改正期成同盟を結成したと報告している（「言論出版の自由とプロレタリアートの使命」(30)）。

同年一二月に創刊された『芸術運動』には、東京支部の名で、右の同盟に加盟したことが報告され、綱領の朝鮮語訳も掲載される。すなわち、これは、朝鮮人を読者として想定し、朝鮮にも発信されていたこの雑誌が内地の検閲制度下に置かれていたことを表している。例えば、一九二八年一月二一日「現行検閲制度反対週間」に開催された「詩と音楽と講演の夕」のポスターには、朝鮮プロレタリア芸術連盟（KAPF）が、日本プロレタリア芸術連盟、労農芸術家連盟と並んで「主催」の側に並んでいる（**図3―3**）。しかも、中野重治らが参加した講演には、朝鮮プロ芸の代表として金斗鎔の名（ポスター右側の最後）が記されているのである。

当時、朝鮮で発売出来ない書籍が、朝鮮の外部で出版されることは多かったのだが、[31] KAPFの機関誌『芸術運動』が上海、満洲など多くの朝鮮人社会主義者が活動していた地域ではなく、東京で創刊されていたことに注目したい。この雑誌は、日本帝国による内地と外地の検閲制度の違いを利用したものであり、それは、朝鮮プロレタリア文学運動の中で李北満と金斗鎔らが日本のプロレタリア運動とのパイプ役として浮上したことを意味する。この問題は、当時の朝鮮において、日本語を媒介とした近代的知識が輸入される際に、日本人知識人の固有名が書物の質を保証する記号として浮上してきた現象と交錯している。

三　朝鮮語メディアと書物の移動

一九二〇年代の植民地朝鮮では、日常生活を営むために、朝鮮語・漢字・日本語の習得が求められていた。漢文・朝鮮語（漢字交じり文を含む）・日本語（国語）など、当時流通していた言語の多様性が物語るように、朝鮮の近代化は植民地化と並行して行われた。一九二〇年代半ばまで、朝鮮人口の九〇％近くが非識字状態であったという。[32]

一九二一年に朝鮮総督府学務局が発表した「朝鮮人の国語を解する者の人口に対する割合表」（『国語普及の状況』）によると、「普通会話に差支なき者」は男性では〇・五九六％、女性では〇・〇四九％、「稍解し得る者」でも男性は一・二〇〇％、女性は〇・一八五％であり、「国語」を「解せさる者」は、男性の九八・二〇四％、女性の九九・七六％に及んだ。[33] しかも、六・八％に限っては、朝鮮語と日本語の両方のリテラシーを持っていたと一九三〇年の総督府の調査に記されている。

よく知られているように、朝鮮総督府の統治政策の中で、教育政策の占める比重が上昇したのも、一九二〇年代に入ってからである。[34] 一九二二年には、「文化政治」への転換を象徴する第二次朝鮮教育令に基づいて、「朝鮮語」が科目として独立する。しかし、それは、「国語」の役割をむしろ強め、「同和政策の強化を図るもの」でもあったのである。[35] このような状況において、ハングル運動が進められたのはいうまでもない。武断統治から文化政治への移行によって、「言語ナショナリズムとハングル運動を本格化させるための土壌」が整ったと指摘する李惠鈴は、「ハングル運動と近代メディア」という論において、ハングル運動を遂行する主体たちの異質性に注目している。李によれば、「ハングル運動は、その流通と普及のためのメディアとしての学校・教会・新聞社、さらに近代国民国家のようなシステムを要求した」と指摘している。[36] このように、植民地における言語の近代化についてもまた、帝国権力とのどのような駆引きが行われたかに関する視点が必要だといわ

ざるをえない。(37)

普通学校を卒業する朝鮮人は、一九一〇年代末の約一〇万人から、一九三〇年代末には約二五万人に増える。(38) しかも、日本から輸入される書籍への検閲が、比較的厳しくなかったことも手伝って、一九二〇年代後半から、文字言語における日本語のヘゲモニーは強くなる。とはいえ、千政煥が指摘しているように、この現象は、「日鮮同化」対「抵抗」という二項対立的構図に回収される事態ではなかった。一九二〇年代から一九三〇年代の読者の形成の問題は、日本帝国の植民地政策の一環としての資本主義の形成および階層の分化の問題と複雑に絡み合っているのである。(39)

図 3―4 『戦旗』1929 年 3 月号の表紙

1927 年 9 月 12 日、京城の裁判所前を写した写真（『朝鮮日報』からの転載）を「国際無産婦人デー・犠牲者とその家族」の特集の表紙として使用している。『朝鮮日報』では、植民地の現実をあらわす記号であった同じ写真が、『戦旗』では、「連帯」の表象として機能している。

一九二七年九月一二日と九月一四日の『朝鮮日報』では、一九二五年から一九二七年の間に逮捕された第一次、第二次朝鮮共産党メンバー一〇一人に対する裁判が、大きく報じられる。(40) その記事には、被告の写真とともに、裁判の前日から並んだ数百人の傍聴希望者の写真が載っている（**図3―4**）。共産党運動への関心の高さをうかがわせる出来事である。朝鮮での厳しい検閲システムは、左翼的書物の朝鮮語での生産を「禁止―回避」

図 3—5 『東亞日報』1928 年 6 月 26 日

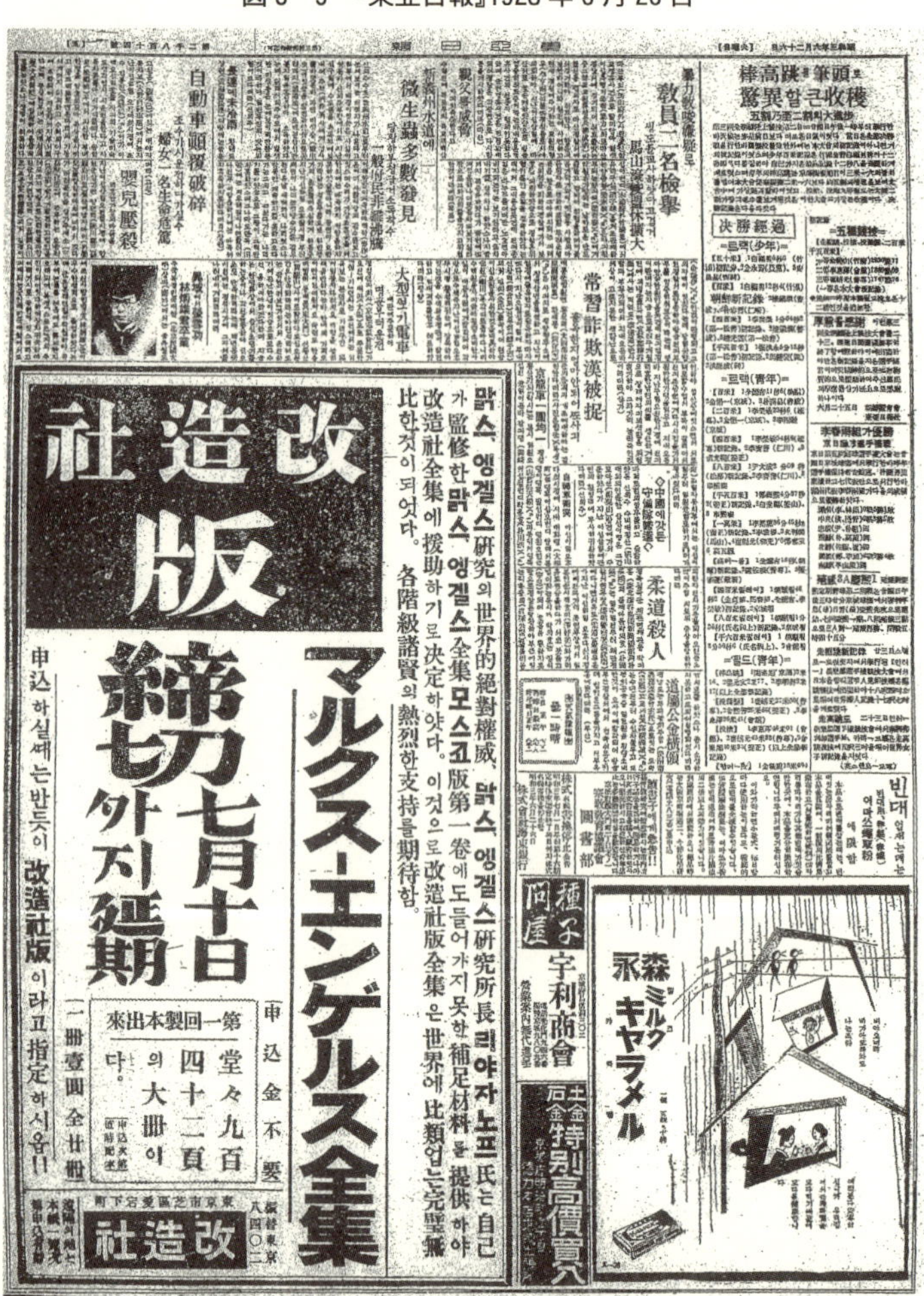

東亞日報

暴力教員二名檢擧

自動車顚覆破碎
婦女二名生命危篤

新義州水道에
微生蟲多數發見

棒高跳와 筆頭로
驚異할 큰收穫

決勝經過

常習詐欺漢被捉

柔道殺人

改造社版

マルクス・エンゲルス全集

맑스 엥겔스研究의 世界的 絶對權威, 맑스 엥겔스研究所長 리야자노프氏는 自己가 監修한 맑스 엥겔스全集 모스코版第一卷에도 들어가지 못한 補足材料를 提供하야 改造社全集에 援助하기로 決定하얏다。이것으로 改造社版全集은 世界에 比類업는 完璧無比한것이 되엇다。各階級諸賢의 熱烈한 支持를 期待함。

締切 七月十日까지 延期

申込金不要

第一回製本出來

堂々九百四十二頁의 大冊이다。

（申込次第直時配本）

一冊壹圓 全廿冊

申込하실때는 반듯이 改造社版이라고 指定하시옵!!

東京市芝區愛宕下町

改造社

振替東京八四〇二

種子問屋

宇利商會

森永ミルクキャラメル

させ、輸入・移入の流れを誘発する(41)。そのため、同じ時期、書物の輸入においても、社会主義関連の書籍の受容は絶頂を迎えることになる(42)。

一九二八年五月からは、「円本騒動のもっとも悲劇的な事件」といわれた『マルクス・エンゲルス全集』の改造社版と連盟版(岩波書店、希望閣、同人社、弘文堂、叢文閣)の同時発売が予告される(43)。植民地朝鮮では、お互いに競いあうような格好で『東亜日報』に広告を出しているが、特に改造社は一週間の間、誌面の半分を占める大きさで四回も広告を掲載している(図3―5)。改造社版の広告の文句は、一九二八年六月二三日「迷わずに本全集を、翻訳界の全権威を網羅、訳者が誰なのかをみよう!!」、六月二四日「締め切り切迫」、六月二六日「締め切り七月十日まで延期　申し込みの際は必ず改造社版と指定しよう!!」、六月三〇日「配本開始　何よりも実物を見てください」である。それに対し、六月二一日の連盟版は「一番よいものを選択しよう――連盟版への信頼。訳者が誰なのかをみよう。そして、信じよう」という文句で対抗している(44)。

朝鮮のメディアに掲載された書物の広告は、他の商品広告と同様、日本の広告をそのまま(朝鮮語訳するか、朝鮮語の振り仮名を付けて)載せたものが多い。しかし、宗主国を媒介に、新たな文化との接触が行われていた当時の植民地の消費者が、宗主国の消費者と同じコードで、この書物の広告を受容していたとは言いにくい。どのような文化的記号も、消費(判読)の過程で屈折、歪曲、転用される可能性があるのである。

小尾俊人によれば、両者の「宣伝戦における死闘の結果、連盟版は敗北・解体し、一冊も出版できなかった。翻訳・組版・広告などの莫大な出費は主として岩波茂雄の負担で処理された」という。[45]しかし、ここで注目したいのは、朝鮮語に訳された広告においてさえも、改造社版と連盟版との両者ともに、日本語への翻訳者が誰なのかを強調していることである。改造社版（『東亞日報』一九二七・六・二三）では翻訳者の名前が強調され、山川均の推薦の言葉が記されている。連盟版（『東亞日報』一九二七・六・二二）の場合、河上肇ら、豪華な翻訳者の名前の横に、「権威」と「信頼」という言葉を配す戦略をとっている。つまり、書物の質は知識人の名前をもって保証されるという構図になっているのである。

李北満は、一九二七年の京城訪問の直後から『朝鮮日報』に「最近日本文壇鳥瞰」（一九二七年九月八日から九月一七日までの全八回）を連載している。その頃から、彼が、朝鮮の読者に対し、「中野重治」という名前を多用していたことは興味深い。李は、九月一六日の記事で、「現在日本文壇で最も正当な無産階級的な文芸理論を把握している『日本プロレタリア芸術連盟』と握手する可能性」を示唆しながら、中野重治の論文「結晶しつつある小市民性――『文芸戦線』一九二七年二月号所載テーゼの批判」を朝鮮語に訳し、紹介している。また、一九二七年六月に起きた日本プロレタリア芸術連盟の分裂をめぐる論争を紹介し、それに対する中野の反駁文を、連載の七回と八回と二回にわたって長々と引用している。よく知られているように、日本プロレタリア芸術連盟は、一九二六年一一月に組織されるが、やがて、「社会主義政治闘争への参加」をめぐって内部対立を起こし、翌二七年六月、青野季吉・蔵原惟人らが日本プロレタリア芸術連盟から除名された。除名された一六名はすぐさま労農芸術家連盟（略して「労芸」と呼ばれた）を立ち上げ、その以前から発行されていた『文芸戦線』（略して「文戦」と呼ばれた）を機関誌とした。それに対抗し、同年七月から、中野重治、鹿地亘らは、日本プロレタリア芸術連盟の機関誌として改めて『プロレタリア芸術』を発行することになる。

その『プロレタリア芸術』（同・九）において、李北滿は「雑誌文戦八月号の投書欄に、第三戦線という雑誌が老芸（ママ）を支持する」といわれたが、「朝鮮人の第三戦線」は「老芸とは縁もゆかりないし老芸とは全然反対の立場に立つものだ」と強調している。また、「老芸」すなわち『文芸戦線』の思想が朝鮮に輸入されていることへの批判を同年一二月に『朝鮮日報』の連載「当然揚棄すべき　所謂「目的意識性」似而非方向転換論の徹底的な排撃（二）」（一九二七・一二・一二、同紙に一二月一一日～一六日まで連載）に寄せている。

わが無産階級運動はそれ自身が急激な方向転換の過程を経験した日本の無産階級運動の絶大な影響を受けている。従って、わが同志の多くは、日本の同志達の理論を無反省、無批判的に直輸入したが、そこから多くの誤解を生むことになった。同志尹君と一連の自称マルクス主義者達もその範疇に属する。即ち、過去の公式主義者であり、現在の意識的折衷主義者である青野季吉派（これに関しては別稿を用意したい）の公式主義及折衷主義を何等の批判もなしに直輸入したのである。

朝鮮の無産階級運動が日本の無産階級運動の影響を受けていると指摘した上で、それらの理論を無反省、無批判的に直輸入したために、誤解を生むことになったと述べている。とりわけ、李は、対立関係にある朝鮮人運動家のグループを『文芸戦線』の「青野季吉派」の「折衷主義」にたとえている。確かに『文芸戦線』には、朝鮮の読者から「文戦」が押収されている朝鮮の実情を訴える文章が投稿され、李北満らと方向転換をめぐって激論を交わしていた韓雪野（ハンソルノ）のエッセイ（「感謝と不満」、一九二七・九）も掲載されている。

朝鮮語メディアが登場した一九二〇年頃から堺利彦、山川均、荒畑寒村らが、日本を代表する知識人として記号化されていたことを考えあわせると、[46] 李の『朝鮮日報』での連載は、朝鮮の読者に対し、日本の誰（どのグループ）と連携すべきかを示したものである。その流れの中で、「中野重治」という固有名は、「日本文壇の正当な無産階級的文芸運動のリーダー」という言葉とともに前景化されたのである。

四　「朝鮮人」は被圧迫民衆なのか

『朝鮮日報』（一九二七・一二・一）に掲載された『芸術運動』創刊号（一九二七年一一月）の広告は、中野重治と李北満の名前が並ぶ形で朝鮮の読者に提示される（**図3—6**）。一方、この雑誌には、中野らの『プロレタリア芸術』の広告が掲載され、そこには「『芸術運動』と併せてよめ！」と記されて

図 3—6 『朝鮮日報』1927 年 12 月 1 日

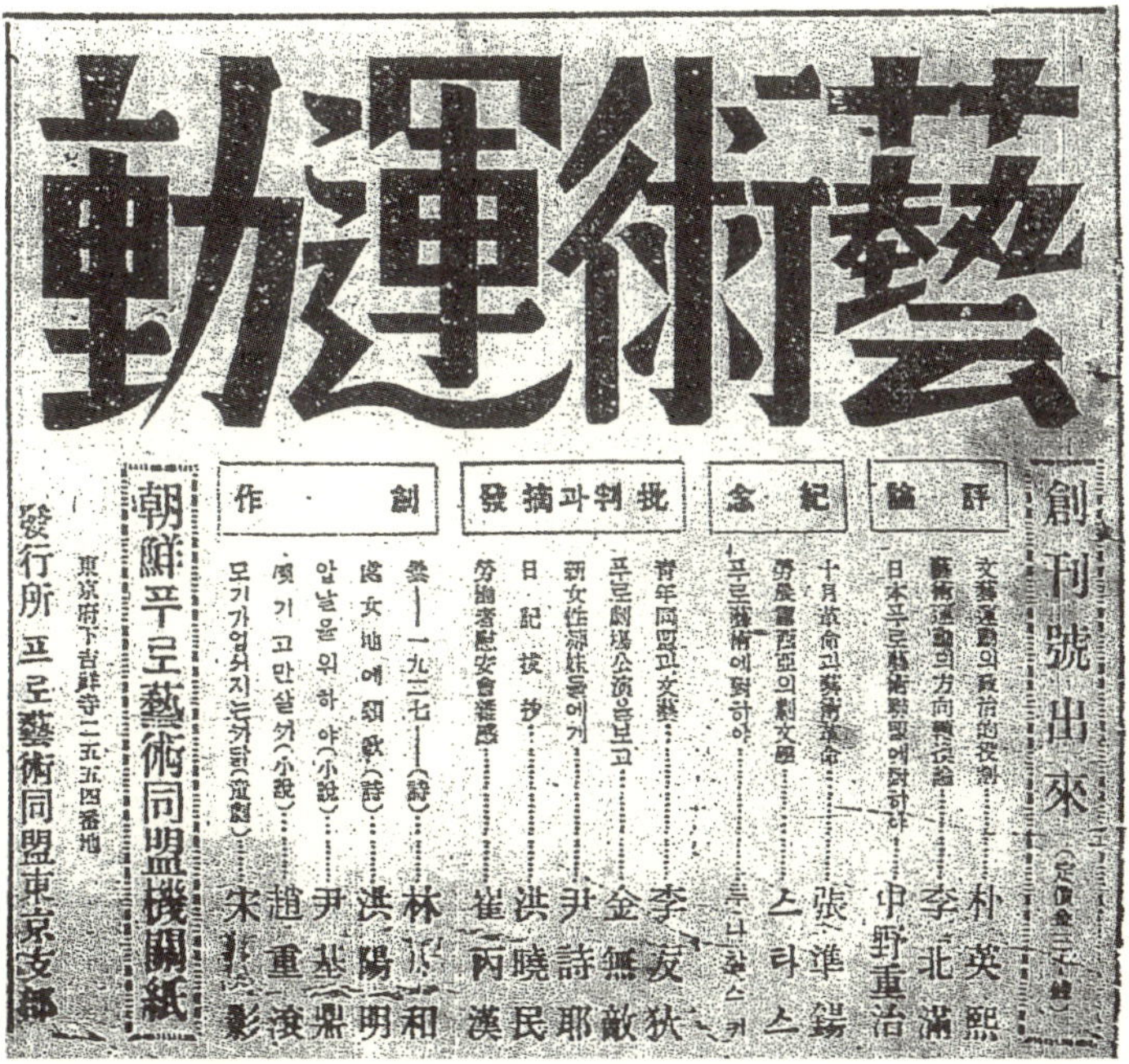

藝術運動

創刊號出來（定價金三十錢）

評論

文藝運動의政治的役割……朴英熙
藝術運動의方向轉換論……李北滿
日本프로藝術聯盟에對하야……中野重治

紀念

十月革命과藝術革命……張準錫
勞農露西亞의劇文學……스타스
프로藝術에對하야……루나찰스키

批判과摘發

靑年同盟과文藝……李友狄
프로劇場公演을보고……金無敵
新女性諸姉妹들에게……尹詩耶
日記拔抄……洪曉民
勞働者慰安會雜感……崔丙漢

創作

[illegible]—一九二七—(詩)……林[illegible]和
[illegible]女地에頌歌(詩)……洪陽明
압날을위하야(小說)……尹基鼎
얘기고만살엇다(小說)……趙重滾
모기가업서지는까닭(喜劇)……宋[illegible]影

朝鮮프로藝術同盟機關紙

東京府下吉祥寺二五五四番地
發行所 프로藝術同盟東京支部

いる（図3—7）。このような交錯は、中野の朝鮮認識、中野と朝鮮人の連帯というコードで解釈される可能性が高いだろう。しかも、こうした解釈は、影響を与える側（帝国側）と影響される側（植民地側）という構図を暗黙の前提としている。しかしながら、朝鮮に向かって発信された『芸術運動』は、『プロレタリア芸術』が置かれた空間とは異なる言説と交錯していたことを見落としてはならないだろう。創刊号に朝鮮語訳された中野のエッセイも、当時の朝鮮の読者を意識した編集によって配置され、朝鮮の読者のコードで読まれたことに注意しなければならない。

まず、中野重治と李北満の連帯を

図3—7『芸術運動』創刊号（1927年11月）

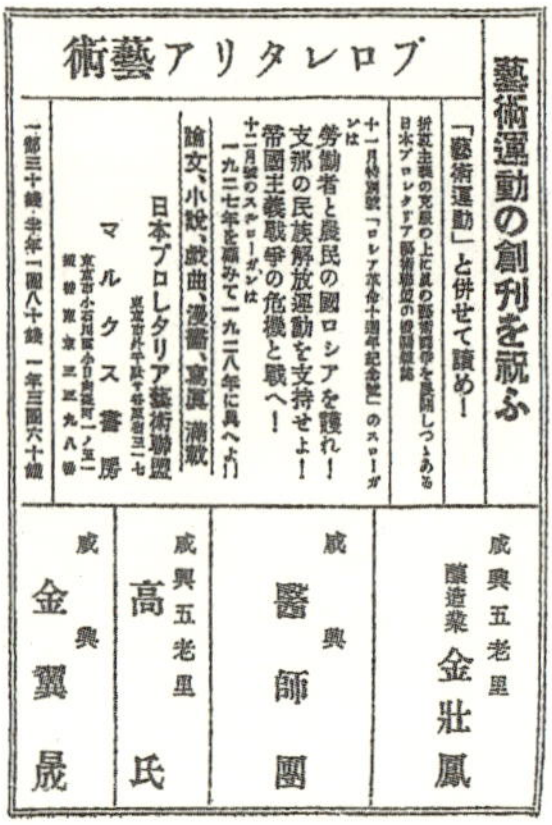

めぐる言説にはズレがあったことに注目してみよう。李北満は、「芸術運動の方向転換は果して真正な方向転換論なのか」（朝鮮語）で、先進諸外国と違う「朝鮮の特殊性」を強調し、植民地朝鮮民族をすべてプロレタリア階級へと位置づける「弱小民族の階級性に立脚した全民族的単一党」への方向転換を説いている。そして、共産党系と非妥協的民族主義系が連合した新幹会（一九二七年二月一五日に結成）という反日統一組織の結成を報告している。李は、同エッセイの註の中で、組織問題に対しては、レーニンの『組織問題』と中野重治の「芸術運動の組織」（『プロレタリア芸術』八月号）を読むことを薦めている。

『芸術運動』創刊号には、中野のエッセイ「日本プロレタリア運動について」が朝鮮語訳されている。中野は、一九二七年の日本プロレタリア芸術連盟の分裂のことにふれ、労農芸術家連盟ではなく、「われわれのみが、日本においてプロレタリア芸術運動をもっとも正しく、もっとも戦闘的に展開させることが出来る」と述べる。その上で彼は「わが日本のプロレタリアの勝利のために、朝鮮の同志の力がどれほど巨大な助けになるかについてここでくりかえす必要もないであろう。わが日本プロレタリア芸術連盟は、朝鮮プロレタリア芸術同盟がいっそう攻撃の道に突進するために、可能なすべての努力を惜しまないつもりである」（『芸術運動』創刊号、朝鮮語）と記している。

中野が「政治的被圧迫民衆」として「プロレタリア、農民、小市民、兵卒、婦人、学生」と共に「植民地人民」全般を位置づけているところは、一見、李が述べた「全民族的単一党」と類似しているように見える。しかし李は、同号に掲載された自身のエッセイの中で「新幹会の指示を仰ぐ」と述べたことにより、京城のKAPF本部のメンバーから、新幹会とKAPFの関係を指導と服従の関係として捉えたと批判される。このエッセイを契機に、京城本部と東京支部の間に亀裂が生じることになる。(47) このように、同じ創刊号において、李は、朝鮮プロレタリア運動の主体が朝鮮内部のどのグループ(例えば、新幹会)とどのように連帯すべきかについて述べているのに対し、中野は、朝鮮人運動家が日本の内地のどのグループ(労農芸術家連盟ではなく、日本プロレタリア芸術連盟が正しい運動の主体である)と連帯すべきかを述べていることに注意しなければならない。

このような差異は、李らKAPFの東京支部メンバーが、『芸術運動』から一年半後の『無産者』の創刊号で、「全民族的単一党」の路線(新幹会との連帯)を捨てることによっていっそう明らかになる。金斗鎔は、『無産者』第二号(一九二九・七)の「われわれは如何に闘うべきか」で次のように述べている。

朝鮮民族が他民族の圧迫と搾取下で呻吟している現在、その重い鉄鎖から解放しようとする努力がなく、革命的闘争がないところに何の民族的価値があるのだろうか? 民族主義は国民解放運動である。だが、民族には階級と階層の問題はないのか? もちろんある。しかも、民族と階級の利害関係は互いに相反しているため、×命的指導者はその発展に対応しながら漸次変わっていくべきである。（中略）我々は朝鮮民族がすべて無産階級であると主張するつもりはない。民族観念と階級精神は決して一致するものではないからである。

「全ての朝鮮民族は無産階級であるのか？」という問いで始まるこのエッセイでは、全民族的単一党の路線が変更されている。その表れとして、『無産者』誌上では、李北満が植民地朝鮮の読者に発言していた場の一つであり、『芸術運動』の創刊号に広告を載せていた『朝鮮日報』をはじめとする民族主義系メディアに対する批判が強くなる。『朝鮮日報』の社長は、民族主義系と共産主義系運動の連帯を象徴していた新幹会の会長であった。

金と李らの方向転換は、コミンテルン（一二月テーゼ）により、新幹会のような民族主義者との連帯が批判され、労働者・農民との連携が指示されたために起こった。[48]このように、中野重治の詩「雨の降る品川駅」の朝鮮語翻訳が掲載された雑誌『無産者』における連帯をめぐる議論は、朝鮮内部のどのグループと連帯すべきかをめぐる議論であったのである。「朝鮮民族」すべてが「政治的被圧迫民衆」として捉えられているわけではないことに注意すべきである。こうした文脈にあって、中野は右のように、日本人は細分化して「プロレタリア、農民、小市民、兵卒、婦人、学生」を「政治的被圧迫民衆」であると述べながらも、植民地人「一般（全体）」は均質な「被圧迫民衆」として位置づけている。

この問題は、無産者版のコンテクストを考えるために避けては通れない。「雨の降る品川駅」の「××××記念に　李北滿、金浩永におくる」という献辞は、李北滿が追放されていた時期ではなく[49]、李が日本に戻ってきた時期に、わざわざ朝鮮へ「おくる」という言葉が強調された形で改造版に掲載されたのである。しかも、「雨の降る品川駅」の献辞が送られた本人が創刊した雑誌に朝鮮語訳されたことに注目しなければならない。この献辞は朝鮮語テクストを読む読者の立場によって、異なる記号として作用する可能性があったのである。

司法省の資料によれば、無産者版が発表される頃、献辞に名が記された金浩永は、在日本朝鮮労働総同盟（以下、朝鮮労総と略す）の幹部であった。彼は、一九二九年四月に、朝鮮労総を解体し、日本労働組合協議会へと吸収させるべく、反対派の説得にあたり、結局流血の暴行事件を起こしている[50]。日本と中国にいた朝鮮人労働者組織を、それぞれが活動している地域の組織に吸収させる動きは、日本代表であった佐野学の主導により[51]、一九二八年四月プロフィンテルン（国際赤色労働組合）第四回大会で採択され、同年八月にコミンテルン書記局による「一国一党の原則」で再確認される。

この方針について、朝鮮共産党内のさまざまなセクト（火曜派、ソウル派、上海派、ＭＬ派など）単位だけではなく、同じセクトであっても、活動地域によって異なる反応が起こり、例えば、満洲にいる組織が最後まで抵抗したため、非常に複雑な様相を呈していた。日本における朝鮮労総の解消には、献辞が送られた二人や無産者社創立メンバーの金斗鎔が深く関わっている[52]。朝鮮人組織の解散の動きが始まっていた時期に、無産者版が日本にいる朝鮮人読者に渡された場合、「献辞」は、朝鮮人組織の解消のために積極的に動いていた二人に送られたものとして受容された可能性は高いだろう。朝鮮労総の解体が完了したのは一九三〇年一月であるが、同じ年の『プロレタリア辞典』(共生閣編輯部編、一九三〇、共生閣)の「在日本朝鮮労働総同盟」という項目には、「民族的な独立的組合組織は階級闘争の最近の発展に適合しないから」解体したと記されている。

当然のことながら、内地における朝鮮人組織の解散をめぐって、日本共産党と、それを実行した李北満らとの間には、明らかにズレがある。すくなくとも無産者版がおかれた空間では、民族的なものを捨象し、革命運動を選択したというステレオタイプの解釈では捉えきれない問題が交錯していた。そこまで、植民地民としての朝鮮民族という概念は細分化され、朝鮮のプロレタリア階級を軸とした、新しい「朝鮮」表象が模索されていたのである。次に、こうした構図を整理するために、『無産者』における民族・階級をめぐる表象と無産者版「雨の降る品川駅」の交錯について考えてみたい。

五　連帯の幻想

繰り返し強調するならば、雑誌『無産者』は、朝鮮の読者を意識したものである。次頁の『無産者』一九二九年七月号の表紙は、朝鮮最後の王「純宗」の国葬を写したものである(**図3―8**)。しかし、不可解なことに、同誌の中で、この写真の中央の行列が、朝鮮最後の王の国葬の行列であることについては、一切言及されない。写真の上には「暴風雨がおこる前　大衆の奔流」と説明が記されている。

ここで「暴風雨」とは、同じ日に起きた「六・一〇万歳運動」のメタファーであり、同号は「六・一〇万歳運動特集号」であった。朝鮮の最後の王は、帝国の年号が「昭和」に変わった年に亡くなった。一九一九年三・一運動が、先代の王であった高宗の葬儀を契機に起きたのに対し、六・一〇万歳運動が、その息子の葬儀日に、群衆の中から起きたことは興味深い。

『無産者』の表紙のように、棺を正面にすえた、このアングルからの撮影は、王の葬儀を写す際に象徴的な構図としてみられたもので、総督府の朝鮮語機関紙『毎日申報』、民族主義系の『朝鮮日報』『東亜日報』の紙面にも共通している。朝鮮総督府が、大掛かりな国葬を許したのは、王の棺を朝鮮民衆に見せることで、朝鮮の終わりを示すためであろう。例えば『毎日申報』（一九二六・四・二六）では、王の死亡は、「韓半島五千年王政史上の最終君王」という太字が大きく強調された形で伝えられた。他の民族主義系のメディアが「朝鮮王朝五〇〇年」の終わりと記しているのに対し、総督府の機関紙はその一〇倍の長さで「韓半島」の歴史の終わりとして意味づけている。しかも、その翌日には、「殿下が薨去なさったとはいえ、李氏宗廟と朝鮮民衆の安泰はすでに明治大帝の詔勅として永久に保障されている」と、王の死を媒介に日

図3—8『無産者』1929年7月号の表紙

韓併合の歴史が召喚されている。

この日から葬儀があった六月までの間、連日のように新聞紙面を占めたのは、「哭」[53]という言葉である。例えば、同じ五月三日の『朝鮮日報』(三面)では「悲哀に深鎖された槿域　断腸の泣血と徹天の痛哭声」、『東亜日報』(四面)では「草木も鳴咽する　二千万衆の号哭の声」という見出しが見られる。民族主義系のメディアは、連日のように、類似した見出しを付し、しかも白い喪服を着て集まった朝鮮の民衆が、集団で「哭」をする写真入りで、全国各地の「哭」のための集会や学校の休校の状況を伝えていく。朝鮮内の検閲を担当していた総督府警務局図書課は、朝鮮語新聞における王の死に関する記事を丹念に集めている。図書課も、「哭」に注目し、それが「民族的意識の表徴」であると分析したが、「全般に李王の赤子であると云ふ国家的観念は非常に薄弱な事は争はれぬ事実」であると断言している[54]。

このような「慟哭の中で」計画されたのが、「六・一〇万歳運動」である。この日の光景については、千政煥の『終わらないシンドローム』が興味深い指摘をしている。すこし長くなるが、同書の第三章を紹介してみたい。万歳は、共産党系のグループにより計画され、国葬当日に決行する予定であったが、事前に発覚したため、失敗する。しかし、「万歳」の失敗は、総督府の事前逮捕だけによるのではない。この日の「万歳」の声は、ソウル市内を廻る王の棺の前で「哭」をするため、全国各地から集まった民衆の鳴き声に埋もれてしまう。それは、民衆の「哭」が、王の棺に向かって封建的朝鮮王朝との切断の「万歳」を叫ぼうとした共産党系の声を掻き消す事態だったのである。

同書によれば、葬儀から一週間後（一九二六年六月一七日）、万歳運動の失敗記事が掲載される同じ紙面で、『東亞日報』と『朝鮮日報』は、それぞれが撮影した国葬の光景の上映会に関する報道をする。当時、国葬の映像は、朝鮮の各地で上映されるが、毎回会場に入りきらないほどの観衆が集まったという。王の棺と同じ画面の中で「哭」する民衆、そして棺の進行によって移り変わる植民地京城の風景の映像は、各地で大盛況のなか上映される。一方、この記事と同じ時期に、同じ新聞の中で報道される万歳運動関係者の逮捕の記事を通し、ようやくそのような運動があったことが知れ渡る。王の葬儀の演出として許されなかった「万歳」は、総督府による禁止のゆえに、封建的朝鮮の終わりを宣言し、新しい朝鮮を見出そうとした「万歳」として意味づけられ、「朝鮮」表象の言説圏において新たに評価されることになったわけである。「哭」と「万歳」という記号によって立ち上がる、異なる「朝鮮」表象の戦いがここに繰り広げられ、植民地の民族としての「朝鮮」という共同体意識の模索が表面化することになるというわけだ(55)。

その出来事の記憶にあえて触れない戦略をもって『無産者』の特集は組まれたのである。王の棺を表紙に使用し、古い朝鮮の死として意味づけたこの特集の中で、棺の中の王について具体的に言及されることはない。また、裏表紙の葬儀の写真の説明は、「六月一〇日を期して自由の道を奪い取るため、集まる白衣の大衆」であったが、この日の白衣は最後の王のための喪服だったはずである。そのことを伏せたまま、「六・一〇」は万歳があった日として、歴史的「記憶」の再構成がなされる。特集の中で李北滿は、「六・一〇」を「万歳」の日として意味づけている。

世の中では「六・一〇万歳事件」について様々な解釈をしている。しかし、そういう様々な解釈を、また多くの人々がそれぞれ考える内容を、信じることが出来ない。我々は六・一〇万歳事件の三周年を迎えた今日、もう一度それについて考えなければならない。（中略）我々は××帝国主義に対する闘争を、我々を長い間×圧してきた封建的残滓物である××と関連させて行おうとしたところに若干の間違いと矛盾があったことに気付かなければならない。これから、我々は、我々の力だけで×達を突き破らなければならない。そして今度こそ負けないと、誓わなければならない。六月一〇日を迎え、新しい闘争力を発揮しよう!!

（「六月一〇日を迎えて」『無産者』一九二九・七）

「六月一〇日」を「六・一〇万歳」の日として歴史化させようとするこのエッセイにおいて、「今度こそ負けない」という誓いは、宗主国だけではなく、民族主義的運動に対するものでもあった[56]。ここでの「封建的残滓物」とは、民族主義系運動と連帯した新幹会の活動を指し、万歳運動は、路線変更前の出来事として批判的に総括されている。また、同じ特集に掲載された全英民（ジョン・ヨンミン）の「六月一〇日の回想」において「六・一〇」は、「朝鮮の××主義が初めて民族運動の前面にその姿を現した」日として回想され、運動が未熟だったのは「農民問題と民族問題が有機的に結合されなかった」ところにあると分析される。にもかかわらず、この出来事を媒介に、「朝鮮の××主義者が民族闘争の先頭に出る」ことになったことだけは高く評価される。それにより、『無産者』誌上での「六・一〇」の記憶は、古い朝鮮の記憶と線引きされる形で、無産階級による新たな民族闘争のための記念日として再構成されたのである。

「雨の降る品川駅」の改造版と無産者版にかかわっていた書き手が対峙していたのは、日本帝国の弾圧的支配政策である。一方、ソビエトと国境を接していた日本帝国の領有地内の共産党メンバーに対するコミンテルンの方針は、植民地宗主国でもあったソビエト体制の政治的安定を確保する方向へと変化した。(57) その方針が差し出されるたびに、朝鮮と日本の共産党が揺れていたのは確かである。

現在の論者が、日本と朝鮮における共産党系の運動家と、日本帝国との関係を弾圧と抵抗の構図で捉え、それと同時にコミンテルンとの関係を抑圧と従属の構図で説明することは容易い。しかし、ここで注目しなければならないのは、雑誌『無産者』の場合、帝国日本の権力による政策が支配地域別に異なるものであったことを利用して創刊されたという点である。この雑誌は、検閲制度を潜り抜け、コミンテルンのテーゼによって触発された朝鮮共産党再建をめぐるヘゲモニー争いの過程で生まれたのである。

このような雑誌媒体の戦略を参照するなら、「雨の降る品川駅」の無産者版を、改造版の忠実な復原のための参照項に閉じ込めることはできない。なぜなら、無産者版が置かれた言説空間は、「朝鮮」表象をめぐる欲望が交錯していた場であったからである。

コミンテルンのテーゼに従う形で、一九三〇年一二月、『赤旗』には、朝鮮共産党日本総局および

図3—9 『俺達の同志(ウリトンム)（우리동무）』創刊（1932・5）の知らせ

俺達の同志★ウリトンム★發刊

親愛なる全國勞働者農民、勤勞者大衆諸君及び在日本朝鮮勞働者諸君！　日本文の讀めない朝鮮勞働者諸君の爲めに朝鮮語雜誌『俺達の同志』ウリトンムいよいよ五月より創刊されるぞ！

親愛なる全國勞働者、農民その他の勤勞者大衆諸君及び在日本朝鮮勞働者諸君！　諸君の階級的熱誠に訴へろ！

一錢でも二錢でもよい諸君の工場、職場、農村から此の雜誌の基金を送つて呉れ、そして是非とも誌代を前金で注文して守つて呉れ。

諸君の階級的の義務を以つて『俺達の同志』(ウリトンム)を育てゝ行こう。そしてこそ俺達の『俺達の同志』(ウリトンム)の讀者網は全國の朝鮮勞働者の働く職場の隅に張りめぐらされ雜誌を出して行く爲の財政の基礎も固つて行くのだ。

★『俺達の同志』（ウリトンム）發刊萬歳！

★工場・農村・職場よりリレポを送れ！

★發刊二〇〇圓基金の雨を降せろ！

★前金注文て全國的に配布網を確立しろ！

發行所

五月一日創刊　四六倍版・十六頁　定價五セン　送料二セン

東京市神田區美土代町四ノ五小川町ビル

日本プロレタリア文化聯盟出版所

俺達の同志★ウリトンム★發刊

高麗共産青年会日本部の連名による解散声明が発表され、日本にいる朝鮮人党員の組織は日本の組織へと吸収された。無産者社のメンバーも、一九三二年に日本プロレタリア文化連盟（以下KOPFと略す）へと組み込まれる。この問題は、第4章で論じることにするが、KOPFのメンバーになった李北滿と金斗鎔は、朝鮮語雑誌『俺達の同志(ウリトンム)』を発刊することになる（図3—9）。当時のKOPFは、独立闘争と革命闘争は共存しえない立場であったにもかかわらず、李と金らは、その創刊準備号に、「六・一〇万歳事件の意義」「六・一〇万歳を記念せよ」という記事を配置させている[58]。

改造版の献辞は、李と金らの朝鮮人組織がKOPFに解体・吸収された一九三二年前後に、日本語のテクストからなくなった[59]。それは、改造版が日本の内地で活動していた朝鮮人共産党員を日本共産党へ吸収する動きと交錯する地点に置かれていたことを物語っている。これらのことを踏まえると、改造版の献辞の消滅は、改造版と無産者版の戦略のズレを露呈させる象徴的出来事だったのではないだろうか。

＊＊＊

一九四五年八月に植民地朝鮮は独立するが、日本の内地にいた朝鮮人共産党員は、一九五五年の六全協まで、日本共産党に属しながら活動している。日本共産党員であった金達寿の小説『玄海灘』（連載：『新日本文学』一九五二・一〜一九五三・一一、単行本：一九五四・一、筑摩書房）において、「雨の降る品川駅」の以下の部分が引用されている。

一九三〇年をすぎる第一次世界大戦後の不景気をつうじて、日本人自身にも失業者はあふれ、日本人労働者の賃金を牽制する手段として以外の、朝鮮人には用がなくなった。ばかりかそのころようやくおこり、高まっていた日本の労働者階級の革命・解放運動には、必然的にその同盟者となったというところから、むしろ逆に追い帰されてくるものもでてきた。そしてまたそのことでは、その階級の立場の日本のある革命的抒情詩人から、

……………

さやうなら　辛
さやうなら　金
さやうなら　李
さやうなら　女の李

行つてあのかたい　厚い　なめらかな氷をたたきわれ
ながく堰かれていた水をしてほとばしらしめよ
日本プロレタリアートの後だて前だて
報復の歓喜に泣きわらう日まで

小説『玄海灘』では、「太平洋の戦争がはじまつて、もうすでに二年になろうとしていた」時期の京城が描かれている。右の詩は、主人公である西敬泰（ソ・ギョンテ）に寄り添う語りによって、日本の植民地になった後の朝鮮の歴史が再構成される場面に挿入されている。一九三〇年頃を語る場面に配置されていたとはいえ、この詩の役割は、『玄海灘』が、中野重治らの新日本文学会のメンバーによって、「日本の国民文学」として高く評価されていた一九五〇年代の「共闘」というコンテクストを意識しながら考えなければならない。金達寿は、この小説を書いていた時期、日本の五〇年問題に巻き込まれ、国際派に属する日本共産党員の一人として活動していた。サンフランシスコ講和条約の反対運動において、言葉は、一九五〇年前後の日本人と朝鮮人の「共闘」神話に回収される文脈で、読まれていたのではないだろうか。すなわち、本章の第一節で取り上げた、これまでの「雨の降る品川駅」をめぐる近代文学研究の場における「民族」をめぐる議論には、第Ⅲ部で詳述する一九五五年以後、朝鮮人日本共産党員が日本共産党から離脱した六全協や、一九六五年の日韓国交正常化という歴史的遠近法が作用しているといえよう。

これまでのように、無産者版の朝鮮語訳を、改造版の復原のためだけに消費してきた研究には大きな問題があると言わざるをえない。無産者版の日本語訳を通して、改造版の伏字の復原を試みる行為には、翻訳が透明な行為であるかのような誤解を生む可能性が内在している。はたして翻訳行為において、一対一の対応が可能な言語体系は存在するのだろうか。例えば、献辞に記された李北満の名前すらも、日本における朝鮮人共産党員の日本共産党への吸収過程を知っている読者と知らない読者にとっては異なる記号として機能したはずである。無産者版の戦略、それが流通する空間のコンテクスト、朝鮮語の表象システムは問わないまま、朝鮮語訳を、改造版をめぐる意味の抗争の場に位置づけている限り、原典（宗主国―日本語―日本人）と翻訳（植民地―朝鮮語―朝鮮人）という位階関係の呪縛から逃れることはできないだろう。結局、改造版の伏字を復原するために無産者版を使用すればするほど、過去における二つの言語の間に横たわる位階関係を再現することになってしまう。ここには、現在の日本と韓国という国民国家の境界、その領土内で共用語として使用されている韓国語と日本語の境界の遠近法が作動していることも見逃してはならない。しかも、この問題は、「雨の降る品川駅」の解釈をめぐるベクトルが、「詩人・中野重治」神話へと向い、それが、植民地をめぐる中野の立場を批判すべきかどうかについて問い続けることに付随する位階の構図と連動しているのである。中野の詩を誰よりも喜んで翻訳したのは、無産者側の朝鮮人運動家であり、さらにそれは、本章で考察してきた通り、改造版とは異なるコンテクストを意識した戦略に基づくものであったからである。

注

(1) 駒込武『植民地帝国日本の文化統治』(一九九六、岩波書店)。

(2) 李惠鈴「朝鮮語・方言の表象――韓国近代小説、その言語の人種主義について」(『揺れる言語――言語の近代と国民国家』二〇〇八、成均館大学出版部、三〇四〜三〇五頁、韓国語)。

(3) 「一九〇七年七月二四日附則三条を含め、全三八条によって構成された新聞紙法が発布された。統監府による新聞紙法の制定は、韓国内に言論統制を布くためのものであった。(中略)一次新聞紙法が充分な効果を発揮しなかったために、一九〇八年四月には改正案が作られた。(中略)日本総督府は、韓国の強制的な領有と同時に『大韓毎日申報』をはじめ、韓国人による新聞を強制的に廃刊し、世論に基づく潜在的な対抗権力の存在可能性を消滅させた。これによって、総督府は、植民地社会の唯一な絶対的権力としての位置を獲得した。」(韓基亨「近代語の形成と媒体の言語戦略――言語、媒体、植民地体制、近代文学の相関関係」『文芸公共圏の形成と東アジア』二〇〇八、成均館大学出版部、五四〜五五頁を参照、韓国語)。

(4) しかし、当時の言語状況は、単純に「日本語」「朝鮮語」という言葉で括ることの出来ない複雑な位相が交錯していたのも確かである。とりわけ書物の流通の問題を考える際、ジェンダー・階級・民族の問題が絡む受容する側のリテラシーの問題も意識しなければならない（千政煥・權明娥・内藤千珠子・紅野謙介「〈座談会〉日韓トランスナショナル」『文学』二〇一〇・三／四、岩波書店、一三〜一五頁を参照）。

（5）小林曉「青春自画像」（『小説新潮』一九五一・一）。

（6）「地方新聞普通単価一覧表」については、DVD版『改造社出版関係資料』（慶應義塾図書館改造社資料刊行委員会編、二〇一〇、雄松堂出版）の「資料番号293」で確認した。なお、慶應義塾三田図書館に寄贈された旧改造社関係資料を調査、分析するプロジェクトについては、五味渕典嗣「旧改造社広告関係資料から何が見えるか――メディアという表象とイデオロギー」（『日本近代文学』第七七集、二〇〇七・一一、日本近代文学会）を参照していただきたい。

（7）この広告資料は改造社の社長であった山本実彦の朝鮮と満洲への移動と深いかかわりをもっている。この広告資料については、実彦の『満・鮮』を手がかりとしながら、一九三〇年代前後の改造社による植民地市場戦略について論じた拙稿「出版帝国の〈戦争〉」（『文学』二〇一〇・三／四、岩波書店）を参照していただきたい。

（8）千政煥は、植民地の状態においては、「支配する側の言語や文化が、被支配側の文化より上位に位置づけられ、強いパワーを持つことになる。そのため、被植民者の文化受容は、つねに、文化の外延にある政治的・経済的な支配――被支配関係を参照しながら、植民者に対するコンプレックス（強い劣等感＋若干の優越感）と被植民者自らのアイデンティティの混乱が生じる時にのみ行われる」と指摘している（「玄海灘を横断する『読書』――植民地主義を超えた『文化接変』の可能性へ」高榮蘭訳、『文学』二〇〇八・一一／一二、岩波書店）。なお、千政煥『近代の読書――読者の誕生と韓国近代文学』（二〇〇三、プルンヨクサ、韓国語）には、日本語書籍の流通と広告に関する詳しいデータが整理されている。

（9）この問題は、「非合法」書物の流通の問題と深くかかわっている。それについては、拙稿「戦略的『非合法』商品の資本化をめぐる抗争――一九三〇年代前後の検閲と『不逞鮮人』メディアを軸に」（成均館大学東アジア学術院・人文韓国（ＨＫ）事業団共催「近代検閲と東アジア」学術大会資料集、二〇一〇・一・二二、韓国語）で論じた。

(10)「『雨の降る品川駅』の事実しらべ」（『季刊三千里』一九八〇・春、三千里社）。

(11) 無産者版のことを知らされる直前、この献辞について中野は「〈副題ようのものがあった〉らしいのですが、〈×××〉は〈御大典〉だつたかもしれません」と、曖昧な記憶をたどるかのような回想を残している（「『雨の降る品川駅』のこと」『季刊三千里』一九七五・二、三千里社、七七頁）。

(12)「治安維持法関係法律・法律案条文」は奥平康弘の『治安維持法小史』（二〇〇六、岩波現代文庫、三〇三〜三二五頁）を参照。

(13) 荻野富士夫『特高警察体制史——社会運動抑圧取締の構造と実態』（一九八四、せきた書房）第三章「特高警察体制の確立」を参照。

(14) 内務省警察局『昭和大礼警備記録　上巻』（一九二九。引用は一九九〇、不二出版、五三頁）を参照。

(15) 一九二八年の三・一五以後、二〇〇万円の資金が警保局の拡大のために投入され、主に特高と図書課に割り当てられる。この過程で『出版警察報』が発行され、図書課の人員も一九二七年の二四名から六一名へと拡充された。また、「出版法および不穏文書臨時取締法による発見件数」を調べてみると「安寧」に関する禁止の急増（一九二七年二二六件から一九二九年九三五件へ）が見られる。由井正臣他編『出版警察関係資料解説・総目次』（一九八三、不二出版、九〜一五頁、五八頁）を参照。

(16) 中野重治は、一九二八年二月、第一回衆議院議員普通選挙に立候補した労働農民党の大山郁夫の応援に行き、高松で逮捕される。また、同年三・一五で検束されるが、まもなく釈放される。一九二九年四・一六事件で再び検束され、即日釈放された（「中野重治年譜」、竹内栄美子『中野重治』二〇〇四、勉誠出版を参照）。

(17) 申銀珠「二　中野重治と李北滿・金斗鎔」（『梨の花通信』二〇〇一・四、梨の花通信編集部）。

(18)『昭和イデオロギー——思想としての文学』（二〇〇五、平凡社、八二頁）。

(19)『雨の降る品川駅』をめぐって――もう一つの『御大典記念に』」(『金沢大学教養部論集　人文科学篇』一九九〇・九)。

(20)「丸四年も満たない間に、国内の党組織は日帝によって四度も壊滅され、党員のほとんどが検挙された。世界史上どの共産党にも、朝鮮共産党のように、当局の密偵が深く浸透し、内部機密が完全に探知された例は存在しない。植民地朝鮮の治安は、きわめて有能な警察組織が担当していたのである」(スカラピノ・李庭植『韓国共産主義運動史一』韓洪九訳、一九八六、トルベゲ、韓国語、一八九頁)。

(21)無産者社訳『朝鮮前衛党ボルシェビキ化の為に』(一九三一、左翼書房)に、一二月テーゼの全文が訳載されている(朴慶植『朝鮮問題資料叢書』第七巻、一九八二、三一書房)。

(22)金斗鎔、李北満と中野重治の関係については、申銀珠「〈朝鮮〉から見た中野重治」(『国際日本文学研究集会会議録(第一七回)』一九九四・一〇)に詳しい。

(23)林ギュチャン・韓基亨「第一次方向転換期文学論」(『KAPF批評資料叢書Ⅲ』一九八九、太學社、韓国語)参照。

(24)李惠鈴は、「KAPFの組織・運動の内外で起こった方向転換の論争において、〈検閲〉は、常に重要なトピックであり、要因であった」と指摘している。李は方向転換をめぐる論争において芸術運動は「通念的に語られる文学/政治という枠によってというよりは、合法性/非合法性という枠によって」議論され、「出版法と新聞紙法、治安維持法などと緊密な連関をもっている検閲体制との駆け引きが試みられた」と述べている(李惠鈴「監獄、あるいは不在の時間――植民地朝鮮における社会主義者の表象とその可能性をめぐって」酒井裕美訳、『文学』二〇一〇・三/四、岩波書店、一八七頁)。

(25)林和(一九〇八〜一九五三)は、一九二七年からプロレタリア文学運動に参加した。『無産者』の刊行が始まった一九二九年に来日し、李北満の家で生活しながら無産者社の社員として活動した。一九三一年、京城に戻ってからは、KAPFの中心的理論家として活躍した(姜萬吉・成大慶編『韓国社会主義運動人名事典』一九九六、創作と批評社、四〇四〜四〇五頁、韓国語を参照)。

(26) 林和の連載「『芸術運動』前後——文壇のその時代を回想する（完）多事な三〇年前後の『芸術同盟』」（『朝鮮日報』一九三三・一〇・八、朝鮮語）。

(27) KAPFの場合、朝鮮の内部では機関誌の発行が不可能であったために、設立初期には、雑誌『開闢』に、また『開闢』が強制廃刊（一九二六・八）された後は、雑誌『朝鮮之光』を通して、組織が必要とした誌面の一部を確保しただけである（韓基亨「近代詩歌の不穏性と植民地検閲——『諺文新聞の詩歌』（一九三二）の分析」酒井裕美訳、『文学』二〇一〇・三／四、岩波書店、一一二頁）。

(28) 昭和十四年度思想特別研究員・判事・吉浦大藏報告書『朝鮮人の共産主義運動』（『極秘　思想研究資料特輯』第七十一号、一九四〇、司法省判事局）。

(29) 韓基亨「文化政治期の検閲政策と植民地メディア」（ユンヘドン他編『近代を読み直す』二〇〇六、歴史批評社、韓国語）。

(30) 浅野晃によればこの同盟の綱領は「一、出版法、新聞紙法、興業法、興行取締法の改正。二、検閲機関への民衆代表者の参加。三、不当処分に対する簡単敏速なる救済方法の実現。四、内閲制度の復活。五、削除或は禁止の場合に於ける理由の公表」であった。「発売禁止防止期成同盟」から「検閲制度改正期成同盟」への移行の流れについては、紅野謙介『検閲と文学——一九二〇年代の攻防』（二〇〇九、河出書房新社、一七九〜一八七頁）を参照。

(31) 出版に対する朝鮮総督府の政策は、一九一〇年代と一九三〇年代は発禁と押収が、一九二〇年代は検閲が中心であった。それに対抗するため朝鮮語の書物は、アメリカ、中国、上海、満洲、ロシアなどで新聞・雑誌・書籍の形で刊行されることになる。特に一九二〇年代後半から、朝鮮の各団体は、日本の支部で書籍などを出版し、朝鮮内への搬入を試みた。それに対応するため、総督府は内地の警察と連携し、取り締まりを強化したという。李ジュンヨン『書物の運命——朝鮮〜日帝強占期の禁書の社会・思想史』（二〇〇一、ヘアン、韓国語）を参照。

(32) 盧榮澤「日帝時期の文盲率推移」（『グッサカン論叢』一九九四、国史編纂委員会、韓国語）。

(33) ここでの百分率は、イ・ヨンスク『「国語」という思想――近代日本の言語認識』(一九九六、岩波書店、二五三頁)の計算による。

(34) 駒込武『植民地帝国日本の文化統治』(前掲)。

(35) イ・ヨンスク『「国語」という思想――近代日本の言語認識』(前掲)の第一二章「〈同化〉とはなにか」を参照。なお、イ・ヨンスクは、「〈三・一独立運動〉の衝撃を受けて朝鮮総督府は、〈文化政治〉という聞えのいいスローガンで民族運動を押さえこもうとしたが、実際には〈同和政策〉はより巧妙になり、ますます強化されていった」(前掲、二四四頁)と指摘している。

(36) 李惠鈴『韓国小説と骨相学的他者たち』(二〇〇七、ソミョン出版、韓国語)に掲載されている「漢字の認識と近代語・文学のナショナリティ」及び「ハングル運動と近代メディア」(『大東文化研究』四七集、二〇〇四・九、成均館大学校大東文化研究院、韓国語)を参照。

(37) なお、金哲の「甦生の道、あるいは迷路――崔鉉培の『朝鮮民族甦生の道』を中心に」(『近代交流史と相互認識Ⅲ』二〇〇六、慶應義塾大学出版会)には、朝鮮語学会を中心とした植民地体制下のハングル運動に「民族的抵抗の形」を見出し、それの歴史化をはかってきた民族主義的語りに対する批判的な考察がなされている。

(38) オ・ソンチョル「一九三〇年代韓国初等教育研究」(ソウル大学博士論文、一九九六、韓国語)。

(39) 千政煥『近代の読書』(前掲)を参照。

(40) いわゆる「朝鮮共産党事件」の裁判である。一九二五年一一月に発生した新義州事件(第一次朝鮮共産党事件)から始まって、一九二六年六月の検挙(第二次朝鮮共産党事件、六月事件ともいう)、同年九月、その残党員を全国的に検挙して逮捕した事件を一括して指す言葉である。一九二七年四月二日、この事件の予審が終結した翌日、「己未運動以後、朝鮮初有の秘密結社事件」(『東亜日報』一九二七・四・三)という見出しが大書特筆され、被疑者たちの身元が全面公開された。この事件のメディア報道と社会主義者をめぐる表象の問題に関しては、李惠鈴「監獄、あるいは不在の時間――植民地朝鮮における社会主義者の表象とその可能性をめぐって」（前掲）を参照。

（41）帝国の出版資本、とりわけ「社会主義」を商品化に成功していた改造社の植民地における受容の問題については、拙稿「出版帝国の戦争——一九三〇年前後の改造社と山本実彦『満・鮮』から」（前掲）を参照していただきたい。なお、朝鮮における検閲と日本語書物の輸入の問題については、李惠鈴「『朝鮮出版警察月報』の形式的体制について——植民地・帝国における検閲の表象」（成均館大学東アジア学術院「植民地の検閲と近代のテクスト」学術大会資料集、二〇〇九・二・七、韓国語）を参照。

（42）この章の植民地朝鮮における日本語書籍の流通に関しては、注（8）の千政煥の研究から多くの示唆を得た。

（43）「円本時代」（『図書』一九四四・一）を、小尾俊人『出版と社会』（二〇〇七、幻戯書房）から再引用。『出版と社会』には、日本語媒体における『マルクス・エンゲルス全集』をめぐる改造社版と五社連盟版の競争的な広告合戦のことが、詳細に紹介されている。なお、日本語媒体における『マルクス・エンゲルス全集』をめぐる広告の問題については、五味渕典嗣氏から示唆を得た。

（44）植民地朝鮮において繰り広げられた同全集の熾烈な広告合戦については、千政煥の前掲の書に、詳細な分析が見られる。朝鮮における日本語書物の広告については、同氏から示唆を得た。

（45）小尾俊人『出版と社会』（前掲）。

（46）例えば、『東亜日報』（一九二六・一・一三、朝鮮語）には、「日本共産党　三巨頭　荒畑寒村　山川均　堺利彦の密議、兵庫警察の活動」のように、この三人を「三巨頭」と記した記事が掲載された。同新聞では、三人の思想だけではなく、右の記事のように三氏に対する警察の監視・弾圧の状況などを伝える記事が見られる。また、雑誌『開闢』三四号（一九二三・四、朝鮮語）の「現在の日本における思想界の特質と主潮、附　現日本社会運動の手段」には、代表的な共産主義者として堺利彦・荒畑寒村・山川均などが紹介されている。

（47）朴ソング「日帝下プロレタリア芸術運動に関する研究——ＫＡＰＦ京城本部と東京支部の対立的様相

を中心に」(『韓国社会史研究会論文集』Vol. 12、一九八八、韓国語)。

(48) 注(21)と全サンスク『日帝時期韓国社会主義知識人研究』(前掲)。

(50) 昭和十四年度思想特別研究員・判事・吉浦大藏報告書『朝鮮人の共産主義運動』(前掲)。

(51) 水野直樹によれば、この決定を主導したのは、同じ年のコミンテルン第六回大会に日本代表として参加した佐野学であるという(「コミンテルンと朝鮮」『朝鮮民族運動史研究』第一号、一九八四、青丘文庫)。

(52) 文京洙は、金斗鎔が、「三〇年代にも朝鮮人労働組織団体の、日本共産党系労働組合(「全協」)への吸収に力を尽くした、〈階級的解消論〉の代名詞のような人物である」と述べている(『在日朝鮮人問題の起源』二〇〇七、クレイン、一三九頁)。なお、金斗鎔の活動は、金仁徳『日帝時代民族解放家研究』(二〇〇二、国学資料院、韓国語)を参照。

(53) 「哭」については、千政煥『終わらないシンドローム』(二〇〇五、プルンヨクサ、韓国語)第三章を参照した。

(54) 『李王殿下の薨去に際し「諺文(引用者注:朝鮮語)新聞紙を通して見たる」朝鮮人ノ思想傾向』(朴慶植『朝鮮問題資料叢書』第一一巻、一九八九、三一書房)。

(55) ここでは、これ以上、詳しくふれることはできないが、「哭」と「万歳」という二つの記号の拮抗については、千政煥『終わらないシンドローム』(前掲)を参照。

(56) 無産者社訳『朝鮮前衛党ボルシェビキ化の為に』(前掲)には、「〇〇帝国主義」に対する闘争だけではなく、「打倒民族改良主義」という文句が多く見られる。

(57) 例えば、一九一九年以後、朝鮮の社会主義運動の主導権を握っていた上海派とソウル派は、階級問題より民族の問題を重視していたが、それはコミンテルンの方針とも符合していた。しかし、一九二三年初め頃から、極東地方の情勢が安定するにつれ、コミンテルンにとって、「韓国民族運動の効用性」が低くなり、両勢力とコミンテルンとの衝突が多くなった。結局、コミンテルンの要求を受け入れた共産党系のセクト(火曜派とイルクーツク派)を中心とした朝鮮支局が正式に承認されることになった。李賢周『韓国社会主義勢力の形成――一九一九〜一九二三』(二〇〇三、イルチョガク、韓国語)を参照。
(58) 任展慧『日本における朝鮮人の文学の歴史』(一九九四、法政大学出版局)を参照。
(59) 林淑美によれば、献辞が最後に掲載されたのは、日本プロレタリア作家同盟編『日本プロレタリア詩集・一九三一年版』(一九三一・八、戦旗社)である。同年一〇月の『中野重治詩集』(ナップ出版部)から献辞は消えている(『昭和イデオロギー――思想としての文学』前掲)。

第4章　植民地を消費する

満洲国の建国から日中戦争に向かう一九三〇年代初めから半ばにかけて、植民地においても戦争のためのシステムの構築が図られる。満洲国の建国が宣言された一九三二年は、中野重治の詩「雨の降る品川駅」から献辞が消え（一九三一）、東京を中心に、プロレタリア文学運動を展開していた朝鮮共産党の党員が、日本共産党に吸収された年である。まさに、この年、帝国日本の中心であった東京から、雑誌『改造』の権威を媒介に、植民地出身の「張赫宙」が小説家として華々しくデビューする（図4—1）。

植民地朝鮮を戦争体制へと整えるために、関東軍の司令官であった南次郎が朝鮮総督として赴任したのは一九三六年であるが、この時期、日本帝国の境界は広がりを見せ、それと連動しながら日本の支配圏に置かれた地域の文化資源は移動と接触を活発化していた。その中から噴出するエネルギーは、戦争へ向かう文化的ベクトルと交錯することになるが、その過程で浮上した植民地出身の文化商品と

図 4—1 『大阪朝日新聞』1932 年 3 月 21 日（左）、『改造』1932 年 4 月号（右）

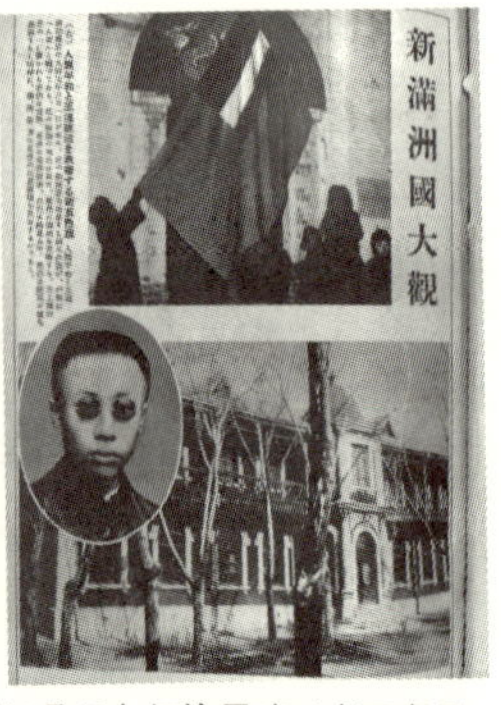

張赫宙「餓鬼道」が、「満洲」に隣接した位置に置かれていることに注目すべきである。同号は、「新満洲国大観」というグラビア特集で始まっている。

もいうべき、張赫宙[1]（朝鮮語：チャン・ヒョクチュ、日本語：チョウカクチュウ）と崔承喜[2]（朝鮮語：チェ・スンヒ、日本語：サイショウキ）の東京での対談に注目してみよう。

一九三六年一二月、植民地朝鮮の雑誌『三千里』（第八巻第一二号、朝鮮語[3]）には、対談「芸術家の双曲奏、文士 張赫宙と舞踊家崔承喜女史、場所東京にて」が掲載される。張赫宙は、「餓鬼道」が一九三二年『改造』懸賞創作募集（第五回）の二等に選ばれ、朝鮮からの新人ということで話題になり、「東京文壇[4]」はもちろん、植民地朝鮮でも活動の場を確保することになる。

一方、同じ時期の崔承喜の日比谷公会堂での公演は、「何といふ人気であらう。（中略）満員客止めの余儀なきに至り、係りの者が警視庁からお目玉を食つて、何百円かの前売切符の代金払い戻しを命令された。（中略）崔承喜こそ、現在新舞踊界の人気の焦点に立つものであり、これに比肩するものは見あたらない」（『中央公論』一九三五・一二）という、彼女の人気の分析が見られるほどである。彼女は、映画[5]や商業広告だけではなく、自叙伝[6]まで出版するなど、帝国日本の文化資本の中心地・東京においても大衆的スターになっていた。例えば、「半島の舞姫崔承喜も松坂屋のファンです。踊りいいステージのやうに買ひ好い店だと彼女は申します」という松坂屋の広告をみると、彼女の名前や発言までもが消費意識を刺激しうる力を持っていたことがわかる。

ほぼ同じ時期に東京で話題を集めた二つの固有名（商品名）には、同じ植民地出身でありながら、帝国日本の領有地域を移動（身体・言葉）する存在でもあったゆえに、日本語と朝鮮語が複雑に交錯することになる。本章では、一九三六年の二人の対談を手がかりとしながら、東京を中心に活動していた二人による言葉と、二人をめぐる言葉に注目し、それと接合する位置にあった、一九三〇年代の「朝鮮」という商品への欲望に焦点を当ててみたい。

一　転向と植民地作家の条件

崔承喜との対談で張赫宙は、一九三二年に発表した「餓鬼道」（『改造』同・四）と「追はれる人々」（『改造』同・一〇）は「幼稚なものだった」が、「まるで英雄のように大事にしてくれました」、しかし、翌年の「権といふ男」（『改造』一九三三・一二）、「ガルボウ」（『文藝』一九三四・三）は、「喜ばれない」、なぜなら、「朝鮮の欠点を暴露するもの」として読まれたからだ、といった説明を行っている。このような線引きを可能にする評価軸については、後で詳しく触れることにするが、ここから、張の小説をめぐる評価が、厳しい批判へと変化したことは容易に窺える。

当時の張赫宙の小説について、南富鎭は二つの流れに分けて整理している。

『改造』当選以降、張赫宙は「追田農場」「追はれる人々」「奮ひ立つ者」「少年」「山霊」「アン・ヘエラ」などの朝鮮の悲惨な農村の現実を伝える、ややプロレタリア文学系列的な作品をはじめ、「権といふ男」「女房」「ガルボウ」「山犬（ヌクテ）」「劣情漢」「葬式の夜の出来事」「十六夜に」「墓参に行く男」「酔へなかつた話」「狂女点描」など朝鮮社会の現実と人間模様をリアルに描いた作品を矢継ぎ早に発表している。植民地生まれの作家として宗主国日本の読者向けに日本語で訴えたのである。(7)

南は、張の作品が「プロレタリア文学系列」から「朝鮮社会の現実と人間模様をリアルに」描く方向へと変化したととらえている。白川豊は、前者の方を肯定的に評価している。白川によれば、前者の小説の存在理由は、「張赫宙が植民地下の朝鮮の現実を日本の読者に訴えようとした積極的な姿勢と三二年以降のプロレタリア文学弾圧を前後する時期の日本文壇の植民地作家への熱い視線あるいは要求が、期せずして一致したところ」にある。(8) しかし、後者の小説群は「日本文壇で生き抜くためには日本文学界の事情に合わせて創作せざるを得ないという困難」から生まれたもので「次第に日本人読者の好みに合わせた『朝鮮風俗物』の世界へと一歩後退」したものでもあったという。白川の評価は、徳永直らが一九三四年前後に記した張赫宙に対する批判の枠組みと類似した構図をもっている。しかも、この構図は、一九四五年以後、抑圧的権力の弾圧によって壊滅した正当な運動として神話化されてきた当時の「プロレタリア運動」をめぐる言説と隣接関係にある。[9]

張赫宙が当選した第五回懸賞創作の締め切りは、満洲事変（九月一八日）から一か月後、一九三一年一〇月三一日である。そして、当選が発表されたのは、満洲国建国宣言の一か月後、一九三二年四月である。偶然にも、張赫宙の応募原稿の審査から結果発表は、満洲事変から満洲国建国までのプロセスと軌を一にしている。張赫宙の「餓鬼道」の審査が進められていた時期、プロレタリア文学の書き手の作品は、『改造』『中央公論』などの総合雑誌によって競争的に取り上げられている。[10]しかも、厳しい監視下におかれていたプロレタリア文学運動の担い手によって、新しい雑誌の創刊が相次いでいたことに注意しなければならない。白川のように、プロレタリア文学の代わりに登場した植民地作家という枠組みでは捉えられないほど、「社会主義」が商品として流通していた時期である。

しかし、張のテクストが、南のいうようにプロレタリア系統として位置づけられていたわけでもない。この時期のプロレタリア文学運動においては、小説を如何に実践すべきかに関する議論から、『文芸戦線』と『ナップ』の対立軸が浮上していた。例えば、『文芸戦線』側の「共同制作」と『ナップ』側の「組織的生産」の対立から露呈するように、この時期の「社会主義的競争」は、作品の素材だけではなく、それぞれの組織が主張する方法論の実践をめぐるものでもあった。この時期における運動の担い手や、『文芸戦線』『ナップ』という媒体によって想定される読者の問題を踏まえると、「プロレタリア文学」の担い手として、商業資本である改造社が見出した新人を受け入れる枠組みが用意されていたとは言いにくい。[11] すなわち、張のテクストをプロレタリア文学の枠組みから捉えることは出来ないといえよう。

本章で注目したいのは、徳永や白川の言及する張赫宙の作風の亀裂より、その亀裂を前景化させていく言説が、徳永のように、自ら転向を表明した書き手側から浮上してきたことである。徳永直が「プロレタリア文壇の人々」(『行動』一九三四・一二)で張赫宙を批判し、張が「私に待望する人々へ――徳永直氏に送る手紙」(『行動』一九三五・二)をもって反論したことはよく知られている。

徳永の右のエッセイが『行動』に発表されたのと同じ時期、『中央公論』(一九三四・一二)には、徳永の転向小説「冬枯れ」が掲載される。徳永にとって一九三四年から一九三八年の間は、消したい過去であったようで、一九五二年に作成された自筆の「年譜」には、「冬枯れ」以後三年間は空白になっている。特に、一九三四年の欄には、「反動の波の中に腰をすえる場所をもとめてくるしんだ。容易に出口がみつからず三年ばかりのあいだ、殆ど作を書いていない」という回想が見られる。[12]

ここで強調するまでもなく、一九三四年には「転向」という言葉をめぐる議論が盛んに行われている。そもそも徳永のエッセイは、「わが交友録」として『行動』から依頼されたものであった。ここでは、一九三四年二月、「ナルプ解体の声明」以後の状況、とりわけ「転向」による過去の仲間同士の気まずさなどが語られている。

プロレタリア文学団体の組織がなくなつた必然的な結果の一つとして、お互ひに作家仲間の交友関係も、嘗てのやうにいつ何処で逢つても「オイ、あれはどうするかネ」といふ調子で話すことが出来なくなつた。

嘗ての「同志」も、今日ではそツと眼色、顔色をうかゞつて話しかけねばならないやうな間柄におかれてゐる人々も沢山ある。必要以上に朋党的なつながりが出来、それを助成させる偏見的な感情が、相当に蔓延(はびこ)ツてゐるのも事実である。

ナルプ（日本プロレタリア作家同盟）解散以来、プロレタリア文学運動の発展に不可欠な「党派的な離合集散」「党派的対立」、すなわち活発な議論・論争が展開されなくなったことへの苛立ちを露わにしている。それと同時に、亀井勝一郎とは「芸術至上主義的傾向と闘え――プロレタリア文学の現状」（徳永直、『改造』一九三四・六）以来の「気まづい仲」であること、『文学評論』をめぐっては協力関係にある林房雄について、彼の「『文学界』的方向」に興味がないことなどを記している。[13] このエッセイで徳永は、亀井と林などのように「プロレタリア文壇」とは別の路線を歩んでいる人々について語るだけではなく、およそ三〇名以上の「プロレタリア文壇の人々」を取り上げながら、そこで取り上げている人々が転向しているかどうかには一切ふれない戦略をとっている。

転向前（張赫宙のデビューのころ）、『ナップ』側の徳永とは対立関係にあった『文芸戦線』派の青野季吉も、「作品評論断章」（『文学評論』一九三四・六）で、「那須、森本、尾崎などはまるで別だが、その他の人々は『転向』といなとに拘らず、多かれ少かれプロレタリア的立場に立つた作家と云つてよからう」と述べている。すなわち、一九三〇年代初めごろに激しく対立していた『ナップ』と『文芸戦線』という線引きが、「転向」を媒介としながら、プロレタリア的、プロレタリア系列という表現で曖昧になり、過去とは違う「プロレタリア文壇」という枠組みが新たに編成されていることがわかる。

この時期、徳永は、彼自身が主要メンバーとして参加している『文学評論』において、ナルプの活動を批判的に総括しつつも、それの解散後の困難な現状を嘆き、「新しい出発」を促すエッセイを多く書いている。[14]「プロレタリア文壇の人々」も同様の流れの中で書かれたものである。彼は、とりわけ若手向けに「〜して欲しい」と呼びかける要望を書き記しているが、その中の一人に張赫宙がいた。

張赫宙は逢つたことはないが、手紙のやりとりで感じるところ、動揺しやすい弱気の男らしい。彼の最近の作品もいろいろな意味で面白いが、初期に書いてゐた傾向が大事だし、朝鮮を代表する作家として、も少しジヤナリズムに引き摺られぬ心掛けが必要ではなからうか。これはついでに紙上を通じて、張君に知らせたいのだが、台湾から楊逵といふ若い人が出た。この人は作家としてはまだ君に及ぶまい、しかし非常にガッチリした気魄をもつてゐる。彼の「新聞配達夫」は本島人の間で、大変な反響をよび起し、そのために台湾字の新聞で連載されてゐた「新聞配達夫」の批評は、掲載中止を命ぜられたといふ事を、その新聞自体が社告を出した程である。君にとつて素晴らしい競争相手ではないか。

楊逵の「新聞配達夫」は、徳永が関わっている雑誌『文学評論』の一九三四年一〇月号に掲載される。[15] 同雑誌の「プロ文学の動向を聴く」座談会（一九三四・八）で林房雄は、「『文学評論』なんかに新人が紹介される、それが徳永と云ふ非常に経験に富んだ作家が是はよいと推薦すると、そのまゝ発表される」ことを、「委員会の訳の分からない連中が読んで多数決で」決めていた過去より、「大いにいゝこと」であると述べている。実際、楊逵が選ばれた『文学評論』第一回応募原稿選後評から、小説予選で、彼を担当していたのは徳永であったことがわかる（一九三四・一〇）。即ち、このような審査の形式までもが、ナルプ解散以後の新しい試みとして肯定されていたのである。

皮肉にも、この新しい試みから生まれた入選作「新聞配達夫」と同じ号の「読者評壇」に張赫宙は、「体系ある作品論を望む」という文章を寄せている。張は、「作品の題目だけをすらつと並べて唯良い悪いを云う」文芸「時評」のあり方を批判しているが、そのような文芸「時評」を担当することのある審査委員によって「新聞配達夫」は、非常に高い評価を得ている。むろん、入選の理由は、小説のレベルの高さによるものではない。むしろ、「上手でない」（徳永）・「構成の未熟さ」（亀井勝一郎）は、「労働者農民の作品に寛大でなければならぬなら、植民地のそれらには更に寛大でなければならぬ」（藤森成吉）という意味で、「悪達者なスレタ点がない」（武田麟太郎）・「未完成の美しさ」（亀井）へと肯定的に反転される。この現象について、山口守は「植民地労働者や農民の苦しみと闘いという日本プロ

レタリア文学に必要な植民地形象を提供してくれる日本語小説」として評価されたからだと指摘している。(16)

このような評価は、「『創作記述に関する問題』の提唱」(『文学評論』一九三四・四)を書いた徳永らが、「作家は一面において思想家であると共に、同時により大きく〈技術者〉である」と述べ、技術の発展のためなら「優秀なブルジョア作家」との連携も辞さないという姿勢を見せたことと合わせて考えなければならない。徳永は、「三四年度に活動したプロ派の新人たち」(『文学評論』一九三四・一二)で「植民地人自身のプロレタリア文学に対して決して日本のそれと同様の程度のイデオロギーや技術を要求しない」と記し、「最近比較的小ブル的テイマに移行しつゝある」張赫宙に代わる新しい書き手として、楊逵と、朝鮮のことを書いた草苅六郎の登場を歓迎しているのである。「労働者農民の作品」や楊逵のような「未完成の美しさ」も持ち得ていない、しかも「優秀なブルジョア作家」にもなりえない張赫宙は、古いナルプ体質とともに新しい文学編成からはみ出る存在として扱われている。

このとき前景化されるのは、張のプロレタリア文学から小ブルへの移行という物語である。そのため、「張赫宙」という言葉と「プロレタリア文学」という言葉の隣接性は、デビュー当時ではなく、「転向」を媒介としながら新たに登場したプロレタリア的、プロレタリア系列という枠組みの編成と併せて考えるべきである。また、自ら「転向」の渦中にいた徳永らは、張を「転向」の文脈で批判しているわけではない。むしろ、張が、想定された「植民地作家」という役割からずれた位置にいることが批判を生起させていることに注意すべきである。この問題は、張への評価に別の角度からアクセスしてみることにより、より鮮明になるだろう。張による徳永への反論を、張と同じ時期に日本に再登場し、川端康成に「日本一」(「朝鮮舞姫崔承喜論」『文芸』一九三四・一)と言わせるほど、注目されていた崔承喜の舞踊表現をめぐる言説とリンクさせながら考えてみよう。

二　崔承喜と張赫宙の対談

対談「芸術家の双曲奏、文士張赫宙と舞踊家崔承喜女史、場所東京にて」で、崔承喜と張赫宙は、活動の場を横断することによって生じる評価のズレについて語っている。特に、二人が意識しているのは、受け手の問題である。

崔―いろいろな悩みもありました。私も朝鮮で研究所をやっていた時、東京では築地小劇場のプロ芸術が盛んだったのです。時代の思潮にのっていたから。「建設者」「彼らの行進」という作品は朝鮮では大変歓迎されました。朝鮮の人々の思想や感情を赤裸々に表現したからだと思います。しかし、今は、それぐらいの表現すらできないことがもどかしいです。

張―僕は東京で貴方の踊りをみたことがないので何ともいえません。そういう思想的なものがやりたい気持ちには反対しませんが、無理矢理することはないと思います。

崔―そういう踊りは芸術至上主義者から悪い評価を受けます。ただ、スペイン式のように、朝鮮の華やかなものだけ出しておけば問題はおきませんけれども。

張―私の作品が歩んできた道もほぼ貴方と同じです。初期の作品「餓鬼道」「追はれる人々」は好きだったらしく、まるで英雄のように大事にしてくれました。しかし、考えてみるとこういう初期の作品は幼稚なものだったと思います。例えば、貴方の「エヘヤ・ノアラ」とか、私の「権といふ男」は喜ばれないです。ちょうど、大邱で貴方の公演があった時、私の隣に師範学校の教員が立っていたけれども「エヘヤ・ノアラ」はよくない。朝鮮の欠点を暴露するものだというのです。結局、その踊りの中にある「ユーモア」が分らなかったみたいですね。どうやら自分たちの弱点が暴露されていると考えたからだと思います。私の「ガルボウ」も暴露的なものだったから張赫宙を殺してしまえという声もありました。

崔―その点については、私も同じ意見です。文壇の中では、もっとも舞踊に対して深い理解をもっている村山知義すら「エヘヤ・ノアラ」に表現されている朝鮮の純風俗や「カリカチュア」をみると、なんだか我々の姿を自ら暴露しているようであまりよくないと述べています。大概の文士達までもが純朝鮮的なものはあまり好きではなかったです。結局、私の持っている「ユーモア」の本質が理解されなかったようです。

張―そうです。自分に自信のある第一流の人は、自分の姿がどのように「カリカチュア」されてもあまり気にしない。むしろ余裕を持って、笑うことすらできるでしょうが、多くの場合、あまりにも正直に朝鮮の感情が表現されると喜ばないです。

崔―それは違うと思います。知らないのではなく今おっしゃったような感覚のせいです。「追はれる人々」のような思想的、反抗的、生活的なものは喜びます。実際、こういうものをすれば観客はすごく喜びますが、「ユーモア」を出すととても嫌がりますから。

崔承喜は、朝鮮で活動している時、築地小劇場のプロ芸術を意識していたが、「今はそれぐらいの表現すらできない」と述べている。彼女は、小林多喜二の虐殺から一か月後の一九三三年三月、東京の石井漠のところに戻り、再出発することになる。そして、その二か月後の五月には、朝鮮の踊りとして「エヘヤ・ノアラ」を、「令女会」主宰の女流舞踊大会で踊り、大きな反響を呼んだのである[17]。後で詳しくふれるが、彼女が東京で注目を集めるようになった一九三三年のプロレタリア芸術運動は、「転向」の言説で揺れていた時期である。同年七月の佐野学・鍋山貞親「共同被告同志に告ぐる書」の衝撃は、大量転向を招いたと言われている。

まず注意しておきたいのは、崔承喜が、「表現のできない」理由の一つとして、東京の「芸術至上主義者」の評価を気にしている点である。芸術至上主義者は、思想的なものよりは、朝鮮の華やかな踊りを好む。しかし、「村山知義」、そして「大概の文士達」と朝鮮の観客は「エヘヤ・ノアラ」の「ユーモア」をあまり評価しない。このような理解から浮かび上がるのは、彼女の踊りに対する評価の軸が、「思想―華やかな朝鮮舞踊―ユーモア」というコードによって分けられ、内地と外地の線引きを軸としない形で編成されていたことである。

一方、張は「私の作品が歩んできた道もほぼ貴方と同じです」と語り、崔承喜の話に照らし合わせる形で、彼自身のテクストに対する評価軸の変化について述べている。張は、「エヘヤ・ノアラ」に対する無理解に、彼の小説「権といふ男」(『改造』一九三三・一二)や「ガルボウ」(『文芸』一九三四・三)に対する批判を接合させている。朝鮮の読者を意識して語られているとはいえ、この対談が東京で行われたことが物語っているように、東京で活躍している二人という前提で構成されていることを踏まえなければならない。先述したとおり、この時期、張の「権といふ男」や「ガルボウ」は、東京でも厳しい批判に晒されていた。すなわち、当時の二人をめぐる議論にこの対談を交錯させることによって浮かび上がる受け手の問題は、東京と朝鮮の二分法ではない。

この対談では、二人のテクストが「朝鮮」を媒介に「思想—ユーモア・暴露」という図式が描かれていることが強く意識されている。例えば、崔承喜の場合は、「彼らの行進」(思想)と「エヘヤ・ノアラ」(ユーモア)のどちらを評価するのか、張赫宙の場合は、「餓鬼道」(思想)と「権といふ男」(暴露)のどちらを評価するのかを軸に、受容の側を分類して把握し、表現者側(崔・張)が、受容者を批判する構図が見られるのである。張赫宙のいう「思想」と「暴露」という線引き自体が、「転向」という遠近法によって作動したものであることを考えると、崔承喜が、東京でスターとして跳躍する契機を作った作品に、批判の絶えない「権といふ男」「ガルボウ」を並べることは、まさにいま・ここでの張自身のテクストに関する評価を反転させようとする狙いが窺える。

大衆スター「崔承喜」は、朝鮮で行き詰まった「彼らの行進」(思想)の世界を捨て、東京で「エヘヤ・ノアラ」(ユーモア)を初演することにより誕生したものである。一方、張が作家としてデビュー出来たのは、商業資本・改造社の市場戦略の一環として選ばれた「餓鬼道」が高い評価を得たからである。二人の言葉だけを焦点化させると、二人の作品が「思想」から「ユーモア・暴露」へという同じベクトルを持っているかのように見えるのだが、それが変化した時期は異なるものである。もちろん、この現象を、活動領域の違いによる結果としてとらえることもできるだろう。とはいえ、二人の対談で異なる世界として示される「エヘヤ・ノアラ」と「餓鬼道」に対する高い評価が、同じ土壌から生成されたものであったことに留意しておく必要があるだろう。

三　「和製・国産」植民地スターの誕生

張赫宙と崔承喜は、対談の最後で崔の「洋行」計画を話題にしている。彼女の「洋行」については、同雑誌(『三千里』)の一九三五年一二月号にも「倫敦、巴里にいく舞姫崔承喜」が掲載されている。これは、①兄崔承一(チェ・スンイル)「妹承喜に送る手紙」、②崔承喜「故土兄弟に送る文」③改造社社長山本実彦「世界的舞姫崔承喜に伝える言葉」(朝鮮語)という三つの文章で組み立てられている。

兄の崔承一は、崔承喜を舞踊の道に「導いた」と言われている。[18] 一方、崔の日本での活動を大きく支えた山本は、「貴方に知り合うようになってから、私の〈推薦〉で新興キネマにも入るようになった。そして、貴方ともよく会う機会を持つようになった」(前掲「世界的舞姫崔承喜に伝える言葉」)と語って

図4―2「SAISHOUKI PAMPHLET 2」
（鄭秀雄『崔承喜』2004、ヌンピッより）

いる。山本の紹介による新興キネマとの契約から得た資金をもとに、崔承喜は石井漠から独立している。独立前後の後援会会員募集の広告（『音楽』一九三五・二）に記された後援会発起人の名前をみると、彼女の活躍への期待が相当なものであったことがわかる。

> 方應謨（『朝鮮日報』社長）、呂運亨（『朝鮮中央日報』社長）、宋鎭禹（『東亜日報』社長）、馬海松（『モダン日本』社長）、（中略）川端康成、村山知義、菊池寛、山本実彦、杉山平助、近衛文麿、牛山充、山田耕筰（後略）　（（　）内は引用者注）

一九三五年一〇月に、第二回新作舞踊発表会を成功させ、一九三六年三月には、映画「半島の舞姫」が公開される。『SAISHOUKI PAMPHLET 2』（一九三六・三、傍線引用者）（図4―2）には、川端康成、山本実彦、村山知義、戸坂潤、柳宗悦、長谷川時雨らの文章、『舞踊世界』『東京日日新聞』『時事新報』『音楽世界』の記事など、彼女を高く評価した文章が集められている。[19] このパンフレットには、例えば川端の「朝鮮舞姫崔承喜論」（前掲）のように、「エヘヤ・ノアラ」をはじめとする彼女の朝鮮舞踊を観たときの衝撃を語っているものが多い。

なによりも、それらの言葉が、崔承喜が「和製品」であると述べる石井漠と同じ方向性を持っていたことに注目すべきである。

川端康成—崔承喜の朝鮮舞踊は、日本の洋舞踊家へ民族の伝統に根ざす強さを教えてゐる、と見ることが出来る。しかし無論、崔承喜は朝鮮の舞踊をそのまま踊つてゐるわけではない。古いものを新しくし、弱まつたものを強め、滅びたものを甦らせ、自らの創作としたところに生命がある。
東京朝日新聞—彼女固有の民族感情と近代性との混合から生じている。
村山知義—崔承喜は彼女の肉体的天分と長い間の近代舞踊の基本的訓練の上に古い朝鮮の舞踊を生き返らせた。（中略）「日本的なるもの」の母の母のそのまた母のいぶきを感じることが出来た。
石井漠—崔承喜といふ舞踊家は（中略）和製品であつて全部が国産であるといふことである。

村山は、「古い朝鮮」が新しくなったのは、「近代」の力によると述べている。そもそもこのパンフレットに集められている多くの文章は、崔承喜の「近代」が石井漠（日本）の元で培われたという前提の上に書かれていることに注意する必要がある。そのため、同じパンフレットでなされる石井漠の「和製」「国産」宣言は、崔承喜の舞踊が「日本一」（川端）であり、「日本独自の芸」（岡田三郎）であるという言葉と補完関係に置かれてしまうのである。[20] だが、大阪で朝鮮人向けに発行された『民衆時報』（一九三五・一一・一、朝鮮語）の「崔承喜女史の大阪公演を見て」には、こうした補完関係とは明らかに違った方向性が見出せる。

大陸的で男性的、烈々とした意志の動きに酔いしれてしまった。その力強い表情からは、現代朝鮮の社会相を垣間見ることが出来、その躍動する息づかいからは新しい希望の喜びが湧きあがっているようだ。果然、崔承喜は物足りなかった朝鮮舞踊に、新しい息吹を与え、生気を吹き込んだと見ることができる。(中略)広い領域を持った朝鮮舞踊に、新しい生命を与えることも崔承喜に課せられた使命であろうが、このように新しい時代に向かう新舞踊の創作も多く成してほしい。また、大きな圧力の前に失望、落胆、悲願に陥ることなく、その圧力に抗して戦って勝とうとする気迫を表現することが芸術になるのではないだろうか。(21)

この感想では、崔承喜の舞踊が男性ジェンダー化され、「新しい生命」という、抵抗の言説へと転化されている。彼女の踊りから「『日本的なるもの』の母の母のそのまた母のいぶき」を感じたと語ることで、崔承喜の朝鮮舞踊を女性ジェンダー化した村山知義と対になる構図となっている。

崔の「洋行」が伝わっていた時期、彼女の活躍を伝える日本語メディアの中で、「石井漠」は「崔承喜」を修飾する記号と化していた。例えば、「貧しき人々に捧ぐ女流舞踊の夕」という記事には、「石井漠氏門下の逸材で民族舞踊にその特技を謳はれる『半島の舞姫』崔承喜さん」(『東京朝日新聞』一九三六・一二・六)という長い説明が見られる。この記事の中で、崔承喜に関する叙述は、同じ石井漠研究所出身の石井みどりと石井小浪の間に位置している。崔承喜が一九三五年四月に石井から独立していることはさておいても、二人の石井に関する紹介に「石井漠」が付着することはない。また、「外遊を控へて張り切る崔承喜　アチラの抱負を語る」(『東京朝日新聞』一九三七・八・一七)も、彼女が「石井門下出身」だという語りから始まっている。このように、崔承喜の踊る「朝鮮」は、「石井漠」を媒介としながら形成されたものとして表象される。こうして、媒介者を前提とした、「和製・国産」としての「崔承喜」神話が東京で誕生することになる。[22] これは、張赫宙のデビューの際、『改造』誌上で語られる彼の「新しさ」と類似した構図を持っている。張赫宙の「餓鬼道」が発表された一九三二年四月号の「編集だより」には、以下のように記されている。

> 本年度の最も大きな欣（よろこ）びは、朝鮮の青年作家張赫宙（チョウカクチュウ）君の力作を得たことであった。これは恐らく朝鮮の作家にして我国の文壇に雄飛する最初の人であらうし、又広く、世界に対して朝鮮文学の存在を強く主張するであらう。

任展慧は、張赫宙以前の朝鮮人の日本語作品について「いずれも日本プロレタリア文学運動の刺戟と支援のなかで生まれ、それらの機関誌に発表されたものである。したがって、いわゆる日本文壇に登場する、最初の朝鮮人作家は張赫宙である」と指摘している。[23] この「編集だより」で強調されている「最初の人」の語は、彼が雑誌『改造』によって見出された書き手であることを意味する。ここでは、朝鮮語による作家活動を経験したことのない「チョウカクチュウ」が、「我国の文壇」から出た「最初の人」となり、日本語を媒介としながら、雑誌『改造』の商品としての「朝鮮文学」を発信することが期待されている。[24] まさに、この論理は、崔承喜の朝鮮舞踊をめぐる「和製・国産」の言説に類似しているといわざるをえない。

さて、この時期、第3章で詳述した通り、朝鮮プロレタリア芸術同盟(一九二五年八月に結成、以下KAPFと略す)の機関誌は、植民地朝鮮の厳しい検閲によって発行が禁止されていた。そのため、結成から二年後(一九二七年一〇月)、KAPF東京支部が結成されてから、KAPF機関誌『芸術運動』(後に『無産者』)を東京で出版し、朝鮮に輸出する方法をとる。一九三一年一一月には、日本プロレタリア文化連盟(以下KOPFと略す)とKAPFへの支持を表明する同志社が東京で結成される。しかし、一九二八年にコミンテルン書記局によって再確認された「一国一党の原則」が、文学運動にも適用されることになり、一九三二年二月二日に同志社は解散を宣言し、日本のKOPF内部の「朝鮮協議会」に属することになる。同志社の解散を指導するため、京城のKAPF本部から派遣されたのが、崔承喜の夫、安漠(アン・マク)であった。日本のプロレタリア文学運動と連携関係を結んでいたKAPF東京支部のメンバーは、同志社解散以後、日本のKOPFの指示のもとで活動することになる。

そもそも、日本における朝鮮人の文学活動のうち、日本語による作品数が朝鮮語による作品数を凌駕するのは、一九二〇年代後半である。主な発表媒体は『プロレタリア芸術』『文芸戦線』『戦旗』『ナップ』などであり、日本語の文章を寄せていた書き手は、朝鮮からの直接投稿だけではなく、東京

ＫＡＰＦ文部のメンバーも多かった。[25] しかし、日本のＫＯＰＦによって「朝鮮協議会」に与えられた指示は「帝国主義国家の国語を排して、母国語、民族語を創作的実践の基礎とすべき」（第五回大会、一九三二年五月一一日から一三日まで）であるという内容であった。[26] ＫＯＰＦが、朝鮮人の書き手に対し「母国語、民族語」での創作を促していた時期、張赫宙は日本語による新しい「朝鮮文学」を雑誌『改造』から期待されたのである。

四　われらの「朝鮮」

東京で崔承喜と張赫宙を支える土壌は、二人が作り出す朝鮮の舞踊、朝鮮の小説を「和製・国産」として表象する言説と隣接関係にあった。他方で、朝鮮では、先に見た大阪の朝鮮人による『民衆時報』の例から窺えるように、日本語の世界とは異なる文脈で受容されていく。崔承喜の「洋行」を伝える記事の中で、彼女の兄崔承一は、石井漠と崔承喜との違いを記し、崔が「朝鮮の娘」であることを強調する文章を寄せている。

我々朝鮮が崔承喜という朝鮮民族を世界舞台に送り出すことになったことについて承喜自身は再認識しなければならない。（中略）石井漠が「カリカチュア」というタイトルで、朝鮮の服を着て踊るのをみた僕と承喜おまえが不愉快に思ったこと、そして、李基世と相談し「我々のカリカチュア」というタイトルで、初めて朝鮮リズムで踊ったことを憶えているだろう。それに対する一般からの評判もよかったけれども、私は、やはり「あなたは朝鮮の娘」だと思ったのである。本当にうれしかった。

崔承喜が「初めて朝鮮リズムで踊った」のは、「エヘヤ・ノアラ」である。川端康成らによって絶賛された「エヘヤ・ノアラ」が、『朝日新聞』などの日本語メディアにおいては、「石井漠」を媒介に新たに見出された「朝鮮」、すなわち「和製・国産」として流通していた。それに対し、「エヘヤ・ノアラ」を石井漠の「カリカチュア」の批判から生まれたものとして位置づけた上で、崔承喜を「朝鮮の娘」であると強調する崔承一の言葉は、「和製・国産」という日本語の枠組みをずらす役割を果たすだろう。一方、崔承喜は、同記事の中で、朝鮮では「妓生によって酒席で流行しているもの以外、舞踊といえるものは存在しない」ことを指摘しながら、彼女の踊りが、それとは異なる「西欧舞踊の形式」を取り入れていることを強調している。「朝鮮舞踊＝妓生＝売買春」という表象の連鎖を意識していた崔承喜は、彼女自身の新しさを示すため、「西欧舞踊」を取り入れていることを強調するだけではなく、「父―兄―夫」の導きにより彼女の舞踊が生まれたことを『私の自叙伝』の中で宣言することになる（**図4―3**）。

『自叙伝』によれば、そもそも、崔承喜は、一九二六年三月二〇日から二二日の間に行われた石井漠の京城公演の時、兄の崔承一の紹介で石井舞踊研究所に入門し、東京に渡る。一九二九年、京城に

図4—3 「私の自叙伝」(『婦人公論』1935年6月号)

努力と涙の偽らぬ過去

私の自叙傳

女學生時代

崔承喜

単行本として日本書荘から出版される1年前に、特集「完全なる女性」のために書かれたエッセイ。兄である崔承一の影響下に置かれていた「女学生」時代に別れを告げ、石井漠のもとへ「旅立つ」までの物語が語られる。

戻った彼女は、自身の舞踊研究所を開設するが、朝鮮のメディアでは「日本帰りのモダンな女性」と紹介され、消費されることが多かった[27]。しかし、一九三一年ごろから、記事のタイトルに「朝鮮の人々の悲しみを踊るわれわれの崔承喜嬢」、「朝鮮の苦しみを踊るわれわれの崔承喜」という評価があらわれる[28]。「崔承喜嬢 プロ芸術家と結婚。これからは、プロ舞踊に精進」という見出し(『別乾坤』一九三二・五、朝鮮語)が物語るように、「われわれの崔承喜」とは「正しい結婚(思想＝夫の世界)[29]」によって獲得されたイメージであるといえよう。一九三二年になると生活のレベルでも、「思想的に幾分『穏やかでない』夫」の「妻」であるがゆえに、すなわち、夫である安漠の逮捕により、「舞踊会の許可が下りなかっただけではなく、観客の数が著しく減少し」、京城の舞踊研究所を閉鎖せざるをえないほど、経済的に困難な状況に追い込まれてしまう。(30) だから彼女は、再び石井の門下生として再出発したのである。

彼女に大きな注目が集まることになる「エヘヤ・ノアラ」(図4―4)は、セクシュアルな眼差しを避ける回路として、父の踊りと接合される。このように、彼女の踊りは、「夫(思想)」や「父(朝鮮)」を媒介としながら獲得されたものとして表象される。そのため、彼女の石井漠との距離を仄めかした「洋行」を伝える記事が行き着く先、いわば朝鮮語で語られる彼女の近代的な「新しさ」とは、この記事の書き手が兄・崔承一であったことが物語るように、近代的家父長制度を土台としながら目論まれた闘争そのものを上演するだろう。この物語が立ち上がる際、近代的家父長制度を下じきにしながら、「和製・国産」(師匠・石井)表象を「朝鮮製・国産」(父・兄・夫)表象へと転用しようとする戦いが繰り広げられるのである。

図4―4 「エヘヤ・ノアラ」
(鄭秀雄『崔承喜』前掲より)

一方、張赫宙は、崔とは異なる表象の枠組みにおかれることになる。第一節で取り上げた徳永直の張に対する批判は、我々が見出した楊逵「新聞配達夫」の「未完成の美しさ」に対し、張赫宙の古さを強調するものであった。そのため、張は、古いナルプ体質とともに新しい文学編成からはみ出る存在として外縁化されることになる。張は徳永に対する反論「私に待望する人々へ——徳永直氏に送る手紙」において、村山知義の「好意ある言葉」が「私に朝鮮人を植民地人を片時も忘れさせずに圧しつけようとしてゐる」ものであると訴え、徳永の忠告に対し、以下のように反論している。

図4—5 「文芸復興叢書」の広告（『改造』1934年7月号）

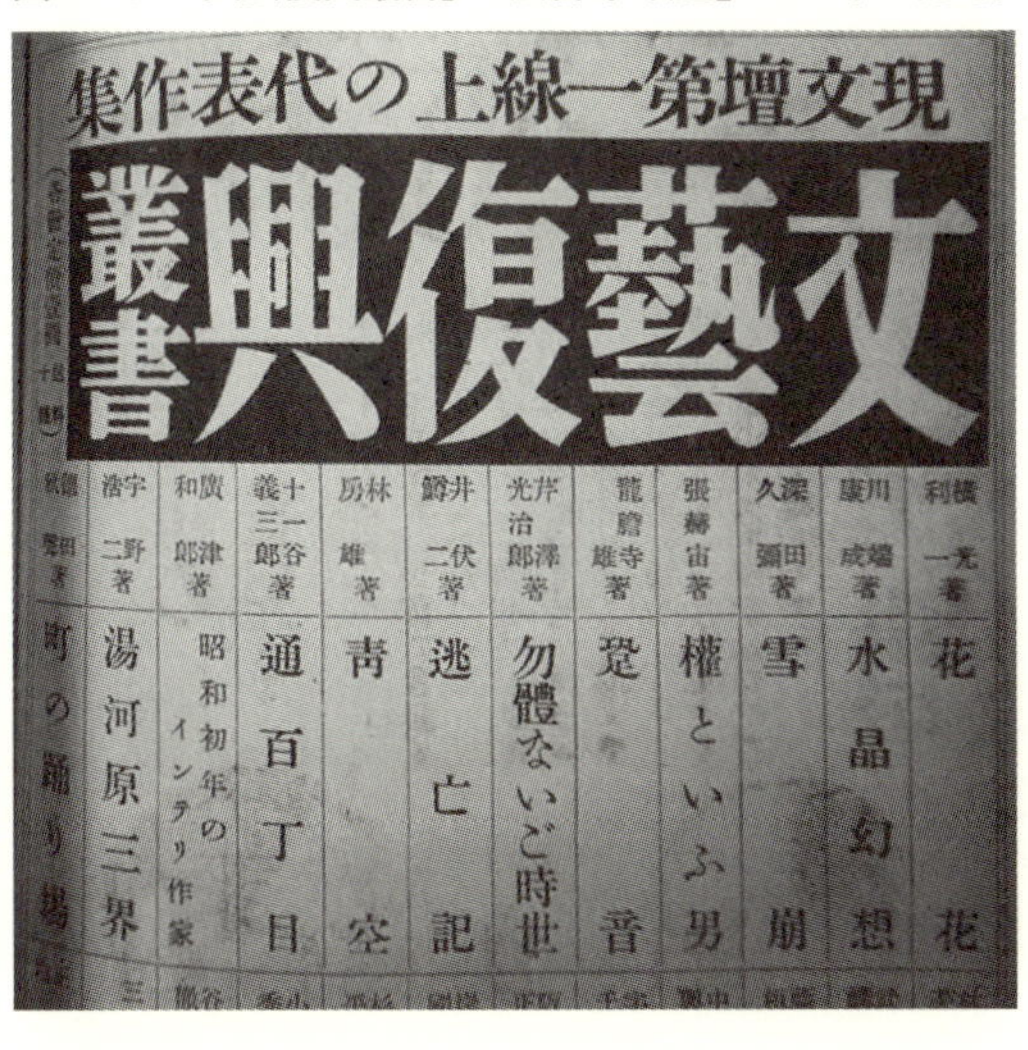

> 楊逵氏が台湾人だからといつて競争したくないです。私は只一人の人間として、一人の作家として、例えば石坂洋次郎氏や島木健作氏や丹羽文雄氏に対すると同様の考えを持つてのぞみたいのです（しかし今のところ楊氏は大した腕はもつてゐませんが）。

こうした表現からは、張の「餓鬼道」を懸賞に当選させ、当時、批判の多かった『権といふ男』を「文芸復興叢書」（図4—5）に加えた改造社の周辺と、徳永の『文学評論』の周辺で想定されていた「植民地文学」の枠組みのズレがうかがえ

図4—6 『大阪朝日新聞』(左)と『東亜日報』

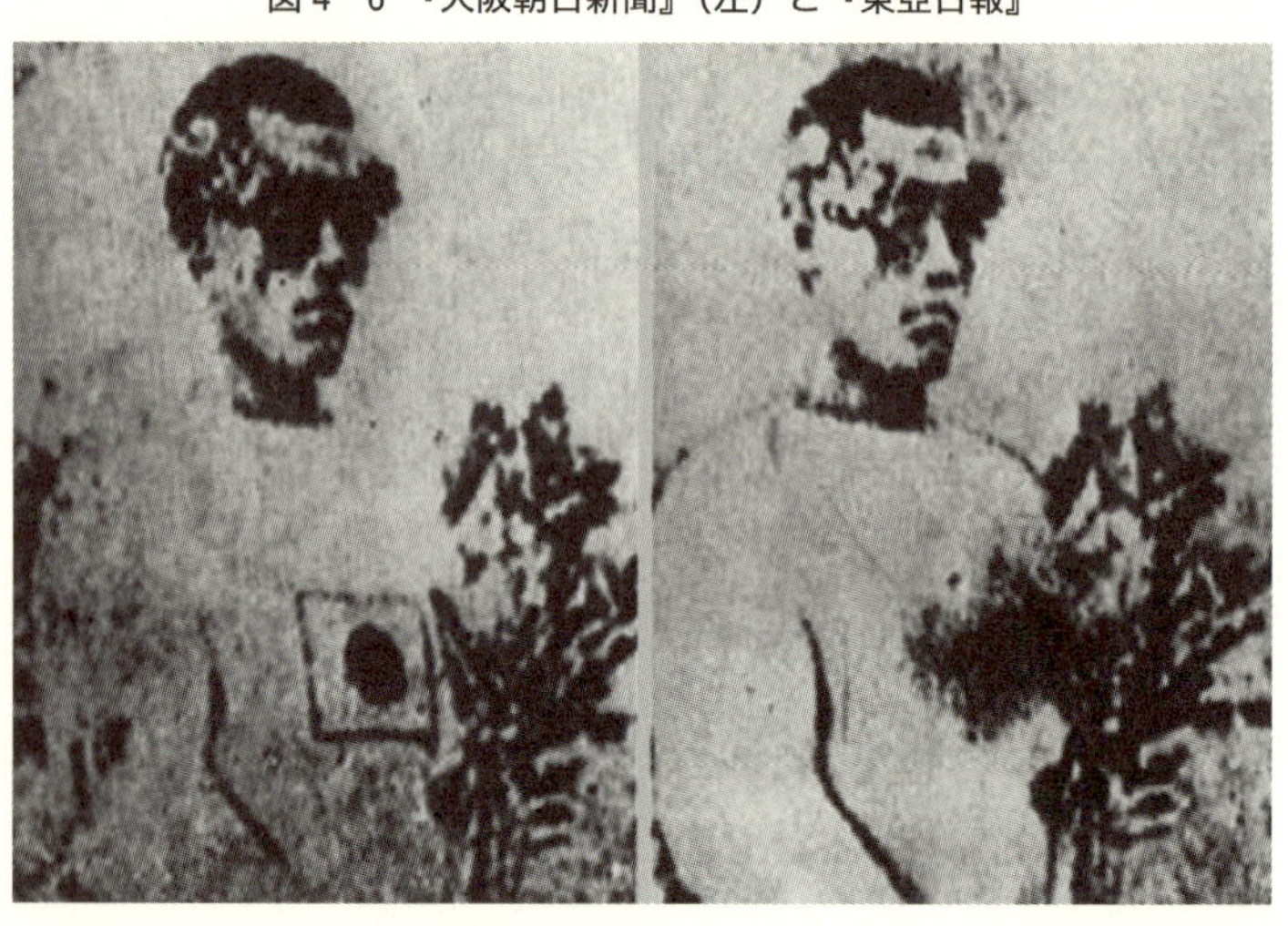

る。ちょうどこの時期、張は、植民地朝鮮で安定した活動の場を得ることができず、東京に移動することになる。当時、植民地朝鮮の出版市場では、「和製・国産」の日本語書物が力を得ていた。にもかかわらず、日本語メディアによる文化商品「張赫宙」は、朝鮮において強力に作用していた「民族」をめぐる言説と衝突を起こしてしまう。結局、張のテクストは「和製」とも「朝鮮製」とも距離を置いたまま、宙づりの状態におかれてしまうのである。

一九三六年には、もう一つの「和製・国産」「朝鮮製・国産」をめぐる戦いが繰り広げられる。同年八月、ベルリン・オリンピックのマラソンで朝鮮出身の孫基禎が優勝する。まったく同じ写真が『大阪朝日新聞』(一九三六・八・一三)と『東亜日報』(一九三六・八・二五)に掲載される(**図4—6**)。それは、『大阪朝日』の記事が『東亜日報』にそのまま掲載されたからである。『大阪朝日』では、孫の胸に刻印された日本帝国の国旗によって担保される「我らの孫基禎（ソンキティ）」という説明が記されている。しかし、その写真を掲載した『東亜日報』は、「我らの孫基禎（ソン・ギジョン）」という言葉を転用したうえ、日章旗を写真から抹消してしまう[31]。

孫基禎の優勝写真における「日の丸」の削除は、いわば、「日本」帝国を象徴する記号を押しつけられた側による論理への抵抗である。ふたつの写真が提示されることによって、帝国と植民地を横たわる形で書き込まれていた「われわれ」という言葉には亀裂が生じることになる。帝国側の用いる「われわれ」という言葉によって見えなくなってしまった、「朝鮮」という記号を可視化しようとする欲望が、民族主義メディアであった『東亜日報』[32]の紙上にあらわれたことに対しては細かい分析が必要であろう。とはいえ、それにより、『東亜日報』は一年近い（一九三六・八・二七〜一九三七・六・二）発売禁止という厳しい制裁を受けることになる。「石井漠」との距離を示しつつ新しい朝鮮舞踊への模索を語る崔承喜と「一人の作家」を標榜する張赫宙の対談は、この二枚の写真と交錯する時点に用意されていたのである。

五　二重言語と日本（語）文学の起源をめぐる幻想

一九四五年以後、日本は「戦後」、韓国は「解放後」という時間軸によって歴史＝物語が構成されてきた。「日本」という国民国家の形成が、植民地領有による領土拡大のプロセスと切り離すことができないように、「韓国・朝鮮」の国民化の経験は、植民地の経験と不可分の関係にある。しかも、日本のアジアへの侵略戦争の進行状況により、日本帝国の領土の広さ、国民の構成には、変化が生じている。また、一九九五年の出版直後から大きな話題をよんだ小熊英二の『単一民族神話の起源――〈日本人〉の自画像の系譜』（新曜社）に詳論されている通り、「日本人―われわれ」の起源すらも、歴史的・社会的コンテクストによって、また単一民族なのか多民族なのかをめぐる議論によって揺らいできたことも参照しなければならないだろう。すなわち、近代以後の日本における戦争への賛否をめぐる議論は、それぞれ異なる土台の上に立っていると考えるべきである。そこに、日本帝国の名で行われた戦争について、日本や韓国という実在の国民国家の境界では線引きしにくい難しさがある。

しかし、日本が植民地を領有していた時代をめぐる研究は、「侵略」と「抵抗」という二項対立的な枠組みに囚われることが多い。宗主国による植民地への「侵略」とそれに対する植民地側の「抵抗」という構図が表裏をなしているのである。「抵抗」という言葉の隣接した位置には、つねに、正しく「抵抗」できなかった権力の協力者への批判が書き込まれている。このように、「抵抗」には強力な「倫理的」バイアスがかかることが多い。しかし、その「倫理的」バイアス自体が、時代・空間・発話主体のスタンスによって異なる構図を呈していることに注目しなければならない。

とりわけ、この問題は、帝国日本における「社会主義」の歴史化の問題と深く関わっている。「日本帝国」という共通の敵を持つが故に表れる日本と朝鮮の社会主義者の親密さが、抑圧された者同士の「連帯」として語られ、それが、帝国権力に対する戦いの過程で編成される「抵抗」の言説に接合される。確かに、帝国日本の政策によって形成される日本人と朝鮮人の非対称的な関係だけに焦点を当てると、一九二〇年代に、植民地出身の運動家のエッセイが『戦旗』のような雑誌に掲載されたこと、中野重治や堺利彦らの朝鮮人への呼び掛けが『朝鮮日報』など植民地の媒体に朝鮮語訳され、掲載されたことをめぐる充分な分析は出来ないだろう。

とはいえ、社会主義運動による帝国政策への抵抗が、コミンテルンの政策と交渉しながら展開されてきたことを踏まえなければならない。加えて、コミンテルン政策自体が必ずしも民族の境界を越えていないとはいえ、右の「連帯」と「抵抗」の言説の分析には、あるプロトタイプの表象がみられることに注意すべきである。両者の関係が「連帯」という言葉で表象される際、彼ら／彼女らの多様なアイデンティティは、当時のコンテクストから切り離され、普遍的で、超歴史的な「朝鮮人」と「日本人」という記号に閉じ込められてしまうのである。

また、日本の社会主義者による「朝鮮人」への語りかけを「共闘」と捉えることで、日本の社会主義者は、日本帝国内の優位な位置が保証される「日本人」ではなく、革命的主体、リベラルな主体としての位置を確保することになる。このような構図は、当時の社会主義運動の言説に刻まれているジェンダー、民族、知の権力に基づく組織内の階層分化などの多様な位階関係を踏まえることなく、両方のエスニック・アイデンティティだけを前景化させることで編成されている。こうした構図にあっては、「朝鮮人」社会主義者という記号は、「日本人」社会主義者のリベラル性を保証する媒介項としての役割を果たすことになるだろう。

それに対し、独立以後、冷戦体制を政権の拠所とした朝鮮半島では、この連帯をめぐって異なるコンテクストが用意されていた。ブルース・カミングスは、自著『朝鮮戦争の起源』(金サドン訳、一九八六、イルウォルソカク、韓国語)が、一九八〇年代の韓国で大きな反響を呼んだことについて、それから二〇年後に次のように述べている。

一九八〇年代初め、私の研究が韓国で大きな反響を呼んだのは、その時期まで韓国の学者が朝鮮戦争などの題材を研究することは、ひとつ間違えば投獄される可能性もあるという制約の下にあったからである。その意味で、私のような外国人学者の役割は減ってきているといえよう。

(韓国『文化日報』二〇〇六・八・一五、韓国語)

一九八〇年代における投獄のリスクのない朝鮮戦争の語りは、敵である北朝鮮と「我々」との対立構図を如何に示すかにかかっていた。このような、反共体制を支配の拠所にしていた独裁政権への抵抗の言説には、「親日・反日」という異なる二項対立的土台が複雑に絡み合っていた。そこには、当時の独裁者朴正熙(パク・ジョンヒ)の過去を「親日」という言葉を媒介に浮上させ、当時の政権の正当性に問題を提起したいという狙いがあったといえよう。(33) よく知られている通り、一九六一年五月一六日の軍事クーデターによって政治的実権を握った朴正熙は、一九六三年に第五代大統領に就任した。朴は一九四二年に満洲の新京軍官学校を主席卒業し、「高木正雄」少尉として日本の陸軍士官学校に派遣留学し、卒業後は関東軍に編入されていた。このような経歴だけではなく、国内の強い反対を押し切った形となった日韓国交正常化以来、朴政権は親日（＝反民族＝売国奴）と徴づけられることになる[34]。このような傷を覆い隠すためにも、政権は自らの正当性を可視化させる必要に迫られていたといえよう。そこで前景化されたのが、ベトナムへの派兵を契機として当時の韓国において力を得ていた「反共主義」である。

長期政権を夢見ていた朴は、戒厳令を敷くための口実として、当時の韓国の状況を「壬辰倭乱（文禄の役）」の危機に譬えている。いつ起きるかわからない共産主義との戦争に備えなければならないと主張する朴は、壬辰倭乱を防ぐことができなかったのは、当時の朝鮮の政治が分裂していたからだと述べ、彼自身に反対する野党勢力を、当時の政治家に譬え、「党利党略で国論を分裂させる内部の敵」（一九七三）であると厳しく批判した[35]。すなわち、朴は、政権維持の土台として「反共」と「反日」イデオロギーを構築していくが、その過程で、壬辰倭乱と朝鮮戦争をめぐる集合的記憶が再構成されたのである。

本書の第Ⅲ部で注目しているのは、一九五〇年前後の日本における「共闘」に対する高い評価が、朝鮮戦争をめぐる語りであったことである。それが、朝鮮民族（北朝鮮）対アメリカの戦争として定義されたことを踏まえると、日本では、「韓国」と「北朝鮮」という建国まもなく分断された「国家」の単位、あるいは、民族同士の戦争としての歴史化ではなく、朝鮮人対米国の戦争として歴史化がなされてきたことになる。そこに、韓国と日本の文脈には、大きな違いがあることがわかる。日本において、「韓国」という言葉は、朝鮮戦争前後の反戦闘争をめぐる語りから排除されていたといえよう。

そもそも、過去のテクストの集積からどこまでを「われわれ」の研究領域として認知すべきかをめぐる政治的な線引きは、歴史的・社会的コンテクストによって調整されてきた。冷戦の崩壊とともに迎えた一九九〇年以後、文学研究の領域では、国家権力をめぐる抑圧・被抑圧という単純な図式は乗り越えられたかに見える。「戦後」的な枠組みを乗り越える方法としての「ポストコロニアル」の視点からの分析によって、近代文学の分節化が試みられている。しかし、その過程の中で露呈するのは、「近代日本文学」と「日本語文学」の使い分けである。そもそも「日本語文学」という概念は近代日本文学の排他性を批判する文脈で用いられることが多い。とはいえ、他方では、「日本語文学」という概念は、「近代日本文学」と線引きされる形で、日本のマジョリティではない書き手（例えば、在日朝鮮人）によって書かれた日本語のテクストをあらわしているかのように流通している。

この線引きには「二重言語」の問題が付随している。旧植民地における「日本語文学」とは、「二重言語」という植民地の特殊な状況の現れであり、一人の作家の身体内で生じた日本語と朝鮮語との戦いの結果として議論されている。しかし、書き手による言語の「選択」の問題として焦点化されることによって、「二重言語」の問題は、作家中心的な思考法から自由ではない。例えば、朝鮮戦争が勃発した一九五〇年、民主主義文学運動における大きな出来事の一つは、雑誌『新日本文学』（国際派）と『人民文学』（所感派）の対立であるが、丁度、この時期に小説家金達寿（キム・ダルス）、詩人許南麒（ホ・ナンギ）は高い評価を得ることになる。この現象は、当時の民主主義文学運動をめぐる議論とは切り離され、「在日朝鮮人文学」の系譜の「起源」として位置づけられ、神話化されてきた。それは、旧植民地出身の書き手による日本語のテクストを、植民地経験を媒介とする朝鮮人の主体形成の問題として普遍化させた川村湊の分類にも現れている。

> 「植民地文学」(これは結果的に宗主国文学＝日本文学に帰属するだろう)にも、「民族文学」にも帰属することを望まず、〝第三の道〟を歩むことになる朝鮮人文学者がいた。張赫宙、金史(キムサ)良(リャン)のいずれとも繋がりを持っていた金達寿である。[36]

川村は、植民地文学は張赫宙を、民族文学は金史良をもって説明し、金達寿を「在日(文学)の道」を選んだ者として説明している。このような分類は、「親日文学」か「民族文学」かという独立以後繰り返されてきたステレオタイプの二項対立的な議論を内面化しているものだといわざるをえない。ここで、川村は国民国家＝国語＝民族が対応しない「在日の道」を、「曖昧で微妙な立場」のものとして意味づけている。「在日朝鮮人」が「法的に、制度的に、社会的にはっきりと認識されたのは、一九四五年八月の『戦後』以降」であると述べる川村は、「八・一五」を媒介とし、金達寿に「在日朝鮮人文学」の起源を見出したといえよう。

このような構図は、最近の研究にもみられる。一九四五年以降に「在日コリアン文学が本格的始動するという見解に立ち、敗戦＝解放後の彼らの日本語文学活動に焦点をあてる」中根隆行は、この時期に「起源」を求める言説には距離をおきつつも、朝鮮人の書き手による日本語テクストを独立以前と以後に分け、この時期の文学活動が「のちの在日コリアン文学の展開」に決定的な影響を与えたという見取り図を提示している。「在日日本語文学の誕生」を、バイリンガルであった金史良や張赫宙とは違い、「日本語による創作能力しかもちえなかった」朝鮮人の書き手の登場に求め、その代表として金達寿を捉えている。しかし、中根の論に従えば、一九四六年の時点で「在日コリアン」という主体が形成されていることになり、「在日コリアンの揺らぐ文化的アイデンティティ」を保証すべき土台として、朝鮮半島には「朝鮮の民族性」というコンテクストが用意されていなければならないのである。[37] ここで疑問として浮び上がるのは、普遍的な「朝鮮の民族性」なるものが存在するのだろうかということであろう。そもそも「民族性」とは、歴史的政治的コンテクストにより、言葉によって編成され、想像の共同体を見出す機能を担っているものではないだろうか。

しかも、このような通史的な歴史化を試みることによって、それぞれのテクストの成立と流通を可能にする言説空間の力学や読者の問題が見落とされるおそれがある。第3章で取り上げた通り、「雨の降る品川駅」の献辞に刻まれている「李北満、金浩永」という朝鮮人の名前すら、日本語の改造版と朝鮮語の無産者版において、異なる意味をもっていた。

また、「二重言語」という言葉は、物語がどの言語で表記されているのかに関する物語言説のレベルをめぐる議論を誘発するが、ここにも同様の問題が付随している。なぜなら、日本語で書かれたテクストが、日本語のリテラシーを持っている読者を想定したものであることが忘却されているからである。しかも、朝鮮において、朝鮮語と日本語が権力的位階関係にあったという植民地時代のコンテクストを踏まえている論においても、両方の言語がお互いに侵蝕しあうことのない安定した言語領域を持っているものとして想定されている。

ここで、「二重言語」という言葉とセットになって紹介されることの多い、張赫宙の『餓鬼道』に注目してみよう。『餓鬼道』は、一九三二年『改造』懸賞創作募集の二等に選ばれている。この小説は、貧困に喘ぐ植民地朝鮮の農民たちが権力に向かって立ち上がっていく姿を物語内容としているが、「植民地下の朝鮮の現実を日本の読者に訴えようとした」（白川豊「解説――『追はれる人々』をめぐって」前掲）ものとして価値付けられたテクストである。


「馬山（マーサン）イ。さっさと帰れよ（オソトラカケ）。」

「おーい。無事に行けよ（ザルカケ）。」

「梅洞（メドン）イ。大谷（ハンコリ）。皆無事に行きな（モトザルカケ）。」

「おーい。」

（ルビ原文）


この小説の会話文に多用されているルビが示しているのは、会話が朝鮮語で行われていたことである。この時期、『改造』をはじめ、日本語で発行されていた雑誌は、植民地にも流通している。そのため、『改造』の読者を想定する際、日本人なのかどうかではなく、日本語のリテラシーを持っているかどうかが問題になってくる。この小説を読む読者が、朝鮮語のリテラシーを持っていてもいなくても、漢字交じりの会話文だけではなく、ルビのことが気になるだろう。このルビは、朝鮮語話者の声を文字化したものである。当然ながら、ルビが、二つの言語を一言語から一言語へと移しかえる役割をしているわけではない。

しかも、日本語の会話に記されている「馬山イ」の「イ」は、日本語ではない言語を意味するカタカナで表記されている。これは、朝鮮語の口語体の音を示しているが、朝鮮語の意味の単位を知らない者にとってはノイズにすぎない。そのため、ここでのルビの機能は、翻訳の実践というより、朝鮮農民の朝鮮語の口語体を、日本語を媒介としながら音声で追体験する仕掛けとして考えるべきである。当時の張赫宙の新鮮さは、内地に住み、植民地の事情に疎い日本の読者に対し、朝鮮を題材とする物語内容を示した所にあるだけではなく、物語言説のレベルで、日本語のリテラシーしか持ち得ていない人々を朝鮮語の音に出会わせているところにもあるといえよう。このような実践は、書き手が「日本語」を選択したことによってではなく、日本語のリテラシーを持っている読者による読書行為を通して完遂されるものである。

このようなテクストを、日本語対朝鮮語という二項対立的な思考から読み解くことは難しい。文学テクストを研究する際、現在の「日本・韓国・北朝鮮」という国民国家の境界と、その境界内で共通語として使用されている「日本語・韓国語・朝鮮語」、そしてその言語を第一言語としなければならないと想定されている「日本人・韓国人・朝鮮人」という民族主義的遠近法だけでは捉えきれない状況が、今もなお複雑に交錯していることを意識しなければならない。

そのため、ここで確認しなければならないのは、「日本語文学」への視野の拡大が「在日朝鮮人文学」を実体化してしまう危険があるということである。研究者が「文学」を社会的・文化的システムとして捉え、それに付随する差別的構造を捉えなおそうとするとき、他者のメルクマールとして「在日朝鮮人文学」が呼びこまれる。だがそこに落とし穴がある。はたして「在日朝鮮人文学」は自明なものとして実体化することができるのだろうか。李孝徳は、「在日朝鮮人文学」というジャンルが制度として認定された時期を一九六〇年代後半から一九七〇年代初頭と捉えている[38]。在日朝鮮人文学者のテクストが多く出版され、「在日朝鮮人文学」というジャンルが制度化されたこの時期は、日韓国交正常化交渉の賛否をめぐる議論の中で、「朝鮮」という媒介項が見出された時期に重なっている。

例えば、当時の中野重治「雨の降る品川駅」をめぐる評価も、このような「朝鮮」言説を編成している。この詩は、一九二九年の発表直後、朝鮮人向けの雑誌『無産者』に朝鮮語訳された。しかし、一九五二年の金達寿の『玄海灘』(『新日本文学』一九五二・一～五三・一二に連載)においては、植民地下の朝鮮人を励ます詩としてあらためて「翻訳」される。このテクストの中で「雨の降る品川駅」は、日本と朝鮮人の連帯のしるしとして表象されているのである。ところが、このような評価に変化をもたらしたのは、一九七〇年代における、無産者版の発見である。

一九六〇年代末の日韓国交正常化交渉をめぐる議論の過程で、所与の前提として、主体的な「朝鮮民族」が前景化される。そのため、「雨の降る品川駅」の場合、中野重治本人が独立すべき主体として朝鮮民族を捉えていたかどうかに関する問題が浮上し、再審に付されることになる。「在日朝鮮人文学」の系譜そのものも、社会的・歴史的コンテクストの変化と交渉しながら実体化されたものであり、それによって辿られる正当な起源は存在しないのである。それに対し、韓国と日本の国交正常化交渉への怒りによって書かれたのが、林鐘國の『親日文学論』（一九六六、平和出版社）であったことに注目する必要がある。

同じ国交正常化の議論を媒介に韓国では、「親日」という言葉に注目が集まるが、日本で見出される「朝鮮」も、韓国での「親日」も、議論が生まれる土壌には、本書の第Ⅰ部と第Ⅲ部で論じている通り、ベトナム戦争への「協力」と「抵抗」という議論が接合していたことに注意すべきである。

＊＊＊

最後に、**図4―7**と**4―8**に注目してみよう。崔承喜は、一九三七年一二月末に渡米する。渡米を控えた彼女は、「崔承喜の国防献金」（傍点原文）という記事のなかで、一九三七年から始まった航空機献納運動のために「朝鮮を踊る」と記される。二つの記事は、一週間も経たない間に書かれたものであり、**図4―7**の「半島の舞姫」は、戦死者の写真と並ぶ形で、「空軍熱」を高める役割を担っていることがわかる。なぜ、崔の渡米と国防献金は接合されることになったのか。この写真を、ただ「親日」や「協力」という言葉で解釈するだけでは、先述した、朝鮮語メディアで構造化される彼女と石井漠との距離、とりわけ朝鮮的なカリカチュアが石井漠に対する批判から生まれたものとして演出さ

図 4—7 『東京朝日新聞』1937 年 10 月 1 日

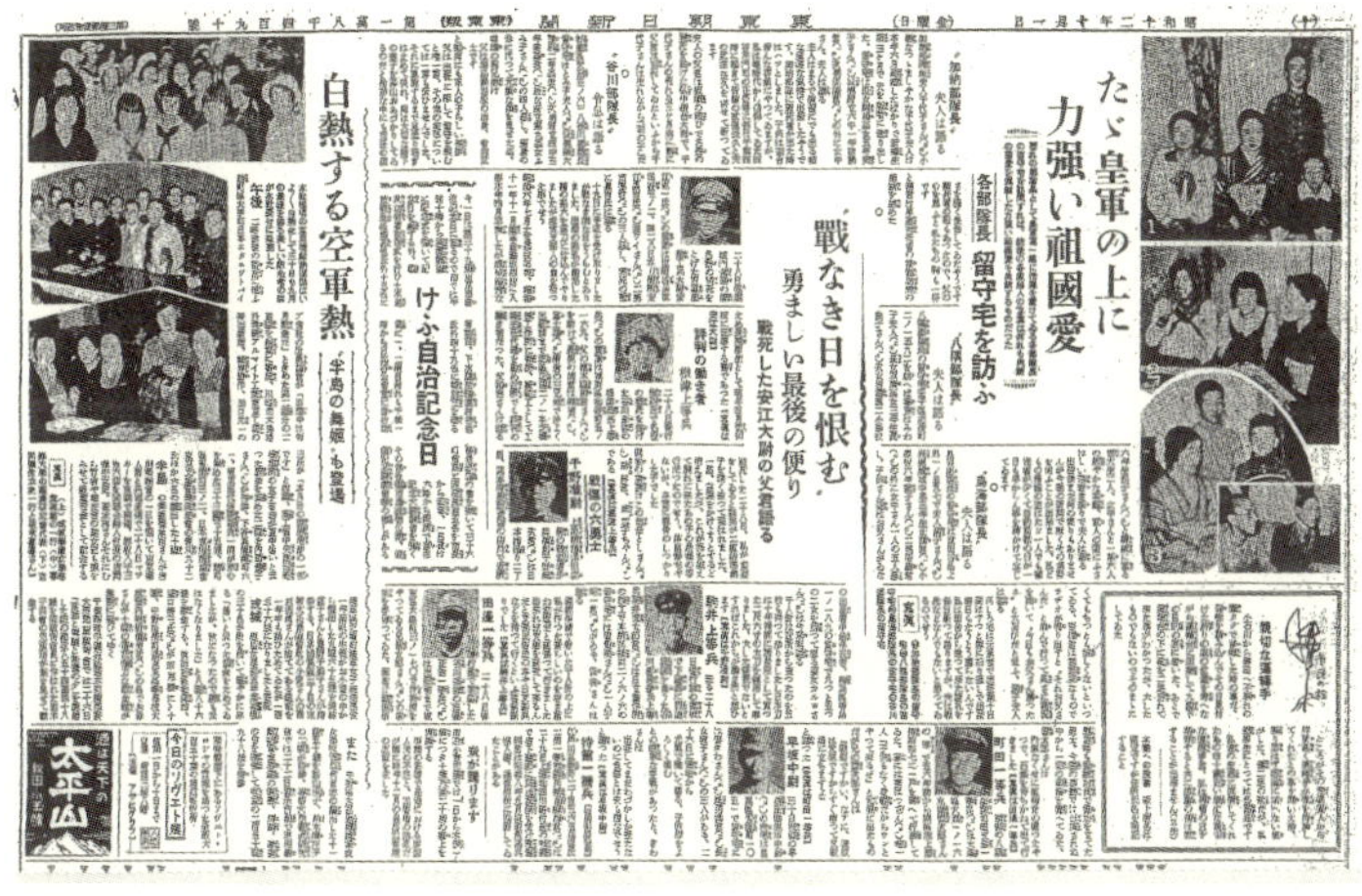

たゞ皇軍の上に
力強い祖國愛

各部隊長 留守宅を訪ふ

戰なき日を恨む
勇ましい最後の便り
戦死した安江大尉の文書語る

けふ自治記念日

白熱する空軍熱
“半島の舞姫”も登場

酒は天下の
太平山

図 4—8 『東京朝日新聞』1937 年 9 月 24 日

聯合婦人會と
共同主催

“崔承喜”の
國防獻金
廿八日東劇マチネー

純國産
日東紅茶

崔承喜
渡欧告別公演

前賣開始！ 9月27日・28日・29日・三日間・每夕六時

東京劇場

（朝日）（解説）
（時日）（映畫）
（局）
“戰火の上海”
支那事變第二輯

新橋演舞場の狂言

映画ニュース

れていたことを見落とすことになる。とはいえ、朝鮮語メディアでの発言を手がかりに「抵抗」の文脈を読みとるだけでは、日本語メディアによって演出される崔承喜と戦争との隣接関係が不可視化されてしまう。だとすれば、なぜ、同じ時期に、「協力」とも、「抵抗」とも解釈しうる言説が同時に浮上し、一つの固有名に刻まれ、戦争を語る論理として構造化されるのか、その過程の方に目を向けることの方が大切なのではないだろうか。

崔承喜の渡米とほぼ同じ時期に動きだす、島崎藤村『破戒』の改訂と戦争の関係は、崔承喜と戦争の関係と類似した構図を持っている。それについては、次章で論じることにしよう。

注

（1）一九〇五年大邱で生まれる。当選した時、張は、植民地朝鮮の地方都市大邱で普通学校の教師であった。本章における張赫宙の書誌及び伝記的な事柄については、白川豊「張赫宙作品に対する韓・日両国における同時代の反応」（東国大学校日本学研究所『日本学』一九九一）、南富鎮・白川豊『張赫宙日本語小説選』（二〇〇三、勉誠出版）、任時正「張赫宙と著作年譜」（立命館大学日本文学会『論究日本文学』第七九号、二〇〇三・一二）、中根隆行『〈朝鮮〉表象の文化誌』（二〇〇四、新曜社）を参照。

（2）崔承喜については、崔承喜『私の自叙伝』（一九三六、日本書荘）、高嶋推三郎＋むくげ舎『崔承喜』（一九八一、皓星社）、金賛汀『炎は闇の彼方に――伝説の舞姫・崔承喜』（二〇〇二、NHK出版）、鄭昞浩『踊る崔承喜』（二〇〇四、ヒョンデミハクサ、韓国語）、鄭秀雄『崔承喜』（二〇〇四、ヌンビッ、韓国語）、朴祥美「『日本帝国文化』を踊る――崔承喜のアメリカ公演（一九三七〜一九四〇）とアジア」（『思想』二〇〇五・七、岩波書店）を参照。

（3）一九二九年六月創刊、一九四一年一一月一日廃刊した総合雑誌。

（4）千政煥によれば、「植民地時代の作家達は、日本の文壇あるいは日本の文学を「東京」文壇、「東京のもの」と表現することが多かった」という（『近代の読書――読者の誕生と韓国近代文学』二〇〇三、プルンヨクサ、五一七頁）。

（5）新興キネマ制作「半島の舞姫」一九三六年四月公開。

（6）崔承喜『私の自叙伝』（前掲）。

（7）「解説――日本語への欲望と近代への方向」（『張赫宙日本語小説選』前掲、三二一～三三〇頁）。

（8）「解説――『追はれる人々』をめぐって」（『張赫宙日本語小説選』前掲、三三一～三三二頁）。

（9）白川に限らず、張赫宙をめぐる現在の評価は、張のデビュー当時ではなく、一九三四年前後の徳永直らの枠組みをそのまま転用し、編成されることが多い。例えば、田村榮章「一九三五年張赫宙の思想的転換点」の場合、張の反駁を「過剰」であったと述べつつ、徳永の「張赫宙の『動揺しやすい』性格」という言葉をそのまま引用する形で田村自身が張のスタンスを厳しく批判している。白川豊「張赫宙作品に対する韓・日両国における同時代の反応」（前掲、一一七頁）の「Ⅲ、日本での反応」には、張の変化について、「プロ文学からの『好意的』評価があったにもかかわらず、将来を見越し、作風を転換させた」と記されている。なお、当時のプロレタリア運動の神話化の問題については、本書の第Ⅲ部を参照していただきたい。

（10）『中央公論』と『改造』などの出版資本が、『戦旗』と『文芸戦線』の対立構図を転用しながら、利益を生産する一九三〇年代の出版再編問題については、拙稿「帝国日本における出版市場の再編とメディア・イベント――『張赫宙』を通してみた一九三〇年前後の改造社の戦略」（国際韓国文学／文化学会（INAKOS）『사이（SAI）』第六号、二〇〇九・六、韓国語）で論じた。

（11）拙稿「出版帝国の〈戦争〉――一九三〇年前後の改造社と山本実彦『満・鮮』から」（『文学』二〇一〇・三／四、岩波書店）を参照していただきたい。

（12）『昭和文学全集』第六巻（一九五三、角川書店）所収。この時期の徳永について木村一信「徳永直〈転向〉の行方」（『〈転向〉の明暗――「昭和十年前後」の文学』一九九九、インパクト出版会）を参照。

（13）一方、林房雄も「僕らは出発する」という文章で始まる「プロレタリア文学当面の諸問題」（『文学評論』一九三四・五、一二三頁）の中で、「仲間同士の感情のもつれを解きされずに、にがい混迷をつゞけてゐる」状況について述べている。

（14）「芸術団体の組織として『ひくい』ナルプは、より『たかい』ものへ変化せられねばならなかつたんだ」（徳永直「ナルプ解散に対する諸家の感想」『文学評論』一九三四・四、六九頁）。

（15）楊逵については、山口守「植民地、占領地の日本語文学――台湾・満洲・中国の二重言語作家」（『岩波講座「帝国」日本の学知　第五巻　東アジアの文学・言説空間』二〇〇六、岩波書店）、金良守「日帝時代韓国と台湾作家の二重言語」（中国語文研究会『中国語文論叢』二〇〇二、韓国語）、金良守「胡風と『朝鮮台湾短編集』」（韓国中国学会『中国学報』二〇〇三、韓国語）、和泉司「憧れの『中央文壇』――一九三〇年代の『台湾文壇』形成と『中央文壇』志向」（島村輝・高橋修・吉田司雄・飯田祐子・中山昭彦編『文学年報二　ポストコロニアルの地平』二〇〇五、世織書房）を参照。

（16）山口守「植民地、占領地の日本語文学――台湾・満州・中国の二重言語作家」（前掲、三五頁）。

（17）金賛汀は、「〈エヘヤ・ノアラ〉は、その後崔承喜の代表的な作品になる踊りであるが、それと同時に日本で初めて朝鮮舞踊を本格的に取り入れた創作舞踊でもあった。それは酒に酔った老人が体をゆらゆらさせながら、こっけいに踊るさまを舞踊化した作品で、韓成俊（ハン・ソンジュン）から習得した朝鮮舞踊からヒントを得て、昔父親が酒に酔うと踊り出したさまを思い出して舞踊化したものである」と説明している（『炎は闇の彼方に――伝説の舞姫・崔承喜』前掲、九〇頁）。

（18）崔承喜による『私の自叙伝』には、「兄」という章があり、「もし私に兄がなかつたならば、そして石井先生がいらつしやらなかつたならば、私は舞踊家にならうなどゝは思はなかつたし、成らうともしなかつたでありませう」と述べられている（前掲、四〇〜四一）。

(19) 崔のパンフレットの一号は、第三版まで刷られ、すべて売り切れになったと記されている。
(20) 朴祥美の場合、「和製品」「国産」としての崔承喜の位置を認めた上で、それを「日本一」という評価を受けるようになった典拠として提示している（『日本帝国文化』を踊る——崔承喜のアメリカ公演（一九三七〜一九四〇）とアジア」前掲、一三一頁）。本論は、朴の観点とは異なり、「石井漠」を媒介として立ち上がる「和製・国産」の表象に注目したものである。
(21) 本文は、金賛汀『炎は闇の彼方に——伝説の舞姫・崔承喜』（前掲、一一四〜一一五頁）から再引用。なお、大阪公演は一九三五年一〇月二五日に行われる。
(22) ただ、ここで述べる「和製・国産」は、「親日」「協力」の枠組みとは違うものである。それについては別稿を用意している。
(23) 任展慧『日本における朝鮮人の文学の歴史』（一九九四、法政大学出版局、二〇二頁）。
(24) 『改造』四月号は、三月中に発売される。同年四月三日に「農村・春・教員（上）」というエッセイが『朝鮮日報』に掲載されるが、雑誌『改造』懸賞当選者として朝鮮の文壇にデビューしたのは、翌年九月から『東亜日報』に掲載された「ムジゲ」を通してである。
(25) 任展慧『日本における朝鮮人の文学の歴史』（前掲、二三五頁）。
(26) この方針によって創刊された朝鮮語の雑誌が『ウリトンム』である。この雑誌については、拙稿「出版帝国の〈戦争〉」（前掲）を参照していただきたい。なお、この雑誌と資本の形成の問題については、「戦略的『非合法』商品の資本化をめぐる抗争——一九三〇年代前後の検閲と『不逞鮮人』メディアを軸に」（成均館大学東アジア学術院・人文韓国（HK）事業団共催「近代検閲と東アジア」、学術大会資料集、二〇一〇・一・二二、韓国語）で論じた。
(27) 鄭昞浩『踊る崔承喜』（前掲）。
(28) 雑誌『別乾坤』（一九三一・四、開闢社、朝鮮語）。
(29) 「不愉快極まる噂や醜聞の渦巻いている最中に、私が清純な正しい結婚を堂々と行ふ」決断をしたと述べている（崔承喜『私の自叙伝』前掲）。

（30）崔承喜『私の自叙伝』（前掲、一〇八～一一三頁）。

（31）千政煥『終わらないシンドローム』（前掲）第五章を参照。

（32）『東亜日報』と『改造』の関係、一九三〇年代前後の植民地メディアの位置づけについては、拙稿「出版帝国の〈戦争〉」（前掲）を参照していただきたい。

（33）金ボヒョンは、金ムンスの「私は、朴正熙に対してあまりよい感情をもっていなかった（略）彼は（略）独立軍を捕まえて、殺していた日本軍将校であった」（「ある実践的知識人の自己反省」『現場』第六集、一九八六、一三二頁）という文章を援用しながら、「当時の抵抗エリートの社会批判は、資本主義や、開発主義という特殊な体制あるいはその発想に向かうことはなかった。彼らの批判・克服すべき対象は権力側の〈反道徳性〉に集約されたと指摘している（「朴正熙政権期における抵抗エリートの二重性と逆説」『近代を読み直す①』二〇〇六、歴史批評社、五一九頁、韓国語）。韓国における「朴正熙」に関するポストコロニアルな問題構成、日本における「韓国語・朝鮮語・ハングル」表記をめぐる議論に付随している冷戦問題及びポストコロニアルな問題構成については、崔泰源氏から御教示を得た。

（34）ジョン・ジェホ『反動的近代主義者朴正熙』（二〇〇〇、チェクセサン、韓国語）によれば、「独立からあまり時間が経っていなかったこの時期、親日は、売国奴と反民族であるという認識が支配的であった」という。

（35）朴正熙「偉大な子孫になろう」『朴正熙大統領演説集』（一九七三、大統領秘書室、韓国語）。

（36）『生れたらそこがふるさと――在日朝鮮人文学論』（一九九九、平凡社）。

（37）『〈朝鮮〉表象の文化誌』第九章（前掲）参照。

（38）李孝徳「ポストコロニアルの政治と〈在日〉文学」（『現代思想』二〇〇一・七、青土社）。

第5章　総力戦と『破戒』の改訂

一九三六年八月一日、ベルリンでは、第一一回オリンピックが開幕した。その開幕の前日には、第一二回の開催地として東京が選ばれている。しかし、一九三七年七月七日に、北京郊外における日中両軍の衝突を契機に、日本は本格的な戦争の状態に突入することになる。そして、一九三八年七月一五日には、オリンピック開催返上が閣議決定された。

一九三八年一一月、平野謙は、「破戒」というエッセイを雑誌『文藝』に発表し、「日本自然主義の正統な発展のためには、『破戒』こそ絶対不可欠の出発点にほかならなかった」と述べている。このエッセイの中で平野は、『破戒』が日露戦争の最中に書かれていることに注目し、「新文学最初の旗として『破戒』の生誕するにいたった諸条件」を素描しなければならないと主張した。彼は、このエッセイを通して、『破戒』を『蒲団』の過渡的一習作として貶めている文学史的定説に対抗したいとする挑発的とも言える試みを明らかにしている。

明治三七年、『破戒』の稿は起された。しかし、時代の切迫した空気は容易に最初の長篇を書きつぐことを許さなかった。あまたの知人や同僚や教え子たちがつぎつぎと日露の戦役に出征していった。悲しい壮んな命がけの叫びごえ、毎日駆けてとおる号外売りの呼びごえ、たえまない戦場の噂、国民はすべてひとかたまりになってこの国難を凌ぎとおそうと燃えたった。その年のはじめに、はるばる小諸の宿まで訪ねてきて、つきぬ物語を語りあかした僚友田山花袋もまた一従軍記者として戦線に赴いた。その別離の手紙は藤村の心につよい衝動を与えずにはおかなかった。（中略）この人生もまた大いなる戦場だ、自分はその従軍記者だ、とおく満洲の野にある友人も、小説の筆を執りつつある自分も、畢竟おなじ勤めに服しているのだ。その信念だけにすがりつき、辛うじて書き続けていったのである。

島崎藤村の『破戒』は、出版直後には焦点化されなかった「部落」表象の問題で、一〇年間の絶版（一九二八〜一九三八年）、改訂版（一九三九年）の刊行、初版復原（一九五三年）という曲折の歴史を歩むことになる。平野謙が、一〇年近くも絶版になっていた『破戒』を日中戦争の最中に召還していることは非常に興味深い。同年五月に国家総動員法が公布され、連日のように戦争報道に接していた当時の読者は、まだ勝利の確信が得られなかった日露戦争の開戦時における『破戒』の出版事情と、自分自身が置かれている現状とを重ね合わせることになるだろう。皮肉にも、『破戒』を自然主義文学の起源に位置づけようとする平野のエッセイが発表されたのとほぼ同じ時期に、全国水平社と島崎藤村・新潮社の間で『破戒』の改訂版―復刊をめぐる協議が行われていた。平野によって高く評価された『破戒』の物語内容・物語言説が、日中戦争の国家総動員法と歩調を合わせる形で改訂されようとしていたのである。

この改訂版は、一九三九年に『定本版藤村文庫』第一〇巻として再び読者の前に現れ、一九五三年の初版復原に至るまで物議を醸すことになる。ここで新しい角度から取りあげたいのは、『破戒』の出版経緯が、一九二二年の全国水平社創立大会以来、展開された部落差別撤廃運動だけではなく、日本の植民地領有・侵略戦争と深く関わっていたことである。日本近代文学のカノンであり、日露戦争を時代背景としながらも、戦争を直接的に描いていない『破戒』、その改訂過程にこそ、日本近代文学研究が見えないもの、見なくてよいものにしていた植民地朝鮮の位置づけと連動する形で展開された「民族」をめぐる戦いが刻まれている。しかも、それは、崔承喜、張赫宙、孫基禎をめぐって東京と京城のメディア上に繰り広げられた「民族」という言葉の係争と、同時代の枠組みにおいて生じた出来事にほかならないのだ。

一　ふたたび『破戒』について

まず、日露戦争の最中に書かれた『破戒』の初版から、問題の所在を探ってみたい。『破戒』において、被差別部落出身の教師・瀬川丑松が、自分の家柄について知らされるのは、師範学校への入学のために親元を離れる時であった。彼の父は、世に出て身を立てる秘訣として、素性を隠すことを堅く命じる。彼の父は、明治維新前まで「四十戸ばかりの一族の『お頭』」であったというが、その父親によって語られる部落の「血統」に関する情報は、以下の通りである。

其時だ――一族の祖先のことも言ひ聞かせたのは。東海道の沿岸に住む多くの穢多の種族のやうに、朝鮮人、支那人、露西亜人、または名も知らない島々から漂着したり帰化したりした異邦人の末とは違ひ、その血統は古の武士の落人から伝つたもの、貧苦こそすれ、罪悪の為に穢れたやうな家族ではないと言ひ聞かせた。（一）

ここで語られる父親の言葉は、戒めだけではなく家柄に対する誇りを教える内容でもあった。「身分を隠せ」という戒めに縛られる丑松は、この祖先に関する言葉に絡めとられていくことになる。父親の話によれば、部落民は二つの種族に分れている。一つは朝鮮、中国、ロシアからの「異邦人の末」であって、もう一つは昔の「武士の落人」という「日本人」のことを指している。ここで、私が、あえて「日本人」という表記を使用するのは、物語構造から考えた場合、この起源をめぐる言葉が、告白場面に出てくる「天長節」の場面と対になる位置にあるからである。

丑松の父が提示する部落の分類法の根拠になるのは、血統の相違である。父の語りは、差別者にとって「穢多の種族」という一つの「種」として受け止められているものが、実際は血統によって二つに分れているという構図を示している。すなわち、父は、「穢れ」ている「異邦人の末とは違ひ」、丑松の祖先は穢れていないと教えているのだ。

『破戒』が書かれた日露戦争前後の言説空間において、「部落民[1]」は「新平民」「特殊（種）部落[2]」などの差別的用語で書き記され、「異人種・異民族」として表象されている。例えば、『破戒』でも、部落民への差別行為はもっぱら「人種の相違」から来る「人種の偏執」として記される。この「人種の偏執」というのは、「『キシネフ』で殺される猶太人」、「西洋で言囃す黄禍の説」に譬えられるが、ユダヤ人差別や黄色人種差別を部落民に対する差別と結びつけることによって、部落民が異人種であることを繰り返し仄めかすことになる。このことは、「父の戒も忘れ勝ち」であった丑松が、社会の厳しい現実に遭遇し、「自分のことが解って来た」瞬間から効力を持つことになるのである。丑松は、思想家としての猪子蓮太郎の活躍について「新平民が美しい思想を持つとは思はれ」ず、肺病のお陰だとみなす銀之助と文平の会話を聞き、蓮太郎が侮辱されるのは「人種の相違」からくる偏見のためだと感じる。しかも、丑松と部落民出身の生徒である仙太とが組んで、同僚教師である文平らと戦ったテニスの試合は、「人種と人種の競争」として語られる。

ここにおいて「種族」と「人種」の概念が同等の意味を持つことになる。また、「種族」と「人種」の概念が強調されたとき、生物学的遺伝的な差異を見出していく血統神話が浮上するのである。猪子蓮太郎の素性に関する噂が全校に広がった時、「ある人は蓮太郎の人物を、ある人はその容貌を、ある人はその学識を、いづれも穢多の生れとは思はれない」と言っている。丑松のことを聞いた人も「彼容貌といひ、皮膚といひ、骨格といひ、別に其様な賤民らしいところが有るとも思はれない」という反応を見せている。『破戒』の中で、部落民ではない者たちは、部落民であるかどうかに対する判断基準の一つとして、「容貌」の相違を取り上げている。

猪子蓮太郎や丑松の素性がわかってから、「容貌」など両者の身体的差異を問う非部落民の反応には、部落民は簡単に区別し得るものだという先入観、酒井直樹のいう「経験できない実定性が先入観」として働いているといえよう。(3) 結局、このテクストの中の「部落」とは、言説上の意味生産にかかわるメタファーとして機能する記号であったのである。

部落民であるかどうかは「容貌で解る」と判断する非部落民にとって、猪子蓮太郎は「例外」とみなすしかない。また、同じレベルで考えると丑松もやはり「例外」になるしかない存在だろう。しかし、肺病というもう一つの被差別の要因を持っている蓮太郎とは違って、「見たところ丑松は純粋な北部の信州人」で「実際穢多である、新平民であるといふことは、誰一人として知るものが無かった」と語られている。

部落民が「異邦人の末」であるという前提の上に差別の言葉が交わされるテクストの中で、丑松は自ら告白しない限り、部落民としての身体的特徴がないものとして設定されているのである。丑松の父が述べた、武士の落人の後裔で、穢れていない「血統」という丑松の家系が、物語言説のレベルで保証され、読者に提示されているのである。

このような出自に関する捻れた設定には、差別を生み出す言語を、差別される立場にある当人が内面化してしまう問題が付随している。例えば、部落を眺める丑松の視線は分裂している。大日向の付き添いの男や、猪子蓮太郎と部落を通ることになった時見かけた子供たち、「屠殺場」の「屠手」たちをみつめる丑松の視線は、蓮太郎と丑松に部落民としての身体的特徴を探り出そうとする差別者の側の視線と変わりがない。このような丑松の視線の分裂は、彼が丑松の祖先に関する言説をそのまま受け取ったから生まれたものにほかならない。しかも、『破戒』の場合、丑松の視点に拠ることの多い語りの言葉にも、同様の問題が生じている。いずれの場合も、部落民は、二つに分類されていることがわかる。第一に、異邦人の後裔――差別される理由になりうる。第二に、武士の落人、同一人種――差別される理由になりえない。

ここで注意すべきことは、丑松が部落差別を、非部落民と同じように、異なる二つの存在を混同したことからくる「人種の偏執」として捉えていることであろう。師範校時代までは「疑ひもせず、疑はれもせず、他と自分とを同じやうに考へて」いた丑松に、「穢多の子といふ辛い自覚」を教えてくれたのは「世の中」であった。そもそも丑松は「人種」という概念を、所与の論理として受け取っていたわけではない。彼は「世の中」の部落に対する差別に遭遇し、その差別が部落と「異民族」の存在とを結び付けることによる「人種の偏執」であることを意識せざるを得なかったのである。そのため丑松は、彼に祖先と同じように差別される理由のない「日本人」との同一性を教えてくれた、いったん忘却の彼方に置き忘れていたはずのその言葉を受け入れるようになる。そして、丑松は、「先入観」

を内面化し、彼自身も自らとは異なる差別されるべき異邦人として、部落民を捉えるようになったのではないだろうか。

この問題は、丑松が、明治天皇の誕生日である「天長節」を、自分の一生を考える上で、一つの軸にしていることと併せて考えなければならない。

これから将来、五年十年と経つて、稀に皆さんが小学校時代のことを考へて御覧なさる時に――あゝ、あの高等四年の教室で、瀬川といふ教員に習つたことが有つたツけ――あの穢多の教員が素性を告白(うちあ)けて、別離を述べて行く時に、正月になれば自分等と同じやうに屠蘇を祝ひ、天長節が来れば同じやうに君が代を歌つて、蔭ながら自分等の幸福を、出世を祈ると言つたツけ――斯う思出して頂きたいのです。私が今斯ういふことを告白けましたら、定めし皆さんは穢しいといふ感想を起すでせう。あゝ、仮令(たとい)私は卑賤しい生れでも、すくなくも皆さんが立派な思想を御持ちなさるやうに、毎日其を心掛けて教へて上げた積りです。せめて其の骨折に免じて、今日迄のことは何卒許して下さい。

部落民に対する差別を「人種の偏執」として捉えていた丑松であったが、告白の場面においてはそれとは相反することを語っている。丑松は、部落民は「卑賤しい階級」であって、自分自身は「其卑賤しい穢多の一人で」あると告白している。ここには部落民として、差別されることに対する彼と猪子蓮太郎の怒りが全く現れていない。また、部落について語るとき「御存じでせう」という言葉を多用することによって、彼自身が語っていることがあたかも社会一般の通念であるかのように印象づけようとしている。

いわば差別する側の部落民に対する取り扱いが、昔の階級制度下からの慣習であることを、他ならぬ部落民の丑松が認める形式をとっているのである。しかも丑松が差別の原因として考えていた、「人種の相違」とか「人種の偏執」という言葉はどこにも現れていないのである。彼は、告白の「戦略」として、部落民が異民族起源説に基づいて差別されていることを隠蔽してしまう。生徒に向かって、部落が、明治以前の過去の階級問題と関わりを持っていることを仄めかす。そして、今まで素性を隠していたことを謝る段階に至っては、いつも「正月になれば自分等と同じやうに屠蘇を祝ひ、天長節が来れば同じやうに君が代を歌」うという話をする。すなわち、明治に入って日本の国民的行事になった「天長節」という場において、生徒と「同じ」行為をしていることを強調するのだ。それは、過去と現在の時間軸ではなく、「五年十年と経つて」からという「告白」以後の丑松自身の位置を説明する言葉であったことを見逃してはならない。まさに、告白を通して、丑松自身が告白対象である生徒たちと同じ「国民」であり、これからも「国民」でありつづけることを訴えているのである。しかも、この告白が、「テキサス」行きという展開がまだ用意されていない状況においてなされたことに注意すべきである。

告白の文法は、部落民であるがゆえに普段からのけ者にされ、「天長節ですらも、他の少年と同じやうには」祝い得ない仙太について心配する心情や、「未だ世の中を其程深く思ひ知らなかつた頃」には「この大祭日を」祝っていたものの、大日向のような目にあった場合「来年の天長節」を祝えるだろうかと憂える丑松の気持ちとは、相反している。

小学校教師として「国語や地理を教へる」ことによって、日本国の臣民を養成する役割を担っていた丑松が、「天長節」というセレモニーに凝縮されている意味を見逃しているとは考えにくい。丑松の「天長節が来れば同じやうに君が代を歌」うという言葉は、差別の根源である天皇制を盲目的に容認するという方向性を持ち、「一君万民」思想のもとに四民平等を主張していることになる。彼の告白は、「日本」という観念が部落民と非部落民とを平等にふくみ込む、より高次の地平に向かって差し出されていたのである。

二 「部落」と「朝鮮」の交錯

『破戒』の出版から僅か二か月後に、『早稲田文学』（一九〇六・五）誌上では、「『破戒』を評す」という特集が組まれている。ここでは、『破戒』における部落差別を、物語内容の空間と同じような古い地方と、論者達が生活している近代的な東京という対立軸を立て、「われわれ」とはかかわりのない「古い地方」の出来事としている。

大塚楠緒子は、差別を「地方の風習」あるいは「昔の事」として扱いながら、部落民が「劣等な異人種」であるから差別されているのだと記している。近松秋江は『破戒』の「骨子は、古来の旧慣にして、道理なき偏見たる穢多といふ人種上の区別の観念を背景」としている、と述べる。また「破戒を読む（特に其の材料に就いて）」（『東京日日新聞』一九〇六・四・二三）では、「東京人は此の穢多といへる観念に就いて直接に痛切なる経験を有せず」、東京のような大都会では「単へに新思想―自由思想―平等思想の、あらゆる旧思想に勝てるのみならず、人口繁多にして、殆んど其等の区別の認めんと欲して認むべからざる」と記述されている。「穢多とか新平民とか申す詞さへ忘れて」いた与謝野晶子（『明星』一九〇六・五）に至っては、「まるで世間が二十年も前、まだ私の児供の時代に後戻りした気がしました」と記しているのである。

以上のような同時代の『破戒』をめぐる評価から浮かび上がる「部落民」とは、「地方の風習・古来の旧習・旧思想」と隣接した位置にあり、東京人には無縁の言葉である。ここでは、部落差別の原因を、近代以後に輸入された新しい言葉であるはずの「人種・民族」の差異に求め、部落民を「異人種」として表象している。このような論理の枠組みによって、「部落民」という言葉が、日本人の起源を単一民族に求める論者だけではなく、多民族国家であったと述べる論者にとっても、それぞれの論を展開するための格好の材料として機能することになる。

『破戒』に至るまでにも、部落民を「異人種」として語るテクストは数多く存在する。それらのテクストを詳細に分析した渡部直己によれば、部落民の身体は「美女」「病」など可視的な「章（しるし）」とともに表象されており(4)、このような差別のエクリチュールは、一八七七年の西南戦争直後、一八九四年の日清戦争直後、一九〇四年の日露戦争前後という国民国家の同一性の形成・成熟と結びついていると指摘している。[5]

条約改正・戦争などを媒介に、「日本」という境界線が揺れ、他者との遭遇が問題になるたびに、もっとも身近な他者として「部落」は召喚されるのである。例えば、一八八〇年代の内地雑居をめぐる論議がそれである。この時期は、「鹿鳴館(一八八三〜一八九〇年)の時代」という異名を持っているように、優等な種族である「欧米」に対する劣等な種族としての「日本」という構図が編成されていた。そのため、内地雑居をめぐる賛否の議論と隣接したところで、日本人種の改良が唱えられることになる。

福沢諭吉が序文を寄せた『日本人種改良論』(一八八四)において高橋義雄は、人種的に「優種」な欧米人との「雑婚」による日本人の「人種改良」を主張していた。慶應義塾出身で、『時事新報』の記者であった高橋は、同書の末尾で「賤民廃止令」により、旧賤民と平民との通婚が可能になったことで、「癩病遺伝」などの「血統」が社会に広まることを憂えている。すなわち、賤民廃止令の結果として部落民の住居の自由が認められる状況と、欧米人との内地雑居を対極に位置づけている高橋にとって、部落民との「通婚」と雑居は、もっとも避けなければならない事態であった。このような配置は、同じ時期の福沢が、欧米人への人種改良論と平行する形で劣等な「亜細亜東方の悪友を謝絶する」と述べた「脱亜論」(『時事新報』一八八五・三・一六)とパラレルな関係にあるといえよう。高橋の人種改良論は、「雑婚」に反対していた加藤弘之により「人種の変更」であると批判されるが、二人の間では、やがて、福沢諭吉を巻き込む形で論争が展開されることになる。

他方で、「雑婚」による「人種改良」には反対の立場に立っていた杉浦重剛は、人種改良の方法として部落の食習慣に着目している。彼は、一八八六年に「革俗一家言第八項　日本人種改良論を聞く」(『読売新聞』、以下『読売』と略す。一・二七)で、「肉食」によって「人種改良」が可能であると述べている。本書の第2章で論じた通り、彼の「人種改良」論は、植民論と接合する形であらわれる。杉浦は当時の支配階級の部落観の一端を代表する論者であるといわれているが(6)、小説の形式で書かれた『樊噲夢物語』(一八八六、沢屋)には、部落の起源が次のように記されている。

> 古昔頻りに三韓を征し、俘虜を内地に分移せられし者の後に係るあり。中古屢ば蝦夷を討し生擒を郡県に配置せられし者の裔に出るあり。或は群雄割拠の際彼我相俘して帰さゞる者に因するあり。或は太閤遠征の役明韓より擒し来れる者に起るあり(7)。

ここでの異民族というのは、主に、三韓の征服と豊臣秀吉の朝鮮侵略の際に連れてきた俘虜のことを指している。しかし、この小説より四か月前に書かれた「革俗一家言第三十八項　新平民論」(『読売』一八八六・六・五)では、「我輩は何故に新平民が古来より斯一種特別のものとなされたるやは、未だ深く其の沿革を研究せざれば、之を詳かにする能はず(8)」と言いながら、「旧弊を断然廃止」すべき理由として、「同く日本人」であることをあげている。とはいえ、「此一種族の人民を社会の外に置き之と交通せざるは、内地雑居論の盛んなる時勢にはチト不似合い」であると述べているところから、部落の起源を他者の中に求めていたのは確かであろう。

杉浦が、曖昧に処理していた部落の起源を、突然「朝鮮」と接合させてしまうことを、四か月の間の「研究」の成果であるとは言いにくい。むしろ、藤野豊の指摘する異民族起源説との関わりが大きいといえるだろう。藤野は、近代の部落問題としての異民族起源説は、「朝鮮への侵略を進める当時の日本において（中略）部落差別と朝鮮民族への差別を感覚的に結び付け、相互の差別を正当化する役割」を担っていたと指摘している。[9]『樊噲夢物語』において前景化された異民族起源説は、同年一〇月に発表された「東洋論策」以後に、彼が対外侵略論を唱えるようになったことと無縁ではないのである。[10]

人種改良をめぐる議論において、部落を排除していた高橋義雄の『日本人種改良論』と、それに対立しているかにみえる杉浦重剛の場合、両者の差異は「雑婚」を媒介にしているかどうかによる。しかし、部落との「通婚」を避けようとする高橋と、部落民に日本の外に移動することを促していた杉浦の論には、ともに、劣等な部落民を境界の外に排除しようとするベクトルが見られる。しかも、それが、強い欧米との「雑居」が実現すれば、「日本」という国民国家が脅威にさらされると判断し、それを避ける方法として「人種改造」を主張した論者によって展開された議論であったことに注意すべきである。このような論理の中で、部落の異民族起源は、より強い「日本」への改造のために、境界内の負の要素を外に追いだそうとする動きと連動する形で浮上してきたのである。

このように、「日本人」の境界がゆれる際[11]、言葉のレベルでは、「部落民」の身体的差異が作り出され、部落民が「異人種＝非国民」と意味づけられる。それによって、単一民族としての「非部落民＝日本人」という自己同一性が確保できる構図が編成されるが、しかし、それと同時に、部落という記号は、「単一民族」の論理とは対極にあるはずの「混合民族」論の根拠を提供する役割を帯びてしまう。ここで注意しなければならないのは、部落民の異民族起源は、「日鮮同祖」論のように植民地の直接的な領有と支配の根拠としてだけ使用されたわけではないことである。なぜなら、異民族起源は、日露戦争前後の「移動」を中心とする平和的膨張論が展開された時期、それを主張していた社会主義者によって、部落差別に反対する文脈で使用されていたからである。

堺利彦の「人種的反感」は、一九〇三年七月二〇日の『万朝報』に掲載された。そもそも、このエッセイは、七月一八日に行われた、大日本同胞融和会への支援のために書かれたものである。大日本同胞融和会は、創立総会が開催されただけで活動は行われなかったが、部落改善運動のために結成された、初めての全国ネットワークであったと言われている[12]。秋定嘉和は、当時の堺利彦は「西欧文明も人種差別で破綻すると指摘し、被差別に対する『同情』をいうだけだった」と指摘している[13]。秋定は、水平社創立における社会主義の影響力が過大評価されてきたことを指摘し、「堺は身分闘争のもつ意味がわからなかったとしかいいようがない。彼には、運動のなかで、身分闘争の課題を置くことすら考慮にない」と批判している[14]。このような秋定（一九七三年）の批判以来、「人種的反感」に対しては、同様の方向からの批判的評価がなされてきたのは確かである。ただし、第3章で取り上げたように、

「民族」という言葉を「身分と階級」というフィルターを通して捉え直す作業自体が、一九二〇年代のプロレタリア運動の中で激しく議論された問題であったのであり、秋定の枠組みには、水平社の創立当時、日本が植民地を領有していた帝国であったことが欠落しているといわざるをえない。

堺のエッセイを日露戦争前後の言葉として考えた場合、そこには、「非戦」言説と類似した構図が見られることに注意すべきであろう。しかも、この構図は、二つの点において、同じ時期に非戦論を書いていた幸徳秋水や木下尚江による「部落」をめぐる議論ともリンクしている。

まずその特徴の第一点としては、日本の位置づけを、「優等な白人種」と「劣等な黄人種」という対立構図からずらしていることが挙げられよう。その構図を説明する際、日本の内部における身近な例として部落差別と朝鮮への「軽べつ」が取り上げられている。

二点目は、人種的差異に基づく差別を批判しているが、その際に、差別される対象として部落・アイヌ・朝鮮人・中国人を交換可能な記号として使用していることである。欧米人と対等な関係を形成できる存在を日本人だけに限定することにより、差別の問題が解消されても、「日本」対「部落・アイヌ・朝鮮人・中国人」との位階関係は保持されることになる。

例えば、堺利彦の「人種的反感」において、「反感」とは優等な人種による劣等な人種への反感・差別を意味する。「露人の猶太人に対する人種的反感」や、「米人の黒人に対する人種的反感」を、「日本国内における劣敗人種」であるアイヌへの「冷遇」や、部落民への「軽べつ」と同じレベルの行いとして取り上げているのである。また、ここで、「日本人」とは、「優等なる白人種」と「劣等なる黄人種」の間に挟まれている「苦労人」として位置づけられている。それによって、「劣等な黄人種」としての中国人や朝鮮人との差異が見出されることになる。

今の日本人の為す所を見よ。一方には白人の軽侮を憤慨しながら、一方には支那人を嘲り、朝鮮人を辱め、己の欲せざる所を以て常に人に施すにあらずや。是れあに苦労人の心がけならんや。(中略) 日本人にして深く其近隣諸国民を敬愛し、相共に人種同胞の大義を唱へ、欧米白人と相並んで世界の事を処するに至らば、その時にこそ東洋の文明は初めて真に偉大なる光輝を発揚すべきなれ。而して吾人は信ず、是れ実に日本人種の天職なりと。

「敬愛」する対象としての「支那人・朝鮮人」とは、日本人が「欧米白人と相並んで世界を処する」際に、その対象になる「人種」であることはいうまでもない。それは、第2章で分析した、内村鑑三の「其国を愛する者が終には其国の主人公となるのである、最も多く満州を愛する者が終には満州の持主となる」(「満州問題解決の精神」『万朝報』一九〇三・八・二五)という「非戦」言説に接合する構図を持っているといわざるをえない。

一方、同じ構図は、「如何にして朝鮮を救ふべきや」という言葉で始まる、木下尚江の「敬愛なる朝鮮」(『平民新聞』一九〇四・六・一九)において、「古代の猶太」に喩えられる朝鮮と「侵略者」日本の位階関係からも見出すことができる。尚江は、「朝鮮人の眼を以てすれば、支那と露西亜と日本と、其の侵略者たるに於て何等相違する所あらず」といいながらも、朝鮮人にとって「最重厄介」は「朝鮮政府・皇帝」であると指摘している。そのため、日本政府のように、朝鮮の王室と政府とを教導することは最善ではないという。すなわち、他国の支配を免れる方法として、朝鮮人を「国家的観念の否定」に導くべきであると述べているのである。尚江自身が、「日本」を含め、あらゆる「国家」の解体を主張していたわけではないのは確かである。ここに、「猶太」という言葉を媒介に朝鮮と部落の接点が見出されるのである。

部落を語るエッセイにおいて朝鮮が動員されるのと同様に、日韓併合を批判的に語った、幸徳秋水「朝鮮併合論を評す」(『平民新聞』一九〇四・七・一七)に部落という言葉が現われるという枠組みは、「部落」と「朝鮮」という語の間にある相互作用によって構成されるのである(図5—1)。

新人子更に曰く、「スラブ民族が如何に異民族に悪感を懐き居るかは、彼れがユダヤ民族に対することにて明白なり……韓人が露人と合同せんとするは……合同にあらずして併合なり、韓人は到底使役せらるゝのみ。」吾人の見る所を以てすれば、日本民族が如何に異民族に悪感を懐き居るかは、彼らが謂ゆる新平民に対することにても明白也、日本人が如何に韓人を軽蔑し虐待せるかは、心ある者の常に憤慨せる所に非ずや、韓人が日本人と合同せんとする事あらば、そは合同に非ずして併合也、韓人は到底使役せられんのみ(中略)日本が文明の為に戦ひて東洋諸国を指導すと謂ふものゝ其の公明正大なること一に何ぞ此に至るや。

図 5—1　幸徳秋水「朝鮮併合論を評す」(『平民新聞』1904 年 7 月 17 日)

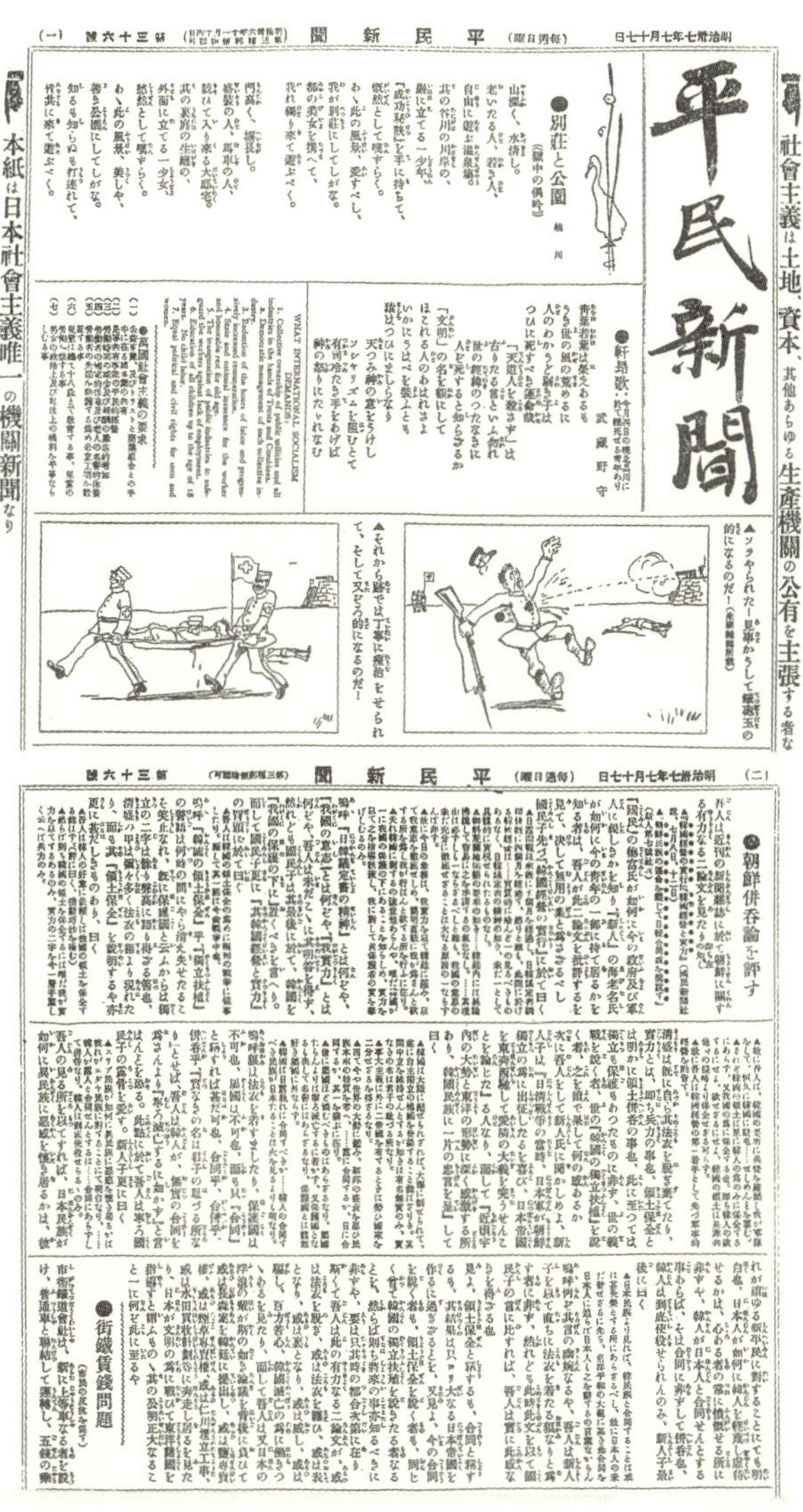

明治卅七年七月十七日　(毎週日曜)　平民新聞　第三十六號　(一)

平民新聞

社會主義は土地、資本、其他あらゆる生産機關の公有を主張する者なり

本紙は日本社會主義唯一の機關新聞なり

●別荘と公園 (獄中の偶吟)　楓川

山深く、水清し。
老いたる人、若き人、
自由に遊ぶ温泉場。
其の谷川の川岸の、
巖に立てる一少年、
『成功秘訣』を手に持ちて、
慨然として嘆ずらく。
あゝ此の風景、愛すべし、
我が別荘にしてしがな。
都の美女を携へて、
我れ獨り來て遊ぶべく。

門高く、塀長し。
盛裝の人、馬車の人、
競ひて入り來る大邸宅。
其の裏庭の生垣の、
外面に立てる一少女、
悄然として嘆ずらく。
あゝ此の風景、美しや、
我が公園にしてしがな。
知るも知らぬも打連れて、
皆共に來て遊ぶべく。

●軒昂歌　武藏野守

青葉若葉は榮えあるも
うき世の風の覺めるに
人のわかうど縛き子は
つひに死すべき運命哉
「天道人を殺さず」は
古りたる言といふ勿れ
世の經綸のつたなきに
人を死すると知らざるか
「文明」の名を額にして
ほこれる人のあはれさよ
いかにうはべを裝ふとも
猿はつひにましらなり
天つみ神の意をうけし
ソシヤリズムを興ひとて
有司冷たき手をあげば
神の怒りにたゝれなむ

WHAT INTERNATIONAL SOCIALISM DEMANDS:
1. Collective ownership of public utilities and all industries in the hands of Trusts and Combines.
2. Democratic management of such collective industry.
3. Reduction of the hours of labor and progressively increased remuneration.
4. State and national insurance for the worker and honorable rest for old age.
5. The inauguration of public industries to safeguard the workers against lack of employment.
6. Education of all children up to the age of 18 years. No child labor.
7. Equal political and civil rights for men and women.

●萬國社會主義の要求

(二)　明治卅七年七月十七日　(毎週日曜)　平民新聞　第三十六號

●朝鮮併呑論を評す

吾人は近刊の新聞雜誌に於て朝鮮に關する有力なる二論文を見たり即ち左の如し

「國民」の徳富氏が如何に今の政府及び軍人に親しきかを知り、『新人』の海老名氏が如何に今の青年の一部に持て居るかを知る者は、吾人が此二論文を批評するを見て、決して無用の業と爲さざるべし

國民子先づ『韓國經營の實行』に於て曰く

嗚呼『日韓議定書の精神』とは何ぞや、『我國の意志』とは何ぞや、『我實力』とは何ぞや、吾人は未だこゝに其明答を得ず、然れども國民子は其最後に於て、韓國を『我國の保護の下に』置くべきを言へり。而して國民子更に『其韓國經營と實力』の冒頭に於て曰く

嗚呼『韓國の領土保全』乎『獨立扶植』の聲語は何時の間にやら消え失せたるこそ笑止なれ、既に保護國と云ふからは獨立の二字は餘り瞭高に語り得ざる筈也、清盛の甲は個々多く法衣の袖より現れたり、而も其『領土保全』を說明するや亦更に甚だしきものあり、曰く

清盛は既に自ら其法衣を脫ぎ棄てたり、實力とは、即ち兵力の事也、領土保全とは明かに領土併呑の事也、此に至つては獨立も保護もあつたものに非ず、世の義戰を說く者、之を鑑で果して何の感あるか

次に吾人をして新人氏に聞かしめよ、新人子は『日淸戰爭の當時、日本軍が朝鮮獨立の爲に出征したるを喜び、日本帝國を東洋隣邦の大義を完うせんことを論じた』る人なり、而して『近頃宇内の大勢と東洋の形勢に深く感激する所あり、韓國民族に一片の忠言を呈』して曰く

嗚呼韓は法衣を着すましたり、保護國は不可也、屬國は不可也、而も只『合同』と稱すれば甚だ可也、合同乎、合併乎、併呑乎、『實なきの名は君子の恥づる所なり』とせば、吾人は新人が、無實の合同を爲さんより『寧ろ滅亡』するに如かず、と言はんことを恐る。此點に於て吾人は寧ろ國民子の露骨を愛す。新人子更に曰く

吾人の見る所を以てすれば、日本民族が如何に異民族に惡感を懷き居るかは、彼れが謂ゆる新平民に對することにても明白也、日本人が如何に韓人を輕蔑し虐待せるかは、心ある者の常に憤慨せる所に非ずや、韓人が日本人と合同せんとする事あらば、それは合同に非ずして併呑也、韓人は到底使役せられんのみ、新人子最後に曰く

嗚呼何ぞ其言の幽婉なるや、吾人は新人子を以て直ちに法衣を着たる狐なりと爲す者に非ず、然れども此時此文を以て國民子の言に比すれば、吾人は實に此感なきを得ざる也

見よ、領土保全と稱するも、合同と稱するも、其結果は只だ大なる日本帝國を作るに過ぎざることを、又見よ、今の合同を說く者も、領土保全を說く者も、同じく曾て韓國の獨立扶植を說きたる者なることを、然らば則ち將來の事亦知るべきに非ずや、要は只其時の都合次第に在り、斯くて吾人は此の有力なる二論文が、或は法衣を脫ぎ、或は法衣を纏ひ、或は表となり、或は裏となり、或は威し、或は賺し、百方苦心、韓國滅亡の爲に働きつゝあるを見たり、而して吾人は又日本の浮浪の輩が斯の如き論議を背後に負ひて、或は漁業權、或は煙草專賣權、或は水田買收計劃等に奔走し居るを見たり、日本が文明の爲に戰ひて東洋諸國を指導すと謂ふもの、其の公明正大なること一に何ぞ此に至るや

●街鐵賃錢問題 (市民の反抗を促す)

市街鐵道會社は、新に上等車なる者を設け、普通車と聯結して運轉し、五錢の乘

ここで強調されるのは、「東洋諸国を指導」する日本が、「公明正大」でなければならないということである。第1章で論じたように、この時期の秋水が、朝鮮に対する軍事的な強制的併合には反対し、経済的膨張を主張していたことと併せて考えると、ここで述べる併合に対する批判は、日本の膨張をめぐる意見の相違であるとみるべきであろう。

朝鮮と部落の隣接関係が、条約改正における強い他者との遭遇や植民地獲得のための戦争をめぐる議論と深くかかわりあい、変容してきたことを考えると、「部落民」の起源は安定した系譜を持っているわけではないことがわかる。「部落民」の記号内容が異民族という言葉で充填された場合、部落民は「日本民族の起源」論、「日鮮同祖」論と交錯すると同時に、「日本帝国」の広がりによって境界はゆれうごき、その位置づけも変わらざるをえないのである。このような状況の中で水平社は創立される。創立以後、水平社の運動方針の変化は、部落をめぐる言説との交渉の過程から生まれたものであろう。「部落民」みずからの声が立ち上がる時、言説上にどのような変化が生じたのかについて考えなければならないが、この問題は『破戒』の改訂と深いかかわりを持っているため、次節で詳しく論じることにしよう。

三　全国水平社の運動方針

『破戒』は、一九二二年の『藤村全集』第三巻（藤村全集刊行会）や一九二九年の『現代長編小説全集』第六巻（新潮社）収録の際に微細な訂正が行われる。しかし、異民族起源説など部落に関する訂正が大幅に行われたのは、初めに触れた通り、一九三九年の『定本版藤村文庫』第一〇巻（新潮社）においてである。

改訂版と水平社との関わりは、部落解放全国委員会の「『破戒』初版本復原に関する声明[15]」（一九五四・四）と北原泰作の論文（「『破戒』と部落解放の問題」『部落』一九五三・一一、「『破戒』と部落解放運動」『文学』一九五四・三）に則って論じられることが多かった。しかし、半年を置かない間に発表された両者の論は、同じ部落解放全国委員会側から発せられたものであるにもかかわらず、対極の立場をとっている。これは部落解放全国委員会の「声明」が「ひとつに練りあげられた統一見解ではないことを」語っているだろう[16]。

部落解放全国委員会は、「声明」のなかで、改訂版は「藤村と全国水平社との妥協」によるものであると述べている。それに対し、「声明」より一か月前に発表した「『破戒』と部落解放運動」において、北原泰作は「新潮社から相談をうけて藤村と話合った」水平社本部の書記長の地位にあった井元麟之の「主観」が、改訂に影響を与えているかのように書いている[17]。彼は「声明」への反論の裏付けとして、一九三七年に開かれた全国水平社の第一四回大会の「出版、映画、演劇等の差別糺弾に関する方針書」を以下のように取り上げている。

例えば島崎藤村氏の『破戒』や喜田貞吉博士の『特殊部落研究』其他の著述にみられるように、どんなに露骨な描写や表現であっても、取扱い方の如何によっては寧ろ進歩的啓蒙の効果をあげることが出来る。(18)

『特殊部落研究』(19)(一九二三)は、高橋貞樹の『特殊部落一千年史』(20)(一九二四)と並んで、「戦前の部落問題研究を代表する著書」であると言われている。(21)喜田貞吉は同著「特殊部落の成立沿革を略叙して其解放に及ぶ」という章で、部落民は「朝鮮人の子孫であるとか、或は外国の俘虜の子孫であるとかいふことを説くもの」もあるが、部落民は「必ずしも帰化人の後では」ない、もし「帰化人の後であると致しても、我が国では民族の異同によって甚しく之を賤しむといふことは」ないと主張している。彼は良・賤の生成が日本国内で起きたことで、「民族の異同」によるものではないことを主張、部落の異民族起源説をはじめて学術的に批判したといわれている。(22)

喜田貞吉と当時の水平社の関係について、秋定嘉和は次のように述べている。

喜田と、創立当初の水平社は親密な交流をかさねていた。喜田の啓蒙的部落史の位置は、当時の研究水準からいっても高く、水平社の論客高橋貞樹にも影響を与えた。また、講演活動や寄稿など各地の機関紙誌に散見される。しかし、水平運動の進展、問題の社会的解決――社会運動への接近という事態のなかで融和主義批判が強まり、喜田との接近はやみ、再度始まるのは日中戦争下であった。[23]

日中戦争と同年に、第一四回大会で「出版、映画、演劇等の差別糺弾に関する方針」が出される。この方針のなかで「進歩的啓蒙の効果をあげる」ものの例として喜田貞吉の『特殊部落研究』が取り上げられたことは、水平社と喜田の接近が「再度始まる」ことの現われであろう。『破戒』が『特殊部落研究』と一緒に取り上げられたことは、『破戒』が水平社側から肯定的な評価を受けていたことを意味する。

しかしここで北原が、一九三七年三月に行われた第一四回大会の方針を取り上げることによって不可視になってしまうことがある。『『破戒』の再刊支持」が可決されたのは、一九三八年一一月の第一五回大会である。両大会の間に日中戦争（一九三七年七月）が起り、それを受けて一九三七年九月には水平社拡大中央委員会で「非常時に於ける運動方針」が決定される。その内容は、「国民としての非常時局に対する認識を正当に把握し〈挙国一致〉に積極的に参加せねばならぬ」という序文からも窺えるように、戦争協力に関するものであったのである。[24] これらのことを踏まえて考えると、喜田と水平社の日中戦争下での再接近を、第一四回大会における「方針」の変化によるものだと単純に処理す

図5―2　全国水平社14回（右）・15回（左）大会スローガン
（キム・チョンミ（金静美）『水平運動史研究――民族差別批判』1994、現代企画室より）

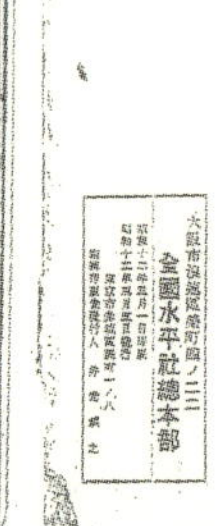

全國の被壓迫部落大衆團結せよ！
☆融和事業完成十ヶ年計畫反對！
☆大衆課税反對！
☆檢閲制度の差別認許反對！
☆反フアツシヨ戰線の統一！
☆封建的身分制の廢止！

全國水平社總本部

全國の被壓迫部落大衆團結せよ！
☆差別觀念根絶による擧國一致の完成
☆銃後厚生運動による部落經濟の革新的再編成
☆東亞協同體建設による部落問題の一擧解決

全國水平社總本部

ることはできない。それは、むしろ「非常時に於ける運動方針」との繋がりの中で考えるべきではなかろうか（図5―2）。

一九三八年の第一五回大会で、総本部によって、当時絶版になっていた「『破戒』の再刊」のための緊急動議が提出された。その場で井元は、全水総本部宛てに書かれた藤村の手紙の大意を述べている(25)。

> 一昨年夏全水代表の方と会つて、之が再版をむしろ支持し要望して下さるとの真意が判り非常に喜んでゐる。そして此のたび『藤村全集』の定本版の発行に当りぜひ『破戒』もその中に入れたい念望であるが、万一同書のうち時代に適せぬ言葉があるのは訂正したいと思ふ。大会に於て各地代表の方の意向も聞き相談をして戴けないだらうか(26)。

ここで言う「一昨年夏」というのは、日中戦争前後を指す。水平社は、単に一九三七年の第一四回大会の「方針」で取り上げた「進歩的啓蒙の効果」があるものとして『破戒』を受け止めているのではない。むしろ『破戒』を再刊させることによって「良いもの正しいもの貴重なるものに対してはそれだけの理解と認識をもって之を支持し擁護するのだという本来の方針を社会に表明」しようとしているのである。[27]藤村の手紙を水平社のメンバーに紹介した井元は、『破戒』の再刊における「詳細なる具体的方法は総本部に一任としたい」と表明している。[28]『破戒』の書き直された部分を「校閲」したと言われている井元が、個人的に『破戒』を「校閲」したとは言いがたいのである。[29]『破戒』の改訂が、北原の指摘通り、「全国水平社の要請」によるものではなかったとしても、少なくとも藤村や新潮社の要請によって水平社側の「校閲」ないしそれに近いものがあったと判断できる。このような紆余曲折を経て、一九三九年、新潮社から『破戒』の改訂版が出版される（**図5―3、5―4**）。井元が主導した改訂の作業において焦点化されたのは、部落の異民族起源説に関する部分である。[30]それを中心に初版と改訂版を比較してみると、その変化は、祖先のことについて語る丑松の父の言葉のなかにはっきり現われる。[31]

其時だ――一族の祖先のことも言ひ聞かせたのは。東海道の沿岸に住む多くの穢多の種族のやうに、朝鮮人、支那人、露西亜人、または名も知らない島々から漂着したり帰化したりした異邦

図 5―3 『読売新聞』1939 年 2 月 25 日

当時のメディアにおいて、「十年絶版」という空白が演出される形で『破戒』改訂版の出現が報じられる。「水平社の支援」という文字が強調されることによって、絶版と水平社の関係が仄めかされる構図になっているといえよう。

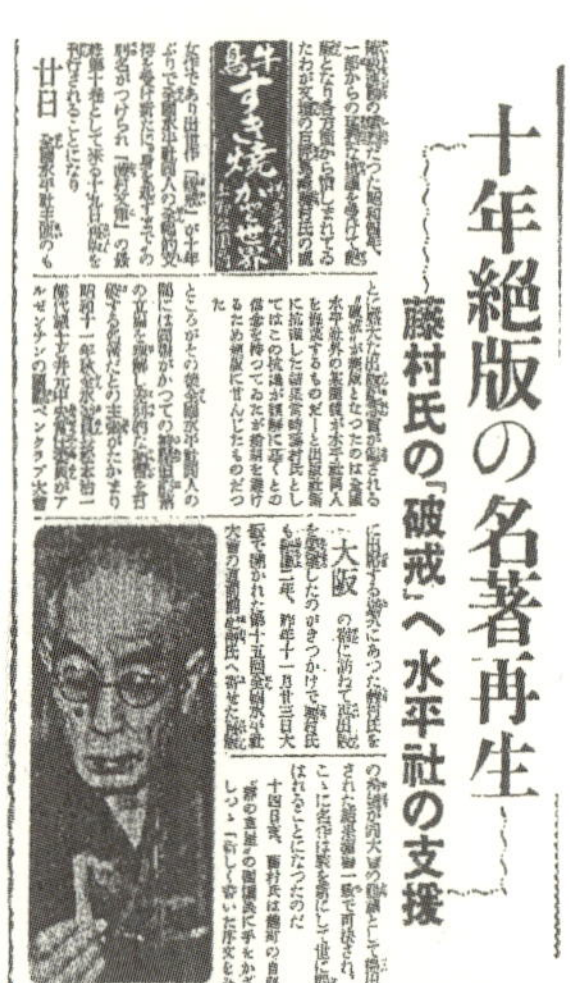

十年絶版の名著再生

藤村氏の『破戒』へ水平社の支援

図 5―4 『読売新聞』1939 年 2 月 27 日

定本版藤村文庫の広告。「十年絶版の名著こゝに再刊す !!」と、わざわざ 10 年間の絶版があったことを強調している。「全国水平社より進んで刊行を支持する旨の決議を発表され茲に新装新版を以て世に出ることとなつた」という説明によって、改訂版と水平社は隣接関係に位置づけられることになる。

人の末とは違ひ、その血統は古の武士の落人から伝つたもの、貧苦こそすれ、罪悪の為に穢れたやうな家族ではないと言ひ聞かせた。（初版）

遠い過去のことも言ひ聞かせたのは。一族の祖先といふ人は、どういふ数奇な生涯を送り、どういふ道を辿つてこんな深い山間に隠れたものであるか、その過去の消息は想像も及ばない。しかし、その血統は古の武士の落人から伝つたものと言ひ伝へられてゐる。（改訂版）

初版は部落の起源を異民族からの渡来人と、「武士の落人」の後裔と、この二つの流れにわけている。改訂版においては、その起源が穢れていない「血統」である「武士の落人」だけになっている。このように部落の起源を「貴種」に求めることに関して、平野栄久は次のように述べている。

天皇崇拝と賤民差別は、日本人民の血統尊重の表と裏のあらわれ方なのである。この血統主義は、被差別部落民をして、俘囚や渡来人ではなく、落人など部落の始祖を貴種に求めさせることにもなる。[32]

確かに『破戒』の初版において、丑松の父の言葉は、「祖先を貴種に求める」ことによって、丑松に自分の「血統」に対する誇りを持たせてくれた。また、部落を異民族（非国民）として扱おうとするテクストの中で、この「血統」こそが丑松に国民としての資格を与えてくれる。一方、部落民が日本人であることを前提に書かれた改訂版において「古の武士の落人」の後裔は、初版と違って民族の境界線を表象する役割を失い、単に貴種の後裔としての丑松を現すばかりである。

嗚呼、人種の偏執といふことが無いものなら、「キシネフ」で殺される猶太人もなからうし、西洋で言囃す黄禍の説もなからう。無理が通れば道理が引込むといふ斯世の中に、誰が穢多の子の放逐を不当だと言ふものがあらう。（初版）

嗚呼、人智の進んだ今日にありながら、こんな差別の觀念をいかんともしがたい。過去に煩はされない同胞全体の誇りもあるものなら、この世に同じ民草と生れてこんな取扱ひをうけるものゝある筈もなからう。（改訂版）

改訂版では、部落民の差別が日本人の異民族（異人種）に対する差別であることを裏付ける役割をした『キシネフ』で殺される猶太人」、「西洋で言囃す黄禍の説」などの表現が削除される。また、差別者側の差別行為の表象として使われた「人種の偏執」という表現が「同胞全体」のなかの「同じ民草」による差別として書き直されている。他にも初版の「人種・種族」など部落の異民族起源を指す言葉は「身分・身元・家柄」の相違として改変あるいは削除されている。また、初版のなかで、丑松と語り手の目に「卑賤しい身分」として映った部落民に関しても、改訂版では削除されているか、「同じ身元」として表現されている。

初版においての部落民に関する差別の「歴史」は「『番太』といふ乞食の階級よりも一層劣等な人種」、優越な日本人による劣等な異民族への差別であったが、改訂版では「長い封建時代から下積にされていた差別習慣に変更されている。以上のように、初版では「異民族」としての部落が、改訂版では「同族」の中に含まれることになるのである。また、告白場面においては、「穢多」という単語が削除されている以外は部落民に対する説明はそのまま残っている。ただし、同じ「日本人」であることを強調するために語った「正月になれば自分等と同じやうに屠蘇を祝ひ、天長節が来れば同じやうに君が代を歌」うという表現は初版のままであることはいうまでもない。

このような『破戒』の改訂を、単に水平社大会の運動方針の変化との係わりの中だけで、とらえきることができるだろうか。そもそも、水平社運動方針の変化は、当時の日本の諸情勢と関わっているのではないだろうか。

四　総力戦に向かって

まず注目すべきは、一九一〇年代に入ってからの、朝鮮人と日本人の祖先が同じであるという「日鮮同種」論・「日鮮同祖」論の生成の過程である。この論が当時日本の侵略行為を正当化したのは今まで指摘されてきたとおりである。ここでは「日鮮同祖」論と部落との関わりと、このような時代の背景のなかで生じた『破戒』改訂の問題を考察してみることにする。

「日鮮同祖」論は、国学と対抗する近代的歴史学から出たもので、一八九〇年前後の、星野恒や久米邦武の論が源流であると言われている。[33] これらの論が出された時期は「日韓一国などゝ言へば世間の耳目は如何に騒かしかつたか」と久米邦武が振り返っているように、「国体論」を支配の原理とする日本の文脈では、「日本国民」として「異民族」の存在は認められなかった。しかし、日清戦争、日露戦争の勝利によって獲得した植民地の異民族の処理と、新しい植民地獲得のための有効な手段として「日鮮同祖」論が注目されるようになる。このような論理を窺わせてくれるのが久米邦武の「倭韓共に日本神国なるを論ず」(『史学雑誌』一九一一・一) である。これは一九一〇年一〇月二五日、「日韓併合」の二か月後に久米邦武が「史学会の例会」で行った講演である。久米は日韓併合に関して、「明治以来は日韓併合の進行中で今漸く遂行の結果を見たのであるが、元来日韓は一国であつたので、今日合邦などゝいふけれど実は復古である」と述べている。久米の狙いは日本国外に向けての韓国植民地化の正当性の立証であろう。

日清戦争が起り、戦争になれば支那が負けるは極(きま)つた事で、果して彼は連敗して翌年講和になつた上は元の如く日韓は一国に復せねばならぬ。昔しの儘に東洋ばかりの時代ならば講和の日が日韓併合に成る筈であれど、今は西洋列国があつて其承認を受ねばならぬ、列国の中には自らこれを併合したいと覘つて居るものあらふと睨んだが、果して三国同盟の干渉と移り行た。中にも露西亜が表面に朝鮮を呑そうな景色になつて来た、併し夫は時態である、條理上歴史上には、最早日韓は一国に成て居るといふて宜しいのに、やはり国学者たちはまだ朝鮮は外国だ異国だと国際的に考究するを嫌ふて居た、私はもどかしくて堪らないけれど真心愛国者は出なかつた。(34)

久米邦武は、当時の国学者が「優勝劣敗」の論理のもとで朝鮮民族と部落の起源を結ぶことによって朝鮮侵略を正当化しようとしたことを、「西洋列国」を意識しなかったこと、「国際的に考究するを嫌ふて居」た行為であったと非難している。それが日本国内で優位にあったため、「朝鮮を自己の支配下にお」こうとして闘った日清戦争に勝利したにも拘わらず、その時に「日韓併合」に失敗したと述べている。これは、日清戦争以後、韓国が列強の帝国主義的な利害関心の集中する国際環境におかれ、それまでの清にかわって露西亜が登場したことを意味するだろう。「日韓併合」において、「日韓同祖」論が「西洋列国」に対して日本の正当性を証明するのに有効性を持っていることを久米邦武が意識したことの現われであろう。

もう一人、一九一〇年の韓国の『併合』のさい、熱心に日本と朝鮮の『同種』論を唱えた代表的人物」として喜田貞吉の名があがっている。(35) 喜田貞吉自身、「民族研究の高潮した時代の産物だった」という『民族と歴史』の創刊号（一九一九・一）に、「日本民族とはなんぞや」を発表している。ここで彼は「日本民族」は「種々系統を異にする民族の混淆共棲」によって今に至ったと述べている。さらに六月には「朝鮮民族とは何ぞや——日鮮両民族の関係を論ず」を発表する。

この論文が出される三か月前、アメリカ大統領ウィルソンの民族自決論に刺激され、植民地朝鮮の民衆による独立闘争である「三・一運動」が起きた。喜田が同種論を唱えていた時期、朝鮮では武断政治によって言論・集会・結社の自由が奪われ、朝鮮語新聞は総督府の御用新聞『毎日申報』だけとなり、近代的公論形成の場がなくなっていた[36]。趙景達が指摘しているように、「武断政治の最大の特徴は、憲兵と警察が一体となった憲兵警察制度の暴力性にある。憲兵警察は民衆生活の一切を掌握して監視の目を張り巡らせて」いたのである。趙によれば、ウィルソンの民族自決論への期待ゆえに「独立達成の論理はもっぱら依他的」であり、「〈独立万歳〉を高唱する人々は、すでに独立が達成された、あるいはすぐに達成されるとの確信から祝祭的気分の中で民族の一体感を享受し、暴力も往々にしてそうした祝祭の延長線上において行使された」。結局、「総督府と共有する政治文化がないことを知る民衆は、鬱屈しつつ蓄積された民族意識を一挙に噴出させる場として三・一運動を捉えたのであり、その暴力は多分に刹那的な性格を帯びていた[37]」。実際、二か月間続いた三・一運動の期間中、植民地朝鮮では階級を超えて二〇〇万の人々が参加し、公式的には約七千名が、示威の現場や監獄で、日本の警察や憲兵によって殺された。

その「三・一運動」が、喜田にとっては朝鮮における「騒擾事件」「暴動」であった。彼は、「民族自決の問題の世界を通じて高唱せらるる今日に於て」日韓の「民族的関係を明らかにすることは、余輩に取つて最も時宜に適す」ると述べているのである。

我が日本民族と朝鮮民族とは、本来の要素が同一であるのみならず、其の後互に混淆した事も甚多く、実際上全然同一民族と云うても差支ないものである。（中略）若し朝鮮民族にして、漸次其の多数に同化して、言語・風俗・習慣を改め、其の思想を一にするに至らば、彼我の区別は全然撤廃せられて、渾然融和したる一大日本民族をなすべきものである。

こうした主張こそが、「三・一運動」以後、一九二〇年代に朝鮮で行われた「文化政治」の標榜する内実に他ならないのである。一方、先にも触れたように、彼の民族研究の成果である「特殊部落研究」の特集が、同年七月に『民族と歴史』誌上で編まれたことにも注目すべきであろう。彼が自伝の中で明らかにしているように、民族的研究が部落の研究に移ったことを意味するし、鹿野政直の指摘通り、「異分子と目される存在の『同化融合』」を図ったともいえるだろう[38]。とはいえ、彼の民族研究は、一九二八年に栗須七郎が『水平道』のなかで言ったように、政府の融和運動の「廻はし者」になるしかない運命であったといえよう[39]。

三・一運動を媒介に、支配側によって「日本民族」対「朝鮮民族」と、民族単位の「混淆」「同一民族」が言い立てられていた時期、朝鮮では「民族の改革と発展は相変わらず大切であったが、その根底には、民族という集大成の代わりに、個人の多様性がおかれる」ことになったことを見逃してはならないだろう[40]。この運動にかかわった朝鮮の民衆の多層性にひとまずは注目すべきであるが、朝鮮の人々は、この運動を媒介に、「〈民族〉として編成されるが、その後、〈近代的〉大衆として細分化されていくことになる」のである。[41] 第3章で述べたように、一九二〇年代は階級というファクターの介入によって「朝鮮・民族」という言葉の分節化が起きていた時期である。それは、社会主義と民族主義の間に生じた戦いが、「階級」と「朝鮮民族」という言葉に亀裂をいれたからである。

日本の社会主義者の間でも、民族自決主義が受け入れられていたのだが、「それが朝鮮という、日本帝国主義の植民地を対象とする時には、体系化や論理形成がほとんどなされなかった」ことについて検討を加えておきたい。[42] それをもっともよく表すのが、一九二三年九月、『前衛』に掲載された山川均の以下の文章である。

> 若し日本の労働運動が是等の鮮人労働者をその陳列のうちに同化し、結束することが出来なかつたら、鮮人労働者は、却つて資本家階級が日本の労働者を打ち敗る闘いの道具に利用されるかもしれぬ。
>
> （「当面の問題」）

喜田貞吉のいう日本民族と朝鮮民族の「同化」と、山川均のいう日本人労働者と「鮮人労働者」の「同化」が、民族と階級という異なる構図の上に立っているものであるのは確かであろう。朝鮮語において、民族と階級の細分化が生じるきっかけになった民族自決論が、日本語においては、植民地をめぐる言説では機能せず、むしろ「同化」の枠組みの編成を促すことになったことに注目すべきである。

同じ民族自決論が、部落の解放運動にも刺激を与えることになるのだが、そこから浮上する「日本」「民族」をめぐる構図は異なるものであった。初期水平社の中心メンバーである平野小剣が「民族自決団」（一九二一年）の名で撒いたと言われる「民族自決団　檄」や、水平社宣言を作成した西光万吉に影響を与えた佐野学の「特殊部落民解放論」（一九二一・七）がそれである。平野小剣以外にも初期水平社には部落民を「民族」あるいは「種族」としてとらえていたメンバーがいたのだが、佐野学が訴えている部落解放は、「民族的自立」である。このような見方は、水平社創立大会の三か月後に発表した「民族運動か社会運動か」（一九二二・六）の中にも現われる。佐野学が部落の起源に関して喜田貞吉や久米邦武らの研究を取り入れたのは、部落民の異民族起源を否定するためではない。彼は喜田や久米の論を利用し、部落が「人種的に劣等ではなく、却て優秀な血液を交へて」いる優等民族であることを主張しているのである。

それに対し、キムチョンミ（金静美）は、部落民の解放運動を「民族自決運動として把握する発想」が水平社の「一般論」ではなかったことを指摘した上で、水平社メンバーの民族自決論について、次のように明快な解釈を展開している。

初期水平社メンバーの「民族主義」は、日本人でないとして部落民を差別するものにたいする、被差別部落民異民族起源説を肯定的に前提とする、反撃であったかもしれない。しかし、かれらの「民族主義」は、まじめなものであったとは考えられない。かれらは、日本の被差別部落民が一民族であるという、確固とした認識・思想・実感をもっていたわけではなかった。初期水平社のメンバーの「民族主義」はその後、日本民族主義に変質していった。かれらの「民族主義」は、はじめから日本民族主義のひとつの表現であったかもしれない[43]。

「初期水平社のメンバーの『民族主義』はその後、日本民族主義に変質」していったが、ここで言われている「日本民族主義」への変質を窺うことができるのが、一九二四年三月三日の「第三回全国水平社大会」である。この大会で「八、朝鮮衡平運動と連絡を図るの件」「九、内地に於ける鶏林同胞の差別撤廃運動を声援するの件」が可決される。「九」を提案したのは奈良県小林水平社で、木村京太郎が次のように説明している。

内地に居住しておる朝鮮人は内地人から差別的の待遇を受けておるのだ。(中略)我々はこんな不合理な事をなくするようにしなければならぬ。此の意味に於て彼等の差別撤廃運動に声援したいのである[44]。

この提案は九州側の「彼等は白丁を虐めておるのだから、彼等に白丁を虐めてはならぬと警告文を発したい」という意見を包括して可決される。これらは、水平社が朝鮮人に対する差別を、植民者の被植民者に対する差別ではなく、多民族帝国の中の内地人（日本人）による朝鮮人への民族差別として捉えていたことを現している。ここで、木村京太郎が、朝鮮の部落民である白丁への階級的連帯を語るのではなく、「内地人＝日本人」として発言していることは言うまでもないだろう。

同大会では、「皇室中心主義」をとる日本において「穢多と言う階級を」作った「徳川一門に対し位記返上を勧告する件」が可決される。このことは、水平社の解放運動が日本の植民地支配と天皇制を前提とした上で人間平等を主張するという、矛盾を抱えたものであったことを意味する。矛盾を抱え込んだ水平社運動は、こののち、「非常時に於ける運動方針」の採択で戦争協力を表明し、さらに一九三八年一一月の第一五回大会で、差別問題が「挙国一致を一層強化して東亜新協同体の建設」をすることによって解決されると主張するに至る。こうした流れは「アジア侵略戦争に被差別部落民を煽動[45]」する結果をもたらした。結局、朝鮮における「階級」という言葉は、「民衆」という言葉の浮上と連動する形で、「朝鮮・民族」という言葉に亀裂をもたらすことになるのだが、部落運動における「階級」は、部落の異民族起源（主に朝鮮）を排除し、「日本・民族」というアイデンティティを獲得するための典拠になったのである。

「『破戒』の再版支持の件」が満場一致で可決されたのもこの第一五回大会である。この件をめぐって『特高月報』一九三九年三月号に次のように記載されている[46]。

全水同人たる群馬県高崎市竜見町小林綱吉は之（引用者：「『破戒』の再版支持件」の満場一致で可決

した件）に対し、「破戒」は昭和四年我々が命をかけて絶版を主張し、之を貫徹したるにかかわらず、今之が再版の決議ありたるは遺憾である。之が為折角亡びかけた差別的な異種族的な観念が世の中に再燃するを恐る。若し内務省に於て之を禁止せざれば、必ずや全国の何処かより反対論が勃発するだろう。この「破戒」の著書中には三〇数ヵ所にわたって差別的字句があるが、之により事変下総国力を発揮すべきとき、摩擦こそ起きるが決して効果があがるものではない。

小林綱吉は、差別的字句や部落民の異民族起源説が一般で再燃することを恐れる再版反対運動が、部落の内部で起る可能性を指摘している。(47) ここで注目すべき点は、『破戒』の再版禁止を「内務省」に求めていることと、反対運動が「挙国一致」への意志を損なう恐れがあると述べていることである。このような『破戒』再刊に対する反対理由の表明は、それ自体、「挙国一致を一層強化して東亜新協同体の建設」に協力することによって差別が解消されると主張した第一五回大会方針に則った議論であることを示している。

水平社が再刊賛成という結論を下した背景にも、『破戒』の再刊を通し、「挙国一致」のための国民融和を図ろうとする狙いがあった。即ち、『破戒』の再刊をめぐる水平社内部の賛否の議論は、同じ土壌から生まれたものであり、その焦点は、部落の異民族起源説の処理にあったのである。

『破戒』の再刊は、文学の言語をめぐる問題というよりは、当時の日本の情勢と、それに合わせた形で差別解消案を探る水平社との駆引きのために揺れ動いたともいえるだろう。そのために、水平運動側との何らかの協議を経て世に出された『破戒』の改訂版において、「挙国一致」を損なう恐れがある部落の異民族起源説は削除されたのである。これらの点を踏まえて考えると、物語内容や言説の解釈・分析に重点をおいた『破戒』の研究には、大きな欠落があったといわざるをえない。そうした研究の姿勢によって、丑松が部落差別に対して批判的であるか否かにかかわらず、『破戒』そのものがその時々の歴史的政治的な力関係によって切り刻まれてきたことが消去されてしまうからである。

五　「国民文学」としての再生

日本の近代文学がアカデミズムの研究対象として認知されたのは、一九四五年以降のことである。総力戦体制の中、日本回帰によって古典文学が過度に評価された反動として、近代文学に注目が集まった。日本の民主主義文学運動を進めるために、未熟に終わった日本の近代文学を完成させなければならないと考えられるようになったからである。

この時期、野間宏が「破戒――名作講座（一）」（『人民文学』一九五三・九）の中で、「部落民の祖先は同じ日本人である」と記していたのは非常に示唆的である。初版復原の直後、『破戒』の理解のために書かれたこの講座において野間は、部落民が「日本人」であることを強調しつつ、部落への差別を封建制度という「日本」の歴史語りにそって意味づけている。同雑誌の「国民文学はどこへ行ったか」という特集と呼応する形で、彼は『破戒』を「国民文学創造」のカノンとして定位し、この講座を締めくくっている。雑誌『部落』(一九五三・一二)の『破戒』初版をめぐる特集においても、同様の動きが見られる。北原泰作は初版へ戻すことについて「現在日本国民が当面している民族解放民主革命の課題とを一体的に把握することに役立つ意味で、歓迎すべきである」と述べている。このように民主主義文学運動の「国民文学」を提唱する言説と『破戒』初版復原を求める言説は交錯していた。『破戒』が初版へと回帰したのは、サンフランシスコ講和条約の発効の翌年である。しかもそれは、単一民族国家「日本」の「国民文学」として華々しく復活した。その過程の中で、『破戒』改訂の軌跡に刻まれていた植民地領有や戦争の軌跡が削ぎ落とされ、『破戒』の出版過程は日本人同士の階級問題として焦点化されることになったのである。[48]

なぜ、このような流れが生まれてしまったのか。それは、「一九四五年八月一五日」をめぐる記憶の編成の問題と深くかかわっている。第Ⅲ部で検証してみたい。

注

(1) ここでは被差別部落は「部落」と、被差別部落出身者は「部落民」と略す。本章の中で説明することにするが、近代的「部落」表象の問題については、畑中敏之『「部落史」を問う』(一九九三、兵庫部落問題研究所)、『「部落史」の終わり』(一九九五、かもがわ出版)、「『部落史』の陥穽——『部落問題は歴史に起因』するのか」(『現代思想』一九九九・二)、友常勉「中上健次と戦後部落問題」(『現代思想』二〇〇一・九)、「明治期部落問題の言説について」(『近代の都市のあり方と部落問題』一九九八、解放出版社)から有益な示唆を得た。

（2）友常勉は、「国民的同一性の成立過程において対置された『他者 other』として『特殊（種）部落』という言辞は、旧賤民層を国民的同一性のもとに領有（appropriate）するためにおこなわれた表象／再—現前（representation）である。それはたしかに近代国民国家がその成立過程においてサバルタン（subaltan）を創出していくひとつの様式であり、言説＝出来事なのである」と指摘している（「明治期部落問題の言説について」（前掲）。

（3）酒井直樹「ナショナリティと母（国）語の政治」（『ナショナリティの脱構築』所収、一九九六、柏書房）。「民族的・人種的出自が不明のうちは差別されないが、知られるや否や差別の対象となってしまう。彼らが別の種に属すという知識が、〈彼ら〉を区別し、ごく微妙な差異を民族・人種の種差として事後的に知覚させ、指標のとり方で、彼らは差別の対象になった。（中略）彼らは体験される差異によって差別されるのではなく、差異を経験に齎すための民族や国民といったそれ自身は経験できない実定性が先入観として働くとき差別される」。

（4）渡部は『破戒』に至るまでの「部落」を題材とした散文作品を詳細に分析した論において、「なにものかを固定した『章』とともに表象することは、かならず、『章』をもたぬ側の同一性を保障すること。あるいは同一性こそを使嗾すること。その反射性において、『新』平民の世界にまといつく『章』たちは、同時に、『新』ならざる『平民』空間それじたいの均質な広がりを産出」したと指摘している（『日本近代文学と〈差別〉』一九九四、大田出版、三〇頁）。

（5）『日本近代文学と〈差別〉』（前掲、三二頁）。一方、内藤千珠子は、日本帝国における国民国家論や植民地主義的論理の延長線上において、病をめぐる紋切り型によって作られる物語の定型の形成とほころびについて詳細に分析している。「日本という記号から外れる対象、『アイヌ』『琉球人』あるいは『支那人』が、病の比喩というレベルで、標準的な階級から外れる被差別部落民、すなわち『新平民』という記号と重ねられる」ことに着目し、そこに「差別的紋切り型」の生成を見出している。そして、その生成の場における物語の定型が、「北里博士」や伝染病にかかった「未来の国母」である「東宮妃」の身体をめぐる言葉の中で破綻してしまうことを看破し、病をめぐる物語が生成と同時に破綻させずにはおかない両義性を持っているものであることを指摘している（『帝国と暗殺――ジェンダーからみる近代日本のメディア編成』二〇〇五、新曜社、第一章を参照）。

（6）原田伴彦『部落差別史研究』（一八八五、思文閣）。

（7）杉浦重剛立案・福本誠筆記。引用は『杉浦重剛全集』第一巻（一九八二、杉浦重剛全集刊行会、七四頁）による。

（8）『杉浦重剛全集』第二巻（前掲、四一頁）。

（9）藤野豊「被差別部落」（『岩波講座　日本通史』第一八巻、一九九四、岩波書店）。

（10）久木幸男「明治言論界と杉浦重剛」（『杉浦重剛全集』第一巻、前掲）。

（11）小熊英二は「〈日本人〉の境界」は固定的な実体ではなく、可動する概念であると指摘している。「朝鮮や台湾をはじめ〈日本人〉の境界にあたる地域や人びとは、その時期や政策ごとになされる国家側の判断によって、包摂の対象とされる場合もあれば、排除の対象とされる場合もあった。たとえば大日本帝国においては、朝鮮人にたいして国籍では包摂が、戸籍では排除が適用され、兵役については状況の変化により排除から包摂への変更が行われた（『〈日本人〉の境界――沖縄・アイヌ・台湾・朝鮮植民地支配から復帰運動まで』一九九八、新曜社、六三七頁）。

（12）小正路淑泰「堺利彦と部落問題――身分・階級・性別の交叉」（『初期社会主義研究』第一一号、一九九八）。

（13）『近代と被差別部落』（一九九三、部落解放研究所、一七三頁）。

（14）秋定嘉和「部落解放運動と共産主義――初期水平社の階級運動参加をめぐって」（渡部徹・飛鳥井雅道『日本社会主義運動史』一九七三、三一書房）。一九六五年に部落問題研究所から発行された『部落問題セミナー（四）』において、馬原鉄男は、堺の「人種的反感」が、「部落異民族起源説をとりながら、同時に人間平等の立場から帝国主義的民族抑圧にたいして部落民の『民族的自決』の権利を求めている」

ものであり、堺のような考えは、「佐野学をはじめとする初期水平運動の理論家にうけつがれ、水平運動の激烈な実践活動に理論的基礎をあたえている」と評価している。秋定嘉和の批判は、馬原のような論に対して向けられたものである。

(15) 宮武利正は「〈声明〉は、そもそも一九二九年の〈現代長編小説全集〉版の存在を知らなかったと思われる」と述べた上で、「朝田善之助の意向をうけて、この〈声明〉を草した中川忠次」の「事実誤認」の可能性を指摘している（『「破戒」百年物語』二〇〇七、解放出版社、二〇九〜二一〇頁）。

(16) 師岡佑行『戦後部落解放論争史』第二巻（一九八一、柘植書房）。

(17) 北原は「この方針（全国水平社第一四回大会）に基いて行動していた全国水平社は、『破戒』の字句を改めたり表現の一部を変えたりする必要を認めなかったし、それを作者に要請するようなこともしなかった。しかし新潮社から相談をうけて藤村と話合った井元君個人の主観が、この問題にどのような作用を及ぼしたかということはわれわれにはわからない」と述べている（「『破戒』と部落解放運動」、『文学』一九五四・三）。

(18) 『水平運動史の研究』第四巻（一九七二、部落問題研究所）。

(19) 雑誌『民族と歴史』第二巻第一号「特殊部落研究号」（一九一九・七）を単行本（民族と歴史編輯所編、一九二三、日本学術普及会）として出版したものである。ここでは『近代文芸資料復刻叢書』第七集⑤（一九六八、世界文庫）に所収されたテクストを使用した。

(20) 初版は一九二四年五月（更生閣）の発行と同時に発禁となった。その五か月後の同年一〇月に『特殊部落研究』と改題し、随所に伏字と「以下何行削除」とある改訂版が出されたという。ここでは、木村京太郎の『特殊部落一千年史』「解説」（『近代文芸資料復刻叢書』第七集⑤、前掲）と沖浦和光『被差別部落一千年史』「解説」（一九九二、岩波文庫）を参照した。

(21) 成沢栄寿「喜田貞吉博士と〈特例部落研究〉号」（『近代文芸資料復刻叢書』第七集⑤、前掲）。

(22) 藤野豊『水平運動の社会思想史的研究』（一九八九、雄山閣出版）。

(23) 秋定嘉和『近代と被差別部落』(前掲)。
(24)『水平運動史の研究　第四巻　資料編下』一九七二、部落問題研究所)。
(25) 藤村の書簡は、全国水平社総本部に保管されていたが、一九四五年三月の大阪大空襲によって、焼失してしまったという(宮武利正『「破戒」百年物語』前掲、一二七頁)。
(26)『水平運動史の研究』第四巻(前掲)。
(27)『水平運動史の研究』第四巻(前掲)。
(28)『水平運動史の研究』第四巻(前掲)。
(29) 北原泰作「『破戒』と部落解放運動」(『文学』一九五四・三、岩波書店)。
(30)「再刊本『破戒』の文章が改訂(改悪)された責を〈水平社側の「強い心」〉に帰すのは、公平を欠く。勝本(引用者注:勝本清一郎、『座談会　明治文学史』一九六一、岩波書店)も認めるように、『破戒』再刊を主導したのは新潮社であり、全国水平社側(井元)は、書き直すための相談にのり、『破戒』が絶版という状態にあるのを、改善しようとしたのである。しかも〈穢多〉から〈部落民〉への言い換えは、すでに〈現代長編小説全集〉版でなされていて、井元はおそらく部落の起源にかかわる部分などについて意見を述べ、藤村はそれを受け入れて改訂したのである」(宮武利正『「破戒」百年物語』前掲、一三二頁)。
(31) 以下、引用は、『定本版藤村文庫』第一〇巻(一九三九、新潮社)による。
(32) 平野栄久『文学の中の被差別部落像――戦前篇』(一九八〇、明石書店)。
(33) 小熊英二『単一民族神話の起源――〈日本人〉の自画像の系譜』(一九九五、新曜社)。
(34)『史学雑誌』(第二二篇第一号、一九一一・一)。
(35) 上田正昭「『日鮮同祖論』の系譜」(『季刊　三千里』第一四号、一九七八・夏)。
(36) 一九一〇年代の植民地朝鮮において『毎日申報』は、文化の最先端として、文化的ヘゲモニーを握っていた。三・一運動の期間中、総督府や朝鮮人の支配権力の手先として、「メディア戦争」の前線に立って戦っていた。「〈各地騒擾状況〉面を特設し、いま・ここで起きている『事態』を隠蔽・縮小するとともに、自分を除いたメディア、すなわち朝鮮民衆が作った風説や檄文、そして外国メディアと直に戦っていた」という（千政煥「風説・訪問・新聞・檄文――三・一運動前後におけるメディアと文化的アイデンティティ」高榮蘭訳、『文学』二〇一〇・三／四、岩波書店）。

(37) 趙景達『植民地期朝鮮の知識人と民衆――植民地近代性論批判』（二〇〇八、有志舎、一〇七〜一一一頁）。

(38) 鹿野政直『近代日本の民間学』（一九八三、岩波書店）。

(39) 「喜田氏が善良な紳士であるだけ、そして我々に深い同情を持つ学者であればあるだけ、それだけ政府の融和運動には有力な役者である。喜田氏自身としては、〈其筋の廻はし者〉に成った覚えは少しも無いだらうけれども、其筋が喜田氏を自然の〈廻はし者〉に使ってゐる事は勿論である」（成沢栄寿「喜田貞吉博士と〈特例部落研究〉号」前掲）。

(40) 権ボドゥレ、坂本知壽子訳「植民地朝鮮における個人・民族・人類の構造――一九一〇年代の進化論への省察と三・一運動」（『文学』二〇一〇・三／四、岩波書店）。

(41) 千政煥「風説・訪問・新聞・檄文――三・一運動前後におけるメディアと文化的アイデンティティ」（前掲）。

(42) 石坂浩一『近代日本の社会主義と朝鮮』（一九九三、社会評論社）。

(43) キムチョンミ（金静美）『水平運動史研究――民族差別批判』（一九九四、現代企画室、六一頁）。

(44) 渡部徹・秋定嘉和編『部落問題・水平運動資料集成』第一巻（一九七三、三一書房、七八頁）。

(45) キムチョンミ（金静美）『水平運動史研究――民族差別批判』（前掲、一一六頁）。

(46) 内務省警保局より、一九二九年から毎月刊行される。なお、引用は『部落問題・水平運動資料集成』第三巻（一九七四、前掲）による。

(47) 宮武利正『「破戒」百年物語』（前掲）に、「『「破戒」糾弾』事件を起こした小林綱吉は、一九二八年時点で、全国水平社の統制外であり、『権利的糾弾』を行うことなどから、排撃対象とされていたことがわかる。（中略）一九二九年には関東水平社からも除名されている」（八八頁）と記されている。全国水平社は、一九二八年七月二九日付で「三団体排撃声明書」を発表する。ここでの三団体は、小林綱吉が属している日本主義水平血盟団、全国水平社芸術連盟、日本水平社である。宮武は「〈三団体排撃声明書〉が非難するのも、全国水平社を水平運動の正統とする視点からの表現であり、日本水平社も関東水平社も、水平運動のさまざまな潮流の一つと言える」（八五～八九頁）と指摘している。ただ、右のような水平運動の路線の差異について「糾弾を受ける側からすれば、その違いはわかりにくい。全国水平社側も『破戒』糾弾を実際にだれが行ったのか把握していないよう」（九五頁）だと書き加えている。

（48）　本章のもとになっているのは、一九九七年度に日本大学大学院に提出した修士論文「人種あるいは民族をめぐる言説——島崎藤村『破戒』を軸に」と一九九八年三月に発表した「『破戒』改訂過程と民族論的言説」（日本大学国文学会『語文』一九九八・三）である。その後、『破戒』の出版過程に関する詳細な資料、とりわけ部落解放運動側の貴重な資料を網羅した宮武利正『「破戒」百年物語』（解放出版社）が二〇〇七年に出版された。そのため、引用資料、参考資料などに関して若干の重複箇所があるのだが、論理的に必要のある場合をのぞき、明記していない。なぜなら、宮武氏とは問題設定とその向かう先が異なっているからである。宮武氏の著書の場合、『破戒』の改訂過程への部落解放運動側の主体的な関与を否定する方向性を持っている。それを否定するつもりはない。ただ、本章は、両者の個別的な関わりに注目し、どちらの主張が正しいのかについて考えるためのものではない。ここで注目したいのは、『破戒』の改訂過程と部落解放運動の方針の転換が、総力戦体制や、連合軍による占領前後に行われた戦争をめぐる記憶の再編の問題と連動していたことである。

第Ⅲ部　戦後神話のノイズ

第6章　文学と八月一五日

一九四五年八月一五日（以下、本章では「八・一五」と略す）という歴史的な日付に注目してみよう。「八・一五」は、韓国の「独立」「解放」、日本の「終戦」「敗戦」を記念する日である。佐藤卓己・孫安石編『東アジアの終戦記念日――勝利と敗北のあいだ』では、その意味づけも日付も多様な東アジア各国の「終戦」記念日（中国：九月三日が勝利の日、台湾：一〇月二五日が光復節）の創出と忘却の問題が取り上げられ、歴史をめぐるナショナルな記憶が如何に編成されてきたのかについて分析されている。この本によれば、日本と韓国・北朝鮮のみが「八・一五」を記念しているという。[1] 毎年、八月一五日に、日本では「戦没者追悼式」が、韓国では「光復節記念式」が行われる。定例化された儀式を媒介に、ナショナル・ヒストリーは編成されるが、その現場にはつねに忘却と記憶の弁証法が付随し、歴史的・政治的コンテクストによりその意味づけすらも変更されてきた。[2]

そもそも、ポツダム宣言受諾が確定され、天皇が終戦の詔書に署名したのは、八月一四日である。

それを受けて、アメリカのトルーマン大統領は、ラジオとニュース映画を通して、日本の降伏を発表した。佐藤卓己は『八月一五日の神話——終戦記念日のメディア学』（二〇〇五、ちくま新書）において、日本の降伏が公式に発表されたのは八月一四日であったにもかかわらず、天皇による「終戦の詔書」録音のラジオ放送が行われた「八・一五」が、新聞・雑誌・ラジオ・教科書など様々なメディア媒体によって「終戦記念日」として神話化されていったプロセスを鮮やかに分析している。

このような「八・一五」の神話化には、「戦争責任」をめぐる議論が刻みこまれてきた。また、この「戦争責任」という言葉によってよびだされる集合的記憶は、第I部で取り上げた通り、半世紀以上に渡ってそのつどズレをはらみながら、つねに争点の場でありつづけた。ここでは、その歴史的葛藤の最も早いケースとして、ともに一九四六年に創刊された『新日本文学』と『民主朝鮮』（一九四六・四〜一九五〇・七。一九四七年五月号のみ『文化朝鮮』と改題）に注目してみよう。

『新日本文学』は、第1章で言及した通り、文学者の戦争責任を追及することによって「民主主義文学」を立ち上げようとしていた。また『民主朝鮮』は、独立直後からあえて日本語を表現の手段として選び、旧植民地宗主国であった日本のマジョリティを読者として想定し、創作活動だけではなく、「朝鮮文学」というものを示そうと試みた雑誌である。

『民主朝鮮』一九四六年四月号の「創刊の辞」には、「朝鮮人は何を考へ、何を語り、何をしようとしてゐるか」について記されている。

我等の進むべき道を世界に表明すると同時に、過去三十六年といふ永い時間を以て歪められた朝鮮の歴史、文化、伝統等に対する日本人の認識を正し、これより展開されようとする政治、経済、社会の建設に対する我等の構想をこの小冊子によつて、朝鮮人を理解せんとする江湖の諸賢にその資料として提供しようとするものである。

この姿勢は、同年一二月号の編集後記にあたる「編輯室から」において再確認できる。この中で、金達寿（キム・ダルス）は、雑誌『民主朝鮮』について、「朝鮮人が経営し、朝鮮人が編輯する雑誌」ではあるが、「むしろこれは日本人を中心とした雑誌である」とし、創刊の辞を強調している。このような『民主朝鮮』の声に対し、誠実な応答を試みたのが、当時の『新日本文学』のメンバーであろう。

二つの雑誌のメンバーは、日本がSCAP（連合国軍最高司令官 Supreme Commander for the Allied Powers）による占領を受けていた時期に、深い関わりを持つことになる。この章では、『新日本文学』と『民主朝鮮』誌上の「八・一五」をめぐる言説に注目し、戦争と植民地支配・被支配の記憶が、一九四五年以後、どのように「日本文学」の場に召喚されてきたのかに焦点を当ててみたい。

一　「日本人」は被圧迫民族なのか

中野重治の「被圧迫民族の文学」は、『岩波講座　文学』第三巻の「世界文学と日本文学」（一九五四）

という テーマにあわせる形で書かれたものである。[3] 三巻の「序」に、この巻の共通のキーワードは「世界苦」であると記されているが、[4] それは第二次世界大戦以後の状況を指す言葉である。「世界苦」のあらわれ方は「民族的個性に応じて異るし、対策もまた異る」。[5] 日本文学の立場から世界文学について考える場合、『被圧迫民族の文学』という新しい観点の導入」は、「どうしても欠くことのできないもの」であり、それは今後、「日本文学分析のための有力な、また有効な方法となるにちがいない」というのである。新しい観点としての「被圧迫民族の文学」、それはこの巻に収録されていた中野のエッセイのタイトルである。また中野のエッセイ「被圧迫民族の文学」というのは、同じ三巻に所収された竹内好の「文学における独立とはなにか」と呼応する形で収められている。中野は被圧迫民族の文学について次のように説明している。

被圧迫民族の文学について考えることは、わたしにとつては、これからの日本文学について考えるのと同じことになる。自分自身の文学について考えることが、取りも直さずこの問題について考えることになる。そしてこのことは、やはりわたしの考えでは、いままでの日本文学研究に全くなかつた事柄である。圧迫民族の文学であつたものが被圧迫民族の文学となり、それを、かつて圧迫民族であつて今は被圧迫民族となつた日本人が考えねばならぬというところ、ここにこの問題の今日の重要性がある。

中野は、「日本文学」を「被圧迫民族の文学」として位置付けている。しかも、「われわれ自身、いまや植民地人、隷属国の人民、被圧迫民族といわれるべき人間」であると記しているところから、このエッセイで「被圧迫民族」というのは、「植民地人」、「隷属国の人民」と同じ意味で使われていることがわかる。また、「日本人」は「日本民族」として、「日本文学」は「日本民族の文学」として解釈できる構図になっている。「被圧迫民族の文学」という観点は新たに見出された事柄だというが、中野のいう圧迫民族であった旧日本帝国の時代という「過去」から、被圧迫民族になってしまった「今日」への転換点とは、いつを意味するのだろうか。このエッセイが講和条約以後に書かれたものであることを考えると、単に、一九四五年から一九五二年までのSCAPによる占領だけを意味するものではないだろう。

講和条約の成立直前である一九五一年四月五日のエッセイ「共産主義と文学」（『文学講座』第五巻、筑摩書房）の中で、中野は、日本が「被占領の状態にある」ことを強調した上、「講和の問題が大きく目につくように今かかげられているが、講和は、何は措いても、国を他への隷属にみちびくようなものでは決してあってならない」と述べている。中野が「隷属」の意味を「植民地」という言葉で説いていることに注目すべきであろう。このエッセイにおいて、「隷属」という言葉は、占領の状況ではなく、その占領が終わることを意味する講和条約を語る際に使われていたのである。講和条約の成立後に出されたエッセイ「被圧迫民族の文学」においても同様の捉え方がみられる。(6)

一九五一年の九月九日に、アメリカのサンフランシスコで「歴史的な日本との講和条約」が出来た。この講和条約とそれにつづいた日米安保条約とにたいしては、日本国内に大きな反対がおこつた。(中略)けれども、このことは、国会をもふくめた力となつて調印取消しというところまでは行けなかつた。事実の問題として、「とくに朝鮮・中国での日本帝国主義の支配の仕方」、その歴史から学ぶことがわれわれに少なかつたからである。学ぼうにも何にも、その歴史が一般に知らされてさえいなかつたのである。現にそのとき、国会で、黒田寿男議員が「日韓議定書」の例を引合いに出したとき、大多数の日本国民は今さらのように驚いたのであつた。しかし実際には、いまさらのようにでなくて初めての話として驚いたのであつた。そしてそのことが、その後今日にいたるまでも、日本人ひとりびとりに、納得行かせつつ拡げて叩きこまれては――わたしの考えでは――きていないのである。

「被圧迫民族」となった「今日」というのは、一九五一年九月九日のサンフランシスコ講和条約および日米安保条約以後のことを指していることがわかる。これらの条約の調印取消にいたらなかったのは、「とくに朝鮮・中国での日本帝国主義の支配の仕方」、「その歴史が一般に知らされてさえいなかつた」ためだとし、「朝鮮にたいする日本の統監政治、総督政治はこの上に発展して行ったことをわれわれは正確に知らずにきた」という。「この上」というのは、一九〇五年「日韓議定書」と一九〇四年の「第一次日韓協約」のことで、条約内容がエッセイの中で具体的に引用されている[7]。条約の引用は、日本の「朝鮮」領有へのプロセスを説明するのではなく、国会での黒田寿男議員と同じように、「日米安保条約」の中の「日本」対「アメリカ」の位置付けを説明する際に使われていることに注意しておきたい。中野は、一九五一年に、「日韓議定書」が国会で取り上げられた時、「大多数の日本国民」は、「いまさらのようにでなくて初めての話として驚いたのであつた」と述べている。

日本による朝鮮への本格的支配の始まりともいえる、一九〇五年の「日韓議定書」が引き合いに出されることは、「被圧迫民族」になった「日本人」の「今日」の状況を説明する際に、支配／被支配関係にあった「日本」と「朝鮮」をめぐる記憶を召喚することを意味する。ここからわかるのは、日米のサンフランシスコ講和条約と日韓議定書が同じような意味合いを持つこと、それによって、日米安保条約以後の「日本」と一九四五年以前の「朝鮮」を同じ「植民地」として位置づけていることである。

中野はこのエッセイの導入として、朝鮮人作家金達寿の小説『玄海灘』の「あとがき」を取り上げている。『玄海灘』は、雑誌『新日本文学』に一九五二年一月号から一九五三年一月号まで連載された。中野が引用しているのは一九五四年一月五日、筑摩書房から刊行された単行本のあとがきである。

朝鮮人作家金達寿は、『玄海灘』の「あとがき」にこう書いている。「（中略）これをかく期間は周知のように私の祖国・朝鮮では熾烈な戦争がたたかわれていた。（中略）わが朝鮮人民軍はよくたたかつた。その初期においてはもとより、世界最強を誇るアメリカ帝国主義軍を主力とするいわゆる国際連合軍を迎えて、さいごまで堂々とよくたたかった。これは歴史がしめすとおりである（中略）そしてこれ〔『玄海灘』を指す〕を直接うけとる日本人にたいしては、民族の独立を失った帝国主義治下の植民地人というものが、どういうものであるかということをしめすつもりであった。これは現下の日本人にとって、もっとも積極的な課題でなくてはならないはずである（下略）」つまり金達寿は、いまのわれわれ日本人を、だいたいにおいて「民族の独立を失った帝国主義治下の植民地人」、またはそれに近いものとして見ているわけである。

連載の期間をみればわかるとおり、『玄海灘』は朝鮮戦争の間に書かれ、物語内容の時間は一九四五年以前の植民地朝鮮である。金達寿は、朝鮮戦争を「アメリカ帝国主義軍」対「朝鮮人民軍」の戦争として捉えているが、交戦中である「アメリカ」と「朝鮮」というのは、中野のエッセイの軸である抑圧する側の「アメリカ」と抑圧される側の「日本」という構図とパラレルな関係にあるのはいうまでもない。中野は、「朝鮮人作家金達寿」の言葉を借りる形で、『玄海灘』に登場する一九四五年以前の「朝鮮人」と、一九五四年の「日本人」に「帝国主義治下の植民地人」という同じ意味を与えようとしていることがわかる。

このように、金達寿の言葉を媒介に、一九四五年以前の植民地「朝鮮」対「日本」の関係をめぐる記憶が、一九五四年という「今」の時点で構成される。しかし、それは、一九五一年以後の「日本」対「アメリカ」の関係を示す比喩として機能するものであり、語る「現在」である一九五四年において、「過去」の日本帝国時代の「朝鮮」対「日本」の関係を、「歴史」として「日本国民」に知らせるためのものではないのである。このような捉え方は、中野重治と金達寿だけのものだったのであろうか。それについて考えるために、「国民文学」をめぐる言説の中で、中野の「被圧迫民族の文学」と『玄海灘』がどのように扱われていたのかについて注目してみよう。

二　金達寿『玄海灘』と国民文学

中野のエッセイが『岩波講座　文学』第三巻のために書かれたものであったことは先にふれたとおりだが、同年九月、雑誌『近代文学』には、「小特集・岩波講座『文学』批判」が組まれている。ここに集められた三つのエッセイは、『岩波講座　文学』を国民文学論の一つとして取り上げ批判しているのだが、批判者の一人、杉森久英の「いわゆる講座物の限界」をみると、『岩波講座　文学』の刊行中からその内容をめぐる賛否両論が起きていたことがうかがえる。杉森は「いけないのは、この講座が売れすぎたということだけだと思う。おそらく、岩波の編集部も、編集委員諸氏も、こんなに売れることを予期していなかったのではないか」と指摘している。ただし、このシリーズが国民文学論の範疇でとらえられたから売れたというわけではないだろう。

「被圧迫民族の文学」と同じ三巻において、竹内好は、「日本が今日、独立を失っている、他国の隷属下におかれている、という事実を認めないものは、ごく少数の例外をのぞいて、おそらくいないだろう」と述べている（「文学における独立とはなにか」）。「民族の独立を課題としない文学は、今日の日本にはありえない」という認識は、日本対アメリカの関係に対する中野の認識に通じている。

竹内好は同エッセイの中で、中野重治の「共産主義と文学」を引用しながら、民族の独立の問題に言及していた。また中野も「第二『文学界』・『日本浪漫派』などについて」（『近代日本文学講座』第四巻、一九五二、河出書房）の中で、竹内好の「近代主義と民族の問題」（『文学』一九五一・九）を文学と民族の問題、いわば「民族独立の要求と戦い」というテーマの手がかりとして扱おうとしていたのである。

そもそも国民文学をめぐる議論と中野の「被圧迫民族の文学」や「共産主義と文学」が接続することになったのは、それらがアメリカとの講和条約に誘発されて書かれたことによる。それは金達寿の場合も同じである。第7章で詳しく論じるが、一九四九年九月、「団体等規制令」を適用した在日朝鮮人連盟（以下、朝連と略す）と在日朝鮮民主青年同盟（民青）の解散は[8]、「在日朝鮮人に対するGHQ占領下の最大の政治的弾圧」であったといわれている[9]。雑誌『民主朝鮮』は、「朝連」の建物の三階に入居していたために「朝連」の解散の際、「朝連」の財産とともに、『民主朝鮮』の印刷工場から雑誌の原稿まで没収されてしまった。それを契機に、『民主朝鮮』は廃刊に追いやられることになる[10]。占領下で不安定だった在日朝鮮人の身分が、サンフランシスコ条約の成立によって、日本国籍を剥奪されることになったのはよく知られている[11]。鄭暎惠が正しく指摘しているとおり、「朝鮮人自身、日本国籍の剥奪が〈過酷な植民地支配の終焉〉＝〈解放の象徴〉と信じることはあっても、よもや〈新たな差別の始まり〉だなどと夢にも思わなかった」のである[12]。

『玄海灘』の「あとがき」が、サンフランシスコ条約以後の在日朝鮮人の日本国籍剥奪を「解放」として捉えていた金達寿によって書かれ、国民文学をめぐる言説の中で流通したことは、当時の中野をはじめとする新日本文学会や日本文学協会のメンバーが、金と同じような見解をもって在日朝鮮人の日本国籍剥奪をとらえていたことを意味するだろう。

一九五四年一月、『玄海灘』が単行本として出版されてから三か月後に「被圧迫民族の文学」は発表される。さらにその二か月後の同年六月に開かれた日本文学協会第九回大会のテーマは、「国民文学の課題」である。[13] この大会で永平和雄は、「国民文学の問題」という題目で発表を行っている。永平は、中野重治のいう「被圧迫民族としての日本民族の問題、被圧迫民族からの解放という客観的な課題」は、「まったく新しい角度からの問題である」と述べている。『玄海灘』については、「民族の独立を失った帝国主義治下の植民地人」が「独立の戦いに立ち上っていく姿を描いた」作品だとし、このような物語内容は「私たちが規定されている民族解放という国民的課題をテーマ」にしたものだという。永平はこの小説が「日本人文学者が客観的に現実から規定されながら取上げることのできなかったテーマ」をとらえたとして評価しているのである。また、同年一一月に日本文学協会関西大会では京都支部の共同研究結果の報告、「日本文学の問題——玄海灘をめぐって」が平林一によっておこなわれ、猪野謙二の司会で同報告をめぐる議論が展開された。[14]

一九五一年、丁度サンフランシスコの講和会議の頃に「国民文学」の問題は提起されました。

換言すれば、かつて圧迫民族であった日本民族は現在被圧迫民族の状態にその所をかえたのであり、そうした日本国民の隷属状態の危機の中で「国民文学」の問題は提起されたわけであります。（中略）苛酷な植民地朝鮮の実態を生々しくえがいている長編小説「玄海灘」は、現在アメリカ帝国主義下にあえぎ、「平和と独立」をたたかいとることが国民的課題になっている日本人にとって、深い感動を与えるのではないでしょうか。更には「現下の日本人」はかつて朝鮮民族への侵略者であったということを考えれば、沈痛な感慨に至るでもありましょう。とにかく、日本の近代以来の文学において、「民族の独立」という課題に真向から取りくんだ作品はなく、民主主義文学作品の中でも最も積極的な今日的テーマを有していることが、「玄海灘」をとりあげた私達の理由であります。

平林も中野と同じように「日本民族」を「被圧迫民族」としてとらえ、その根拠として一九五一年の講和条約のことを語っている。ここでも『玄海灘』の物語内容に注目し、小説の中の旧植民地朝鮮の状況とアメリカ帝国主義下にあえぐ当時の日本の状況を接続させている。「過酷な植民地朝鮮」や「現下の日本人はかつて朝鮮民族への侵略者であった」という一九四五年以前の記憶は、一九五四年の「民族の独立」という「最も積極的な今日的テーマ」を語る際に用いられているのである。中野や永平和雄と同じようにこの報告にも、日本の近代以来の文学において、「民族の独立」というテーマに真っ向から取りくんだ作品がなかったからこそ、『玄海灘』を取り上げざるをえなかったと記されている。この発表後、猪野謙二の司会で各支部を代表する一二人以上の発言者による活発な議論が行われた。猪野議長の「現在われわれ日本の国民がおかれている現実というものは、この『玄海灘』に描かれているところの被圧迫民族としての朝鮮の人々がなめてきた悲惨な現実とまったく同様のもの」という発言によってはじまり、発言者の多くが、枕詞のように日本の植民地朝鮮と講和条約以後の日本を同じ状況としてとらえているような発言をしている。

以上のように、「圧迫民族」としての日本人が消滅したのは第二次世界大戦以後のことであるが、言説上において日本人を「被圧迫民族」としてとらえるようになったのは、第二次世界大戦が終わってから三〜四年後で、サンフランシスコ講和条約をめぐる議論が浮上してからである。一九五二年四月二八日のサンフランシスコ講和条約の発効以後を「日本国民の隷属状態」として捉える、この時期の言説圏において、「八・一五」は侵略戦争に関する記憶を召喚するとともに、それ以前の時点において植民地朝鮮を圧迫していた帝国主義日本に関する記憶を呼び出す記号として、二重に機能していたのは確かだろう。

『玄海灘』に関する右のような評価は、金達寿の他の作品に対する評価にもみられる。たとえば、水野明善は雑誌『新日本文学』に「相談して合併した——文芸時評」(一九四八・八)というエッセイを書いている。金達寿の長編「後裔の街」(一九四六・四から一九四七・五まで、一〇回にわたって『民主朝鮮』に連載)および当時連載中の「族譜」(一九四八・一から一九四九・七まで、八回にわたって『民主朝鮮』に連載)などを「朝鮮人民の文学であると同時に日本民主主義文学の一つとみなしてよい」とし、「朝鮮文学には、日本文化と民族の自立をわたしたちにまもりぬかせるための具体的な大きな力ぞえをよみとることができる」と述べている。同じ文芸時評の中で水野は、金達寿の「後裔の街」と「族譜」が連載されていた『民主朝鮮』について、次のように述べている。

「民主朝鮮」わ（ママ）、日本の一人でも多くの誠実な読者によまれることを期待している。これまで人民的民族主義の伝統をもたず「民族」という相言葉がつねに反人民的侵略主義の隠れ蓑だけにつかわれてきた歴史的事実のうえにたつて、日本人としてどうあらねばないかの決定において、もつとも大切なもの、そして同時に日本文学としてのもつとも大切なものを、「民主朝鮮」わ（ママ）、朝鮮の歴史と現実を基礎として、たんてきにわたしたちにさししめしている。このことの本当の意味を、日本のすべての文学者と文学を愛する人々が真剣につきつめて考えぬくことを心からのぞんでやまない。

こうした表現は、日本の文学者が、「反人民的侵略主義」の記憶が付随している「民族」という言葉の意味を捉えなおす際、雑誌『民主朝鮮』が参照項になりえることを示している。すなわち、ここには金達寿の「後裔の街」や「族譜」に対して水野が与えていた評価と同じ構図が見られるのである。『民主朝鮮』は、金達寿と元容徳（ウォン・ヨンドク）の二人によって一九四六年四月に創刊された（図6—1）。創刊号から連載された金達寿の「後裔の街」は、金が『新日本文学』のメンバーになる契機となるが、それ以来、『民主朝鮮』と『新日本文学』の交流もはじまる[15]。

一方、『民主朝鮮』や『新日本文学』を主な活動の場としていた、詩人許南麒（ホ・ナンギ）[16]について朝倉新太郎は「許南麒詩集　朝鮮冬物語」（『新日本文学』一九五一・七）というエッセイを書いている。このエッセイで朝倉は、「単独講和と再軍備とを、戦争が避けられると否とに不拘、敗戦日本の運命だと、民衆は信じ込まされかけている」と指摘し、「許南麒が『この地域を、こんどは、何処かの国の植民地となし、国を売ることを企らむ奴等のするなりにまかせておくつもりなのか。君達は？』と呼びかけているように思えてならないのである」と述べている。

図6—1　『民主朝鮮』創刊号

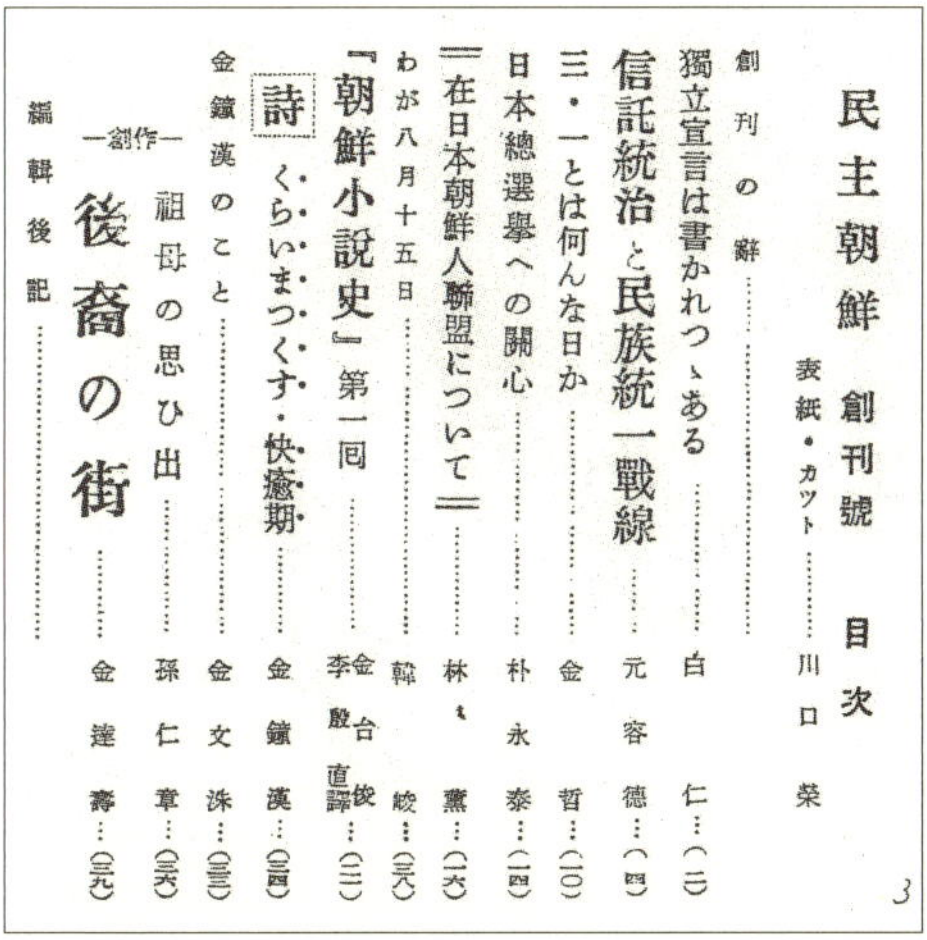
民主朝鮮　創刊號　目次
表紙・カット……川口榮
創刊の辭
獨立宣言は書かれつゝある……白仁…(一)
信託統治と民族統一戦線……元容德…(四)
三・一とは何んな日か……金哲…(一〇)
日本總選擧への關心……朴永泰…(一四)
＝在日本朝鮮人聯盟について＝……林薫…(一六)
わが八月十五日……韓晈…(一八)
『朝鮮小説史』第一回……金台俊　李殷直譯…(二二)
詩　くらい・まつくす・快癒期……金鐘漢…(二四)
金鐘漢のこと……金文洙…(二三)
祖母の思ひ出……孫仁章…(三六)
—創作—
後裔の街……金達壽…(三九)
編輯後記
3

このように、金達寿、許南麒のテクストに対する評価は、一九五一年サンフランシスコ講和条約前後の、支配する側としてのアメリカ、これに対する支配される側としての日本の位置関係を語る文脈の中で活用されていた。では、このような評価の軸について、金達寿や許南麒自身はどのような態度を示していたのだろうか。

許南麒は「詩ビラ・其他——民族詩の問題の一つとして」（『文学』一九五三・二）で、日本が置かれている状況について次のように述べている。

いま、わたくしがここで言う「民族詩」という言葉は、いま日本で叫ばれている「国民文学」という言葉と同じ意味を、ただわたくしの祖国である朝鮮で使われている述語で言ったに過ぎない。しかし、わたくしは「国民文学」とか「国民詩」と言う言葉よりも、「民族文学」「民族詩」と言った方がはるかに内容を正しく伝えているように思える。それは「民族」と言う言葉が、われわれ朝鮮人の耳には、「独立」とも「統一」とも「平和」とも「自由」とも聞えるからである。だから、わたくしは「民族詩」と言う言葉を使う。（中略）いまの日本の現状から見る場合、民族の独立と平和を闘い取ろうとする側の詩人や作家が、風刺でもって、こういう険しい現実を笑い過してしまおうとする態度については甚だ危険なものを感ずる。

許南麒はここでの「民族詩」という言葉は、いま日本で叫ばれている「国民文学」という言葉と同じ意味だとし、「いまの日本」が「民族の独立と平和」を闘い取らなければならない状況におかれていることを強調している。この論理は、金達寿の『玄海灘』の「あとがき」とほとんど同じである。一九五一年のサンフランシスコ講和条約前後の「八・一五」に関する記憶では、帝国主義日本対植民地朝鮮の支配・被支配関係が強調され、それが一九五一年の状況を説明する際に動員されている。その過程で、金達寿や許南麒への評価軸が構築され、これらの評価を容認する書き手の側の言葉が交差している。ここには双方による過去をめぐる記憶の共有がみられるが、サンフランシスコ講和条約や日米安保条約問題をめぐる議論があらわれる前には、これはどのような様相をみせていたのだろうか。それをさぐるために、日本が植民地を失った、第二次世界大戦直後に遡って、中野重治や金達寿がかかわっていた『新日本文学』と、『民主朝鮮』における「八・一五」をめぐる記憶の編成を繙いてみたい。

三　八月一五日の遠近法

まず、一九四六年二月に発表された中野重治の「日本が敗けたことの意義」(『民衆の旗』創刊号、一九四六・二、日本民主主義文化連盟)に注目してみよう。

戦争に敗けたと知るだけでは足らぬ。何戦争に敗けたのか、どんな戦争に敗けたのかを知らねば新日本は生めぬと思う。(中略)日本の仕かけた戦争は「聖戦」ではなかつた。それは野蛮で卑劣な戦争だつた。それは「アジア人のアジア」のための戦争ではなかつた。アジア諸民族を奴隷にするための戦争だつた。それは「自存自衛」のための戦争ではなかつた。他国を侵略し同時に自国民をも奴隷とする戦争だつた。

「日本の仕かけた戦争」が「野蛮で卑劣な戦争だった」という表現には、その戦争が「アジア諸民族を奴隷にするための戦争」だったという痛烈な批判が込められている。とりわけ重要なのは、日本が起こした戦争が「自存自衛」のための戦争ではなく、「他国を侵略し同時に自国民も奴隷とする戦争だった」と述べているところである。ここで中野は「同時に」という言葉で「アジア諸民族を奴隷にする」ことと、「自国民を奴隷とする」こととを接合させているが、この構図は、「アジア諸民族」と「自国民」を同じ被害者として定位することによって成り立っている。中野は、文学者の戦争責任を追及する際、戦争に協力した文学者たちがいかにして自国民を戦争に動員したかに重点をおきながら、議論を構成していた[17]。しかし、その責任追及の一方で、戦争被害者としてアジア諸民族と自国民を「同時に」という文法で同一化したこともあわせて考えなければならない。

また、同エッセイで中野は「天皇の国日本は、満州人を殺し、中国人を殺し、安南人を殺し、フィリピン人を殺し、同時に自国民」、「少年から老人までをいくさに引きだして殺した」「天皇の国日本」と述べている。これは右の戦争批判とまったく同じ構図で、彼は連合諸国が打ち倒した「天皇の国日本」を、自国民とアジアの戦争被害者の対極をなすものとして捉えている。それは「殺し」を行った「天皇の国日本」に対置されるものとして、殺される側に、自国民とアジアの戦争被害者が並列されていることを意味する。そして、「敗戦」の結果として、「アジアがアジア人のもの」に、また「日本国民に始めて『自存自衛』の道が拓かれた」というのだ。中野のエッセイの中では、「天皇の国日本」に対置されるものとして「アジア人」と「日本人」が同じレベルにおかれているが、この構図は同エッセイの中で繰り返し強調されている。しかも、ここには、旧植民地をあらわす記号が並べられていないのである。

エッセイのタイトルにある、「日本が敗けたことの意義」を問うということは、「八・一五」を戦争の終りとしての「敗戦日」と意味付け、戦争の始まりともいえる一九三一年、日本の満洲侵略以後の記憶を構築することにつながる。しかし、一九三一年を起源とする戦争の記憶の編成に、日本の植民地支配を受け、戦争へ動員された旧植民地の記号が抜け落ちていることを見逃してはならない。すなわち、同エッセイにおいて、旧日本帝国の支配下に置かれていた「植民地」は、「アジア人」からも「自国民」からも、排除される構図になっているのである。

東京裁判をめぐる記事に関する中野のエッセイ、「むごい人間とやさしい人間──極東裁判の記事を読んで」(『アカハタ』一九四六・一二・一二)は、「日本が敗けたことの意義」で示された「天皇の日本」対「日本国民」「アジア諸民族」という構図を軸にしながら書かれたものである。東京裁判の傍聴にはいかないが、「そのかわり新聞記事は詳しく読む」という話題からこのエッセイは始まるが、「最近のフィリピンのことは読むのが苦しいほどだつた。あまりにひどい。わたしはフィリピンに輪をかけたようなむごい仕打ちを見せられたような気がした。なるほどフィリピンで日本の兵隊のしたことはひどい。しかしそれを、今という今、日本のわれわれ、日本の新聞がただフィリピンでの残虐事件というふうに扱つていいだろうか」という問題提起をしている。

フィリピンでひどいことをした兵隊たちに、いまの新聞の書き方はあまりに片手おちだと思う。

あの兵隊たちは鬼畜のふるまいをした。しかし第一に飢え、やけくそ、やぶれかぶれ、考える力を失わされたことと、軍命令とが彼らのうしろ、足もとにあつた。そういう兵隊を、われわれが高いさらし台に立たせて、あれがわれわれと同じ日本人だろうかと身ぶるいするとすれば、われわれはいわば警察といつしよになつて、やけくそからでなく計画として同じことをやつた警察に、あわれな兵隊同胞を盾として自由にさせるわけではないか。あわれな兵隊たちに、これ以上むごくあたる仕方がほかにあるだろうか。樺太から引きあげてきた人たちは、あすこで最後まで持ち場をまもつた九人の電話交換手の話をもたらした。彼女らは最後まで仕事場をまもつた。そして最後に毒を仰いで九人とも死んだ。その毒を、たぶん中隊長のような青年がかねて与えた場面を思いうかべてみよ。（中略）むごたらしい残虐は、ただフィリピンで、異民族にたいしてだけあつたのではないことが胸へ釘をうたれるようにわかろう。

ここでは、「飢え、やけくそ、やぶれかぶれ、考える力を失わされたことと、軍命令とが彼らのうしろ、足もとにあつた」兵隊と、「やけくそからでなく計画として同じことをやつた警察」を対置させている。ここで中野は、日本軍による被害者としてのフィリピン人に焦点を当てた場合に浮かび上がる、残虐行為を行う日本の兵隊という位置を否定しているわけではない。にもかかわらず、「日本のわれわれ」という、もう一つの責任追及の主体を立ち上げる際、兵隊を「兵隊同胞」と記し、一般国民と同じような戦争被害者として位置付けてしまうのである。そうした文脈の上に「むごたらしい残虐は、ただフィリピンで、異民族にたいしてだけあったのではない」という論理を展開していくことこそが、中野の戦争責任をめぐる言葉の問題点を浮き彫りにするのではないだろうか。単純にいえば、フィリピン人、日本の兵隊、日本の一般国民が同じ戦争被害者として語られていることへの疑問である。

戦争の記憶を語る際に生じる、戦争被害者としての一般国民と兵隊、それに対する警察という対置の構図は、階級的連帯を強調していた当時の民主主義文学運動の流れとパラレルであろう。このような構図は、エージェントとしての日本軍人の戦争責任問題を棚上げにすることになるのである。また、被害者としてアジア人の位置付けがなされているものの、加害者側に「警察」を置くことは、戦争責任追及の枠組みから、実際の被害者としての他者を欠落させ、一九四五年以前の帝国日本の内部だけを焦点化していることを意味するのではないだろうか。

近年の東京裁判の研究においては、従来の「アジアの不在」という評価は厳密にいうと適切でないと指摘され、「アジアの不在」と「植民地問題の欠落」とを分けて考える方向性が見出されている[18]。それは、日本帝国の侵略戦争において、攻撃・軍事占領の対象としての「アジア」(中国・ビルマ・シンガポール・フィリピンなど)と、「日本帝国の臣民」として総力戦(攻撃・軍事占領)に動員された「植民地」を、異なるレベルで考えようとする方向からの問題提起である。例えば、内海愛子は、東京裁判の際、「中国やフィリピンをはじめとする東南アジアでの戦争法規違反の行為は取り上げられていた」と指摘しているが、それと同時に「植民地問題は全く欠落」していたと述べ、これを訴追努力の重大な不備とみなす立場をとっている。

朝鮮は中国侵略の兵站基地であり、人的物的戦時動員体制でも枢要な位置を占めていた。検察側は、なぜ朝鮮と台湾の植民地支配の問題を起訴の対象からはずしたのか。植民地支配に対する審理の不在。これが、戦後の私たちの植民地認識にも密接に関わってくる。支配がどうおこなわれ、その責任がどうとられるのか、植民地の解放に日本人はどう向き合うのかという反省と思想的葛藤の欠落。東京裁判による不問とGHQによる引き上げ計画が日本人の植民地問題への無自覚を増幅した[19]。

このような線引きは、東京裁判をめぐる「勝者の裁き」神話を越えるための試みであり[20]、近年の東京裁判評価が「植民地問題とふかく関係づけられていること」を示している。だとするなら、先に引用した中野のエッセイにおいて、戦争被害者としての「アジア」の位置づけは、「植民地」の排除の上に編成されるのだが、これは、当時の東京裁判の枠組みと非常に類似したものであったといえよう。しかも、中野のエッセイ「日本が敗けたことの意義」と「むごい人間とやさしい人間——極東裁判の記事を読んで」から浮かびあがる「八・一五」が召喚する記憶は、最初にとりあげた「被圧迫民族の文学」とは異なり、植民地領有の記憶ではなく侵略戦争の記憶だけである。

第1章で言及したが、中野重治らによって一九四六年三月に創刊された『新日本文学』は、文学者の戦争責任を追及しようとしていた。その議論には「八・一五」をめぐる記憶が付随している。『新日本文学』創刊準備号（一九四六・一）に収録されたエッセイ「歌声よ、おこれ――新日本文学会の由来」で宮本百合子は、「十四年前（一九三一年）日本の軍力が東洋において第二次世界大戦といふ世界的惨禍の発端を開くと同時に、反動の強権は日本に於ける最も高い民主的文学の成果であるプロレタリア文学運動をすっかり窒息させた」と述べている。百合子は、このエッセイが執筆された一九四五年一二月八日において、[21]「今日」を「軍事的日本から文化の日本へ」の再出発の時期と捉えている。このエッセイの中で、「文化の日本へ」という言葉が示すように、占領体制に対する批判がなされることはない。ここに「八・一五」という数字は登場しないが、同じ創刊準備号の徳永直が「停戦発表の日」というエッセイで「八月一五日」という日付けを強調しているように、創刊準備号自体が戦争の終りの日として「八・一五」を意味付けているのは確かである。準備号の最初をかざる宮本百合子のエッセイで、「文化の日本」への道を歩むべきものとして示される日本の、「八・一五」を媒介に召喚される記憶は、一九三一年以後の記憶である。

同雑誌の創刊号にのった、クボカワ・ツルジロウ（窪川鶴次郎）のエッセイ「文学史の一齣」にも、一九三一年九月の「満州事変勃発を起点とする十五年間の日本文学は、文学史的には、近代文学における人間中心の文学思想の喪失の過程」であったという指摘がみられる。ここでも一九三一年以後、弾圧をうけたという被害の記憶が編成されようとしているのである。

図6－2 『新日本文学』創刊号の表紙

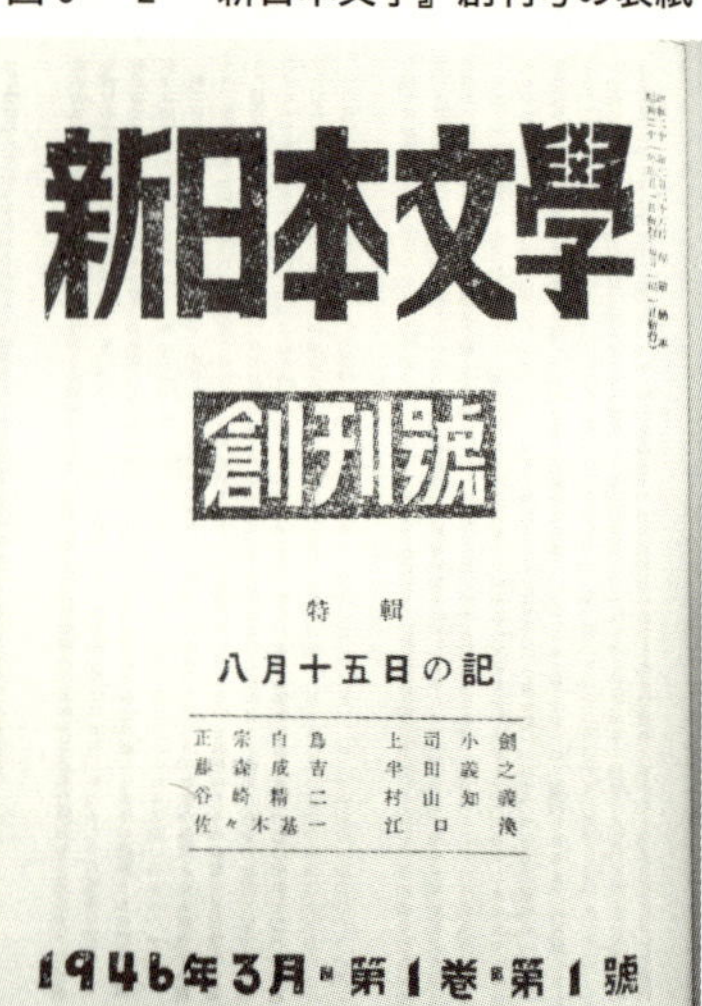

> 十数年に亙って日本帝国の侵略的戦争を指導して来たわが国の軍国主義者たちは、その反動的・反文化的支配を強化するためにすべての進歩的文学者に暴圧を加へ、わが日本文学の民主主義的伝統を根底より破壊し去らうとした。

これは「新日本文学創立の趣意」であるが、「十数年」という数え方から、「八・一五」によって編成される記憶は一九三一年以後の侵略戦争の記憶であり、その内容は侵略戦争の被害者としての他者に関する記憶よりは、「国の軍国主義者たち」の弾圧を受けた被害者としての「進歩的文学者」に関するものに重点がおかれていることがわかる。ここで記されている進歩的文学者というのが、転向を強要されていたプロレタリア文学の書き手であることはいうまでもないだろう。

『新日本文学』創刊号の特集「八月一五日の記」によせられたエッセイには、ある共通項が見出せる（図6—2）。同特集の中で、正宗白鳥は「私は開戦後の事を回顧した。自分の東京の家の焼けた事は甚だ悲しむべき事であった。日米開戦の当日、或会合に出席した時の来会者の心の動揺が思出された」という。江口渙は「こんな馬鹿気た戦争で死んだ人々、戦死者、戦災死者、病死者や戦災者位、気の毒な犠牲はないと思つた。（中略）宣戦の詔勅に署名したのは誰だ、と私は再び心の中で怒鳴つた。（中略）私が治安維持法違反で西神田署の留置場へぶち込まれてゐた時、日支事変が勃発した」と記している。その他の論者たちも「八月一五日の記」という同じタイトルのエッセイに、一九三一年以後の記憶を主に語っている。つまり、『新日本文学』の創刊準備号と創刊号において、中野や百合子をはじめとする新日本文学のメンバーにとって、記号としての「八・一五」は、プロレタリア文学運動への弾圧を起源とする記憶の編成を行う機能をしていたのである。

四　雑誌『新日本文学』と『民主朝鮮』

佐藤卓己『八月一五日の神話――終戦記念日のメディア学』（前掲）によれば、玉音放送のような「国民的出来事」（傍点引用者）は、ドキュメンタリー映画やテレビ・ニュースで繰り返し流される。また、その時代を扱ったドラマや小説も数多く流通している。そうした「メディアによって整理され再編された〈記憶＝歴史〉の上で、私たちは自分の体験を位置づける」のだ。さらに佐藤は、「同時代を生きた人間の記憶も、そうしたメディアが再編した〈歴史化した記憶〉の枠組みから自由には存在しえない」という興味深い指摘をしている。

その意味において、前章で取り上げた『新日本文学』の「八・一五」特集は、〈歴史化した記憶〉

の枠組みの再編に関わっていたことになる。とはいえ、ここで注意しなければならないのは、佐藤の本には、「同時代を生きた人間」として「日本人―国民」だけが想定されていることである。[22] このような枠組みでは、一九四六年という「同時代」、しかも、同じ「東京」で発行された『民主朝鮮』というメディアにおける「八・一五」を媒介とする記憶の編成については、海の向こうにある朝鮮半島のコンテクストに基づいて分析しなければならない矛盾が生じることになる。この問題を、どのように考えればよいだろうか。

雑誌『新日本文学』は創刊以来、『民主朝鮮』誌上で「日本語」による創作を発表していた金達寿ら、在日朝鮮人文学者の主な活動の場となっていた。[23] また『民主朝鮮』には、中野重治・小田切秀雄をはじめ、新日本文学のメンバーによるエッセイや座談会の記録が多くみられる。まず、①雑誌『新日本文学』創立大会の「宣言」と、②『民主朝鮮』創刊号に掲載された元容徳[24]（筆名は林薫）の「在日本朝鮮人聯盟と其の対日態度」（一九四六・四）を読み比べてみよう。

① われわれは今日、日本における民主主義的文学運動組織のために集まった。われわれは、日本における民主主義的文学の創造とその普及、人民大衆の創造的・文学的エネルギーの昂揚とその結集とを自己の任務として自覚し、この任務達成のための基本組織とその活動方針とを決定した。われわれはこの方針の具体化、この具体化におけるわれわれの献身を以て日本の全人民に答へ、同時に全世界の人民、特に中国および朝鮮の人民に答へようとするものである。

一九四五年十二月三十日　新日本文学会創立大会

② 我が在日朝鮮人連盟は我等の当面せる諸問題を日本政府と日本人民に対して一九四五年八月十五日以来戦つて来たのである。だが遺憾ながら我等の努力は現状において満足に表明されてゐない。日本の人民は我等の敵ではない。進歩的日本人民は我等の友である。我等は朝鮮人であるから朝鮮人の利益を代表して戦ふといふのではない。我等は何時でも進歩的日本人民と手を握る用意をしてゐるし又現在も手を握つてゐる。我等の敵は日本人民の敵であり、世界人類の敵である。我等は三十六年間虐げられた感情によつて敗戦日本に権利を主張するのではない。我等は現実に即応し人道的立場に立つて人類の敵であるフアッシヨ、軍事的国粋主義者、強盗侵略的帝国主義者共の反省と自覚を促すのである。

日本の民主主義文学運動の立ち上げを「宣言」した①と、朝鮮人の書き手が日本語の雑誌を発行することへの意味づけを行っている②には、ともに日本・全世界・中国・朝鮮の人民との連携を呼びかける言葉が掲げられていた。いずれも他の人民との連携を呼びかけるために用意されているところは共通しているが、二つの文章には大きな違いが見られる。①の『新日本文学』では、「われわれ」には「日本」という領土が想定され、その空間の外側に「全世界の人民」が位置づけられている。ここには、日本の外部として想定された領土に全世界の人民の一部として中国および朝鮮の人民が置かれている。

しかし、「日本」というナショナルな領土の内側と外側という線引きをしている①と違い、②では世界人類を中心とした枠の中で、日本人民と朝鮮人民が連携することを呼びかけているのである。『民主朝鮮』が「朝鮮人の利益」だけを代表しているのではないことが強調され、ファッショ・軍事的国粋主義者・帝国主義者という共通の「敵」と対立するものとして、我等（朝鮮人）と日本人民が位置づけられている。

二つの雑誌にみられる差異は、「朝鮮の人民」「朝鮮」の表象についても表れている。『新日本文学』宣言の中で朝鮮の人民（日本の外側）と朝鮮は、すでに独立したものとして表象される。しかし、当時の朝鮮半島はソ連とアメリカ軍により分割され、軍事的占領状態にあった。そのため、創刊以来『民主朝鮮』誌上で朝鮮半島とは、いまは「信託統治」からの独立が模索されつつある（金達寿「独立宣言は書かれつゝある」一九四六・四）場であり、「朝鮮」とは、まだ実在しない「来るべき朝鮮」（黄道淵「来るべき朝鮮経済の性格」一九四六・六）として表象されていた。②の『民主朝鮮』は、「敗戦日本」あるいは日本の人民に独立した朝鮮人を対置する一方、朝鮮半島の状況に関する論、すなわち、南朝鮮を信託統治していたアメリカとの関係をめぐっては「独立宣言は書かれつゝある」と記していたのである。

このような構図の違いがあるにもかかわらず、①の『新日本文学』「宣言」について、金達寿は、「日本人からのこういうことばに接したのは、このときがはじめてであった」と回想し、特に中国および朝鮮の人民に答えようとするものであるという言葉に「感銘をうけた」と述べている。[25] つまり、当時の金達寿は、新日本文学会による「朝鮮の人民」の位置づけを肯定的に受けいれたのである。
そもそも、①の創立宣言を通して、新日本文学のメンバーに「同志」としての繋がりを感じたという金達寿が『新日本文学』で活動するようになったのは、小田切秀雄、徳永直、中野重治、平林たい子らが『民主朝鮮』の創刊号から連載されていた「後裔の街」を読んだことによる。[26]金以外にも『民主朝鮮』のメンバーの多くが新日本文学会に入会していたが[27]、その中でも金は、一九四六年一〇月、第二回大会の中央委員会で常任中央委員に選ばれることになる。このように、『新日本文学』と連帯関係にあった『民主朝鮮』誌上では、「八・一五」を媒介に、どのような記憶が召喚されていたのだろうか。『民主朝鮮』の創刊号から、その糸口をさぐってみたい。『民主朝鮮』創刊号には、一一編のエッセイが載っている。しかし、それらは、執筆者を集めることができなかったため、実際は、元容徳と金達寿の二人によって書かれたものであった。[28]
創刊号に収録された引用②において、元容徳は、「我等の敵は日本人民の敵であり、世界人類の敵である」とし、日本の人民との連帯関係を強調している。しかし、彼にとっての「八・一五」は、「三十六年間虐げられた感情によつて敗戦日本に権利を主張するのではない」という発言からうかがえるように、日本が朝鮮を領有した一九一〇年以後のことを意味していることがわかる。
金達寿はエッセイ「八・一五以後の朝鮮文学運動」(『民主主義文学運動』一九四八、新日本文学会)で、「八・一五」は、「半世紀に達する長い期間にわたつて日本帝国主義の封建的植民地政策に押さえつけられていた朝鮮の文学をも解放しその新しい可能性と広汎な発展を約束した日であつた」と説明している。

金にとっても「八・一五」は一九一〇年以後の記憶を召喚する記号なのである。それは、創刊号に白仁という筆名で、金が書いたエッセイ「独立宣言は書かれつゝある」にもあらわれている。彼は、「帝国主義日本によつて過去三十六年間肉を剥がれ、血を搾り取られた朝鮮三千万民族は遂に歴史的一九四五年八月十五日」を迎えたというが、「三十六年間」という言葉に注目しなければならない。『民主朝鮮』の「創刊の辞」にも「朝鮮の歴史、文化、伝統」が「過去三十六年といふ永い時間を以て歪められた」と書かれているが、「三十六年間」というのは、日本による植民地支配の期間にほかならないのだ。

『民主朝鮮』誌上の「八・一五」は、日本が朝鮮を植民地化した時点からの記憶を召喚する記号である。『新日本文学』の「新日本文学創立の趣意」における「十数年」という記憶の遡及とあわせて考えると、『新日本文学』と『民主朝鮮』の「八・一五」をめぐる記憶の編成の差は、一目瞭然である。

このように、第二次世界大戦直後において中野重治をはじめとする新日本文学会側の「八・一五」言説は、一九三一年以後の記憶の構築にほかならず、日本の侵略的植民地獲得のはじまりをめぐる記憶が意識されていたとは言いにくいのである。一方『民主朝鮮』誌上で、「日本の人民」、すなわち被支配者側に属するもの同士の階級的連帯が訴えられていたとはいえ、金達寿ら『民主朝鮮』のメンバーにとっての「八・一五」言説は、一九一〇年以後の記憶の構築であったのである。

『民主朝鮮』の一九四七年三・四月号には、中野重治のエッセイ「四人の志願兵」が載っている（**図6―3**）。朝鮮へ帰る途中の四人の志願兵に、植民地朝鮮の独立後の状況を語るという体裁をとっ

図6－3　中野重治「四人の志願兵」が掲載された『民主朝鮮』1947年3／4月号は、3・1独立運動記念号であった。

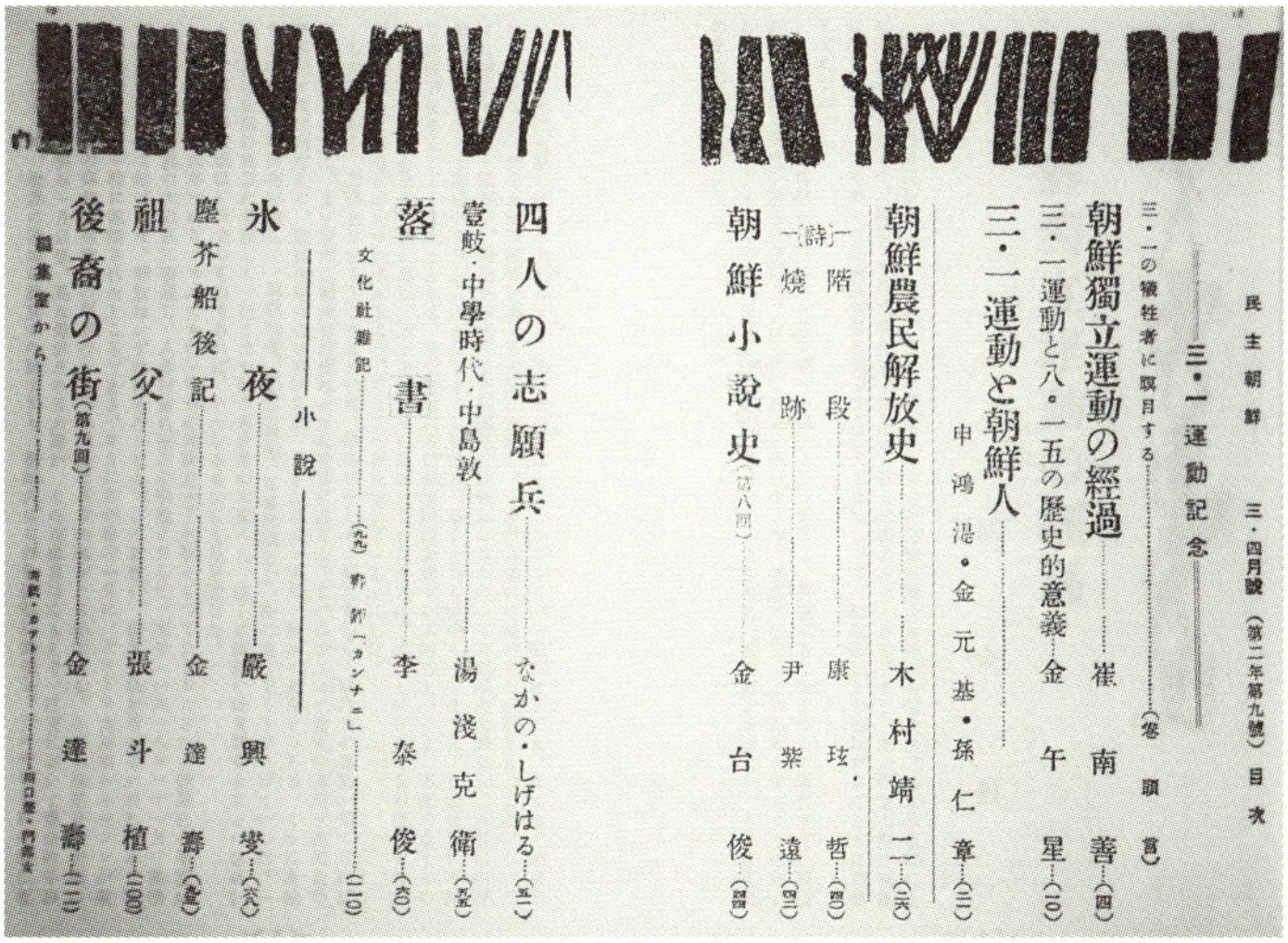

民主朝鮮　三・四月號（第二年第九號）目次

三・一運動記念

三・一の犠牲者に瞑目する……（卷頭言）
朝鮮獨立運動の經過……崔南善…（四）
三・一運動と八・一五の歴史的意義…金午星…（一〇）
三・一運動と朝鮮人……中鴻湜・金元基・孫仁章…（一三）
朝鮮農民解放史……木村靖二…（二六）
〔詩〕階段……康玹哲…（四〇）
燒跡……尹紫遠…（四三）
朝鮮小說史（第八回）……金台俊…（四四）
四人の志願兵……なかの・しげはる…（五一）
壹岐・中學時代・中島敦……湯淺克衛…（五五）
落書……李泰俊…（六〇）
文化能雜記……（九九）
「カンナニ」……（一一〇）

小說

氷夜……嚴興燮…（六八）
塵芥船後記……金達壽…（八五）
祖父……張斗植…（一〇〇）
後裔の街（第九回）……金達壽…（一一一）
編集室から

ているが、この号は一九一九年の「三・一独立運動」の特集号であった。『民主朝鮮』において、植民地時代の「三・一独立運動」は、「朝鮮半島より世界に向ひ自由と解放を絶叫した朝鮮民族史上の劇的な日」として意味づけられている(29)。また、『民主朝鮮』誌上で三・一独立運動が語られる際には、必ずといっていいほど日韓併合の記憶が語られるのである。

> 八・一五この日は、わが民族として永久に忘れることのできない解放記念日である。しかし、これと同時に一九一九年三月一日もまた永久に記念しなければならない。今日のわれらの解放は、勿論自力をもつて戦取したのでなく、連合国の勝利によつて獲得したのである。これに対しわれらは、連合国に心より感謝を捧げる。しかし、もし

も、わが血に綴られた闘争史が朝鮮民族の自主独立、抗日戦への功績が国際的に認められなかつたならば、朝鮮は、結局主人をとりかへるのみで、民族的解放を獲得し得なかつたであらう。（中略）三一運動が蒔いた種子が今日にいたつて国際的な有利な条件としてその結実を獲得したとみて正当である。しかし、われらが注意すべきことは、三一運動の意義を強調することによつて今日のわが民族の解放が、国際的路線において獲得されたという事実を忘却してはならない。

右は中野のエッセイが載っていた「三・一運動記念」号の「三・一運動と八・一五の歴史的意義」（金午星）からの引用である。以上のように、『民主朝鮮』で三・一独立運動が繰り返し強調されるのは、植民地の独立が植民地人自身の手によって獲得されていないという負い目のあらわれである。それはちょうど「四人の志願兵」というエッセイで現在と未来の朝鮮について語る中野が、プロレタリア運動側による「終戦」が実現できなかったという負い目から、帝国主義日本の被害者側として初期プロレタリア運動の記憶の編成をはかったことと類似しているといえよう。

「八・一五」をめぐる言説において、『新日本文学』と『民主朝鮮』の記憶の編成にはズレがある。にもかかわらず、双方の「連帯・友情」を語る言葉は、『新日本文学』の戦争責任追及の枠組みを金達寿が容認する効果を生んでしまうのである。

『新日本文学』と『民主朝鮮』の連帯、双方による一九四六年頃の「八・一五」をめぐる記憶の分有と共有を考えるためには、一九五一年前後の言説とあわせて考えてみる必要があった。中野重治の

「被圧迫民族の文学」のように、一九五一年九月の講和条約下での日本対アメリカの関係を説明する際には、日本による朝鮮の植民地支配の記憶が召喚されている。日清戦争後の台湾領有の記憶が呼び起こされることがなかったことからわかるとおり、日韓併合の記憶の召喚は戦略的だったといえるだろう。

また、第二次世界大戦直後には、中野重治と、金達寿のような朝鮮人作家が、「八・一五」の記憶内容は完全に一致した形で共有していなかったとはいえ、講和条約以後の「日本」対「アメリカ」の位置づけに関して共通の視点に立ってしまう現象がこの時期に起きていたのは確かであろう。そのため、現在の研究状況がそうであるように、当時の言説を捉える際、日本のマジョリティによる文学と在日朝鮮人による文学というエスニック・アイデンティティに基づいた線引きからは生産的な議論が生まれにくいのである。

したがって、第二次世界大戦直後の文学の状況を考える場合、戦争あるいは、植民地の記憶の重なりとズレに注目すべきであり、一九五〇年代という時間を、東京という空間で「共に」生きた「人々」による言葉の交錯を同時にとらえる視点を獲得することが肝要なのだ。

注

（1）佐藤卓己・孫安石編『東アジアの終戦記念日——勝利と敗北のあいだ』（二〇〇七、ちくま新書）。

（2）近年のもっとも分かりやすい例は、二〇〇六年八月一五日、当時の首相・小泉純一郎による靖国神社への参拝であろう。同日、彼は、政府主催の全国戦没者追悼式で、一九九三年の細川護熙元首相以来続いている「アジアへの加害責任」について言及している。靖国に参拝したこと以外、この日が例年と違うことといえば、参拝後の記者団の質問に、韓国と中国の「内政干渉」に屈しない初めての日本の首相を演じてみせたことである。彼は、就任以来の「終戦記念日の参拝を見送ってきた」理由との整合性について聞かれ、「過去五年間の経験を踏まえている。いつ行っても争点、騒ぎ、国際問題にして混乱させようとする勢力」があると答え、内部の批判は外交問題に起因していると強調した（二〇〇六年八月一五日の靖国参拝後の記者団に対する発言は、同日の共同通信配信の記事からの引用）。

彼は、韓国と中国だけ（あるいは、両国を意識している勢力）が問題にしているA級戦犯は、すでに戦争責任をとり、刑を受けていると主張した。その上、参拝とは、「日本の文化」であり、「特定の人」のためではなく「戦没者全体に対して哀悼の念を表すため」の行為であったと意味づけている。彼は、ナショナルな境界外の者には理解しえない我々の「心の問題＝聖域」としての靖国（英霊＝聖域）を浮上させている。

だが、彼の任期中（二〇〇二・四）に義務教育の場で配布された『心のノート』の戦略とあわせて考えると、彼のいう境界内の「心」とは、コントロール可能なものなのだ。彼の政権下で、「文化に親しんで国を愛する心」（小学校三・四年生用）、「郷土や国を愛する心」（小学校五・六年生用）は、「日本の文化」として強制されていたのである。しかも、集団的自衛権をめぐる議論が行われている時期に、「八・一五」と靖国の参拝を接合させることは、国家のための戦争への動員を美化するイデオロギーになりかねない。また、韓国と中国政府からの抗議を口実に、「靖国」が戦争をめぐるナショナルな記憶のイコンとして正当化される。それと同じ構図で、「靖国」により、韓国と中国のナショナリズムが補完されるという悪循環が生まれることになったのである。

（3）第三巻の序には、この巻の編集方針が示されている。「他の巻と同様、この第三巻でも、編集者はその責任において一定のワクをつくり、そのワクについて執筆者とある程度の打ち合わせをしただけであって、その他の一切のことはすべて各執筆者の自由裁量にまかせてある。(中略)各項目はそれぞれ独立性を保っており、独立であることを通じて全体として一つの問題追及に協力する形をとっている」。

(4) 無署名。編者は伊藤整、猪野謙二、桑原武夫、西郷信綱、竹内好、中野好夫、野間宏である。

(5) 日本の近代化の過程における戦争の問題を意識する場合、「第二次世界大戦」という言葉より、「アジア・太平洋戦争」という時間・空間軸を充分意識した言葉を考えなければならないのは確かである。また、それらはいずれも「植民地の支配」の記憶を忘却させる役割を担っていたことも確かである。このような問題を意識しつつ、第Ⅲ部では、あえて「第二次世界大戦」という言葉を使用する。なぜなら、第Ⅲ部の趣旨は、日本による中国の軍事侵攻を太平洋戦争の誘因と見なす意味を持っている「アジア・太平洋戦争」という出来事の内容を問うところにはないからである。ここで取り上げるエッセイにおいて、「日本」とは、「アメリカ」に対する敗戦国を意味していた。「第二次世界大戦」という言葉の使用は、その構図を浮き彫りにするための選択である。

(6) 本文の引用は『岩波講座　文学』第三巻(一九五四)による。一八六〜一八七頁。

(7) 一八七頁から一九〇頁まで、約四頁にわたって条約内容の引用が並べられている。

(8) 解散の理由は「両団体が反占領軍行為と暴力主義の是認の行為のあったことによる」とある(「朝連、民青の解散について」九月八日、日本共産党中央委員会組織活動指導部、市民対策部から各府県地区委員会宛指令。朴慶植編『朝鮮問題資料叢書　第一五巻　日本共産党と朝鮮問題』一九九一、アジア問題研究所)。金達寿は「朝連」解散日の記憶をエッセイ「一九四九年九月八日の記録」(『民主朝鮮』一九五〇・五)に書いている。

(9) 金日康「『民主朝鮮』と在日朝鮮人の地位」(復刻『民主朝鮮』別巻、一九九三、明石書店)参照。

(10) それ以後『民主朝鮮』は、一九五〇年六月号と一九五〇年七月号を出した後、朝鮮戦争の勃発の影響によって廃刊した。金達寿は、この時期の経緯について、「入党と分裂の波の中で」(『金達寿小説全集』第三巻、一九八〇、筑摩書房)で詳細に書いている。

(11) 在日朝鮮人の国籍剥奪については尹健次『日本国民論――近代日本のアイデンティティ』(一九九七、筑摩書房)の第三章「『帝国臣民』から『日本国民』へ――国民概念の変遷」に詳しく論じられている。

(12) 鄭暎惠「『戦後』つくられた植民地支配――『在日韓国朝鮮人』からの日本国籍剥奪」(『ナショナリズムを読む』一九九八、情況出版)。

(13) 日本文学協会第九回大会報告集、一九五四年六月(『国民文学の課題』一九五五、岩波書店)。

(14) 以下、引用は『国民文学の課題』(前掲)による。

(15) 金達寿「わが文学と生活 六――『民主朝鮮』と『新日本文学』のこと」(『金達寿小説全集』第五巻、一九八〇、筑摩書房)には「朝日新聞に『後裔の街』についての平林さんのアンケートがのったあとだったか、さきだったかは忘れたが、私は、当時、新進文芸評論家としてひとり快進撃をつづけているといった印象の小田切秀雄から、やはり『後裔の街』を読んでいるというはがきか手紙を受けとった。そして中野重治と二人で推薦するから、そのころできたばかりの新日本文学に入会しないか、というのであった。(中略)このようにして、私はもう一つの波乱多かった組織である新日本文学会にも深くかかわって行くことになるのである」とある。

(16) 許南麒は、一九四六年七月、『民主朝鮮』に「磯にて」という詩が載って以来、同雑誌への作品の掲載回数は金達寿と李殷直につづいて三番目に多い(徐龍哲「在日朝鮮人文学の始動――金達寿と許南麒を中心に」、復刻『民主朝鮮』別巻、前掲)。そのなかには、詩集『朝鮮冬物語』(一九四九、朝日書房)に結実する「朝鮮風物詩」の連載(七回)が含まれている。

(17) 例えば、エッセイ「文学と太平洋戦争」(『日本文学の諸問題』前掲)では、「天皇の政府」や「天皇の軍人」の戦争責任を強調した上、文学者の戦争責任について次のように述べている。「軍人と役人と文学の裏切りものたちとが結束して文学を破り、国民を文学から封鎖し、似而非文学によつて国民を戦争に駆りたてた。その結果は説明するをまたない。そこでここに戦争にたいする文学と文学者との責任の問題が出てくる。日本文学における戦争責任者の問題が出てくる。この種の犯罪人の文学世界からの駆逐の問題が出てくる。文学上の戦争犯罪人は徹底的に駆逐されねばならない。日本の文学はこの犯行から自己を浄めねばならない。国民はその文学生活を浄めるためにこの犯罪人を駆逐せねばならない。これが、文学上の戦争犯罪人駆逐の根本立場である。」

(18) 保阪正康・吉田裕・内海愛子・大沼保昭「連続討論戦後責任」(『世界』二〇〇三・一)、戸谷由麻『東京裁判——第二次大戦後の法と正義の追求』(二〇〇八、みすず書房)を参照。

(19) 内海愛子の発言(保阪正康・吉田裕・内海愛子・大沼保昭「連続討論戦後責任」前掲)。

(20) 東京裁判に対する、粟谷憲太郎『東京裁判への道』下(二〇〇六、講談社)と戸谷由麻『東京裁判——第二次大戦後の法と正義の追求』(前掲)の論点の違いは非常に興味深い。粟谷は、「勝者の裁き」の側面より、「日米協調で裁きを免れた」事柄に対して注目すべきであると述べている。粟谷は、「日本の植民地支配における朝鮮人強制連行、〈従軍慰安婦〉問題、毒ガス戦など、ニュルンベルク裁判と比較して審判を免れた戦争指導者や重要な出来事が多いのが特徴的」(粟谷、前掲、一八三頁)であると主張した。それに対し、戸谷は、東京裁判が「〈復讐裁判〉ではなく、曲がりなりにも法の支配を遵守した司法機関だった」と評価し、「従軍慰安婦・南京事件」など、今までなら「アジアの軽視」「アジアの不在」の証拠として取り上げられた公判資料に注目し、それらの「戦争犯罪」に対する「訴追努力」の方に目を向けている。

(21) 準備号の九頁には一九四〇年一二月八日と記されているが、これは一九四五年の間違いである。それは、宮本百合子自身が本文の中で、「十四年前」のところに「(一九三一年)」と書き加えているところからもあきらかである。

(22) 私が言いたいのは、佐藤氏の著書において「アジア」に対する視点が欠落しているという単純な批判ではない。また、佐藤氏が国民国家の形成に対するメディアの役割を看過しているわけではない。しかし、例えば、二一七頁から始まる「アジア近隣諸国の〈国定〉教科書」という見出しが物語るように、同書の枠組みに従えば、他者はつねに「国境」という境界の外側にあることになる。それによって、姜尚中のいう植民地時代の「リビング・エビダンス」としての「在日」（座談会「歴史のなかの〈在日〉」『環』二〇〇二・秋、藤原書店、五八頁）の問題、「ニューカマー」など新しい移動などによる、日本の社会を構成する多様な人々の存在が遠景に追いやられてしまう危険があるのである。

(23)「当時いっしょに入会した者に、これもやはり『民主朝鮮』の仲間が主だったが、私のほかにも朝鮮人がいく人かいたのである」（金達寿「事実を事実として」『新日本文学』一九五七・七）。一方、入会後の『民主朝鮮』の執筆紹介には、新日本文学会での肩書きが記されるようになった。

(24) 元容徳は「十月十日、マッカーサーの政治・思想犯釈放指令によって出獄した一人で、以後、英語がよくできたところから『朝連』神奈川県本部の外務担当常任となっていた」（金達寿『『民主朝鮮』と『新日本文学』のこと」前掲）。

(25) 金達寿「『民主朝鮮』と『新日本文学』のこと」（前掲）。

(26) 一九四四年回覧雑誌『鶏林』に二章まで、『民主朝鮮』創刊号から一〇号（一九四七・五）まで連載（『後裔の街』一九四八、朝鮮文芸社の「あとがき」参照）。

(27) 金達寿「事実を事実として」（前掲）。

(28)「主幹としての元容徳が〈創刊の辞〉を書き、編集長としての私が〈編集後記〉を書くということで、雑誌『民主朝鮮』は二人の合作によってできたものだった。（中略）草創のことで執筆者をえることができなかったところから、二人がそれぞれいろんなペンネームを用いて、全頁のほとんどを埋めたものであった。すなわち、創刊号目次にある『金達寿、孫仁章、金文洙、朴永泰、白仁』は私であり、『元容徳、金哲、林薫』は彼だったのである（金達寿「『民主朝鮮』と『新日本文学』のこと」前掲）。

(29)「三・一とは一九一九年三月一日、亜細亜洲東半島に突出した朝鮮半島より全世界に向ひ自由と解放を絶叫した朝鮮民族史上はたまた世界史上空前絶無の劇的な日である。（中略）一九〇九年侵略の野獣的な軍靴は遂に悠久半万年の深い夢より未だ醒めぬ祖国朝鮮を踏みにじつてしまった」（金哲（執筆は元容徳）「三・一とはどんな日か」『民主朝鮮』創刊号）。

第7章　「植民地・日本」という神話

一九五〇年六月、朝鮮半島では、戦争が勃発した。この戦争は、アメリカを中心とする国連軍とソ連・中国軍が参戦することによって、分断を固着させまいとする朝鮮半島内の地域戦争の要素に、世界戦争の要素が複雑に絡むことになる。そこで浮上するのは東アジア冷戦体制である。朝鮮半島の左派と右派は、それぞれ共産勢力、反共勢力と連帯し、戦った[1]。大韓民国の側にはアメリカを中心とする連合軍が参戦し、日本政府も積極的後方支援を行うが[2]、日本の内部ではそれとは別の形の「共闘」が発生していた。

日本の内部の「共闘」は、「日本人」と「朝鮮人」の民族的な連帯として表象され、多様な議論が行われてきた。例えば、道場親信は、「明確に〈この戦争に反対〉の立場をとったのは日本共産党と在日朝鮮人であった」と指摘し、両者がともに闘ったことを、「東アジアにおける革命の一環として朝鮮解放を支持し、(中略) 民族を超えて共闘する、という経験」として説明している。道場は、日本人共産主義者による朝鮮人運動の衛星化と民族問題への取り組みの弱さを指摘するものの、「〈祖防〉と〈民戦〉の戦いは独自の在日朝鮮人運動であって、日本共産党に隷属した運動ではけっしてなかった」という脇田憲一の『朝鮮戦争と吹田・枚方事件』(二〇〇四、明石書店)に記された証言を援用しながら、「日本共産党と在日朝鮮人」の共闘を高く評価している。[3]

しかし、文京洙のように共産党への批判的立場から共闘を捉えている論者もいる。文京洙は、当時、共闘を経験した朝鮮人側の証言として「共産党にひきずられた」「利用された」という批判的な声を提示し、大阪の吹田・枚方事件など、「日本共産党の軍事路線は、この党と在日朝鮮人を日本社会のなかで絶望的なまでに孤立させることになった」と述べている。[4] 文京洙の論に引用された朝鮮人の声は、道場が拠った証言とは異なる視点からの証言であり、そこにこの問題の複雑さがあるといえよう。

文学研究の立場から「共闘」の問題を考える佐藤泉は、分裂状態にあった日本共産党による反戦活動より、レッドパージの結果として共産党の細胞がなくなった東日本重工(現・三菱重工)の活動に注目し、それを「自然発生の反戦活動」と意味づけている。労働運動の場における共闘の問題については次章で論じることにするが、佐藤は、日本占領を「戦後日米関係という閉鎖空間においてのみ表象し記憶するようになった後の文芸評論は、その枠組み自体が朝鮮戦争のさなかに確立されたものであることを忘却したため」、サークルのレベルでの「反戦＝文化活動をも忘却することになる」と批判している。そこには、国際派と所感派の対立を軸とする五〇年問題の枠組みにとらわれない「反戦・文学活動」に関する研究の可能性が示されている。[5]

このように、道場と佐藤は、共闘を五〇年問題と朝鮮戦争という同時代のコンテクストに位置づけ、再検討している。それに対し、文京洙は歴史的時間軸を一年前にずらし、日本共産党の朝鮮人党員の死活問題であったはずの在日本朝鮮人連盟（以下、朝連と略す）解散及び全財産没収について、朝鮮戦争時のような共闘が不在であったことを指摘している。また、三者は「共闘」の場における朝鮮人と共産党の係わり方をめぐり異なる見方を提示しているが、その一方で、当時の「共闘」が朝鮮戦争を契機とした民族単位（日本人と朝鮮人）の連帯であったという認識が共有されているのである。

前章で論じたように、朝鮮戦争の最中であった一九五一年九月九日のサンフランシスコ講和条約および日米安保条約を契機に、「日韓併合」の記憶が浮上することになる。この時期の「共闘」の場において前景化された「植民地」の記憶をどのように考えればよいだろうか。まず、着目しておきたいのは、民族単位で連帯の問題を考える議論には、「八・一五」を媒介とする朝鮮側の三六年間と日本側の一六年間という記憶編成のズレに対する視点が見落とされていることである。それは当時の枠組みに仕掛けられた落とし穴でもある。なぜなら、例えば、第6章でみたとおり、『民主朝鮮』と『新日本文学』の時間軸のズレは、不可視の領域に追いやられており、両者の連帯関係ばかりが前景化されてしまう構図が、すでにこの時期には編成されていたからである。

本章では、このようなズレを意識しながら、一九五〇年前後の小説家「金達寿（キム・ダルス）」・詩人「許南麒（ホ・ナンギ）」の受容と、同じ時期の金達寿の短編「眼の色」（『新日本文学』一九五〇・一二）をめぐる論争をとりあげてみたい。「眼の色」をめぐっては、金達寿と部落解放近畿地方協議会との間に論争が起きている。

その根底には、日本共産党党員としての金達寿の対応を求める力学が働いていた。あまり知られていないこの論争と金達寿や許南麟の登場をてがかりとしながら、一九五〇年前後における、「共闘」する主体と「抵抗」する主体の交錯について考えてみたい。

一　金達寿と許南麟

朝鮮戦争が勃発した一九五〇年、民主主義文学運動における大きな出来事の一つに、雑誌『新日本文学』と『人民文学』の対立がある。一九五〇年一月六日、コミンフォルム（モスクワの共産党・労働党情報局）の機関紙に「日本の情勢について」が掲載され、当時、日本共産党の指導方針として採用されていた野坂参三の平和革命路線が徹底的に批判される。(6)「植民地収奪者」である「アメリカ帝国主義者」との戦いを促す、このスターリンの論文（無署名で公表）に対する日本共産党側の反応が示されたのは、一月一二日である。日本共産党は、「所感」を発表し、これまで占領軍の政策転換に対抗する過程で、野坂理論の欠点は実践的に克服されたと釈明した。しかし、それから一週間後の一九日、共産党拡大中央委員会は「所感」を撤回し、コミンフォルムの批判を全面的に受け入れる。

この論文への対応をめぐって、日本共産党は徳田球一らの主流派（所感派）と宮本顕治を中心とする反主流派（国際派）に分裂し、深刻な対立状態に陥ってしまう。結局、所感派主導のもとで平和革命路線は放棄され、三月には「民族の独立のために全人民諸君に訴う」という中央委員会の声明が、そして五月には、「来るべき革命における日本共産党の基本的任務について」が発表され、反米と社会主義革命に向けた「武装闘争」へと方針転換を行うことになる。それをうけてSCAP（連合国軍最高司令官 Supreme Commander for the Allied Powers）と日本政府は、日本共産党中央委員二四人の公式追放を指令し、朝鮮戦争の勃発後には、団体等規制法違反を理由に徳田球一らに逮捕状を出す。このような過程のなか、所感派と国際派の対立は激化していくのである。

一九四五年以後、日本の民主主義文学運動をリードしていた新日本文学会と日本共産党臨時中央委員会の対立が表面化したのは、一九五〇年一一月の『人民文学』の創刊を契機としている。そもそも新日本文学会は「分派問題は、あくまで政党内部の問題であって、新日本文学会の問題ではない」という立場をとっていた。[7] しかし、新日本文学会から離れたメンバーによって『人民文学』が刊行されると、その創刊号の編集後記には、「最近新日本文学会の一部のものが中央グループの名を僭称して、ひそかに頒布した反党的な、かく乱的な『声明書』には絶対に反対の立場に立つものである」と記されていた。『人民文学』が批判する「声明書」とは、一九五〇年八月に日本共産党新日本文学会中央グループの名で発表された「党中央に巣くう右翼日和見主義分派に対するわれわれの態度」のことである。この声明に対し、日本共産党臨時中央指導部は「新日本文学会中央グループ内の一部分派主義者の声明書について」（『党生活指針』第六〇号、一九五〇・九・一二）をもって応戦した。

しかし、本多秋五によれば、「両方とも党員めあての、あるいは主として党員めあての秘密文書であったから、当時われわれにとっては存在しないも当然であった」という。[8] 結局、具体的な対立の状況が露呈するのは、『人民文学』の創刊と、創刊号の「編集後記」を通してである。中野重治、野間宏、宮本百合子、小田切秀雄など、著名な文学者が巻き込まれたために、日本の文学史の一九五〇年は、雑誌『新日本文学』と『人民文学』の対立を軸に構成されてきた。この両誌の対立は一九五一年頃から激しくなっていくが、ちょうどこの時期、小説家・金達寿、詩人・許南麒は高い評価を得ることになる。

独立以後、金達寿と許南麒は『民主朝鮮』誌上に多くの作品を発表していた。この雑誌には、新日本文学会のメンバーをはじめ、日本人の書き手が数多く登場している。朴鐘鳴による『民主朝鮮』の「執筆者分類」には、座談会も含む執筆者四〇九人のうち、一〇三人（約二五％）が日本人の書き手であったと記されている。[9] 日本人の書き手の場合、エッセイや座談会への参加が主なものであった。それを合計した頁数はさほど多くないとはいえ、当時の文壇の錚々たるメンバーが網羅されている。例えば、伊藤整は「民族の言葉と文学」（一九四七・一〇）というエッセイを書き、「新しい朝鮮に期待する」（一九四七・五）という座談会に参加している。この座談会には、細川嘉六、藤森成吉、平林たい子、伊藤整、中西功、徳永直、山川均など、幅広い立場の知識人が名を連ねている。小田切秀雄はエッセイを三回書き、[10] 座談会「民主民族文学の諸問題」（一九四九・七）にも出席している。[11] 中野重治が参加した座談会「東洋民主主義革命の進展」は、朝鮮人・中国人・日本人という構成で行われていた。[12]

ところで、金達寿ら、朝鮮人の書き手が『新日本文学』誌上に登場するようになったのはいつごろなのだろうか。前章で言及した通り、金達寿は、一九四六年一〇月の新日本文学会中央委員会で常任中央委員に選ばれている。にもかかわらず、はじめて彼のエッセイ「八・一五」が『新日本文学』に掲載されたのは、一九四七年一二月号である。入会から四年間、『新日本文学』誌上に彼の文章が掲載されたのは、僅か三回（エッセイが二編、短編『八・一五以後』）だけである。ところが、一九四九年を境に『新日本文学』誌上には、許南麒の詩や、金達寿の短編など、朝鮮人の書き手の創作が増え、一九五二年一月からは、金達寿の『玄海灘』が連載される。また、この頃から、金達寿の活動の場は、『世界評論』『潮流』『世界』『中央公論』『文学』『近代文学』『婦人公論』『中央公論』『改造』などへと広がった。(13)

金達寿の最初の長編『後裔の街』の出版過程においても、類似した動きが見られる。『後裔の街』は、一九四八年三月、彼の初の長編小説として朝鮮文芸社より刊行され、その一年後には世界評論社（一九四九・五）から再刊行される。朝鮮文芸社版には小田切秀雄の跋文がつき、著者の「あとがき」にも小田切への謝辞が述べられている。このテクストの出版事情について、初版刊行の五か月後、水野明善（「相談して合併した」『新日本文学』一九四八・八）は、次のように述べている。

金達寿のこの大きな達成は、かならずしも日本の文学者によって積極的にとりあげられているとはいえない。『後裔の街』の跋文をかいた小田切秀雄がこの出版をあっせんしようとつとめたとき、ある日本人出版社が部数を千部に標準以下の印税を条件としてしかうけあおうとしなかったそうで、結局朝鮮人出版社からだされたのだが、このようなことは日本文学にとって、また日本の人民にとってたえがたい屈辱でさえあるはずだ。

一九四八年において、金達寿の名による小説の発行は厳しい状況にあったことがわかる。朝鮮文芸社版は、金が「十分満足すべき反響」を得たと述べている通り、『新日本文学』を始め、「数十人の日本の進歩的な批評家・作家」によって紹介されることになる。[14]世界評論社版『後裔の街』には、朝鮮文芸社版の小田切秀雄の跋文が転載され、蔵原惟人の「推薦のことば」が新たに収録された。

『後裔の街』以後、彼のテクストは、『玄海灘』（一九五四）が筑摩書房から刊行されるなど、日本の著名な書き手と同様に、メジャーな出版社を通して出されるようになる。この現象については、一九五〇年前後に許南麒の詩集が集中的に発刊され、高い評価を得ていたことと合わせて考える必要があるだろう。世界評論社版の『後裔の街』出版と同じ年（一九四九年）に、許南麒の初めての詩集『朝鮮冬物語』が朝日書房から刊行される（一九五二年には青木文庫に収録）。この詩集には中野重治の跋文が付されていた。その後、『日本時事詩集』（一九五〇、朝日書房）『長篇叙事詩集　火縄銃のうた』（一九五一、朝日書房。一九五二年には青木文庫に収録）『朝鮮はいま戦いのさなかにある』（訳詩集、一九五二、三一書房）が出版され、話題になる。このような流れを考えると、一九五〇年前後の、小説家「金達寿」と詩人「許南麒」[15]が流通する場において、『民主朝鮮』と『新日本文学』の連携が始まった一九四六年とは違う、何らかの変動が起きていたとみるべきであろう。

例えば、『後裔の街』の朝鮮文芸社版と世界評論社版の間には、金達寿のテクストに対する評価の変化が見られる。一九四八年の小田切秀雄の跋文に強調されていたのは、朝鮮と日本の「豊かな交流・提携」であった。それに対し、一九四九年の蔵原の「推薦のことば」では「現在の我々にとっても無縁ではない民族独立の問題を主題として注目すべき作品」であると評価されている。すなわち、小田切のいう「民族の提携」と、蔵原のいう日本人にとって無縁ではない「民族独立の問題」という主題への評価の間には、微妙な落差があった。二つの記号をとりまく構図には、金達寿と許南麒の作家的な成熟に伴う結果として処理することのできない問題が内包されているのである。それが、小田切や中野のような日本人の書き手との「友情・連携」という言葉で脱歴史的に語られるべき出来事ではないのはいうまでもない。

二 「抵抗」する主体の編成

金達寿と許南麒に対する評価は、各々のテクストの分析に基づくものではなく、むしろ二人のテクストの中から「民族」を見出すことで編成される。前章で既述したように、二人に対する評価は、一九五一年九月に調印されたサンフランシスコ講和条約（一九五二年四月二八日に発効）への抵抗の言説と交錯している。すなわち、中野重治のいう「被圧迫民族の文学」として「日本文学」を捉える動きと連動していたのである。

例えば、一九五四年の日本文学協会第九回大会において、『玄海灘』は、「私たちが規定されている民族解放という国民的課題をテーマ」にしたものとして高く評価される。許南麒の詩も、歴史学の石母田正によって注目されていた。[16]石母田は、一九五一年九月のサンフランシスコ会議を契機に「民族を発見」し「自分の歴史の表現を見出した」と述べ、当時の若者たちの間でも愛誦されている「朝鮮が生んだすぐれた詩人」として許南麒を紹介し、[17]「榮山江」と「火縄銃のうた」を長く引用している。特に石母田が注目する「火縄銃のうた」は、植民地朝鮮における独立運動の記憶を詠った叙事詩である。このように「金達寿」と「許南麒」の名が広く知られるようになった時期に、二人は五〇年問題のあおりをうけ、所感派と国際派へと分かれることになるわけだが、金と許のテクストがそれぞれの政治的な立場の相違を越えて、酷似した評価軸のもとに受容されていることに注目すべきである。国際派を選んだ金達寿は、朝鮮人党員の中で孤立していたようである。

在日朝鮮文化団体連合会（「文団連」）の名ばかりの一人にもなっていた。「文団連」は、一九五一年一月に半非合法のような形で結成された在日朝鮮統一民主戦線（「民戦」）の一翼となっているものだった。「民戦」はさきに解散させられていた在日朝鮮人連盟（「朝連」）の後身としてできたもので、それはやはり、日共（「主流派」）の民族対策委員会（「民対」）によって指導されているものであった。それで私は、「あいつは国際派だ」ということで、文団連でも白眼視される存在だった。[18]

朝鮮総連の解散以後、在日朝鮮統一民主戦線（以下、民戦と略す）が組織され、金達寿は、民戦の中の在日朝鮮文化団体連合会（以下、文団連と略す）に参加していた。民戦の内部は、日共（主流派）が力を持っていたとはいえ、民族主義者の李康勲（イ・ガンフン）が議長を務め、日共祖国派の韓徳銖（ハン・ドクス）なども一定の勢力を維持していた。[19] ただし、文団連が、日本共産党の主流派の指導下にあったのは確かで、金達寿は国際派に分類され、朝鮮人党員の批判を受けていたのである。

ともに『新日本文学』を活動の場としていた金達寿と許南麒だったが、金は『新日本文学』誌上で、許は『人民文学』で、それぞれの小説や詩を発表していく。そして、「日本人」と「朝鮮人」の「共闘」が行われたと言われる朝鮮戦争の最中に、金と許は、分裂した日本共産党の当事者としての「私」を語ることになる。では、はたして「私」という一人称と「共闘」をめぐる言説はどのように接合しているのだろうか。

両雑誌の対立が表面化していた時期、許南麒の詩「うたと闘いの時代に」が『新日本文学』（一九五一・五）に掲載された。そのことについて、許は『人民文学』一九五一年七月号で以下のように抗議している。

雑誌『新日本文学』がその六月号にわたくしの「日本詩人会議」え（ママ）の報告詩『うたと斗いの時代に』を掲載したことはわたくしの全然知らないところであり、今日の如き編集方針と政治的見解とにおいて『新日本文学』がわたくしの原稿を取扱つたということに甚だ迷惑を感ずるもので

図7―1　『人民文学』1951年7月号

詩

火縄銃のうた

――朝鮮の多くの悲しい妻と母と、媽媽におくる――

許南麒

雑誌『新日本文学』がその六月号にわたくしの「日本詩人会議」えの報告詩「うたと斗いの時代に」を掲載したことはわたくしの全然知らないところであり、今日の如き編集方針と政治的見解とにおいて『新日本文学』がわたくしの原稿を取扱ったということに甚だ遺憾を感ずるものであります。

わたくしとしましては日本の人民の結合にひゞを入らせ、ひいては日本に在留する朝鮮人の団結にまで水をさそうとする現在の『新日本文学』の編集方針に反対し、「人民文学」を支持する者であり『新日本文学』が一日も早くその政治的見解を是正し、本当に日本人民の利益のために斗う人民の文学の狙い手の一つとして立ってくれることを切願するものであります。

抗議文は、四角で囲まれているところに記されている。

図7―2『人民文学』1951年7月号の表紙

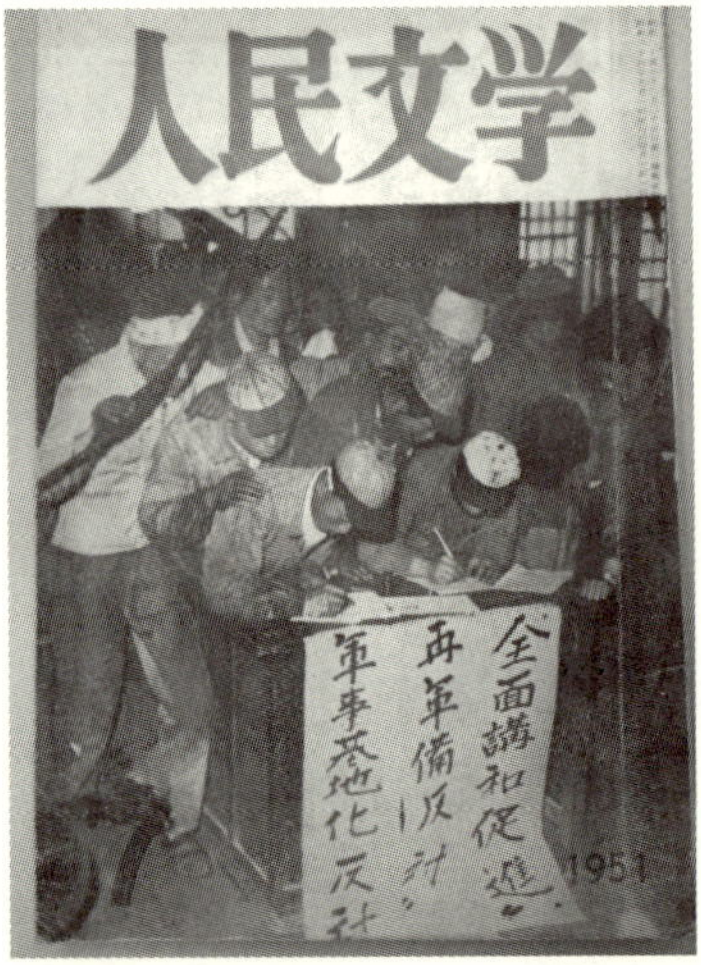

許南麒の『新日本文学』への抗議文に記された「日本人民の利益」が何を意味するのかがうかがえる。

あります。わたくしとしましては日本の人民の結合にひゞを入らせ、ひいては日本に在留する朝鮮人の団結にまで水をさそうとする現在の『新日本文学』の編集方針に反対し、「人民文学」を支持する者であり『新日本文学』が一日も早くその政治的見解を是正し、本当に日本人民の利益のために斗う人民の文学の狙い手の一つとして立ってくれることを切願するものであります。（図7―1）

許南麒は、「編集方針と政治的見解」が違う『新日本文学』に彼自身の詩が掲載されたことについて、「日本の人民の結合」だけではなく「日本に在留する朝鮮人の団結」にまで水をさそうとする行為であると批判している。許が『新日本文学』に向かって、「日本人民の利益」のための「人民の文学の担い手」になってくれることを切願すると述べていることから、許自身が『人民文学』を選択した理由は「日本人民の利益」に合致するからだとも解釈できる（**図7—2**）。

一方、金達寿について考える場合、一九五〇年に『新日本文学』で発表された短編「眼の色」をめぐる、雑誌『部落』[20]との論争に注目しなければならない（**図7—3**）。「眼の色」の物語内容の現在は、雑誌掲載の一年前にあたる一九四九年である。「私」という一人称語りによって構成される物語内容は、「私」と同じく共産党党員で部落出身の小学校教師である岩村市太郎がM・C社へ小説を投稿したことからはじまり、雑誌編集者の「私」と岩村の二回の対面によって構成される。岩村が二回にわたって投稿してきた小説は、「部落」差別に苦しんできた「作者自身のことをかいたものであった」という。タイトルにも通じる「眼の色」とは、差別を意味する記号である。「私」と岩村にとって、「眼の色」に関する捉え方は異なっていた。「私」にとって、「眼の色」は、植民地支配からいまも続いている朝鮮人差別や部落差別であるが、岩村にとっ

図7—3　『新日本文学』1950年12月号の表紙

て、それは部落差別だけを意味している。「私」は、「朝鮮人」と「部落」への差別問題より、日本の革命の成功を優先する立場をとる。それに対し、岩村は、「眼の色」の解消が優先であると主張し、二人の間には大きな亀裂が生じることになる。しかし、「私」という一人称語りによって岩村の姿勢は批判的に語られる。それにより、部落解放近畿地方協議会、山村慎之助と金達寿の間では論争が起こることになるのだった。

金達寿の「部落解放の問題にふれて――『眼の色』についての作者の意見」（『新日本文学』一九五一・八、以下「作者の意見」と略す）には、部落解放近畿地方協議会側（以下、協議会と略す）と新日本文学会側の交渉について詳しく記述されている。『新日本文学』一九五〇年一二月号に掲載された「眼の色」は、「意外」なほどいろいろな反響を得たという。

そのなかでも、一二月一〇日付けで送られてきた協議会による「金達寿作『眼の色』についての申入書」（以下、「申入書」と略す）は、新日本文学会書記長の中野重治に宛てられており、作家個人だけではなく、雑誌の発行元である新日本文学会の対応を求めるものであった。「申入書」を発した近畿地方協議会の中西義雄氏ほか三人の代表が部落解放全国委員会の中央委員会のために上京した際にも、金だけではなく、中野をはじめ会常任委員らが直接話し合いをもった。その結果、三月号に掲載される予定であった「申入書」に、協議会側は修正を加えることになったが、結局「申入書」が公開されることはなかった。このような状況をうけ、新日本文学側の対応が滞っているなかで、雑誌『部落』一九五一年一月号に、山村慎之助の文章が発表された。新日本文学会側は、同誌の七月号に、山村の全文を転載する対応をとっている。
協議会のねらいは、「眼の色」の作者である金達寿への批判より、むしろ部落に対する共産党の政策転換を促すことにあったようである。協議会は、部落の立場を登場人物岩村へ同一化させ、本文中の発言権をめぐるところを引用し、「これは党の部落対策と部落解放全国委員会の闘争と組織の上に重大な問題を提起している」と指摘した上、以下のように述べている。

一九五〇年十一月二十三日に開催された部落解放近畿ブロック会議では、共産党より加藤代議士等も討論に参加したが、そこでも作者が提起している点が討論として出され、活発な意見が出されたのである。現情勢下における部落解放全国委員会の闘争と組織は、多くの欠陥をもっていることはわれわれも認め、痛切に自己批判しなければならない。その原因はいろんな点にあるが、極言すればこの作者とおなじような考え方が、プロレタリアートとその党において支配的であり、そこからなんらの指導も参加もなかつたことになる。党が部落問題についてなんらの方針ももたないということは、いうまでもなく部落民の革命的エネルギーに対する過少評価であり、問題の複雑性と特殊性への情勢分析の不十分からくる敗北主義、日和見主義的偏向である。未解放部落の差別と貧困には、資本主義の桎梏によるものがあると同時に、それ以上に封建遺制による桎梏が――特殊な非一般的要素――が多い。これについては雑誌『部落問題』(『部落』の前身。金)十月に井上清氏が明確に指摘している。[21]

「申入書」では「党が部落問題についてなんらの方針ももたない」という痛烈な批判とともに、部落問題とは革命の成功によって解決できるような「一般的な要素」、いわゆる「階級」の問題だけではないことが主張されている。「申込書」が批判するのは、金達寿だけではなくプロレタリアートと共産党に部落問題の「特殊な非一般的要素」に対する分析が不十分だという点である。したがって、部落問題は、「眼の色」で「私」がいうような過去の「封建的な慣習の遺物」ではなく、現在の「資本主義の桎梏によるものがあると同時に、それ以上に封建遺制による桎梏」によるのだ、というのが「申入書」の説明である。こうした文脈からは、部落問題をめぐる当時の共産党の政策と部落側の要求にずれがあったことが露呈してしまう。

しかも、この論争は、共産党に対し、部落の「特殊な非一般的要素」に注目するように促すところで終わらなかった。なぜなら、部落側との議論の最中に、金達寿が、部落側の民主主義運動への関わり方について批判的に指摘したからである。短編「眼の色」は、「私」が、M・C社の運営資金を集めるために一〇日間の旅行に出る場面から始まる。東京を出てすぐ向かったのは、岩村が住んでいる東海道線のH市である。旅行の目的は、朝鮮人実業家を訪ねるだけではなく、岩村から投稿された原稿を返すためでもあった。岩村と対面することになったのは、「私」らが泊まった鄭という朝連の支部委員長の自宅である。協議会と山村は、次に引用する作中の鄭の発言に対し、金達寿の説明を求めた。

全国には百万からいます。しかし彼等は駄目です。政治性がないのですね。もう個人的で、ひたすらにそれを秘すことばかりにあの連中は熱中していましてね。ちつともそのために一緒になってたたかおうとしないのですな。それでいて金のあるものは民自党に入ったりしましてね。よくて社会党なんです。（中略）いまの岩村のようなのは、その点では珍しいのです。

協議会は、「鄭という人物が指摘しているような部落もある。むしろこの方が多いだろう」と言い、山村は「階級意識の低い部落」もあるとして、小説の中の会話について、実際の部落の現状と類似する点もあると認めてはいる。だが、それを部落全体の問題として一般化してはならない、「現象の一面」（協議会）にすぎず、「部落の複雑多岐な闘争の事実」（山村）を歪曲させるおそれがあると主張するのだ。それに対し、金は「わたしが岩村市太郎という人間を描きだすことによって、『日本の革命運動』とそれを指導する『党』にたいして、重大な問題を提起したとうけとつてくれたように、この鄭のことばを、部落解放全国委員会にたいする問題の提起としてはうけとられないものであろうか」と訴えかけている。そして、金は、部落解放運動が共産党主導の日本の革命運動の一環として行われるべきものであり、部落解放運動の主体が、「現在の日本の革命運動のなかにあつて血のかよいあう同志的立場にある」ものであると述べるのだ。

短編「眼の色」の「私」にとって、「眼の色」は部落と朝鮮の共通の問題であったはずである。しかし、協議会・山村は、「部落差別」を現在進行中の問題として、「朝鮮人差別」は、植民地が独立したために、すでに完了した過去として捉え、両者を対比させている。問題なのは、この短編の書き手の立場として発言しているはずの金達寿も、協議会や山村の構図を容認する形で、日本の革命運動の主体としてしか発言していないことである。矛盾をのみこんだ金のスタンスは、自らの詩が『新日本文学』に無断で掲載されたことについて、許自身が「日本人民の利益」に反すると語ったことと同じ土台の上に現れたものだといえよう。そして、その土台とは、この二人による、当時の五〇年問題への関わり方と接合しているが、彼らのテクストに寄せられた評価と同様に、二人の書き手自身も、被圧迫民族としての日本人、解放された民族としての朝鮮人という構図を容認していたことになる。

三　占領政策と『民主朝鮮』

ところで、「眼の色」の物語言説の上には、わずか一年前である一九四九年の『新日本文学』『民主朝鮮』を取り巻く状況を連想させる言葉が刻まれていた。

私たちが旅行からかえってきた三日目の九月八日、意外にもあの朝連の解散・その全財産の没収という事件がもち上ったのである。そしてこの朝連の直接の機関誌ではなかったけれども、そのあふりを喰わされて東京朝連会館の一室にあったM・C社も解散となり、M・C誌も廃刊となってほとんど再起は不能となってしまった。私たちは呆然としていた。そして、李三尚などそこで働いていた私たちの身の上にもいろいろな変化がもたらされた。

朝鮮人に対する過去の「眼の色」、部落に対する現在の「眼の色」についてさまざまな形で語られるこのテクストにおいて、朝鮮人に対する最大の弾圧であったといわれる朝連の強制的解散については「私たちは呆然としていた」と、たった一行で表現されただけである。朝連解散日は、物語内容の時間を示すメルクマールに過ぎなかったのだろうか。よく知られているように、朝連解散は東アジアの冷戦装置の発動と深く関わっている。一九四七年のトルーマン・ドクトリン以後、アメリカの冷戦政策は強化されてきた。それに対抗するために、同年九月にはコミンフォルムが創設される。特に、一九四九年は、アジアにおいて冷戦による軍事的な緊張が高まってきていた時期である。一九四九年四月には、NATO（北大西洋条約機構）の結成により、ヨーロッパでの冷戦が本格化したが、アジアでも、四九年九月二四日にソ連の原爆保有が発表され、一〇月一日には中華人民共和国が樹立された。日本では、一九四九年一月、第二四回衆議院総選挙で、日本共産党がそれまでの四議席から三五議席へと躍進した。同年四月、吉田内閣はSCAPの指令に基き、反共産政策の第一歩として「団体等規正令」を公布し、これをまず朝連に適用し、解散させたのである[22]。

金達寿は、朝連解散の当日、東京駅八重洲口にある朝連中央会館ビル四階（朝連の事務所）で、許南麒らとともに武装警官による強制解散を体験することになる。金は「私物一つ持ちだすこともゆるされなかった。素手のまま、ぐいぐいと背中を押されて外へ出るよりほかなかった。『朝連』所有財産とともに、『民主朝鮮』のそれもみな没収されてしまった」と回想している。[23] 当時の出版事情で原稿料もあまり期待できない中、一〇月一九日には朝鮮人学校閉鎖令により東京朝連高校の日本語講師の職も失い、金は経済的に大きな打撃をうけることになった。

雑誌『民主朝鮮』は、一九四六年四月創刊から一九四九年九月号（三二号）まで刊行されたが、一九四九年九月八日の朝連解散の際、民主朝鮮社の財産もすべて没収されたため、一時休刊し、一九五〇年の七月号を最後に終刊となった。もとより、『民主朝鮮』は厳しい検閲下におかれていた。[24] 雑誌メディアに対する検閲は、一九四六年九月からＣＣＤ（民間検閲支隊 Civil Censorship Detachment）のメディア専門の検閲組織ＰＰＢ（プレス・映画・放送課 Press, Pictorial and Broadcasting Division）により開始され、[25] 一九四七年九月二九日には「プレスコードに従順で、責任感を十分示したメディアを事後検閲に移す」という検閲活動の緩和策が実行される。同年一二月一五日には極右、極左の二八誌を除く全雑誌が事後検閲になる。[26] ただ、この勧告は連合国や占領軍に批判的な材料は今後も事前検閲の対象とするという条件付きのものであった。[27] 一九四七年一一月二六日付けのＣＣＤのデータによると、「極左」として分類され、事前検閲に留まっていた『民主朝鮮』は、当時七千部を発行していたが、発禁は三回、削除は六二回にわたって命じられていた。『民主朝鮮』が「極左」として分類されていたのは、ＳＣＡＰや日本政府の「朝鮮人」に対する認識と深くかかわっている。

一九四八年に入ってから、冷戦の激化の影響で共産党系メディアのプレスコード違反が急増するが、一九四八年一二月、ＣＩＥ（民間情報教育局 Civil Information and Education Section）局長Ｄ・Ｒ・ニュージェント中佐の報告には「違反者の圧倒的多数はＣＣＤやＣＩＥによって左翼、共産主義者、朝鮮人、労働者といわれる新聞に見られる」と記されている。[28]この時期ＳＣＡＰは、ＣＣＤ（Ｇ２：General Staff 2、参謀２部）、ＣＩＥ、ＬＳ（法務局 Legal Section）の情報とスタッフを総動員して左翼メディアへの対策を模索していたのである。

当時『民主朝鮮』の編集人であった金達寿は、一九四八年五月号の「編集部雑記」で、検閲制度についてふれていた。

　総司令部民間情報局長ブラットン大佐が一四日ＵＰ通信に語ったところでは総司令部当局は目下日本の全新聞及び出版社に事後検閲を適用することを考慮しているといわれる。（中略）これは新聞・雑誌等の出版者にとってちかごろにない明るいニュースだ（中略）「緩和をつづける」方向というのはどのような記事、文章がこの綱領にテイショクするかという解釈の是正にあろうと思われる。

四月一四日のＵＰ通信を引用する形で金は「綱領は占領軍総司令部にとって当然な措置である」といいつつ、事後検閲へ期待を寄せていた。ここで金が引用している「綱領」というのは、一九四九年九月一九日付で公表されたプレスコードであり、[29]メディア側にはプレスコードの解釈として検閲官が使用していたPPBの「キーログ」（Key Log）[30]、CCDの「検閲要綱」、現場の監督者にだけ配布された「キーログ補遺」[31]のことなどはいっさい知らされていなかった。それだけではなく、削除などの処分を受けたメディア側に対し、処分理由に関する説明はなかったのである。

皮肉にも『民主朝鮮』は、右の「編集部雑記」の次号（六月号）が「発禁」となり、その影響で七月号も発行することができなくなってしまう。金にとって「『検閲』のなかでもっと厳しかったのは、一九四八年四月の阪神教育運動のとき」だったという。文京洙は、阪神教育闘争以降、「占領当局は、在日朝鮮人の問題を東アジアの冷戦と結びついた治安問題とする姿勢をますます強めていった」と指摘しているが、それをよくあらわしているのが、文も引用しているSCAPがアメリカの国務省に送った次の文書である。[32]

日本における主要な朝鮮人団体である在日（本）朝鮮人連盟は、ほとんど共産主義者に牛耳られている。朝鮮＝日本間を違法に往来している朝鮮人は、日本の共産主義者とアジア大陸――朝鮮・中国・ロシア――の共産主義者との連結点の役を果たしている。[33]

同文書の中で「極東における重大な不安定要因」とまで記された朝鮮人メディアに対する厳しい検閲は、日本共産党の動きを警戒する意味合いも持っていたといえよう。[34]

そもそも、SCAPが朝鮮人・台湾人の法的地位を明確にしなければならなくなったのは、一九四六年以後、朝鮮人が日本に在留する可能性が高くなり、日本政府から日本在住の朝鮮人に対する権限を強く求められたからである。米国国務省、SCAP、朝鮮米軍司令部の関連文書に基づいて考えると、この問題の争点は、朝鮮人を「連合国民」として扱うべきか、「日本国民」として扱うべきかにあった[35]。一九四六年一二月一五日の引揚げ期限終了を一か月後に控えた時期に、SCAPは朝鮮人の法的地位に関する方針を公表した。一九四六年一一月五日の「朝鮮人の引揚に関する総司令部民間情報教育局発表」と一二日の「朝鮮人の地位及び取扱に関する総司令部民間情報教育局発表」、「朝鮮人の地位及び取扱に関する総司令部渉外局発表」である。それは、日本にいる朝鮮人について、総司令部の引揚げ計画に基づいて「その本国に帰還することを拒絶するものは、正当に設立された朝鮮政府がかれらに対して朝鮮国民として承認を与える時まで、その日本国籍を保持しているものとみなされる」という内容であった[36]。

ここで、日本国籍を保持しているものとみなすという処置は、朝鮮人を日本政府の支配下に置くことを意味している。SCAPのみなし規定は、事前に何も知らされなかった朝鮮米軍（第二四軍団、朝鮮の場合、米軍の直接統治を受けていた）司令部を戸惑わせたという。SCAPの朝鮮人政策と、朝鮮米軍司令部の朝鮮の統治政策との間には乖離があったのである。引揚げ計画について、朝鮮における経済的、政治的な困難を理由に、朝鮮米軍司令部は終了期限の延期を求めていた。また、保守系と手を組んでいた朝鮮米軍司令部は、朝鮮人のみなし規定についても「米軍の南朝鮮占領の目的をもっと容易に達成できるようこの問題を再考」することを求めている。それは、「在日朝鮮人に朝鮮もしくは日本のいずれかの国籍（citizenship）を選択する機会が与えられるまでは、在日朝鮮人を友好国民（friendly nationals）としてみなす」べきだという内容であった。[37] 結局、ＳＣＡＰの一一月二〇日の指示を、朝鮮米軍司令部が受け入れる形でこの問題は決着した。金太基の指摘どおり、この政策は、朝鮮半島が米ソによる「信託統治反対などで混迷の道に陥っていた」状況の中で、「アチソンは、在日朝鮮人を連合国民として取り扱うことによって得られる米国の対朝鮮政策における政治的利益よりも、在日朝鮮人を統治する権限を日本政府に付与することによって得られる日本占領上の利益を優先した」と考えてよいだろう。[38]

一方、日本在住朝鮮人を支配下に置くことになった日本政府は、一九四七年五月二日付けで勅令第二百七号「外国人登録令」を発布した。これは、日本国憲法施行前夜、大日本帝国最後の日、天皇による最後の勅令であったが、その第一一条には「台湾人のうち内務大臣の定めるもの及び朝鮮人は、この勅令の適用については、当分の間、これを外国人とみなす」と定められた。[39] 朝鮮人の法的地位をめぐるＳＣＡＰの「日本国民とみなす」という規定と、日本政府の「外国人とみなす」という規定は明らかに矛盾している。テッサ・モーリス－スズキが正しく指摘したとおり、「戦後の在日朝鮮人の処遇の決定も、複雑であるとはいえ日本政府と占領軍当局による合作」、すなわち「SCAPanese モデル」だったのである。[40]

四　日本共産党のダブルスタンダード

小熊英二は、一九五〇年前後の日本共産党は、「中国や朝鮮の共産党の民族主義から影響をうけて」いると同時に「日本民族主義をもっとも強調していた政党」であり、「朝鮮民族主義にもっとも関心を払っていた政党」であったと述べている。[41] 確かに、共産党の一九四五年一一月の第一回全国協議会、一九四五年一二月の第四回全国大会では、徳田球一が書記長に、金天海（キム・チョンヘ）が中央委員（全七人）の一人に選ばれた。また、中央委員会の専門部の中に朝鮮人部（のちの日本共産党の民族対策委員会。以下「民対」と略す）が設置され、金天海（委員長）、金斗鎔（副部長、第3章参照）、宋性澈（ソン・ソンチョル）、朴恩哲（パク・ウンチョル）などが配属された（**図7―4**）。

小熊は当時の共産党の「日本民族主義」について、海の向こうの朝鮮共産党の影響に注目し、その例として、『前衛』の創刊号（一九四六・二）に寄せられた朝鮮共産党のハンクン・ツラリムの「朝鮮の便り」を紹介している。同じ創刊号に掲載された、日本共産党中央委員会朝鮮人部副部長である金斗鎔[42]による「日本における朝鮮人問題」を参照すると、小熊のいう日本共産党の「朝鮮民族主義」への関心は、当時の「日本民族主義」への関心へと転用される構図の上にあったことがわかる。金斗鎔のエッセイは、「解放後はじめて公けにされた在日朝鮮人運動に対する日本共産党の指導方針」であったといわれている。[43] 金斗鎔は、「日本における朝鮮人の問題は一つの民族問題である」としながらも、

図7－4 「日本共産党前朝鮮人部時代部員」

日本共産黨前朝鮮人部時代部員

1946年に刊行された『解放――朝鮮完全自主独立一周年記念写真帖』（朝鮮民衆新聞社）に掲載されている。「前朝鮮人部時代」とは、第3章で取り上げた、いわゆる「内地」にいた朝鮮人共産党員が日本共産党員として活動することになる1932年以後の状況を意味するが、写真の4人のように、「前朝鮮人部員」は1945年以後も日本共産党員という立場に置かれていた。この写真集において、朝鮮人共産党員の歴史は、日本共産党に吸収された1932年以前までに遡ることはない。

それが「朝鮮内に於ける朝鮮民族の政治的動向と結びつき、他方に於いては日本内に於ける革命状態と結びついてゐる」と論じている。

この時期、金斗鎔が主筆であった朝連の機関紙『民衆新聞』では[44]、「帰国朝鮮人財産自由搬出確保！」「預金封鎖、特殊預金」という標語が繰り返し強調されている。金斗鎔は、「日本における朝鮮人問題」（『前衛』一九四六・二・一五）現実の問題として、朝鮮の三八度線以南が政治的・経済的に不安定な状況におかれ、「千円やそこいらの所持金を持つて帰ったのでは到底一二か月も暮らせないで直ちに生活に困窮し、そのため折角帰つた人もまた日本に戻つてくる人もゐる」、そして、日本において朝鮮人が「外国人として優遇」を受けているわけでもなく、「事実はかへつて日本人並みか、それ以下である」と指摘している。彼は「われわれ自身の生活問題を根本的に改善するため、日本内地に於ても、日本人民と共に協力して共同闘争を行はなければならぬ」とし、以下のように「天皇制打倒」を朝鮮人の最大の目標として掲げていた。

特に当面われわれの最大の目標であり、かつまた中心的なスローガンであるところの、「天皇制打倒」の問題に対して多くのわれわれの同志たちはその大衆活動に際しても非常に消極的であり、場合によつては民族統一戦線の名によつて、或は反対する排外民族主義勢力のわれわれに対する脅迫にあつて、この中心的スローガンを一時なりとも背後に押しやるがごとき傾向を示してきた（中略）真に朝連の運動を全国的な、有機的な運動として大衆的な基礎を確立し、その運動の方向を日本の人民解放闘争へ結びつけ、強力に緊密に結合させるのが、当面われわれの最大の任務でなければならない。

このエッセイは「われわれ」朝鮮人へ語りかける形式をとっている。ちなみに、金は一九四七年に朝鮮半島の北部に帰国するまで、日本語だけではなく、朝連の機関紙である『民衆新聞』（後に『解放新聞』）の主筆として活動し、同じ新聞に朝鮮語のエッセイを書いていた。そのため、エッセイの発表媒体が朝連の機関紙ではなく共産党の理論機関誌『前衛』[45]であったことに注目しなければならない。朝鮮人労働者の日本語リテラシーの低さを考慮すると、この文章の狙いは、日本人党員に対して、朝鮮人党員の立場を明らかにするとともに、朝鮮人の権益を訴える活動を優先していた「われわれの同志たち」の朝連の幹部に対して、共産党の幹部の立場から当面の目標として「天皇制打倒」と「日本の人民解放闘争」に積極的に参加することを促すことにあったといえよう。日本の人民解放闘争に反対することを「排外民族主義」だと批判する金の主張と同様の方針が、同年の八月に日本共産党第四回拡大中央委員会で朝鮮人問題として討議され、その結果、党の方針（「八月方針」）となって伝達されることになる。「八月方針」[46]には「朝連はなるべく下部組織の露骨な民族的偏見を抑制し、日本の人民民主革命をめざす共同闘争の一環として、その民族的な闘争方向を打出すことが必要で、その方が朝鮮人自体のためにも有利である。（中略）朝鮮はあくまでも日本の人民民主主義戦線の一翼を担当する役割を果たすようにつとめることを要する」という指示が示されている。

「八月方針」を受け入れる形で、朝連の三全大会（一九四六・一〇）では、金天海らが朝連の顧問に就任し、また一九四七年一月には、朝連日共フラクション中央指導部が組織された[47]。一九四七年に入ってから『解放新聞』には、「我々の生活権を守るため、日本民主革命に参加しよう!!」（二・一、朝鮮語）のような記事が毎号のように掲載されている。同年一月一日の「言文一致の愛国者になろう」（朝鮮語）では、「朝鮮人は朝鮮人同士で」という標語を掲げて日本の民主主義運動に積極的に参加しない態度を、「民族的偏見」あるいは「排他的民族主義」という言葉できびしく批判していた。このように、朝鮮人による連帯を唱える立場と「日本民主革命に参加しよう」とする立場は相容れないものとして示されている。文京洙によれば、初期の朝連は、さまざまなタイプの民族主義者をかかえこんでいて、運動の方向も、「本国志向と日本の民主化志向の間」でゆれ動いたという。[48]

実際、朝連が共産党と連動した形での運動に急速にのめりこんでいったのは、一九四八年一月に朝連内の民族派といわれていた白武（ベク・ム）が除名されたころからである。[49] 共産党の記録を踏まえると、独立直後の思想犯釈放運動において、朝鮮人党員が重要な役割を担っていた。[50] しかし、朝鮮人の共産党入党が目立った形で行われるようになったのは、阪神教育運動と朝連解散以後である。意外にも金達寿の入党も「一九四九年五月か六月」だったようである。[51]

たしか一九四九年の五月か六月、私は日本共産党に入党した。この時期になって私が、というより、私までが日共に入党したことについては、ちょっと説明がいるようである。なぜかというと、日共に入党するのだったら、それ以前にもいくらでも機会があったからである。（中略）当時の「朝連」の活動家はほとんどがみな日共党員だったのである。要するに、口をわるくしていえば猫も杓子もみな日共党員となっていたころで、実をいうと、それがまだ若かった私には気にいらなかったものだった。（中略）一九四八年から九年のそのころになると、情勢がだんだん変わってきた。（中略）社会主義革命ところか、民主革命ということさえ、あやしい雲行きとなっていたのである。（中略）わたしはそれまでの民族主義的青年から、社会主義者となることを決意し、自らすすんで日共に入党したのであった。

金達寿が、彼自身の入党を「民族主義的青年から、社会主義者となること」ととらえていたことは興味深い。朝連の初期から横須賀支部に所属していた金達寿は、朝連中央の幹部になってからも一年近く日本共産党には入党していなかったのである。金のいう「自らすすんで日共に」という表現に注目してみよう。

一九四八年の民族学校閉鎖と一九四九年の朝連解散以後、『アカハタ』には、朝鮮人の日本共産党入党を伝える記事が数多く見られる。同紙の一九四八年五月五日には「弾圧激しい阪神に入党つづく」「連日一〇〇名から一五〇名　大阪」が、一九四九年九月一三日には「共産党への入党　朝鮮人各地で決意表明」などの見出しが掲げられ、仙台、宮城、上田、福岡など各地方の入党状況が報じられている。入党を伝える報道では、「全員」あるいは「揃つて」という表現が強調されていた。しかし、朝連幹部により日本の民主主義運動に「動員」される主体としての朝鮮人だけではなく、[52]「自らすすんで日共」（金達寿）へという動きもあったのは確かであろう。このような流れは小熊英二のいう「朝鮮民族主義にもっとも関心を払っていた政党[53]」としての共産党への期待ともとらえられる。

朝鮮半島の問題ではなく、日本における朝鮮人自身を主体として語る際、それに対置する側に日本政府や占領軍を位置づける構図が出来上がる。当時の日本共産党も、日本政府や占領軍による厳しい制限を受けていた。このように、二つの類似した対立構図は、多くの朝鮮人に日本共産党員として名乗ることを選択させたと捉えることもできるだろう。ただし、共産党系のメディアにおける、日本に在留している朝鮮人をめぐる言説は、朝鮮人党員に対しては「共闘」の場への参加を求めながらも、政府や占領軍に対しては、朝鮮人運動との距離を強調する複雑なものであった。それは、阪神教育運動と朝連解散前後の『アカハタ』の記事の構成にはっきりと現れている。

『アカハタ』には、民族学校閉鎖と朝連財産没収に関する抗議の記事が多く掲載されていた。一九四八年五月九日には、大阪で射殺された金大一の写真入りで、野坂参三の国会での演説を「朝鮮人事件は政府の責任　野坂氏・国会で官憲の計画的挑発を衝く」という見出しで紹介されている。また、一九四九年九月一〇日には、「朝連など解散指定の暴挙を追及」といった表題で「日本共産党中央委員会声明」が伝えられる。その一方で、G2の調査資料から浮かびあがる共産党の対応は右の見出しのようには行かなかったようである。

徳田書記長は神戸事件の直後にすべての組織に朝鮮人共産党員を統制するよう指令を発した。関西地域の共産党員にとくに注意を促したこの指令で、徳田は、大衆は阪神教育事件が日共の指導の下で行われたと思っており、選挙が近づいている状況で、こうした誤解を解明する責任は朝鮮人にあると追及した。（中略）第一に、すべての過激な朝鮮人メンバーを準メンバーにすること。第二に、問題の性質からして、七〇日間朝鮮人問題に関するすべての活動を中止する。(54)

徳田書記長の指示は、阪神での学校閉鎖に対する抗議を、あくまでも関西地域の共産党ではなく、朝鮮人に限定した範囲で処理しようとするものであった。共産党との直接的な関係を否定しようとする動きは、野坂の国会演説にも現れている。彼は「われわれ共産党は朝鮮人の教育問題についてはっきりした態度をとっている、すなわち日本の学校令にもとづいて朝鮮人の特殊性を認めてもらいたい」と述べ、「神戸の事件とかあるいは暴動事件とか、これとわれわれとはだんぜん関係がない」（『アカハタ』一九四八・五・九）と強調した。阪神教育運動直後の「共産党の朝鮮人学校問題通達」（『アカハタ』一九四八・四・二九）には「日本の学制の下に朝鮮人の特殊性認めよ」と記されていた。これは、文部省の「朝鮮人設立学校の取扱について」（官学五号）[55]と歩調を合わせ、日本政府の支配下の「朝鮮人の特殊性」を強調したものだったと言わざるをえない。この法令を植民地時代の日本の同和教育に喩えていた朝連の対応とは大きなずれがあった。

朝連解散と全財産没収の際にも共産党の実際の対応は同じような枠組みに基づいたものであった。「日本共産党はこの弾圧に対して積極的な反応を示すことができなかった」という和田春樹は、一九四九年九月九日、法務庁特審局長吉河光貞がGS行政局長ネイピア少佐に会ったとき、「当日午後党を代表して法務総裁を訪れた伊藤憲一、神山茂夫らは、解散に抗議した上で、『党としては、朝鮮人が平和的に財産をしかるべき当局に明け渡すように最善をつくす』と述べた」という報告を紹介している。この日の午後党本部に朝鮮人がつめかける中で開かれた緊急幹部会議では、問題を朝連に限定させ、吉田内閣による攻撃だとし、「共産党としては合法闘争を行うが、朝鮮人自身の闘争へ参加するのはわれわれの政策ではない」と結論づけたことに、朝鮮人党員の不満も強かったという[56]。

一九四九年九月九日の『アカハタ』に掲載された野坂の談話には、「日本の民主主義の問題」として取り上げられているが、それは「全民主団体強圧の前ぶれ」という彼の対談の題目どおり、日本共産党解散の前ぶれとしての対応を意味していた。同じことは、九月一五日の「主張　朝連解散と大衆団体」というエッセイでも再確認される。実際、日本共産党関西地方委員会により配布された党内資料「転換期に立つ在日朝鮮人運動と共産主義者の任務」を見ると、「朝鮮人の問題」は「朝鮮人自身で」という趣旨の話がくり返されていた[57]。

「大阪を始め兵庫京都は、昔から朝鮮人の日本における唯一の密集地域」であったことを考慮しながらも、以下のような論理が形成されてしまうことを問題化したい。

朝鮮人の問題で、日本人民の協力と支持をうるためにも、まず朝鮮人自身が真剣にならない限り、日本人の支持も理解もえられないことは当然ではないか。一切が自己の問題で、自己が解決のために努力しない限り、他人の同情も理解もえられないことは当然ではないか。だから朝鮮人に関する一切の問題はまず朝鮮人自身に一層奮起せしめると同時に日本人民大衆に訴えて行くことを忘れてはならない[58]。

日本共産党の立場は、一九三一年一〇月、朝鮮共産党日本総局と高麗青年会日本部の日本共産党へ

図 7—5　『人民文学』1952 年 6 月号

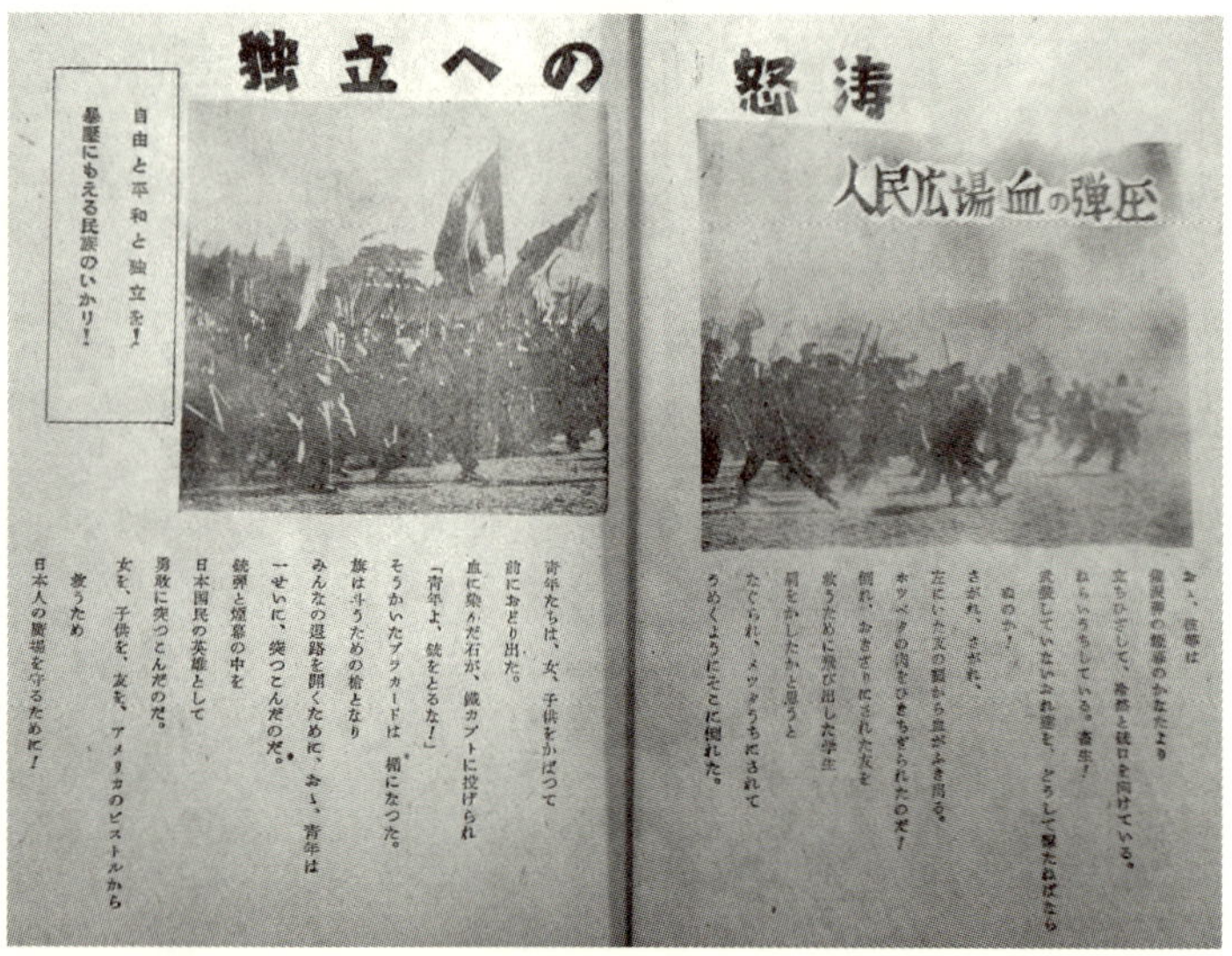

メーデー特集のタイトルは、「独立への怒涛」であった。左側の「自由と平和と独立を！暴圧にもえる民族のいかり！」という文章が物語るように、朝鮮戦争の最中であった 1952 年メーデーにおいて前景化されるのは、「独立」という言葉である。これらの文字に囲まれた写真は、（日本）民族の独立闘争を表象することになるだろう。

の解消以後の方針を引きずっていたものとして解釈されることが多い[59]。しかし、そうした解釈とは別の角度から、この構図を、全面講和と民主民族戦線政府の樹立を表明していく過程の中で生じた変化と接続させてみる必要がある。なぜなら、一九五〇年代に入ってから「朝鮮人」をめぐる意味づけにも変化が見られるからである。一九五一年二月の第四回全国協議会（四全協）では、朝鮮人について「在日少数民族」という言葉で表現しているのに対し、同年一〇月の第五回全国協議会（五全協）では、「独立した新しい民主主義的な人民の国家を祖国にもつ人民である[60]」と記すことになる。

四全協と五全協の間の五月一〇日に開かれた日共民対全国代表者会議において決定された「在日朝鮮人運動当面の任務」においては、朝鮮戦争勃発以後の「祖国防衛闘争」が「日本再軍備反対闘争」（日共の武装闘争に加わる形）や全面講和と「別個のものではない」ことが強調されている[61]（図7―5）。それは、五全協の翌年（一九五二年）一月一日、民対機関紙『北極星』でのエッセイ「理論の武装を強化せよ[62]」においても同様で、「祖国防衛闘争は、党の指導のもとに斗われるもの」であり、「『新綱領』を実現するその一環として斗われてこそ前進しうるものである」点が強調されている[63]。この方針は「日本人民の闘争に在日朝鮮人を奉仕させる方向をとり、朝鮮やアジアの問題を自らの問題としてとらえる態度を示すことが出来なかった」と批判されている[64]。

とりわけ注目すべきなのは、当時の日本共産党が、日本に在留する朝鮮人の共産党員に対し、共産党運動の構成員の立場を優先させることを促しつつも、ナショナル・アイデンティティは認めるというダブルスタンダードを方針として採択したことである。それは、日本に在留する朝鮮人に対し、日本国籍を保持しているものとみなすという、SCAPのみなし規定とパラレルな関係にあったといわざるをえない。

五　「共闘」をめぐる陥穽

現在は、朝鮮半島分断が齎した同じ朝鮮民族同士の悲劇的な戦争として表象される朝鮮戦争だが、当時は、日本の民主主義文学運動に参加していた金達寿・許南麒らによって、「アメリカ」対「朝鮮」の戦争として表象されていた。金と許は、朝鮮民族（抵抗の主体）にとっての「アメリカ」を、日本帝国に替わって登場した敵として位置づける。そのため、この時期の彼らのテクストから見出されたのは、日本帝国へ抵抗する主体だけではなく、アメリカに抵抗する主体でもあり、そうした抵抗の構図は、講和条約に反対する議論において「日本」対「アメリカ」の権力関係を表象する言説へと転用される。すなわち、二人のテクストから見出された抵抗する主体は、朝鮮戦争をめぐる反戦闘争ではなく、サンフランシスコ講和条約に対する反対闘争の言説へと違和感なく読み替えられてゆく。まさにその過程において、二人は、職業作家としての位置を獲得したのである。

しかも、朝鮮戦争への反対を表明したはずの許南麒と金達寿が、『人民文学』を支持」する所感派の「私」（許）と、「眼の色」論争における国際派の日本共産党員としての「私」（金）へと分裂していくことに注目すべきである。すなわち、二人が朝鮮戦争反対の言説圏においてお互いの共闘の回路を確保していたとはいいにくい。むしろ、エスニック・アイデンティティを後景に追いやり、日本共産党分裂に沿う形で、国際派と所感派というそれぞれの場に分節され、日本語言説体系のなかに形成された構図に相似しうる共闘を優先していたのではないだろうか。

日本共産党は、一九五五年七月二七日の六全協で、五〇年問題以来の分裂状態の解消を宣言した。その直前の二四日から二五日の間には、日本共産党民族対策委員会（民対）全国代表者会議で「在日朝鮮人運動の転換について」討議がなされ、民対解消、朝鮮人党員の離党が決定される。さらに、これは同年五月二五日から二六日の間の「朝鮮総連」の結成大会で、在日朝鮮人は朝鮮民主主義人民共和国の「公民」として位置づけられる。その場で、日本共産党員として活動することは誤りであったと宣言され、朝鮮人と主流派との武装的な共闘が誤りであったという総括がなされることになる。それを契機に、「日本共産党と朝鮮人」というそれぞれのエスニック・アイデンティティを前景化させる方向性がようやく生まれ落ちることになる。だとすれば、本章冒頭で言及した道場、佐藤、文の議論は、いずれにあっても「日本共産党と朝鮮人」というエスニック・アイデンティティを前景化させる方向性を帯びており、それぞれが六全協以後の遠近法にたった議論だといわざるをえないだろう。

金達寿は、朝鮮戦争の最中に国際派と所感派の分裂が朝鮮人の組織の分裂へと発展していく過程を描いた小説「日本の冬」（一九五六・八・一〜一九五六・一二・三二）を、六全協の翌年に『アカハタ』で連載する。「日本の冬」の掲載について、丸川哲史は『民族』という問題設定が『アカハタ』誌上に持ち込まれていたことは、のちの日本共産党のあり様からするならば意外な感覚を得ることになる」と指摘している。[65] 加えて着目したいのは、まさに「民族」の問題を可視化させる「日本の冬」が書かれる時期にあって、日本共産党員としての「私」を語った「眼の色」が出版市場から消えていったことである。

金は、「眼の色」論争の最中に、「富士のみえる村で」（『世界』一九五一・五）という短編を発表している。「富士のみえる村で」は「眼の色」と同様、共産党員で、朝鮮人による雑誌M・Cの編集を担当している「私」によって語られる一人称小説である。「富士のみえる村で」は、朝連解散など一九四九年という物語内容の時間を推測可能とする出来事が記されている「眼の色」とは違い、物語内容の時間を示す記号は記されていない。ただ、私が岩村の自宅と実家を訪ねる「富士のみえる村で」の物語の時間進行の面から考えて、それが「眼の色」の続編的なテクストであると読むことができる。
二つのテクストについて、『部落問題事典』(一九八六、部落解放研究所)には次のように記述されている。

部落民の岩村市太郎は、いわゆる〈一般民〉の秋子と結婚している。しかしその生活には翳りがある。岩村はその心情を在日朝鮮人の〈私〉にうちあけ自分の実家に招く。そこで岩村は被差別体験を言いたてる。反面、岩村の内にある権威主義や妻への横暴など内省されることのない矛盾が繊細に描かれている。最後に岩村本人とその家族が、朝鮮人に対する露骨な差別者であることが浮きあがる。被差別者のもっている屈折した心情が鮮やかにとらえられた作品。原作は「眼の色」(『新日本文学』一九五〇・一二)で部落解放全国委員会の指摘を受け、これを書き直した。

事典の物語内容の要約は「富士のみえる村で」に関するものである。ここで、「眼の色」は、「富士のみえる村で」の「原作」であり、部落解放全国委員会の指摘を受け、書き直したと説明されている。一九九九年に刊行された秋定嘉和・桂正孝・村越末男編『新修部落問題事典』(解放出版社)にも同様の指摘がみられる。『部落問題事典』の記述に従えば、「指摘」をうけてから「書き直す」作業が行なわれたということになり、「富士のみえる村で」は「眼の色」の改訂版にあたると位置づけられている。

しかし、部落への「眼の色」(差別)に対する方針を、日本の革命運動の場で優先的に扱ってくれることを求めていた部落解放全国委員会が、「富士の見える村で」にみられるような、「朝鮮人」に対する「差別者」としての「部落(日本人)」表象を要求したとは考えにくい。さらに、金は、「眼の色」の初出の附記に一九四九年一二月という日付を、「富士のみえる村で」には、一九五〇年一一月という日付をつけている。附記を参照すれば、「眼の色」の掲載とそれをめぐる論争が始まる前に「富士のみえる村で」は書かれていたことになる。このように、二つの短編の執筆をめぐる、金と『部落問題事典』の記述にはくいちがいがある。背景を確認するならば、『部落問題事典』の記述に間違いがあるといわざるをえない。

「眼の色」と「富士のみえる村で」の出版は、日本人(部落民)による朝鮮人差別を批判的に語った「富士のみえる村で」だけを残す形で展開され、二つのテクストの物語内容における接点は消されることになる。一九五二年九月に出版された単行本『富士のみえる村で』(東方社)に「富士のみえる村で」と「眼の色」が一緒に収録されて以来、三〇年間、「眼の色」が金達寿の著書に収められることはなかった。例えば、「富士のみえる村で」は、『戦後十年名作選集二』(一九五五・四、光文社)、『小説在日朝鮮人史』下(一九七五・七、創樹社)、『筑摩現代文学大系第六二巻 田村泰次郎・金達寿・大原富枝集』(一九七八・七、筑摩書房)に所収される。それに対し、「眼の色」は、一九八〇年に『金達寿小説全集』第一巻の中に再録されるまで、彼の作品集の中に収められることはなかった。しかも、両者が収録された『金達寿小説全集』の場合、「眼の色」は第一巻に、「富士のみえる村で」は第二巻に分けられている。第一巻は一九五〇年までの作品を、第二巻は一九五一年からの作品を集めたからだと思われるが、だとしても、不思議なことに、巻末の作品解説には二つのテクストをつなぐ接点について、一切言及されていないのである。

金達寿のテクスト群における「眼の色」(日本共産党員としての「私」)の消去は、日本共産党史から一九五五年以前の朝鮮人党員の消去と、[66]同様のベクトルをもっていたといえよう。当時の「共闘」を分析することの難しさは、一九五五年以前の日本共産党と朝鮮人党員の位階関係が双方の共犯的な「忘却」によって、長い間、不可視の領域に置かれていたことによるといえよう。

＊　＊　＊

現在も新たな帝国の構図に対し、対抗する主体・共闘する主体をめぐる議論は展開されている。そうした議論のなかでは、すでに国家権力をめぐる抑圧・被抑圧という二項対立的構図は乗り越えられているかのようにみえる。また、多様なアイデンティティを持っている少数者との対話が模索されていることも確かであろう。だが、この過程の中で、過去の共闘の記憶が再構成されることを考えた場合、不可視にされ忘却される要素があることを見落としてはならない。

例えば、「八・一五」という記号が編成する記憶は、敗戦と独立の直後であった一九四六年と、占領の終わりと朝鮮戦争が重なった一九五〇年前後では差異と隔たりがあった。「共闘」の言説が、その時々の歴史的コンテクストによって、相互の思惑のずれをはらみ、変転を繰り返してきたことはいうまでもない。そうした歴史的な過程を見すえることなく、抵抗する主体・共闘する主体のみを浮上させることは、「日本人と朝鮮人の共闘」というステレオタイプのエスニック・アイデンティティのみを立ち上げ、その先の思考を停止させてしまいかねないのである。思考の陥穽がふたたび新たな抑圧を呼びこまないとは言い切れない。思考を停止させる抑圧への抵抗はいまもなお求められているのではないだろうか。

注

(1) 朴明林『韓国一九五〇——戦争と平和』(二〇〇二、ナナム出版)参照。和田春樹も朝鮮戦争を中国・ソ連・北朝鮮の関係だけではなく、「東北アジアの国際共産主義運動の文脈を考えると、この三国の関係は日本を含めた四国の関係として考える必要がある」と述べている(『朝鮮戦争』一九九五、岩波書店)。

(2) 山崎静雄『史実で語る朝鮮戦争協力の全容』(一九九八、本の泉社)、鈴木スム子「看護婦応召タノム——朝鮮戦争に従軍した日赤看護婦」(『銃後史ノート戦後編 一九四九・一〜一九五一・七』一九八六、インパクト出版会)などを参照。

(3) 『占領と平和——〈戦後〉という経験』(二〇〇五、青土社)Ⅱの第二章を参照。

(4) 文京洙「戦後日本社会と在日朝鮮人③——日本共産党と在日朝鮮人」(『ほるもん文化⑨「在日」が差別する時される時』二〇〇〇・九、新幹社)。

(5) 佐藤泉「『占領』を記憶する場」(『文学』二〇〇三・九/一〇、岩波書店)、『戦後批評のメタヒストリー——近代を記憶する場』(二〇〇五、岩波書店)。

(6) 全文は、神山茂夫編著『日本共産党戦後重要資料集』第一巻(一九七一、三一書房)に所収。この論文は、朝鮮戦争を目前に控えて、日本共産党にアメリカとの全面対決を求めたものであると言われている（和田春樹『歴史としての野坂参三』一九九六、平凡社）。

（7）本多秋五『続物語戦後文学史』（一九六二、新潮社、一八六頁）。

（8）本多秋五『続物語戦後文学史』（前掲、一八五〜一九六頁）。

（9）朴鐘鳴「『民主朝鮮』概観」（復刻『民主朝鮮』本誌別巻、一九九三、明石書店）によれば、「執筆者分類」座談会も含む延べ人数（四〇九人）である。その内訳は、在日朝鮮人：二一六人（五三％強）、本国の朝鮮人：七五人（一八％強）、日本人：一〇三人（二五％強）、中国人：一四人、ロシア人：一人となっている。

（10）小田切秀雄「朝鮮文化の開花のために」（一九四六・一二）「中国文学の場合」（一九四七・五）「体験と創作」（一九四七・一二）。

（11）出席者は、小田切秀雄、中西浩、水野明浩、朴元俊、李殷直、林光澈、李珍珪、魚塘、金達寿、殷武岩である。

（12）中国側：劉明電、黄延富、甘文芳、楊春松、頼貴富。日本側：平野義太郎、鹿地亘、中野重治、中西功。朝鮮側：申鴻湜、白武、尹鳳求、韓徳銖。

（13）一九四九年、三月には「番地のない部落」（『世界評論』）、六月には「三十八度線南北の文学情勢」、八・九月には「反乱軍」（『潮流』）、一二月には「在日朝鮮人の運命」（『世界評論』）が掲載された。

（14）「作者のおぼえがき」（『後裔の街』一九四九、世界評論社）。

（15）許南麒は、一九四六年七月、『民主朝鮮』に「磯にて」という詩が載って以来、同雑誌への作品の掲載回数は金達寿と李殷直につづいて三番目に多い（徐龍哲「在日朝鮮人文学の始動——金達寿と許南麒を中心に」、復刻『民主朝鮮』別巻、前掲）。

（16）『歴史と民族の発見——歴史学の課題と方法』（一九五二、東京大学出版会）。

（17）和田春樹は、許南麒が「金芝河を知る前に知った唯一の朝鮮詩人」であったと回想しているが、彼が許の詩に接したのは、高校時代に読んだ『歴史と民族の発見』の長い引用を通してであったという（『あ

る戦後精神の形成　一九三八—一九六五』前掲、一四九〜一五〇頁)。
(18)「五〇年代から六〇年代へ」(『わが文学と生活』一九九八、青丘文化社)。
(19) 金太基『戦後日本政治と在日朝鮮人問題』(前掲)参照。
(20) 部落問題研究所より一九四九年二月創刊。『部落問題研究』として創刊され、一九五〇年一月には『部落問題』に、一九五一年四月に『部落』に変更され、現在に至る。
(21) 本論での「申入書」の引用は、金達寿「部落解放の問題にふれて——『眼の色』についての作者の意見」(『新日本文学』一九五一・八)からの再引用である。
(22) 法務府告示第五一号により、朝鮮と民青を解散団体に指定して団体を解散し、第五三号により二八人の朝連と民青の幹部を公職追放し、第五七号により朝連と民青の所有財産一切の没収が指令された。呉圭祥『ドキュメント在日本朝鮮人連盟一九四五—一九四八』は、これまであまり公開されることのなかった朝連側の資料に基づいて、朝連の解散・財産没収をめぐる詳細な報告を記している(二〇〇九、岩波書店、九一〜一〇二頁)。
(23)『わが文学と生活』(一九九八、青丘文化社、一六一頁)。
(24)『民主朝鮮』の検閲資料に関する研究として、小林知子「GHQによる在日朝鮮人刊行雑誌の検閲」(『在日朝鮮人史研究』一九九一、在日朝鮮人運動史研究会)、横手一彦「二度目の世界戦争と朝鮮戦争の間・批評性排除への非同意——雑誌『民主朝鮮』を事例研究として」(国際言語文学会『国際言語文学』二〇〇〇・一二、韓国)などがある。
(25) PPBの検閲活動については、山本武利『占領期メディア分析』(一九九六、法政大学出版局)、有山輝雄『占領期メディア史研究——自由と統制・一九四五年』(一九九六、柏書房)、奥泉栄三郎編『占領軍検閲雑誌目録・解題——昭和二〇年〜二四年』(一九八二、雄松堂)を参照した。
(26) 事前検閲に留まった二八誌は、「不二・彗星・新しい世界・文化評論・潮流・調査時報・中国研究・中央公論・科学と技術・人民評論・人民戦線・改造・民主の友・大衆クラブ・世界の動き・世界経済評論・世界・世界評論・真相・前衛・自由評論・民論・民主朝鮮・民主評論・世界評論・ソヴィエト文化・われらの世界・私の大学」である。「極右 Ultra-Rightist（Periodical）」として分類された『不二』『彗星』以外の二六誌は「極左 Ultra-Leftist（Periodical）」として分類されていた。（「補遺（二）占領下の極右・極左事前検閲雑誌」（奥泉栄三郎編『占領軍検閲雑誌目録・解題――昭和二〇年〜二四年』前掲、所収）を参照。

（27）「付録一　PPB略年譜（一九四五年〜一九四八年）」（山本武利『占領期メディア分析』前掲、所収）。

（28）CIE "Prosecution of Flagrant Violator of the Press Code for Japan" 1948・12・11, CIE(A)-0353。山本武利『占領期メディア分析』（前掲、四一六頁）の翻訳を参照した。

（29）「プレスコードに関する総司令部覚書（一九四五・九・一九）」外務省特別資料部編『日本占領及び管理重要文書集　第二巻　政治、軍事、文化編』（一九四九、一八〇頁）の原文と対照した。

（30）古川純「雑誌『改造』にみる占領下検閲の実態（一）」（『東京経済大学会誌』一九八〇・九、東京経済大学、一三五頁）によれば、キーログには占領政策が変わるたびに変更される一時的なものと恒久的なものとの二種類があったという。Key Log とは "A policy statement as to the action to be taken by an examiner upon encountering information or comments of a specific type" と定義されている（List of Definitions, in : Operations of Military And Civil Censorship USAFFE/ SWPA/ AFPAC/ FEC, "Volume X, Intelligence series", Military Intelligence section, General Staff/ General Headquarter, Far East Command, 15 Sept. 1950、古川論文による）。

（31）山本武利『占領期メディア分析』（前掲、二九五〜二九八頁）、同書には付録として「検閲要綱」と「キーログ（一九四八・一・二）」が収録されている。横手一彦「敗戦と被占領下と文学と」（『文学』第四巻五号、二〇〇三・九／一〇、岩波書店、七〇頁）には、キーログによる文学テクストの検閲について言及されている。また、同氏の『被占領下の文学に関する基礎的研究　資料編』（一九九五、武蔵野書房）に収録された「敗戦期において削除および掲載禁止に処された文学（的）作品一覧表（一九四五〜一九四九）」

は、文学テクストと検閲を考える上で参考になった。
(32) 文京洙『在日朝鮮人問題の起源』(前掲、一〇四頁)。
(33) 「〈在日朝鮮人の地位〉に関する在京米国政治顧問発文書第五八〇号」(大沼保昭「資料と解説・出入国管理法制の成立過程一二」『法律時報』一九七九・二、日本評論社)。
(34) 当時、日本で発行された朝鮮人による新聞メディアと検閲の問題については、小林聡明『在日朝鮮人のメディア空間――GHQ占領期における新聞発表とそのダイナミズム』(二〇〇七、風響社)に詳述されている。
(35) 朴慶植『解放後――在日朝鮮人運動史』(一九八九、三一書房)の第二章、金太基『戦後日本政治と在日朝鮮人問題』(前掲)の第三章を参照した。
(36) 外務省政務局特別資料課『在日朝鮮人管理重要文書集一九四五〜一九五〇』(一九五〇。引用は復刻版『現代日本・朝鮮関係史資料』第六輯、一九七八、湖北社、一四〜一五頁)。
(37) Incoming Message AG (091.4,25 Nov.1946) froM・CG USAFIK to SCAP NR：TFYMG―3146 dated Nov.1946,KK/G3―00046(金太基『戦後日本政治と在日朝鮮人問題』前掲、三〇八頁から再引用)。
(38) 金太基『戦後日本政治と在日朝鮮人問題』(前掲、二五八頁)。
(39) 鄭暎惠『〈民が代〉斉唱』(二〇〇三、岩波書店)の第五章を参照。
(40) テッサ・モーリス－スズキ「占領軍への有害な行動――敗戦後日本における移民管理と在日朝鮮人」(『現代思想』二〇〇三・九、青土社)。
(41) 『〈民主〉と〈愛国〉』(二〇〇二、新曜社、三三一頁)。
(42) 金斗鎔は、第3章で論じたように、一九三〇年初めの朝鮮人労働団体の全協(日本労働組合全国協議会)への吸収を積極的にすすめた理論家である。一九四五年以後は政治犯釈放や党再建に力をつくし、共産党の朝鮮人政策を理論的に裏づけ、これをおしすすめた人物として知られている(鄭栄桓「プロレタリア国際主義の屈折――朝鮮人共産主義者金斗鎔の半生」、文京洙「在日朝鮮人にとっての〈戦後〉」、『戦

後日本――占領と戦後改革　第五巻　過去の清算』一九九五、岩波書店、一七七頁を参照)。

(43)　朴慶植『解放後――在日朝鮮人運動史』(一九八九、三一書房、八八頁)。文京洙「在日朝鮮人にとっての〈戦後〉」(『戦後日本――占領と戦後改革　第五巻　過去の清算』前掲、一七七頁)にも同様の指摘が見られる。

(44)　一九四五年一〇月一〇日(朝連結成の五日前)に創刊。一九四五年八月一五日『우리신문』(ウリ新聞：我々の新聞という意味)と改題し、同年九月一日から『解放新聞』と改めて再出発した。一九五〇年八月二日、朝鮮戦争のさなかSCAPの指令により、発禁となり、一九五二年五月二〇日に復刊した。引用は朴慶植編『朝鮮問題資料叢書』補巻(一九八四、アジア問題研究所)に拠った。

(45)　「『前衛』発刊に際して」(『前衛』創刊号、一九四六・二)。

(46)　坪井豊吉『在日朝鮮人の概況』(一九五九、法務研修所)、朴慶植編『朝鮮問題資料叢書　第一五巻　日本共産党と朝鮮問題』(一九九一、アジア問題研究所、一〇九頁)参照。

(47)　朴慶植『解放後――在日朝鮮人運動史』(前掲、九一頁)。

(48)　文京洙「戦後日本社会と在日朝鮮人③――日本共産党と在日朝鮮人」(前掲、一九六頁)。

(49)　朴慶植、張錠寿、梁永厚、姜在彦『体験で語る解放後の在日朝鮮人運動』(一九八九、神戸学生センター出版部)。文京洙「戦後日本社会と在日朝鮮人③――日本共産党と在日朝鮮人」(前掲、一九六頁)によれば、この年「金斗鎔や宋性澈などの幹部が北朝鮮にわたっていて、朝連は北朝鮮労働党との結びつきを強めていた」という。

(50)　竹前栄治は「日本の戦後史において、政治犯が釈放されるまでのこの〈十日間〉の意味は決定的に重要である(中略)政治犯釈放運動における朝鮮人の役割は大きかったという事実である」(『占領戦後史』一九八〇、岩波書店)と指摘している。朴慶植は、府中刑務所の方まで、釈放される政治犯を迎えにきたのは、朝鮮人が約四〇〇人であったが、日本人は二〇～三〇人ほどであったと述べている(『解放後――在日朝鮮人運動史』前掲、五一～五四頁を参照)。

(51)『わが文学と生活』(前掲、一五九〜一六〇頁)。

(52) 例えば、一九四八年一〇月に朝鮮民主主義人民共和国の「国旗掲揚事件」が起きた宮城県仙台市の、日本共産党宮城県委員会事務局兼、朝鮮人部部長であった高橋正美の証言から、動員された朝鮮人＝共産党党員ではなかったことがわかる。高橋は「朝連支部の現況把握」に努めて、「朝連の生活援護闘争に積極的に参加」していたと証言している。その一方で、高橋が朝連に求めていた「連帯」というのは、共産党の「革命運動」への朝鮮人の動員であった。「党が行なう反税、供米強権発動抗議などの対権力闘争の、ビラ貼り、チラシ配りなどの協力も要請し(中略)朝鮮人たちはそれに忠実に応じてくれました。そうした連帯行動のなかで日常革命を担う党と朝鮮革命の一翼を担う朝連との相互理解を促して、信頼、連帯感を深めてゆきたい」というのが高橋の基本的な考え方だったと証言している。同じ時期、共産党宮城県委員会委員長の遠藤忠夫も「正式に党員になったのは少ないんです。今でも不思議に思います。しかし、彼らは我々に全面的に協力してくれました。朝連を通じての指令だと思います」と証言している。(「[証言三] 宮城県共産党と仙台の在日朝鮮人社会――高橋正美さんと遠藤忠夫さんのお話」『和光大学総合文化研究所年報 東西南北・別冊 地域社会における在日朝鮮人とGHQ』二〇〇〇・一二、和光大学総合文化研究所)。

(53) 小熊英二『〈民主〉と〈愛国〉』(前掲、三三一頁)。

(54) CISPS NO. 30, 15 July 1948, p. CIC-29。この資料は金太基の『戦後日本政治と在日朝鮮人問題』(前掲)から再引用した。

(55) ここで、文部省学校教育局長は、「朝鮮人は一九四六年一一月二〇日付け総司令部発表により日本の法令に服しなければならない」と記し、備考欄を設け、右のSCAPのみなし規定をそのまま表記していた。この規定を根拠に、学齢に該当する朝鮮人児童は、「日本人同様、市町村立又は私立の小学校又は中学校に就学させなければならない」という指示がなされた。「各種学校の設置は認められない」が、「朝鮮語等の教育を課外に行うことは差し支えない」ということであった(外務省政務局特別資料課『在

日朝鮮人管理重要文書集一九四五〜一九五〇』一九五〇。本章では復刻版『現代日本・朝鮮関係史資料』第六輯、一九七八、湖北社を参照)。

(56) 法務庁特審局長長吉河光貞の発言はCHOREN Book I, GHQ/SCAP Records, GS, Box 2275 HH, Folder 15, item 63, MF GS (B)-04267による。和田春樹『朝鮮戦争』(前掲)参照。

(57) 「はしがき」には、「一九四九年一〇月二日大阪地方を初め兵庫、京都、滋賀等各地で朝鮮人党員会議における一般報告(報告者鄭東文)これにつぐ討議および結語を総括したものである」と記されている。

(58) 朴慶植編『朝鮮問題資料叢書——日本共産党と朝鮮問題』(一九九一、アジア問題研究所)。

(59) 文京洙「戦後日本社会と在日朝鮮人③——日本共産党と在日朝鮮人」(前掲、一九七頁)。朝鮮共産党日本総局と高麗青年会日本部については、鄭栄桓「プロレタリア国際主義の屈折——朝鮮人共産主義者金斗鎔の半生」(高峻石『朝鮮革命運動史　第二巻　コミンテルンと朝鮮共産党』一九八三、社会評論社)参照。

(60) 四全協、五全協の朝鮮人対策は、朴慶植編『朝鮮問題資料叢書——日本共産党と朝鮮問題』(前掲、一三〇〜一三二頁)に転載されている。

(61) 朴慶植編『朝鮮問題資料叢書——日本共産党と朝鮮問題』(前掲、一二二〜一二八頁)。

(62) 朴慶植編『朝鮮問題資料叢書——日本共産党と朝鮮問題』(前掲、一三二頁)。

(63) 「新綱領」は一九五一年八月に示された。この文章は、「アメリカの占領は、日本人を、どんなに苦しめているか?」という問いかけから始まり、「民族解放民主革命」が繰り返し強調されている。ここでいう、「民族独立」が「日本民族」を指していたことは言うまでもない。『日本共産党戦後重要資料集』第一巻(一九七一、三一書房)の六一九〜六二五頁に全文が掲載されている。

(64) 尹健次『日本国民論——近代日本のアイデンティティ』(一九九七、筑摩書房、一五五頁)、和田春樹「戦後改革運動と朝鮮」(『思想の科学』一九七六・一〇、思想の科学社)参照。

(65) 丸川哲史『冷戦文化論』(二〇〇五、双風舎)。

(66) 林玲「〈日本共産党史〉から消された〈朝鮮総連〉結成秘話」(『週刊新潮』二〇〇五・六・二)。

第8章　共闘の場における「女」たち

冷戦構図を露呈させた朝鮮戦争と五〇年問題の渦の中で、アメリカへの対抗を共通の基盤として持つ「共闘」が行われてきたことは先述した通りである。当時の共闘が、民族単位の「連帯」として読み替えられる過程において、それぞれの内部に錯綜していたはずの多様なアイデンティティの相違との対話は宙吊りにされてきたのではないだろうか。

すでに言及したように、五〇年前後の「共闘」の場における金達寿と許南麒への高い評価は、彼らのテクストから「民族」をめぐる言説が見出されたからである。実際、二人のテクストの中で「民族」とは、どのように表象されていたのだろうか。またそれは、共産党の方針によって揺れていた日本の国民文学・国民的歴史学運動という言説空間に閉ざされたものであったのであろうか。そうした問いをつなぎあわせ、本章では、日本共産党の運動方針に歩調を合わせていたとは言いにくい労働運動の場、その中でも、一九五〇年のメーデー用に制作されたポスターに注目してみよう。

一九五〇年五月一日、皇居前の「人民広場」[1]では、第二一回メーデーが行われる。それは、「人民広場」における最後のメーデーであった。そもそも人民広場という言葉がはじめてあらわれたのは、一九四七年四月一日の『アカハタ』である。原武史の指摘どおり、「人民広場」には、「宮城前広場は天皇のための広場でもなければ、占領軍の広場でもなく、〈万国の労働者〉を意味する〈人民〉のための広場なのだ」という意味が込められている。[2]特に、この呼び名が、同年二月一日のマッカーサーによるゼネスト中止命令以後に登場したことに注目すべきであろう。すなわち、「人民広場」という呼称は、一九四六年五月一日に開かれた第一七回メーデーの際、宮城前広場の使用が許可されて以来、ほとんど表面化することのなかった、SCAPによる占領方針と労働運動・日本共産党系の運動方針との衝突を可視化する役割を担うことになる。しかも、「人民広場」という記号には、その空間において繰り広げられるメーデーなどの大規模な集会をめぐる主催者側と政治権力との衝突が激しくなるにつれ、次第に権力への「抵抗」「共闘」という意味が付随してゆくことになるのである。

一九五二年五月一日が「血のメーデー」として記憶されていることからわかるように、一九五〇年の第二一回メーデーを境に、労働運動をめぐる状況は大きな変容を見せることになる。当時、深刻な組織内部の亀裂が明らかになりつつあった共産党や労働組合が、共に第二一回メーデーに参加したのは、冷戦の構図と連動しながら刻々と迫ってくる弾圧への危機感からであろう。結局、一九五〇年のメーデーは、六〇万人参加という「戦後最大の盛んなもの」(『朝日新聞』同・五・二)になった。

このメーデーで使用されていたポスターには、母のイメージを強調する図像が描かれていた

図8—1

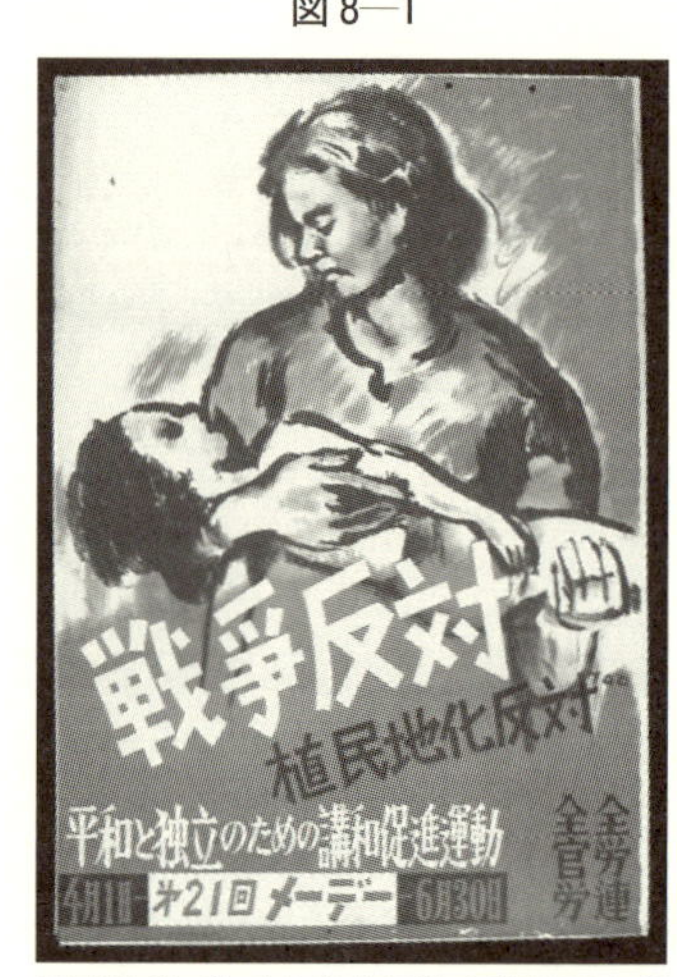

写真提供：法政大学大原社会問題研究所

（図8—1、8—7）。衰弱しきった子供を抱いている「母」を、「戦争反対」「植民地化反対」「民族独立」「全面講和」などの言葉が囲んでいる。前章で触れたとおり、これらの言葉が、朝鮮戦争の前である一九四九年から一九五四年にかけて広く流通していたことに注目したい。本章では、文字言語と図像が交錯しながら、同じ紙面の上に作り上げた「母」の表象を手がかりに、この時期の「連帯」の場におけるジェンダー編成について考えることになるだろう。

一　メーデーのポスターから

本多秋五は、一九五〇年が「日本にとって画期の年」（『続物語戦後文学史』一九六二、新潮社）であったと回想している。彼はコミンフォルムの日本共産党批判と朝鮮戦争の勃発に意義を見出しているのだが、それは言うまでもなく、東アジアにおける冷戦の本格化を示す出来事であった。すでに詳述した通り、この年の一月以来、日本共産党は「所感派」と「国際派」に分裂し、深刻な対立状態にあった。

一方、労働運動の場においては、一九四八年六月、共産党の影響下にあった全労連（全国労働組合連絡協議会）の体制に批判的だった総同盟（日本労働組合総同盟）が、全労連から脱退してしまう。それ以来、全労連の主力は共産党系の産別（全日本産業別労働組合会議）となり、共産党と距離を置いていた民同（民主化同盟）や総同盟との間で対立が激化していく。その過程で、全労連の勢力は衰え、組合員数も、一九四八年に五〇〇万人であったのに対し、一九四九年には七八万人にまで激減してしまう。[3] 一九五〇年四月三日のメーデー準備会においても、民同派と産別の攻防が繰り返されたため、メーデーは分裂するかと思われたが、日教組の仲介により、統一メーデー実行委員会が成立した。[4] このように、複雑な対立構図と外部からの圧力による運動崩壊の危機が囁かれつつあった一九五〇年五月一日に、第二一回メーデーが行われたのである。

まず、このメーデー用に制作されたポスターに注目してみよう。メーデーに使用されるポスターには、実行委員会による図案だけではなく、組織や立場によって多様なバージョンが制作された。例えば、西日本方面で使われたと思われるこのポスターには、「戦争反対・自由独立・平和を守れ」という、実行委員会と同様のスローガンが太字で記されているが、絵の下方にある主催側の名前には、「共産党・社会党・部落解放委員会・朝鮮人解放救援会」の文字が並んでいる（図8―2）。ここでは、「戦争反対」がクローズアップされているが、それは、このメーデーの日付が朝鮮戦争勃発前の一九五〇年五月一日であったことからわかるように、朝鮮戦争という具体的出来事への反対を意味するものではないことに注意すべきである。

図8—2

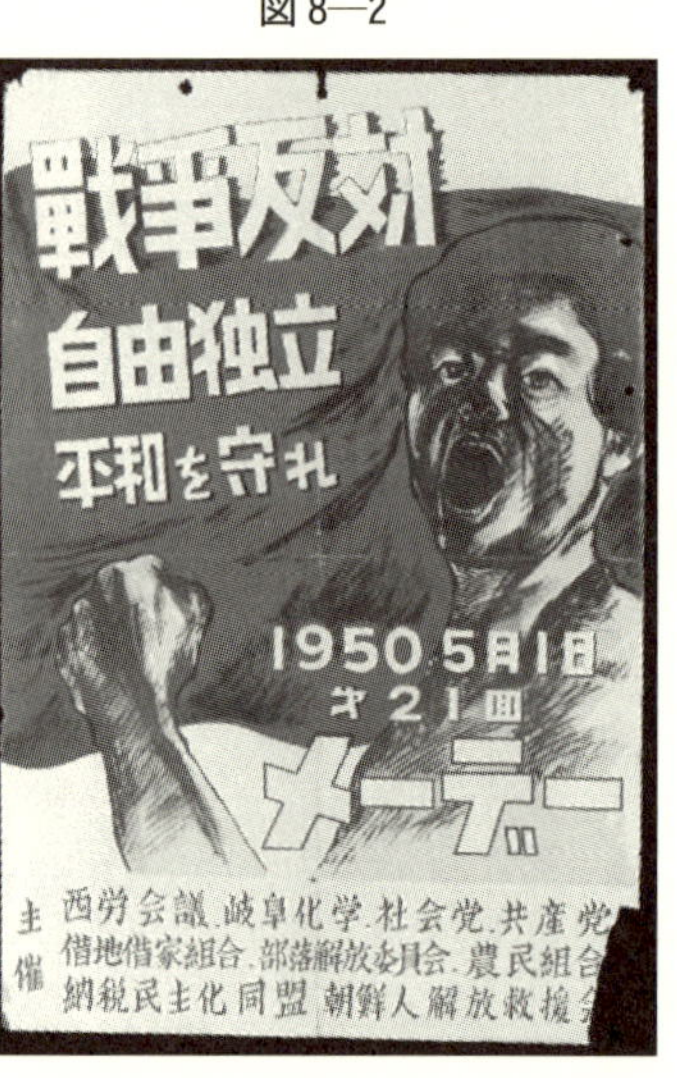

写真提供：法政大学大原社会問題研究所

このメーデーに参加した朝鮮人解放救援会とは、第7章で論じた、在日朝鮮人連盟（以下、朝連と略す）の強制的解散劇から、唯一、生き残った組織である。なお、当時、崩壊してしまった朝鮮人組織の代表としての「朝鮮救」は、実行委員会のポスターでは、婦人民主クラブと同じ列に並んでいる。

一方、このメーデーに大きな影響力を及ぼしていた共産党は、一九五〇年に入ってから、厳しい弾圧により、指導部（所感派）が地下活動に入ってしまう。それと連動する形で、同年八月には、占領軍の利益に反する行為に従事したことなどを理由に、全労連の解散が命じられる。組織の主要人物一二人の公職追放が実行されたため、公の場における全労連系の組織による労働運動への関わりは厳しくなっていく。一九五一年メーデーの人民広場への進入が禁止されたのと同様に、このポスターに刻まれている多様な固有名は、合法的な活動の場から消えてしまうのである。

このような危機的な状況を鳥瞰できる位置にある現在の研究は、同じ戦いのために多様なグループの名前が並べられたことを、「共闘」という言葉で意味づけし、高く評価してきた。すでに前章で取り上げたように、とりわけ、一九五〇〜五三年の間の「共闘」は、日本人と朝鮮人の連帯として表象され、「朝鮮人のため」に行った「朝鮮戦争への反対」を意味するものとして歴史化されてきたのである。

だとすれば、本章に掲載しているポスターに見られるように、朝鮮戦争の勃発前である一九四九年(第二〇回)を境に、メーデーのスローガンとして「独立」「戦争反対」「全面講和」が使用されるようになったことを、どのように考えればよいだろうか。例えば、図8—7のポスターには、エスニック・階級・ジェンダーという記号が複雑に交錯している。にもかかわらず、それらの構図が後景に追いやられ、「民族」という言葉ばかりが浮上してきたのは、一九四九年から始まったレッドパージや講和条約への反対運動との深い関わりがあったためである。

図8—3

写真提供：法政大学大原社会問題研究所

すなわち、「戦争反対」を、朝鮮人のために行われた「共闘」として意味づけるだけでは、当時の「共闘」の問題を捉えることは出来ないのである。しかも、他方では、一九四八年の朝鮮人による教育闘争、一九四九年の朝連解散など、日本の占領政策の一環として強制された出来事に対し、「共闘」が積極的に行われなかったという事実がある。そのため、「共闘」を考える際には、矛盾を含んだ構図への配慮が不可

図8—5

図8—4

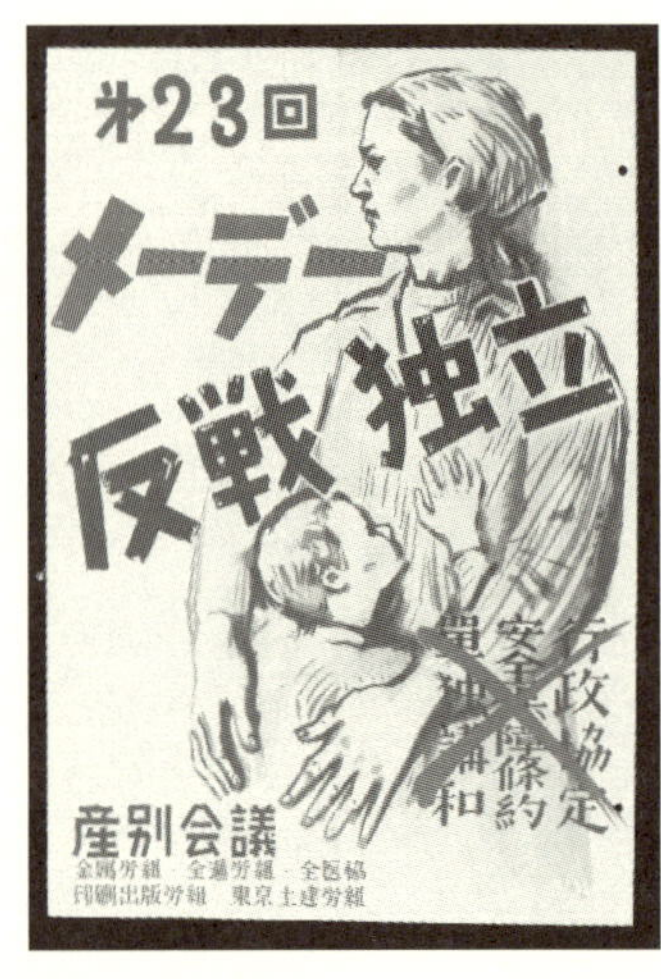

写真提供：法政大学大原社会問題研究所

欠であろう。「共闘」をめぐるこうした構図は、一九五二年四月二八日のサンフランシスコ講和条約（一九五一年九月に調印）の発効以後、朝鮮戦争の停戦協定が大詰めを迎えている時期に開催された一九五二年の第二三回メーデーのポスターに見られる産別会議と朝鮮人組織との差異に接合させることができるだろう（**図8—4、5**）。なぜなら、「在日本朝鮮統一民主戦線」のポスターには、「朝鮮人強制追放反対」「日本の再軍備と徴兵反対」と「朝鮮・日本」の文字が並べられているのに対し、産別会議のポスターの方は、「反戦独立」という文字の背景に、怯えている子供を守るかのように立っている「母」が描きだされ、「単独講和・安全保障条約」すなわち、「日本・アメリカ」の関係が前景化された標語が見られるからである。「母」を据えたポスターには、朝鮮と日本の対関係の代わりに日本とアメリカの対関係が表象されているのである。

このように、サンフランシスコ講和条約・朝鮮戦争を挟みながら展開された一九四九年から一九五四年までのメーデーを象徴する記号群は、当時の民主主義運動において「民族」を見出そうとする議論とパラレルな関係にあった。しかも、それは、「母」の表象体系が編成される場でもあったのである。

二　抵抗する「母」の境界

前章で取り上げたように、ちょうどこの時期、金達寿と許南麒が、日本の国民文学・国民的歴史学運動において、「国民文学」の代表的書き手として浮上してきた。金達寿と許南麒が高く評価されたのは、彼らのテクストから「民族」をめぐる言説が見出されたからである。当時の言説状況において、「(朝鮮)民族」という記号がどのように機能していたのかについて考えなければならないが、まず、実際のところ、二人のテクストの中で「民族」は、どのように表象されていたのかを確認してみたい。当時、二人の代表的なテクストとして紹介されていた金達寿『玄海灘』(一九五四、筑摩書房)と許南麒『長篇叙事詩集　火縄銃のうた』(一九五一、朝日書房)を取り上げてみたい。

『玄海灘』は、日本で育った西敬泰(ソ・ギョンテ)が植民地朝鮮で「朝鮮民族」として目覚めていくプロセスを描いた作品である。その物語内容と主人公の特性は、『後裔の街』の高昌倫(コウ・チャンリン)と類似しているともいえる。とはいえ、このテクストは、朝鮮語の獲得を媒介にして「民族」に目覚めていく『後裔の街』とは、違う形で構成されていた。『玄海灘』では、西敬泰に寄り添う語りによる章と、白省五（ベク・ソンオ）に寄り添う語りによる章とが交互に配置され、登場人物の「朝鮮人」としての目覚めが語られることになる。植民地朝鮮に住み続けた白省五が朝鮮人として目覚めていくプロセスは、内地で成長した西敬泰が、植民地朝鮮に来て民族に目覚めるプロセスと交差される。

例えば、白省五の「朝鮮人」としての目覚めは、朝鮮共産党員であると偽って彼に接近してきた警察特高係の李承元（イ・スンウォン）によって語られる、植民地朝鮮における独立闘争の記憶に導かれたものである。白省五にとって「朝鮮人」になることは、「家」の長男として守ってきた朝礼など、朝鮮王朝時代からの「古い朝鮮人」の慣習を断ち切ることを意味する。一方、特高刑事の李は、相当な教養を持っている白省五を朝鮮人として「目覚めさせる」ほど、植民地朝鮮における抵抗の記憶に詳しい。白省五が逮捕された後、李は、彼自身が「転向」した理由を「朝鮮人であるということに、飽きた」からだと述べ、「私は、この日本に賭けた」と語っている。このように、『玄海灘』において、朝鮮民族として目覚めることは、植民地支配に抵抗する主体となることを意味する。しかも、この小説では、抑圧されている朝鮮人であることと、朝鮮民族として目覚めることの違いがはっきりと線引きされていたのである。

白省五の朝鮮民族への目覚めは、「退嬰的朝鮮服」や「甲号国民服を脱ぎすてて背広に着かえ」、「古い朝鮮の習慣」である身分構造を破り「食母（女中・小間使）」の連淑と結婚する場面で象徴的に表れる。彼の連淑への愛情は「民族としての自覚とともに育ったもの」であったのである。独立運動で逮捕された父親を持った連淑は、父親が属し、光州学生運動で中心的な役割をしたという新幹会について「なんにもわかりません」と述べている。彼女に、父親の「十年の獄中と死」の意味について論じたのは、白省五である。しかし、彼女自身が朝鮮民族に目覚めた主体として語られることはない。白省五が背広に着替えて登場した結婚の場においてもなお、連淑は「黄色い上着（チョクリ）に赤い裳（チマ）」という、白省五が捨てたはずの「退嬰的朝鮮服」を着たままである。改めて強調するまでもなく、当時、日本の「国民文学」として高く評価されていた金達寿の小説における「民族」とは、植民地支配に抵抗する主体である。しかも、それは、近代化されたものであり、男性ジェンダー化される形で形成されていたのである。

一方、許南麒のテクストにおける「民族」の表象については、石母田正のエッセイ「母についての手紙——魯迅と許南麒によせて」が有効な視座を与えてくれるだろう。石母田が評価する「火縄銃のうた」とは、植民地朝鮮における独立運動の記憶を詠った叙事詩である。この時期に石母田は、エッセイ「危機における歴史学の課題」において、植民地宗主国であった日本の共産党と、植民地の「朝鮮民族」や日本の侵略を受けていた「中国民族」との一九四五年以前の関係について、次のように述べている。

（引用者注・共産党は）日本の帝国主義の極端な迫害のもとにおいても、また社会民主主義のたえざる裏切りのなかにあっても、日本からの朝鮮民族および中国民族の解放という主張を一時もひきさげることのなかった唯一の政党であり、かつて一度もアジアの諸民族にたいする日本の人民の友情を裏切らない節操をもちつづけました。(5)

「日本の帝国主義」に迫害されていた対象として、共産党・朝鮮民族・中国民族が同じレベルにおかれている。また、講和条約以後の状況を、「帝国主義にたいする日本民族の隷属」として語る石母田が、「母についての手紙――魯迅と許南麒によせて」の中で、どの民族の母よりも戦争による犠牲をはらったものとして「日本の母」を位置付けていることを見落としてはなるまい。

同じエッセイの中で高く評価された『長篇叙事詩集　火縄銃のうた』(一九五一)は、祖母が孫であるジュヌアに語りかける形で構成されている。この詩は、アメリカの信託統治下にあった朝鮮半島の南側でのパルチザン闘争に加わるために、火縄銃を磨いている孫のジュヌアに対し、彼の祖母が、この火縄銃に秘められている植民地朝鮮における独立運動の記憶を語る内容である。「火縄銃のうた」において、一九一九年三月一日の独立運動は、記憶すべき民衆の戦いを意味する。しかし、祖母は、これから「古くさい火縄銃」をもって、敵が撃ち出すカービン銃や機関銃に向かうことになる孫のジュヌアに対し、一九一九年の独立運動の指導者による「無抵抗主義」が、「妥協的」であり「敗北的」であったという批判を伝えようとするのである。

しかし　何と

その闘いの　紳士的であり、
しかし　何と
その独立宣言の　ひかえ目な
ことだったろう、
どんなことがあっても
暴力で闘ってはならない、
われわれは　最後まで
無抵抗主義でなければならない
という
土着地主、民族資本家、
宗教家、知識人など
三十三人の手になる　独立宣言書
はじめから　妥協的であり
はじめから　敗北的であり

石母田は、「火縄銃のうた」に出てくる植民地朝鮮の「母のなげき」を、「普遍的」な「民族の象徴」であると語り、「火縄銃のうた」での祖母は息子たちをなげきながらもはげまし、勇気をもつように成長させていると述べている。彼は、日本でも講和条約への反対運動の中で、「火縄銃のうた」の祖母のような母たちの成長がみられると記している。石母田は、許南麒を読んで「心から恥じ入った」理由は、日本の歴史家が、許南麒のように民族や歴史をとらえてこなかったからだという。そのような認識の延長で、石母田は、講和条約以後の状況を「帝国主義にたいする日本民族の隷属」と呼ぶのである。

この祖母が
嫁入り道具に持って来た
衣装一切と
銀の指輪と　銀のかんざし　たたき売って
ようやく祖父さんに持たすことのできた
その　火縄銃を磨いている

引用したのは全編に渡って繰り返される詩句であるが、許の詩において、独立闘争が、祖父から父へ、そして孫へと繋がるものとして表象されていることに留意しておきたい。「朝鮮の多くの悲しい妻と母と、娘達」に捧げられたこの詩集において、祖母は、祖父と父と孫を順次に送り、「この地の夫の家、この地の子の家、そして／この地の女の家を」「祖国が勝つその日まで／何時の日までも／

守り続けよう」と語る。つまり、祖母の表象と植民地下の朝鮮の表象が隣接関係に置かれているのである。

佐藤泉は、石母田のように、「母」という言葉をもって民族を表象することは、「ナショナリズムの定式通り、かつ本質主義的ジェンダー観通りであり、その視点からの批判をおそらく免れない」、しかし「危機意識のなかである新しい動きが感知され、それらの述語のために用意された主語が女だったのであれば、これをジェンダーの軸でのみ理解するのは妥当ではない。むしろ、その主語機能の方に注視しておこう」と、視点を転じる必要性を重ねて指摘している。その上で、佐藤は許南麒の「祖母の声」を、「抵抗の結果よりも大切なのは抵抗の伝統であるという思想」によって「ゆだねられた責任の中で深く肯定されている」ものだと高く評価し、「母の声」が発せられる場所は「日本の加害性の傷跡であり、受難者の喪の場所である」と捉えてゆく(6)。佐藤のいう「危機意識」が指し示すのは、日本帝国の植民地支配をめぐる言説に付随することの多い民族単位の加害と被害という二項対立的構図である。

確認しなければならないのは、許南麒の「火縄銃のうた」における「抵抗する主体」とは、独立以後に編成された記憶であったことである。しかも、抵抗する主体としての朝鮮人とは、すべての朝鮮人を意味しているわけではない。例えば、「火縄銃のうた」の中で、武装闘争を避けようとした三・一独立運動の記憶が「無抵抗主義」「敗北的」であったと否定的に語られたように、「抵抗の伝統」とは、その言葉が語られ、消費される時点の歴史的コンテクストにより、再編されるものにほかならない。したがって、焦点化すべきなのは、許南麒と石母田のテクストにおいて、抵抗する主体が立ち上がる際、「母」の表象がどのような役割を果たしていたのかについてである。

『危険な女性――ジェンダーと韓国の民族主義』の序でエレイン・キム（Elaine H. Kim）は、「反植民地民族主義は、民族解放闘争に献身的で自己犠牲的な女性像を理想的に描く。革命的な夫と息子の為に尽くす、ただ出産のためだけの肉体を持っている無性的（asexual）な母の像がそれである」とする。さらに、植民地において多様なアイデンティティが交錯していたはずの女性という記号は「男性の解放だけを意味する民族解放というより大きい大義名分に従属されていた」と指摘している。崔ジョンムは、旧植民地の韓国では、「抵抗の伝統」など民族主義的言説に対するジェンダーの視点からの批判的な検討は、一九九四年においても、「強力な男性主義的左派イデオロギーから疎外されていた自由主義的女性主義者や、民族主義陣営の庇護を受けているマルクス主義フェミニスト等の政治的立場や連帯関係により」不可能に見えたと報告している。[7]

しかもそこには、もう一つの「真に革命的な女性」をめぐる言説が交錯しているのである。例えば、中国共産党は、一九三三年前後に「女性解放・性差別のない平等を保証」する政策を撤回し、「自由結婚と離婚」の禁止や家庭内の和を重視する方向へと路線を変更する。それについて、朴ヒョンオクは、「革命戦士の理想は寛大な朝鮮の女性という伝統的な観点に節合された」と述べ、「女性解放という新しい共産主義的ユートピア」が「親に対する敬い・純潔・母性」という用語で表象されるようになったという。[8]すなわち、階級的関心は家父長的な関係の上に形成されたものだったのであり、一九五〇年前後において、「母」を媒介に「民族」というアイデンティティを見出そうとする試みがいくら「反体制」的であろうとも[9]、家父長的な位階構図の上に編成される表象体系である以上、「母」という言葉に刻まれている過去の記憶から自由にはなれない。

石母田正『歴史と民族の発見』における母と「火縄銃のうた」における祖母の表象には、若桑みどり（『戦争がつくる女性像』一九九五、筑摩書房）や上野千鶴子（『ナショナリズムとジェンダー』一九九八、青土社）がすでに指摘したような、総動員体制におけるジェンダー戦略と類似した構図がみられる。若桑は、この時期の「女」に与えられた「指定席」は、「靖国の母」になることであったと述べている。若桑によれば、「軍神」となった夫に続いて「幼い息子まで『国家』に捧げる決意」を見せることで、『軍神』の英雄性に拮抗することができる」という「靖国の母」の表象とは、家父長制の「腹は借り物」とする思想が遺憾なく発揮されたものなのだ。許南麒の詩における祖母の表象は、「靖国の母」の表象と表裏をなす構図であるといわざるをえない。たとえば、戦死した父の遺影を背景に、母が手渡した軍刀を息子が両手で捧げ持つ「出陣の誓」（図8―6）などがそれである。「出陣の誓」

図8―6　『主婦の友』1944年11月号口絵

の場において、母は『お父様御遺愛の軍刀です』母は厳かに手渡した。……刃にこもる祖先の勲、父戦死の家門の誉。……あゝ今ぞ愛し子を御盾と捧ぐ」と述べているのである。[10]

権明娥は、日本の植民地支配から独立したはずの韓国で書かれた「民族的英雄の受難」をテーマとする物語に、植民地時代の総力戦イデオロギーが内包されていることに注目しながら、「軍国の母」言説もやはり、同様な物語の中でステレオタイプ化され再生したと指摘している。[11]

「植民地主義が植民地に負わせた一番深い傷の地点」は、独立などによって旧システムの「転覆が完了したその瞬間、まさにその時点で、昔の支配者と遭遇しなければならないその逆説の地点」と述べながら、独立してから必然的に行われる独立闘争の記憶の編成には、近代国家の国民として主体化された経験が刻まれているという金哲の指摘は、[12]許南麒の詩を分析するのに有効な視座を与えてくれるだろう。

また、石母田の「母」表象における、「火縄銃のうた」の祖「母」表象の転用は、植民地下の抵抗する主体としての日本「民族」を語る言説とパラレルな関係にあったといえよう。そして、このような論理において「抵抗」、いわゆる民族解放闘争は「民族」というアイデンティティの獲得を自己目的化してしまう恐れがあることに注意しなければならない。石母田や許南麒のテクストには、双方にとって批判すべき対象であったはずの日本帝国の総力戦的ジェンダー編成が内包されていたところに、「共闘」をめぐる思考のもう一つの陥穽が付随していたのである。

三　「パンパン」という身体

小熊英二は、一九五〇年前後の「国民的歴史学運動」において、「女性重視」が提唱されていたと指摘している。その運動のバイブル的存在となったのは、石母田正『歴史と民族の発見』であった。小熊は、「民衆と女性の歴史によせて」（『歴史と民族の発見』所収）が、「朝鮮人の歴史や女性の歴史など、既存の歴史学で軽視されていた領域への注目を呼びかけた」と評価している。小熊は、雑誌『歴史』一九五四年七月号において、「母の歴史」という特集が組まれたことに注目し、特集の序文に「父は『近代的』な思想をもっていても、人間性がブルジョア的立身出世主義に毒されているのにたいして、母は『封建的』でも、自分と子供たちの人間性を外部と父の権力からまもる」と記された文章を援用する。その上、「母の歴史」という特集が組まれた意図は「農村や工場などで働いてきた女性のライフヒストリーを聞き取り調査することによって、民衆の意識と社会の矛盾をつかむ」ところにあったと指摘している。(13)

ただ、ここでいう「女性重視」とは、結局「母」の表象に焦点化されていた当時の言説に関する説明に通じており、それは「民族」の発見と連動していたことにも注意しなければならない。例えば、工場の女性労働者も参加した、一九五〇年の第二一回メーデーや、本章の第一節で示した一九五二年の第二三回メーデーのポスターに刻まれている「母」の肖像は、「民族」という言葉に囲まれて、衰

図8—7

写真提供：法政大学大原社会問題研究所

弱した「子供」を守る仕草をしているのである（図8—7）。この図像には間違いなく、同じ時期の許南麒や石母田のテクストに内在化されている、総力戦におけるジェンダー編成の問題がリンクしている。双方のジェンダー編成の土台になっているのは、いうまでもなく、近代的家父長制の構図である。そのため、この時期の「共闘」の場におけるジェンダー編成を考える上で、それが、当時の階級やエスニック・アイデンティティの構図とどのように交錯していたのかに関する分析を外すことはできない。

ではここで、もう一度、一九五〇年のメーデーに六〇万人が集まった「人民広場」の空間に戻ってみよう。ここは、占領の間、「天皇、占領軍、左翼、警察などの多種多様な勢力」が「儀礼や集会を行う」場であり、その一方で、夜になると、アベックや米軍兵士が「野外性愛のために利用」する「愛の空間」でもあった。[14] この広場における「戦後最初の集会」は、一九四五年八月二六日に行われたＲＡＡ（特殊慰安施設協会 Recreation & Amusement Association）の発足式である。

天皇の玉音放送から三日後の一九四五年八月一八日、内務省警保局によって地方長官宛てに占領軍向けの性的慰安施設に関する通達が無線で打電された。施設の設置のために、民間業者と積極的に協力することが指示されていた。この通達の内容について、『神奈川県警察史』(神奈川県警察史編さん委員会)には、「戦争が終結し、多くの連合軍将校が日本に進駐することになったとき、もっとも大きな問題となったのは、いかにして善良な婦女子を守るか、ということであった。政府は清純な婦女子をこの危機から守るための具体策として、進駐軍専用の特殊慰安施設を設けることを決定し、八月一八日〈警保局長通達〉(無電)をもって、全国都道府県に対して〝進駐軍特殊慰安施設整備について用意されたし〟と打電した。敗戦日本を象徴するかの如き屈辱的措置であったが、治安維持のためにやむを得ないことであった。政府はこの慰安施設設置のために一億円を拠出し、特殊慰安施設協会(RAA)を設けて具体的な活動をはじめた」と記されている。(15)

一億円という破格の金額を確保し、「清純な婦女子」を守るために、一週間という短い期間に集められたRAAの発足式における「宣誓」には、「民族の純潔を百年の彼方に護持培養」「国体護持」という言葉が使われている。(16) マイク・モラスキーの指摘のとおり、ここでの国体は、天皇制の維持を意味するが、「純潔」の観念には、中産階級の女性の保護だけではなく、下層階級出身の「女性に潜在する不純な性的欲望の噴出を制御しようとする意図」があるため、「階級との関連のみならずセクシュアリティや欲望との関連」も考えるべきであろう。(17)

SCAPによって公的売春が禁じられた一九四六年二月以後、内務省は「女性には売春婦になる権利がある」と述べ、売春が許可される「赤線」地帯を指定した。そして、「パンパン」の身体は、「闇」空間をめぐる比喩と連動しながら、「民族」が編成される「公」の空間を侵食し、共闘の場における「階級」言説や無性的（asexual）「母」の表象と交錯することになる。

この時期の文字言語を研究対象とする際、検閲の問題は避けて通れない。雑誌メディアに対する検閲は、一九四六年九月からＣＣＤ（Civil Censorship Detachment）のメディア専門の検閲組織ＰＰＢ（Press, Pictorial and Broadcasting Division）により開始され、一九四九年一〇月三一日に終了する。しかし、その後も、プレス・コード違反に関する軍事裁判がなされていた。当時、違反を避けるために、例えば『アカハタ』は、「ＧＨＱへの直接的な批判は避け、日本政府の攻撃に力点を置く作戦をとった」時期があったという。[18]

小熊は、一九五一年に書かれた丸山眞男のエッセイにおける「日本国民は逆にその無気力なパンパン根性（中略）の追求によって急進陣営と道学的保守主義者の双方を落胆させた」という表現などを援用しながら、「アメリカへの服従の象徴的存在とされたのが、『パンパン』であった」（『〈民主〉と〈愛国〉』）と指摘しているが、本章では「パンパン」という言葉が、「アメリカへの直接的な批判」を避けるための代行・表象機能も担っていたことに注目したい。

例えば、一九四八年五月一五日、東宝争議を支持するためのポスターには、「パンパン文化を追放しろ！」「民族文化を守れ」という標語が見られる（図8―8）。争議は、四月から始まった人員整理通告を契機として始まり、同年八月一九日には米軍の戦車まで出動する事態になる。「資本家陣営と労働者階級の文化政策の相違をうきぼり」にしたというこの争議のポスターにおいて、[19]「パンパン」は「民族」と対置させられている。この図像を、同じ日本映画演劇労働組合らが作った翌年のメーデー

図8—8

図8—9

写真提供＝法政大学大原社会問題研究所

のポスターと比較してみると、両方とも「民族文化を守」るという標語が入るが、メーデーの方は、争議のポスターに描かれた半裸の「パンパン」とは違い、やさしい笑顔の若い「女／娘」の顔が強調されている（図8—9）。当時の言説の配置を考えると、「民族文化を守れ」という文字は、「日本の娘を守れ」「純潔の防波堤」という標語と対構造化された「パンパン」によって、逆説的に支えられていることになる。

だからといって、アメリカを意味する記号としての「パンパン」は、共闘の場における「母—民族」の表象への侵入は許されないのである。「母」の世界から追放された「パンパン」は、朝鮮戦争の勃発を契機に展開された反基地闘争において、「民族の誇り」を傷つけるものとして語られていた[20]。このような比喩が流通していたのと同じ時間・空間において制作された、一九五〇年メーデー、一九五二年メーデーのポスターに刻まれた「戦争反対」「植民地化反対」「民族独立」という標語は、「連帯」の名で並ぶ様々な固有名とともに、「母—民族」の表象のもとに収斂される構図になっている。

図8―10

（出典）神崎清『夜の基地』（1953、河出書房）

結局、「母―民族」の領土の中に、「パンパン」という言葉の侵入が許されるのは、講和条約以後である。そこに前景化されるのは、アメリカ占領に対する被害者としての「日本」である。例えば、公開当時、大きな衝撃を与えたという、「米兵が日本の女をハダカにしている」写真には[21]、米兵に囲まれた裸の女性の後ろ姿が映っている（図8―10）。東宝争議のポスターの半裸の「パンパン」は、「パーマヘア・赤い口紅・ハイヒール」などアメリカを有標化する記号を付け、アメリカ人を連想させる「男」との距離の近さが強調されていたことを考えると、「パンパン―民族」の被害性の獲得は、アメリカという記号をすべてはぎ取った「裸」を通してしか実現しないものであろう。それから、二〇年後、この写真の「日本の女」が、実際は、朝鮮戦争の最中に撮影された「朝鮮女性」であったことが明らかになるが[22]、それは、一九五〇年代前後における「パンパン―アメリカ」「パンパン―民族」表象における「パンパン」の身体の横領とパラレルな関係にある出来事である。

一九九一年、日本軍の「従軍慰安婦」として金学順（キムハクスン）氏が名乗り出てから、「女性」の身体への暴力を歴史化する際、「戦前」の日本軍による旧「植民地の女性」、「戦後」の米軍による「日本の女性」という構図が作られ、通史として語られることが多い。しかし、「戦後」といわれる空間において「パンパン」と名付けられた人々に、旧植民地出身、被差別部落出身の女性が多かったことを看過してはならないだろう。[23]「パンパン」表象には、セクシュアリティ・民族・階級の問題が複雑に交錯している。すなわち、「パンパン」という言葉を、「日本の女」という言葉の中に回収することは、植民地支配の問題が、海の向こうから提起されるものであると想定する内向きの「戦後」語りの枠組みと相互補完関係を取り結ぶことへと帰着するだろう。このような陥穽を意識することは、ナショナルな領土性が自ずと可視化されてしまう、「日・中・韓」など、現在の国民国家単位の「連帯」や「共闘」の限界を超えるための動きに繋がるのではないだろうか。

注

(1) 「人民広場」については、原武史『増補　皇居前広場』(二〇〇七、筑摩書房)を参照した。この本の中で、原武史は、千代田区皇居外苑にある広場の歴史的名称について、一八八八年から一九四八年までは「宮城前広場」という言葉を、それ以降(現在も含む)は「皇居前広場」という言葉を用いて論じている。

(2) 原武史『増補　皇居前広場』(前掲、一四七頁)。

(3) 『GHQ日本占領史　三一　労働組合運動の発展』(一九九七、日本図書センター)を参照。

(4) 大原社会問題研究所編『新版社会・労働運動大年表』(一九九五、労働旬報社)を参照。

(5) 『歴史と民族の発見――歴史学の課題と方法』(前掲)。

(6) 佐藤泉『戦後批評のメタヒストリー――近代を記憶する場』(前掲、六二～六九頁)。

(7)『危険な女性――ジェンダーと韓国のナショナリズム』(朴ウンミ訳、一九九七、サムイン、韓国語)。
(8)「解放と理想――満洲における朝鮮人女性達」(『危険な女性――ジェンダーと韓国のナショナリズム』前掲に所収)。
(9)「人がアイデンティティ〈同一性〉を強く求めている限り、『座標軸』はますます絶対化されていく。つまり、人々がアイデンティティ・ゲームに興じている限り、「座標軸」は安泰。社会の側が変革を迫られることはない。社会は、その権力を保持することが可能だ。アイデンティティ〈同一性〉をもつことは、社会適応の一手段である。それが、たとえ『反体制』というアイデンティティであったにせよ、〝体制〟の内に、何らかの自分の礎を見出すことである。アイデンティティ〈同一性〉をもつとは、〝体制〟との相互補完関係であることに変わりはない(鄭暎惠「アイデンティティからの自由――混血・多重国籍・家なき子・性別不詳」上野千鶴子他編『母性ファシズム――母なる自然の誘惑』一九九五、学陽書房)。
(10)川村邦光は、一九四三年を境に『主婦の友』誌上に、戦地に赴く子と母の別れのシーンが増えていくが、父と子の別れを画いた図像がまったくなかったと指摘している(川村邦光『性家族の誕生――セクシュアリティの近代』二〇〇四、筑摩書房)。
(11)權明娥『歴史的ファシズム――帝国のファンタジーとジェンダー政治』(二〇〇五、チェクセサン、韓国語)。
(12)金哲「総論　ファシズムと韓国文学」(『文学の中のファシズム』に所収、二〇〇一、サムイン、韓国語)。
(13)『〈民主〉と〈愛国〉――戦後日本のナショナリズムと公共性』(二〇〇二、新曜社、三四〇頁)。
(14)原武史『増補　皇居前広場』(前掲)の第四章「占領軍・左翼勢力・天皇……第Ⅲ期」を参照。井上章一によれば、この時期は「皇居前広場と聞く」だけで、同様のことを連想したという。にもかかわらず、皇居前の実情を報告した記録、とりわけ、新聞の社会面にその様子がレポートされることはあまりなかったと述べ、「皇居という聖域をおもんぱかって、報道機関が記事にするのをはばかったのかもしれない」と指摘している。また、雑誌『ホープ』(一九五〇・九)に掲載された漫画家の横山泰三の「噂の皇居前広場」というイラストは、性行為を直接的に描いたという理由で摘発されている(井上章一『愛の空間』一九九九、角川書店、一〇~一三頁)。

(15) 川元祥一『開港慰安婦と被差別部落——戦後RAA慰安婦への軌跡』(一九九七、三一書房、二〇~二一頁)から再引用。

(16) 猪野健治編『東京闇市興亡史』(一九七八、草風社)。

(17)『占領の記憶/記憶の占領』(二〇〇六、青土社、二一〇頁)。

(18) 山本武利『占領期メディア分析』(前掲)。

(19)『日本労働年鑑』第二三集(一九五一)。

(20) 加納実紀代『戦後史とジェンダー』(二〇〇五、インパクト出版会)。

(21)『平和新聞』一九五三・六・一一。ここでは、神崎清『夜の基地』(一九五三、河出書房)からの再引用。

(22) 神崎清『売春』一九七四、現代史出版会。

(23) ジョン・ダワー『敗北を抱きしめて』(二〇〇一、岩波書店)、川元祥一『開港慰安婦と被差別部落——戦後RAA慰安婦への軌跡』(前掲、一九三~二〇四頁)を参照。また、『ハルコ』というドキュメンタリーに登場するチョビョンチュン、通称名、金本春子という「在日」女性は、一九五〇年代のはじめの東京で、朝鮮戦争のために盛んになっていた米兵相手の置屋をしていたという。

おわりに――『シンセミア』のかげの星条旗

一　平和なニッポンから

私は、「平和なニッポン」に住んでいるらしい。

一九九四年春に韓国から移動してきた私を戸惑わせ続けた言葉の一つが、「平和なニッポン」である。私の大学時代まで続いていた韓国の軍事政権は、韓国が「休戦」状態にあることを強調し、すぐにでも迫ってきそうな「戦争」への恐怖心を煽っていた。想定される危険な敵とは、「北朝鮮」を意味するのだが、さらにその背後にある敵として名指されたのは、もっとも近い国でありながら、過去に韓国を支配し、いまもなお「軍事国家」への欲望を抱いていると言われていた「日本」である。しかし、二時間の飛行で東京に移動してきた途端、「平和なニッポン」という言葉に囲まれてしまったのだから、私の困惑は相当なものであった。

そもそも「平和なニッポン」の意味内容は、境界の外側に蔓延っている暴力を参照することによって更新される。この言葉に覆われた空間に住む人々にとって、インターネットや衛星の映像によって、世界のあらゆる所から同時中継される「戦争」のような暴力は、画面の向こうにある「虚構」でなければならない。なぜなら、「平和」という感覚は、紛争・戦争を見ている「私」が「当事者」ではないからこそ獲得できるものだからである。しかも、冷戦の崩壊以後に前景化された、日本の侵略を受けたアジア諸国に対する「戦争責任」をめぐる議論が示しているように、「平和なニッポン」とは、「戦争」という言葉のベクトルが、つねに終わってしまった「過去」へと向かうことよって保証されるものである。

これまで、日本における「戦争」の語りには、二つの矛盾した言説が接合されていた。「戦争責任」「戦後責任」と、アジア諸国に対する侵略の主体としての「日本」が問題とされる際には、「アジア」という記号が前景化されるのだが、「空襲、引き上げ、原爆」など、第二次世界大戦における戦争被害を語る言説では、「アジア」という言葉は後景に追いやられてしまう。日本の被害の記憶は、「アメリカ」という記号によって保証される仕組になっている。しかも同時に、第二次世界大戦以後、アジアにおけるアメリカの「占領」が、「日本」とかかわりを持つ言葉であることすらも忘却させる装置が作動していた。例えば、沖縄の米軍は、「沖縄」の問題であり、朝鮮半島の分断と韓国の米軍は、「韓国」の問題にすぎない。今もなお戦争状態にあることを意味する韓国の「休戦」も、「平和なニッポン」

も、実際は、冷戦期におけるアメリカの東アジア戦略とそれぞれの政治権力の合作であるのに、それが意識されることはほとんどないのである。

したがって「平和なニッポン」で生産される小説言語における「戦争・暴力」もまた、「過去」に接合される装置となり、現在、進行中の「戦争」を語る言葉とは線引きされたレベルで生産され、消費されてきた。このような構図に亀裂が生じたのは、二〇〇一年の九・一一との遭遇ではないだろうか。最後に、連載当時から大きな話題を集めた阿部和重の小説『シンセミア』を媒介としながら、本書の第Ⅰ部から第Ⅲ部で分析した言葉の意味内容が、「いま・ここ」でどのような記号として流通しているのかについて考えたい。『シンセミア』は、一九九九年一一月の連載開始（『アサヒグラフ』、のち『小説トリッパー』）から四年がかりで完成された長篇である。雑誌『小説トリッパー』での連載の途中で、九・一一に遭遇し、この小説の言葉は、「テロ・戦争・報復・占領」などの言葉と結びあうことになる。

二　占領という空間と時間の交錯

阿部和重の『シンセミア』[1]では、日本に実在している「神町」という土地に、「占領」という現実の歴史の記憶が組み込まれているようにみえる。神町における田宮家と麻生家の三代にわたる監視体制は、「占領時代」（一九四五年九月一九日から始まり、一九五六年二月一九日にアメリカ軍が朝霞に移動するまで）に作られた。神町における田宮家の権力は、アメリカ軍の基地内でコックとして働きながら、米軍の物資を利用した闇商売から得た資金によって「パンの田宮」創業した田宮仁の時代に始まる。田宮仁と闇商売で結ばれていたのがヤクザの麻生繁蔵である。

> 　駐留基地内の調理場に通うことがなくなってからも、田宮仁はアメリカ軍関係者との縁故を保ち続けた。それはアメリカ人の側も望んだことだった。神町における占領政策を盤石な形で遂行してゆく上で、田宮仁は必要な男だと目されていたのだ。（中略）アメリカ人の側に好都合に働く間者の役を田宮仁は引き受けていたのだ。（中略）固く手を結んだ田宮仁と麻生繁蔵は、効率良く神町での勢力を拡大していった。神町における物流は彼らの管理下に入り、他の経路を使用する者らは悉く脅迫や強盗の被害に遭い、選択肢は断たれていった。

　アメリカ軍の占領政策に協力する「見返りとして、二人が独自に進める陰謀は黙認され続けた」のである。それ以来、「神町」の時間は、二〇〇〇年七月、広崎正俊・会沢光一・松尾孝太の死という「異常事態」が起きるまで「停止していた」。すなわち、「神町」とは、外とは異質な時間が流れる空間なのである。

　田宮家の長男である田宮博徳と妻の和歌子が東京からの帰りに乗った新幹線の電光掲示板には「本日、皇太后陛下『斂葬の儀』」と報じられる。そのとき、雨が降っていた東京とは「異なり、神町の空は相変わらず晴れ渡っており、降雨の予兆は全く感じられなかった」。「神」町と、かつて「神」であった天皇の生きる空間との間隙は、占領期の「アメリカ」を比喩する言葉が蔓延る神町と、占領の記憶とは無縁にみえる「スターバックスコーヒー」のある渋谷との距離とパラレルな関係にあるのではないだろうか。

この小説は、隈元光博によって松尾孝太が銃で撃たれ、殺害される果樹園の場面からはじまる。果樹園の殺人事件の犯人が、この物語の最後において、隈元であると明かされるまで、彼のことは、繰り返し「背の高い男」として語られる。これは、占領時代において、検閲コードを避ける方法として使われていた「アメリカ兵」の比喩である。当時、神町は占領軍向けの「売春地帯」を表象する「パンパン町」と称されていた。ここでの「パヽパヽン」とは、占領軍将兵相手のセックスワーカー、とりわけ「オヽンヽナ」を意味する蔑称である。「背の高い男」は、神町が「パンパン町」であった頃の記憶、すなわち、「占領の記憶」から自由ではない。

隈元光博がなぜ、かねてから神町に対して強い興味を抱いていたのか——それは彼の出自に由来する。隈元光博の母は、日本人とアメリカ人の混血児だ——そして彼女が誕生した土地こそが神町なのだ。隈元光博の母、光江は、一九五〇年(昭和二五年)に神町中央一丁目の「藤井病院」にて誕生した——父親は神町に駐留していたアメリカ軍の兵士であり、母親は当時「パンパン」と呼ばれていた娼婦だ。光江はアメリカ兵である父に抱かれたことはないし、父のほうは彼女の存在さえも認識していない——そもそも光江が生まれるより前に、彼女の父は神町は疎か日本を出て、朝鮮戦争に出征している。母親といえば、光江を満足に育てることも出来ず非業のうちに生涯を終えた――彼女の本名は誰にも判らない。死因は自殺だったが、結果的にそうなったというだけであって、彼女はほとんど殺されたに等しい――光江の母は、一九五一年（昭和二六年）初冬に神町で起きた「郡山橋事件」の犠牲者なのだ。

「背の高い男」による殺人は、パンパンであった「祖母」、そして米兵と祖母との「混血児」であったという「母」の「復讐の代理」であり、「子守歌」の代わりに繰り返し聞かされた彼女たちの「怨声」である。「背の高い男」にとって、それは「神町への怨憎」を滾らせた声でもあったのである。

しかも、果樹園の事件だけではなく、他の二つの死も、偶然にも、「郡山橋事件」と呼ばれる、一九五一年冬の「パンパン」の死に接合される。列車に轢かれて自殺した広崎正俊の身体は、遺体の一部が見つからず、「線路外に散らばった肉片を掻き集めるのに時間が掛かった」。一方、橋から急降下し、地面に叩き付けられた「娼婦」の身体は、「頭蓋がぱっくり割れ、乳色の脳髄がはみ出て」しまうほどであったと語られる。両者の亡骸の損傷に関する描写は、それぞれがもとの身体の境界には復元できない状態にあることを物語っている。また、会沢光一が亡くなった場所は、「娼婦」が亡くなった郡山橋なのである。

「停止していた」時間が動き出す契機となった三つの死は、会沢の死に遭遇した田宮博徳の動揺から分かるように、占領時代から続く監視体制に亀裂をもたらすことになる。小説の末尾では、「占領政策を盤石な形で遂行」させるのに貢献した「パンパンの町」の「パンの田宮」の工場が爆破し、そこから田宮明と「背の高い男」（隈元光博）の死体が発見される。しかも、工場の爆破と同じ時刻、戦時中のアメリカ軍により「放たれ、五五年後の今日に至るまで若木山で眠っていた」不発弾も爆発してしまう。「背の高い男」による、神町に刻まれた「アメリカ」への復讐は、占領の「リビング・エビデンス」でもあった彼自身の身体すらも排除する「心中」によって成し遂げられる。

これで、神町における占領時代は終わったのだろうか。その停止していた時間を動かしている女達の「怨声」は、果してどこに届いていたのだろうか。三人称で語られる『シンセミア』では、ある出来事に関する映像や「記憶」、そして、それに関する「語り」が、如何に不安定なものなのかが繰り返し強調される。とりわけそれは、「郡山橋事件」に関する記憶の語られ方に象徴されている。

郡山橋事件が生じたのは、一九五一年（昭和二六年）初冬のことだった。前年の大掛かりなレッド・パージを経て、依然として反共産主義の勢力が衰えておらず、連合国軍最高司令官がダグラス・マッカーサー元帥からマシュー・B・リッジウェー中将へと交替し、朝鮮戦争の真っ只中にあった頃のこと——占領初期と比べて格段に品位の低い粗野で無教養なアメリカ兵が軒並みに増加したせいで、神町が最も堕落していたと語られている時代だ。一人の売春婦が、地元民との間でトラブルを起こした末に投身自殺した事件と一般的には理解されているが、実相はほとんどリンチ殺人に等しい——想像するに、当時の神町には、自身らの鬱積した不満の捌け口を求めて、適当な生け贄を必要としていた住民たちが大勢いたのだ。

一九五一年の「郡山橋事件」の記憶は、現在の神町に自警団が必要であるかどうかをめぐって議論になった場において、唯一反対した書店主によって、過去の自警団の過ちの記憶とともに召喚される。彼は、「売春婦」の「投身自殺」として理解されているこの事件が、「リンチ殺人に等しい」ものであったと語り、これまで、闇に葬られていた住民達の「罪」の記憶を回帰させた。それと同時に、田宮家と麻生家による監視体制の起源を仄めかすことによって、読者は、両家の「監視体制」とそれを容認した「占領体制」の共犯関係によって、「リンチ殺人」という出来事が「投身自殺」に書きかえられたことに気づくのである。しかし、聞き手であるＪＡ若木の若手女性職員に「衝撃を与えた」のは、「地元の過去を巡る恐るべき秘話」だけではないことに注目すべきである。

内容の重さのみが彼女に衝撃を与えたのではなかった。書店主はといえば、目の前で平然とチーズケーキの残りを食べながら、微笑ましいとでも感じ取っているみたいに目笑していた——つい今し方まで、残酷な逸話を活き活きと、恰も総てを直に見聞きしていたかのごとく臨場感たっぷりに語っていたというのに！　普段は人の好い道徳家の面しか見せたがらぬ紳士的な人物の、思い掛けぬ冷酷さを垣間見た気がして、女性ＪＡ職員は背筋が寒くなり、対応に窮していた。

そもそも「郡山橋事件」の記憶は、住民による語りのレベルにおいて、公の歴史から排除されてきた。また、この記憶とは、女性JA職員の気を引こうとする上記の書店主のように、「当事者」としての自己を意識することのない語りによって編成されてきたことがわかる。それが、限元の身体に刻まれている「パンパン」の「怨声」とは別のレベルであることはいうまでもない。しかも、物語言説のレベルにおいて、この出来事の記憶は、ある「爺さん」が「酒飲んで強気になって吹きまく」った「妄想」なのかもしれないと示唆されもするのである。

三 「九・一一」と読者の位置

田宮博徳は、妻の和歌子の浮気を疑い、彼女を尾行している途中、渋谷で、ダンプカーが数名の男女を跳ね飛ばす場面を「目撃」した。そのダンプカーは、彼が逃げ込んだ百貨店の正面口に突っ込んでしまう。「ダンプカー運転手」の自殺によって、この無差別殺人は止まるのだが、それは「心中」の究極的な形態であったといえよう。

博徳は、大して時間を要さずに文化村通りの現状を正確に把握した。瞬時のうちに騒音がいっそう激化し、右方向へ駆け抜けてゆく人々の姿で視界は埋め尽くされた。急いで立ち上がり、視線を左方へ向けてみると、歩行者天国の只中を一台のダンプカーが突進してきて数名の男女を跳ね飛ばす場面を目撃した。信じ難い情景を目にした博徳は、驚きのあまり足が竦み、息を呑んだ。目前の景色全体が、映画のスクリーンにでも変貌してしまったかに思えた。

「戦場と見紛うほどに凄惨な様相を呈していた」文化村通りの事件に遭遇した田宮博徳は、その場面が説明できる比喩を持ちあわせていない。まさに、いま目の前に起きている出来事であるにもかかわらず、「目前の景色全体」を「映画のスクリーン」という「虚構」へと変貌させることによって、博徳は「傍観者」としての位置を獲得するのである。

この日の夜、NHKが「様々な角度」からの映像を混ぜながら特番を組み、放送する。しかし、彼は、「テレビを通して文化村通りの光景」を見ながら、自分自身の「当事者性」を疑うことになる。なぜなら、ニュース映像は、「まるで何事も記録し得なかったかのごとく、事件現場の有り様をありふれたフィクションの風景に似せてしまう」からである。しかも、この場面は、同じ日に目撃した、彼にとっては衝撃的な「現実」である妻・和歌子の密会（浮気）について、本人から「告白」されることをおそれた田宮博徳によって、「話題をずらし、雰囲気を変える必要」から、会話のネタにされるのである。

このような物語の構成は、『シンセミア』の読者のポジション、いわば、インターネットや衛星の映像によって、世界のあらゆる所から同時中継される「戦争」を見る行為を相対化していくといえよう。とりわけ注目すべきは、上記の場面が、九・一一の直前である、二〇〇一年夏号『小説トリッパー』

に掲載されていることである。この小説の場面が流通していた、二〇〇一年九月一一日、「ニューヨーク・世界貿易センタービルに航空機が激突（一機目のアメリカン航空11便）」の衝撃を伝えるNHKの放送中、二機目のユナイテッド航空175便がツインタワーのもう一つ（南棟）に突入する映像が生放送された。その後、これらの映像は、繰り返してテレビの画面に流される。また、アメリカによる報復が開始されてから、アフガニスタンやイラクへの攻撃の映像が続くことになる。それが、米軍に同行したメディアによる米軍側の視点からのものであるか、アル・ジャジーラのようなイスラーム系のテレビ局からの映像であるか、という区別をしても意味はない。「平和なニッポン」という言葉に囲まれた視聴者にとって、その映像は、向こう側で、起きている戦争であり、そして「イスラーム」とは、既視感を伴う映像の中にある「何か」である。

映像を媒介に、生放送された「九・一一」という出来事は、様々な媒体において言語化され、物語化される。『シンセミア』が連載されていた『小説トリッパー』誌上にも、九・一一をめぐる特別対談が組まれている。(2) この出来事から二か月後にセッティングされた対談「同時多発テロと戦後日本ナショナリズム」において、小熊英二は、「報道から得られる以上の情報があるわけでもない」ことを理由に、彼自身が調べてきた「近代日本の歴史とナショナル・アイデンティティの観点」から語る立場をとる。すなわち、この時期の読者は、「映像」「写真」など視覚的な媒体を巧みに使うメディア、それを二次的に語る言葉の比喩を媒介に、自らも「九・一一」の物語化を試みることになるのだ。

このようなコンテクストにおいて、戦争の画面に毎日のように接している読者により、「神町」の占領時代は、どのように読まれていったのだろうか。この小説が単行本化された時期、イラクにおける米英の「占領」が開始された。その際、ブッシュ政権の周辺では、「日本占領」の記憶が過去の成功したモデル(「特集・占領とはなにか」『現代思想』二〇〇三・九)として召還される。日本においても、アメリカ軍による「占領」の記憶に焦点が当てられることになる。すなわち、「神町」に継続する占領体制のメタファーは、映像の中のイラク占領をめぐるメタファーと交錯することになってしまうのである。

『シンセミア』は、「占領」という言葉に多くの注目が集まった二〇〇三年に、朝日新聞社から単行本化され、二〇〇四年には、毎日出版文化賞と伊藤整文学賞を受賞した。このテクストへの高い評価は、はたして、同時期に蔓延る日本の「占領」言説から自由なものだといえるのだろうか。

四　暴力の記憶を見る・聞く・語る

何より注目したいのは、このテクストにおいて「歴史」を語る行為、とりわけ個人の経験を語る行為が、非常に不安定なものとして構造化されたことである。よく知られている通り、一九九一年、日本軍の「従軍慰安婦」として金学順が名乗り出て、自らの体験を語った。それ以来、日本政府に謝罪と賠償を求める訴訟がいくつも起こされたのだが、裁判の場で「証言者の陳述がたびたび論理的に矛盾」していることが問題化されてしまう。個人の記憶の不安定さをどのようにとらえればよいだろうか。

『シンセミア』では、国家間のパワー・ポリティックスが「女性」の身体に移転されたことの現れとして「パンパン」の記憶が浮上することにより、「占領」時代から続いてきた「監視体制」の構図が揺れてしまう。これは、「監視体制」という権力システムが、「パンパン」の記憶を隠蔽することによって維持されてきたことを物語っている。テクストの仕掛けは、「占領」という言葉に付随する、アメリカの強い影響下に置かれている弱い「日本」という表象が蔓延る、「戦後」の言説空間に対する鋭い批判になりえたのかもしれない。

しかし、「神町」の堕落が、田宮家と麻生家のような「他所者」がもたらしたものであり、そのかげとして「アメリカ―星条旗」が名指される。「背の高い男」(隈元光博)が「パンの田宮」と心中した夜、神町では一〇人の人間が亡くなっているが、それは、「星条旗」的秩序への復讐劇ともいえる出来事であった。

　昨年の八月二八日―当時神町で生起した複数の事件は、八カ月が過ぎた今も猶、東根市内において語り種となっている。(中略)とはいえ地元民たちは、他所者の前では皆がだんまりを決め込んでいた。(中略)各事件の結末自体は報道されているから共通認識となってはいるものの、それぞれの内実をつぶさに知り得ている者など当然おりはせず、いつものことながら、語り継がれる風説と住民個々の想像力を介した真実の穴埋めが自ずと推し進められていたのだった。

とはいえ、出来事の「真実」をめぐる住民の「沈黙」は、過去の復讐劇（一九五一年の「パンパン」の死）をめぐる対応とあまり変わらないのである。神町の歴史は、一九五一年の語りの構図を反復しながら、酒に酔った「男」の記憶によって語られ、「背の高い男」（限元光博）の祖母であった「パンパン」の身体に収斂されてしまうのである。このような語りの構図が編成される空間において、「星条旗」的秩序を表象する「パンパン」の身体へ加えられた暴力が、彼女ら自身の「怨声」という形で、読者の方へ直に届く回路は確保されないはずである。しかも、アメリカと日本との関係が前景化される「戦後」と命名された言説空間において、アジアとかかわりをもった「日本帝国」の記憶は忘却され、日本軍に強制動員された女たちの「怨声」が響くことはないだろう。

注

（1）本文の引用は、阿部和重『シンセミア』上・下（二〇〇三、朝日新聞社）による。
（2）二〇〇一冬季号：［対談］島田雅彦×小熊英二「同時多発テロと戦後日本ナショナリズム」／［評論］高橋源一郎「テロリストを撃て」、大塚英志「それはただの予言ではないか」、二〇〇二夏季号：［対談］橋爪大三郎×島田裕巳「宗教と戦争——九月一一日事件はテロだったのか」。

あとがき

韓国語の話者である私が日本語に出会ったのは大学一年の時である。それまで、生まれ育った「光州」の周辺から出たことがなかった。韓国語のいわゆる「標準語」の話者にすらあまり出会ったことがなく、「ソウル」や「東京」はテレビのむこうにある世界にすぎなかったのである。そのような環境で、しかも、植民地の記憶が刻印されている韓国語を媒介に、日本語と遭遇したのである。

来日して一七年目に入るが、日本語の書物に接し、日本語で論文を書き、日本語で発表と講義をする過程で、自分と過去の記憶を共有しない人々と「日本語」を媒介としながら「日本の近代」について対話することのむずかしさを痛感している。

私は小学校六年生の時に、光州民主化運動に遭遇している。今も、自分が見たはずの出来事が脳裡に浮かんでくることがある。まるで物語のない写真集のような記憶が蓄積されているのである。例えば、ある日の夜明け頃、辛い煙（?）に起こされ、マンションの外に飛び出したら、煙の向こうから自分に銃を向けている「韓国軍」がたくさんいたことは覚えているが、それが何日の何時であったのか、どのような作戦であったのか、なぜ自分のマンションが狙われたのか、私には分らない。多分、韓国現代史において神話化されつつある「光州」に関する、最近の研究などを参照すれば、自分が遭遇した出来事の記憶に日付と意味づけを新たに加えることができるかもしれない。しかし、いまは、それをしたくない。

物語化できない記憶は、ノイズにすぎないだろうか。

光州民主化運動から三〇年目に当たる二〇一〇年五月一八日に、NHKニュースでは異例とも言える長さで光州での記念式の様子を伝えた。雨が降っているにもかかわらずたくさんの人々が集まって、まるでお祭りを連想させるような記念行事が行われている現在の光州に、激しいデモと多くの死傷者を出すほど厳しい鎮圧があった、一九八〇年の光州の様子を混ぜる構成であった。

興味深いのは、この日のNHKニュースが、光州の一九八〇年の映像を、二〇一〇年五月一八日のタイの現状、とりわけバンコクにおける激しいデモと死傷者がたくさん出てしまった鎮圧の光景に接合させていたことである。歴史的偶然の重なりによって演出された二種類の映像の類似性に大きな衝撃を受けた。

個別的なコンテクストが内在している歴史的出来事であるはずなのに、NHKニュースの映像編集による二つの出来事の接続は、反政府デモと暴力的な鎮圧という構図だけを前景化させる。そこに働いているのは普遍化の論理であろう。まるで現在の「光州」の三〇周年行事が未来のタイの光景になり得るかのような構図である。六月四日、一九八九年から二一年目を迎えた天安門を伝えるニュースが、中国政府による抑圧から自由ではない現状を浮き彫りにしていることとも大きな違いがあったと言えよう。現在の韓国の状況を考えると、全ての問題が解決できたかのように見える「光州」の演出に問題があるといわざるを得ないのだが、それをさておいても「〇〇周年」という名のもとで繰り返される記憶の回帰には大きな落とし穴があるのではないだろうか。

今年は日韓併合一〇〇周年にあたる。その横に並ぶのは、大逆事件である。それを記念する出版やシンポジウムが続いている。先月、本書で取り上げた『廿世紀之怪物帝国主義』の現代語訳（未知谷刊）が「今現在でも『社会の改善』『国の発展』そしてまた『良好な国際関係』への糸口ともなり得るもの」として出版されたことからも分るように、幸徳秋水神話は今もなお健在である。それに対し、今年六〇周年を迎える朝鮮戦争に関する企画についてはあまり聞かない。「朝鮮特需」という言葉は死語になったのだろうか。「朝鮮戦争」とは、「戦後」という言葉ともっとも隣接した位置にあるのではないだろうか。

「〇〇周年」を正しく記憶することが必要だと言いたいわけではない。このような「〇〇周年」の演出を媒介とする記憶の再編は、いまもなお続いており、そこには私、そして皆さんを取り巻く、現在の言説の力学が働いていることに注意すべきである。

現在の社会的、文化的言説の力学によって、いとも簡単に切り落とされてしまう、言葉に刻まれているノイズ。本書はそのような記憶の普遍化、物語化への抵抗の回路を見出す過程で作られたものである。私にとってこの作業が、まだ、未完であることを正直に言わなければならない。

＊

本書は、二〇〇二年度に日本大学に提出した学位論文「近代日本語文学とアイデンティティーの表象に関する研究」、および日本学術振興会特別研究員奨励費（二〇〇四年〜二〇〇六年）によって行われた「SCAPの占領政策と日本語文学の編成に関する研究――一九四〇～六〇年代の朝鮮・日本・台湾」の一部を大幅に加筆・修正したものである。

論文の審査にあたってくださった笠原伸夫先生、曾根博義先生、金子明雄先生、紅野謙介先生に心から感謝を申し上げなければならない。恩師である笠原先生からは日本語に付随している複雑な意味を意識することの大切さや、研究対象との距離のとり方について教わった。金子先生と紅野先生には大学院時代から御指導をいただいている。具体的に教わったことは数えきれないが、金子先生との対話を通して、本書の根幹ともいえる「日本語」に刻まれている様々なノイズが、どのようなコンテクストと交渉しながら可視化と不可視化の運動を繰り返してきたのかについて考える際、「歴史」というファクターの導入が必要であることに気付いた。紅野先生との出会いがなければ、「日本―文学」という言葉に圧倒され、研究者になることをあきらめていたかもしれない。先生からは、文学研究自体を自己目的化することがないように気をつけながら、研究対象に向き合うことの大切さを学んだ。また、本書出版にも御尽力いただいた。

初出の一覧（ただし、全面的に加筆・修正）は以下の通りである。

はじめに　書き下ろし

第1章　「非戦／反戦論の遠近法――幸徳秋水『廿世紀之怪物帝国主義』と〈平和主義〉の表象」（『文学』第四巻五号、二〇〇三年九月、岩波書店）

第2章　「〈テキサス〉をめぐる言説圏――島崎藤村『破戒』と膨張論の系譜」（『ディスクールの帝国――明治三〇年代の文化研究』二〇〇〇年、新曜社）

第3章　「戦略としての〈朝鮮〉表象——中野重治「雨の降る品川駅」の無産者版から」（『日本近代文学』第七五集、二〇〇六年一一月、日本近代文学会）
第4章　「交錯する活字文化と欲望される「朝鮮」——崔承喜と張赫宙の座談会を手がかりに」（『語文』第一三六輯、二〇一〇年三月、日本大学国文学会）
第5章　『破戒』改訂過程と民族論的言説」（『語文』第一〇〇輯、一九九八年三月、日本大学国文学会）、「『破戒』——『国民文学』としての再生」（『現代思想』第三三巻七号、二〇〇五年六月、青土社）
第6章　「文学と〈一九四五・八・一五〉言説——中野重治「被圧迫民族の文学」をてがかりに」（『日本近代文学』第六六集、二〇〇二年五月、日本近代文学会）
第7章　「〈共闘〉する主体・〈抵抗〉する主体の交錯——東アジアの冷戦と「小説家・金達寿」「詩人・許南麒」の浮上」（『日本文学』第五六巻一号、二〇〇七年一月、日本文学協会）
第8章　「共闘の場における〈女〉の表象——第21回メーデーポスターを手がかりに」（二〇〇八年オックスフォード小林多喜二記念シンポジウムにおける口頭発表、二〇〇八年九月一七日、於・オックスフォード大学）
おわりに　「『シンセミア』のかげの星条旗」（火星クラブ、http://www007.upp.so-net.ne.jp/kaseiclub/index.html）

この間、さまざまな研究会に参加させていただいたが、とくに明治三〇年代研究会では、発表や議論を通じて、貴重な御助言やヒントを得ることが出来た。この研究会には、博士課程の院生になりたての頃から参加しているが、文学研究の土台それ自体を問いながら、文学・文化的テクストを他領域の研究へと接続してゆく研究会の姿勢からたくさんのことを学んだ。また、多様な言語、多様な専門、多様な人種が交錯しているUTCP（東京大学グローバルCOE「共生のための国際哲学教育研究センター」）という空間は、日本語・日本の近代だけに目を向けていた自分を相対化する場であったと思う。小林康夫先生、中島隆博先生をはじめ、中期教育プログラム「哲学としての現代中国」の個性的なメンバーとの出会い、その場での二年間の経験は非常に刺激に富むものであった。

藤原書店社長の藤原良雄氏は、とくに実績があるわけでもない研究者に、「戦後」という言葉への違和感を一冊の本としてまとめる機会を与えてくださった。また、本書の編集をしていただいたのは、藤原書店の刈屋琢氏である。原稿を丁寧にチェックし、適切なアドバイスを下さった刈屋氏には、心から感謝申し上げたい。

注にお名前を挙げることのできた方は限られている。一人一人名前を挙げることができないのが残念だが、本書の執筆にあたっては、実に多くの方々から影響をうけている。特に、小平麻衣子氏、五味渕典嗣氏、内藤千珠子氏、中谷いずみ氏は、本書完成にいたるまで、研究面で私に多くのものを与えてくれた。心よりお礼を申し上げたい。

そして、いつも誰より私をサポートしてくれる友人と家族に、どれほど感謝しているか言葉に尽くすことはできない。皆さま、本当にありがとうございました。

最後に、故高元春に深い感謝の気持ちを捧げたいと思う。

二〇一〇年六月

高　榮蘭

や　行

ら　行

わ　行

な 行

は 行

ま 行

さ行

た行

人名索引

注を除く本文から採り姓・名の 50 音順に配列した。読みが確定できなかった場合，漢字の音読みによった。

あ 行

著者紹介

高榮蘭（コウ・ヨンラン）

1968年，韓国・光州生まれ。1994年に来日。2003年日本大学大学院文学研究科博士後期課程修了。博士（文学）。現在，日本大学文理学部准教授。専門，日本近代文学。

主要論文：

「出版帝国の〈戦争〉——1930年前後の改造社と山本実彦『満・鮮』から」（『文学』2010年3・4月，岩波書店）

「帝国日本における出版市場の再編とメディア・イベント——『張赫宙』を媒介とした1930年代前後における改造社の戦略」（『SAI』2009年5月，国際韓国文学／文化学会，韓国語）

「戦後（せんご）」というイデオロギー——歴史（れきし）／記憶（きおく）／文化（ぶんか）

2010年6月30日　初版第1刷発行 ©

著　者　高　榮　蘭

発行者　藤　原　良　雄

発行所　株式会社　藤　原　書　店

〒162-0041　東京都新宿区早稲田鶴巻町523

電　話　03（5272）0301

FAX　03（5272）0450

振　替　00160-4-17013

info@fujiwara-shoten.co.jp

印刷・製本　音羽印刷

落丁本・乱丁本はお取替えいたします
定価はカバーに表示してあります

Printed in Japan
ISBN978-4-89434-748-9

今、アジア認識を問う

「アジア」はどう語られてきたか
（近代日本のオリエンタリズム）

子安宣邦

脱亜を志向した近代日本は、欧米への対抗の中で「アジア」を語りだす。しかし、そこで語られた「アジア」は、脱亜論の裏返し、都合のよい他者像にすぎなかった。再び「アジア」が語られる今、過去の歴史を徹底検証する。

四六上製　二八八頁　三〇〇〇円
（二〇〇三年四月刊）
◇978-4-89434-335-1

日韓近現代史の核心は、「日露戦争」にある

歴史の共有体としての東アジア
（日露戦争と日韓の歴史認識）

子安宣邦＋崔文衡

近現代における日本と朝鮮半島の関係を決定づけた「日露戦争」を軸に、「二国化した歴史」が見落とした歴史の盲点を衝く！　日韓の二人の同世代の碩学が、次世代に伝える渾身の「対話＝歴史」。

四六上製　二九六頁　三二〇〇円
（二〇〇七年六月刊）
◇978-4-89434-576-8

中国という「脅威」をめぐる屈折

近代日本の社会科学と東アジア

武藤秀太郎

欧米社会科学の定着は、近代日本の世界認識から何を失わせたのか？　田口卯吉、福澤諭吉から、福田徳三、河上肇、山田盛太郎、宇野弘蔵らに至るまで、その認識枠組みの変遷を「アジア」の位置付けという視点から追跡。東アジア地域のダイナミズムが見失われていった過程を検証する。

Ａ５上製　二六四頁　四八〇〇円
（二〇〇九年四月刊）
◇978-4-89434-683-3

戦後「日米関係」を問い直す

「日米関係」からの自立
（9・11からイラク・北朝鮮危機まで）

C・グラック／和田春樹／姜尚中
姜尚中編

対テロ戦争から対イラク戦争へと国際社会で独善的に振る舞い続けるアメリカ。外交・内政のすべてを「日米関係」に依存してきた戦後日本。アジア認識、世界認識を阻む目隠しでしかない「日米関係」をいま問い直す。

四六並製　二二四頁　二二〇〇円
（二〇〇三年二月刊）
◇978-4-89434-319-1

1989年11月創立　1990年4月創刊

一九九五年二月二七日第三種郵便物認可　二〇一〇年六月一五日発行（毎月一回一五日発行）

月刊 機

2010
6
No. 219

発行所　株式会社　藤原書店©
〒一六二―〇〇四一　東京都新宿区早稲田鶴巻町五二三
電話　〇三・五二七二・〇三〇一（代）
FAX　〇三・五二七二・〇四五〇
◎本冊子表示の価格は消費税込の価格です。

編集兼発行人
藤原良雄
頒価 100円

俳壇／歌壇の二大巨人が、一晩かけて語り明かした、貴重な対話録。

俳句／短歌をつなぐもの

金子兜太
佐佐木幸綱

金子兜太と佐佐木幸綱の対話を、今月刊行する。綿々と連なる歌の家系に生まれ祖父・信綱から受け継いだ『心の花』を柱に活躍してきた〝男歌〟の歌人・佐佐木幸綱。秩父に生まれ戦時中はトラック島で辛酸をなめた自称〝荒凡夫（あらぼんぷ）〟として、俳句と一体である自らを自覚してきた俳人・金子兜太。短詩型という一つの〝定型〟を手がかりに相対する二人が、アニミズムから日常の健康法、生活までを一晩かけて語り明かした貴重な対話録。　編集部

● 六月号 目次 ●

アニミズムの歌——佐佐木幸綱

佐佐木　幾つかアニミズムの歌を抜いてきました。

小面となりて在り継ぐ檜のアニマむかし浴びにし檜の山の雪　（『アニマ』）

檜です。今は能面になっているけれど昔は山にいて雪を浴びていた。今は能面、昔は山に自生した檜。全然違うものなんだけれど、同じアニマがずっと中を在り継いでいるという歌です。

啄木鳥になりからまつの幹を打つ一つ命を仰ぎ見るかも　（『アニマ』）

この歌は解説は不要だと思います。

樹にされし男も芽吹きびっしりと蝶の詰まれる鞄を開く　（『アニマ』）

鞄を開いたら中から蝶がワッと出てきた。男は今は樹になっている。その樹に蝶々がびっしりとまとわりついていると

いうイメージです。昔、人間の男だったころ、彼が持っていた鞄なんですね。男と樹はじつは一つの命としてつながっているというかたちです。植物とか動物を命のレベルで見る、こういうアニミズムの歌を幾つか作りました。

三十一拍のスローガンを書け　なあ俺たちも言霊を信じようよ　（『群黎』）

これは六〇年安保のときの歌です。言葉のアニマですね。

言葉なき人にとっての言霊は何なりや宿題をノートに記す　（『「われ」の発見』）

これは鶴見和子さんのことをうたったものです。鶴見さんとの対談を一冊にまとめた『「われ」の発見』のために、宇治のケアハウスに行って鶴見さんと話をしました。その折に取材した作です。鶴見さんは脳出血で、左片麻痺になられた。言葉がない人、言葉を失った人にとって

言霊とは何なのか。鶴見さんと言霊の話をしたので。それが宿題になったという歌です。

満開の桜ずずんと四股を踏み、われは古代の王として立つ　（『アニマ』）

鶴見さんが引用して下さって、その対談で話題になった歌です。満開の桜が四股を踏むという歌です。世田谷区にあるわが家の近くの砧公園に、じつに大きな桜があります。これがもう、巨大な力士のような凄い大樹なんですね。

天と地をむすぶ柱として立てる一本杉を敬いやまず　（『アニマ』）

空から見る一万年の多摩川の金剛力よ、一万の春　（同）

こんなような歌です。少し意識的にアニミズムの感覚を歌で作ってみたりしています。

韻律と肉体

金子　これは日ごろ感じていることですが、今の歌もみなそうですが、あなたの場合は韻律に非常に力感があるでしょう。ただ力んでいるというより、むしろ肉体が働いて押し出されてきているという自然な感じがあって、私はその韻律にもアニミズムを感じるんだ。

佐佐木　ああ、韻律ですね。短歌とか俳句とか、五七のリズムがもう日本人にとっては一種のアニミズムなんですね。子供のときから肉体的に五七が染みついているということがあるんでしょうね。きっと。

金子　そうなんです。特にあなたの場合にはそれを感じます。

佐佐木　リズムにもアニマがあって、それが取り憑いているという感じなのかもしれないなあ。

金子　前登志夫（まえとしお）（一九二六〜二〇〇九）さんの歌も好きなんだが、あの人にはあなたほどの韻律の力がないですね。

佐佐木　〈暗道（くらみち）のわれの歩みにまつはれる螢ありわれはいかなる河か〉（『子午線の繭』一九六四）は、前さんのアニミズムの歌で代表的な一首です。歩いていると螢が俺にまつわりついてくる。俺はもしかしたら河なんじゃないだろうか、といった意味ですが、韻律もなかなかいいと思います。

金子　うん、いいんですけどね。ちょっと虚勢を張っているという感じがどこかにするんです。虚勢という言葉はきついですけど。あなたの場合はこういう韻律がごく自然です。出来の悪い歌でも韻律を味わうという場合があるんです、あなたの作品には。

黒田　佐佐木さんの場合、どの歌にも重量感がありますね。

金子　重量感もある。

佐佐木　まあ、あまり褒められても（笑）。兜太さんの句も重量感を意識して居られるんじゃないですか。重量感を感じます。

金子　あるみたいですね。

アニミズムの句——金子兜太

佐佐木　さっき、〈酒止めようかどの本能と遊ぼうか〉を挙げておられましたが、あと、どう句をご自分でアニミズムの俳句として挙げられますか。

金子　さっき、

今日までジュゴン明日は虎ふぐのわれか

の句を挙げていただいたが、それなんかも自分ではそのつもりですけどね。

谷に鯉もみ合う夜の歓喜かな『暗緑地誌』

はどうですか。

佐佐木　エロチックだし。

金子　エロス。フロイトは生の本能というんでしょう。

佐佐木　〈梅咲いて庭中に青鮫が来ている〉『遊牧集』。ぼくは兜太のアニミズムの俳句というとこの句を思い浮かべます。すばらしいですね。

金子　ええ。言おうと思っていた。青鮫イコール命なんです。直感的に出て来ます。『日常』では〈ジュゴン〉なんだなあ。〈今日までジュゴン〉なんて、まさにそうなんだ。それから、

長寿の母うんこのようにわれを産みぬ

がやはり。この「うんこ」なんて得意なんです、自分では（笑）。

黒田　「こんな句を載せるなんて」と怒っている人たちもいるんですよ（笑）。でも、百四歳までお母様は生きられた。いま、こういう句を作って発表される俳人はいないでしょうけどね。

金子　まあ、いないとは思うなあ。

動きが生きている

佐佐木　このごろの俳壇の俳句はきれいになりすぎましたよ。和歌に近づいてきている。誕生時の俳句は反和歌だったわけでしょう。和歌では俗なこと、汚いことはうたわないわけです。芭蕉は「鶯の糞」を俳句にしますが、絶対に和歌ではうたわない題材だった。外側から見て、近年の俳句はきれいすぎます。だから、「うんこ」の句は俳句らしくていいんじゃないですか。ともかくアニミズム。

金子　そう。〈谷に鯉〉〈青鮫〉〈今日までジュゴン〉とかがね。

佐佐木　〈人間に狐ぶつかる春の谷〉『詩經國風』もそうですね。

金子　ええ、これも得意です。

黒田　〈おおかみに螢が一つ付いていた〉『東国抄』はどうですか。秩父では狼が神社の狛犬の代わりになっている場面に出合いますが。

金子　そうです。狼になるんです。

佐佐木　この旅館（長瀞・長生館）の入り口に金子さんがお書きになった句の

額が掛かっていましたね。

金子　入り口にあったのは、

猪がきて空気を食べる春の峠『遊牧集』

だ。あれもアニミズムです。

佐佐木　猪はイノシシと読むんですか。

金子　シシですね。あれは龍太君が珍しく褒めた句です。あれもそうです。

佐佐木　リズムがいいですね。兜太さんの句には口誦性がある。

金子　自分でもそう思います。

佐佐木　かなり字余りの句でも、そういう感じがします。

二十のテレビにスタートダッシュの黒人ばかり『暗緑地誌』

金子　あなたが好きな句だ。これは自分でも好きです。

佐佐木　とてもリズムがいい。覚えやすい。

金子　映像ですけれど、動きが生きているね。

黒田　〈朝はじまる海へ突込む鷗の死〉（『金子兜太句集』）はどうですか。アニミズムではないですね。

金子　うん、ちょっと違うような。

佐佐木　あれは僕、「朝の便所の句だ」とどこかに書いたことがあるんです（笑）。

金子　香西照雄がエレベーターの中でうんと怒ったのはあの句です。「何だ、おまえは！　ああいう訳の分からない句を作って、俳壇に毒を流すつもりかッ」と。厳しかったです。何といっても向こうはオレにとっては先輩だからね。

黒田　振り返ってみたら、ずいぶん昔からアニミストの句ですね。

金子　そう。おのずからそうなってます。

（構成・編集部）

（かねこ・とうた／俳人）
（ささき・ゆきつな／歌人）

■俳句・短歌の両巨人による徹底対談。

語る　俳句 短歌

金子兜太・佐佐木幸綱

黒田杏子編

四六上製　二七二頁　二五二〇円

好評既刊

鶴見和子を語る
長女の社会学
鶴見俊輔・金子兜太・佐佐木幸綱　二三一〇円

米寿快談
俳句・短歌・いのち
金子兜太・鶴見和子　3刷　二九四〇円

いのちを纏う
色・織・きものの思想
志村ふくみ・鶴見和子　5刷　二九四〇円

「われ」の発見
佐佐木幸綱・鶴見和子　二三一〇円

四十億年の私の「生命」
中村桂子・鶴見和子　一九九五円

言葉果つるところ
石牟礼道子・鶴見和子　2刷　二三一〇円

豊かな刷新を経験した十九世紀は身体に何をもたらしたか？

区別される身体

アラン・コルバン

客体としての身体と固有の身体

「われわれ人間が身体によって存在するというのは、奇妙なことだ。この世のどんなものとも同じように、身体の変化は人生の年齢にしたがって、そしてとりわけ死期が近づくにつれて知覚される」。ところがこの根本的な奇妙さは完全な親密さと結びついており、だからこそ客体としての身体と固有の身体という区別が古くからなされてきた。

身体は空間の中でひとつの場を占める。そして身体そのものがひとつの空間であって、肌や、声の響きや、発汗の前兆などいくつかの外観をもっている。この物理的、物質的な身体は触れられ、感じられ、見つめられる。それは他人が欲望をこめて見たり、詮索したりするものだ。身体は時間とともに消耗する。身体は科学の対象であり、学者が操作したり、解剖したりする。学者は身体の質量、密度、大きさ、体温を測定し、その動きを分析し、それに働きかける。しかし解剖学者や生理学者が扱うこの身体は、快楽や苦痛を感じる身体とは根本的に異なる。

本巻で研究される時代が始まった頃に隆盛を誇っていた感覚論の観点からすれば、身体は諸感覚の場にほかならない。自分自身を感じるということが生命と、経験の起源と、体験された時間を構成する。それゆえ身体は「悲愴な主観性と、肉体と、感受性の側に位置づけられる」。

私は私の身体の内部に存在し、身体から離れることができない。この自己との絶えざる共存が観念学派(イデオローグ)、とりわけメーヌ・ド・ビラン〔一七六六―一八二四。フランスの哲学者〕の重要な問いかけのひとつの基盤となる。主体――自我――は身体化されてはじめて存在する。主体と身体のあいだには、いかなる距離も設けられない。ところが身体というのは眠り、疲労、性の交わり、エクスタシー、死において――あるいはそれらによって――いたるところで自我の支配から逃れる。

▼ジェローム（一八二四－一九〇四）「ベリー・ダンサー」（一八六三）

身体はまた未来の死体でもある。こうした理由から、哲学の古い伝統では身体が魂の牢獄、墓場と認識され、身体は「暴力や、不純や、不透明さや、頽廃や、物質的抵抗など暗い側」に位置づけられていた。魂と身体――後には心的なものと身体的なもの――を繋ぐ多様な結合様式は、絶えず言説の中に表れてきた。

ところが科学と働きかけの対象としての身体、ものを生産し、実験される身体と、妄想された身体、「力と衰弱、行動と愛情、精力あるいは脆弱さの全体」としての身体のあいだに横たわる緊張関係を、歴史家はたいていの場合無視してきた。本書が試みるのは、両者の均衡を取り戻すことである。ここでは享楽する身体、苦しむ身体、妄想された身体が、解剖された身体や鍛えられた身体と少なくとも同程度の重要性をもっている。

均衡の結果としての身体

私が手短に触れたこの古典的な区別は、身体を主体の安定した領域と見なすものだが、十九世紀末以降は位相が変化する。身体を社会的に管理するという意識がしだいに強くなるのだ。この新たな文化主義的観点によれば、身体とはひとつの構築作業の結果であり、内部と外部、肉体と世界のあいだに築かれた均衡の結果にほかならない。一連の規範、外見をめぐる日常的な作業、相互作用の複雑な儀礼、共通の様式や姿勢にたいして各人が自由に対処できること、社会によって要請される態度、何かを見たり、特定の姿勢をとったり、動いたりする際の通常のやり方などが、身体の社会的構築の要素なのである。メークのしかた、化粧方法、さらにはタトゥーの入れ方――必要とあらば身体の切断のしかた――、そして衣服のまとい方などはすべてジェンダーや、年齢層や、社会的地位や、社会的地位を手に入れたいという主張を表す指標なのである。逸脱でさえ社会的、イデオロギー的状況の影響力を語っている。

身体とはひとつの物語

客体としての身体と固有の身体というあまりに短絡な区別のほかに、自己のための身体と他者のための身体を対比させる区別もあり、これは自己喪失を試みるという感覚や、「主体であり、自分の世界の支配者であるという特権」を失うかもしれないという不安を引き起こす。個人は自らの身体において、そして身体によって絶えず狙われ、観察され、欲望され、忌避されていると感じる。かつてジャン＝ポール・サルトルが指摘した実存する身体と疎外された身体の緊張関係、他者によって所有される危険、他者の権力や企図や欲望に従属するという危険は、とりわけ性的関係の重要性を基礎づけるものだ。本書ではこの点がしかるべく論じられているし、さまざまな身体類型が社会的に形成されていくプロセスにもそれなりの位置があたえられている。性の結合、それを構成する融合の試みは、あらゆる愛撫と同様に二重の相互的な身体化をもたらす。性感帯に相互に入り込み、その結果各人の身体イメージが構築されるということは、あきらかにあらゆる身体の歴史の中心に位置する問題だ。

主体としての身体と客体としての身体、個人的身体と集合的身体、内部と外部を隔てる境界の浸透性は、二十世紀になると精神分析の発達によってより微妙で、複雑なものになった。精神分析は本巻の時間的枠組みを超える。しかし身体性をめぐる現在の探究においては、たとえ直接言及しなくても、精神分析という参照枠の力を考慮せざるをえない。身体とはひとつの物語、一連の心的表象、無意識のイメージであり、社会的言説と象徴体系を媒介として、それは主体の歴史にそって形成され、解体され、再構築される。このイメージのリビドー的構造と、その構造を揺るがすあらゆるものが身体を臨床医学的な身体に、また象徴的な身体に仕立てあげるのだ。時代錯誤の危険と、さまざまな分析方法を組み合わせることの難しさを考慮して、これら一連のデータを本書の問題群の中に組み入れることはしない。しかし現代の多くの著作がそうであるように、本書のページをつうじてその反響が聞こえてくることはあるだろう。特にアンリ・ゼルネールが空想された身体について語るページがそうである。

身体をめぐる十九世紀の多くの刷新

真に総括する試みが困難になるほどの広がりをもつ身体という歴史的対象を前にして、本書を読むことはあきらかに、単なる素人的な介入かもしれない。実際本書は眠りや老いの認識について何も述べていないし、兵士の身体と奇形の陳列についていては、次の第Ⅲ巻で触れられることになるだろう。臨産婦の身体は前の第Ⅰ巻で記述された。いくつか例をあげるならば、本書で強調されているのは臨床=解剖学的な医学と骨相学の影響力のように活動的なプロセス、麻酔の発明、性科学の誕生、体操とスポーツの発展、産業革命が課した新しいタイプの工場の出現、身体の社会的分類法の構築、自我表象の徹底的な解体などである。本書で問題になる長い十九世紀はじゅうぶん豊かな刷新を経験したのだから、こうした選択も正当化されるだろう。いずれにせよ、第Ⅰ巻と第Ⅲ巻を参照することによってはじめて、本巻は完全に理解されるはずである。

（Alain Corbin／歴史学）
（小倉孝誠・訳）

▲アラン・コルバン氏
（1936-　）

身体の歴史（全3巻）

A・コルバン／J-J・クルティーヌ／G・ヴィガレロ監修
小倉孝誠・鷲見洋一・岑村傑監訳

内容見本呈

Ⅰ　16―18世紀――ルネサンスから啓蒙時代まで（3月刊）

Ⅱ　19世紀――フランス革命から第一次世界大戦まで（6月刊）

Ⅲ　20世紀――まなざしの変容（9月刊予定）

A5上製　各六〇〇～七〇〇頁　図版多数
各七一四〇円

各巻口絵カラー一六～四八頁

バブル崩壊から今日まで二〇年間の国際・日本の美術市場の全貌。

一億ドルのピカソ絵画とは？

瀬木慎一

驚異的な高値

ご存知の読者には再告することになろうが、間もなく藤原書店から出版される『国際／日本　美術市場総観』という分厚い一冊の記録・分析集の仕上げに、今、私は没頭している。そのさなか、国際美術市場に思いもよらぬ異変が生じた。実を言うと、二〇一〇年二月三日、ロンドンのサザビーズでジャコメッティの彫刻「歩く男性I」が五八〇〇万ポンド＝九四三二万ドルで落札される一件があったのだが、これを一種の偶発のように受け取ってから、わずか三カ月後の五月四日、今度はニューヨークのクリスティーズで、ピカソの絵画「裸婦、観葉植物と胸像」に予想を超える九五〇〇万ドルという価格が飛び出して、史上最高価格が続けて更新された。これに手数料を加えるならば、一億六四八万二、五〇〇ドル（一〇〇億七、六四四万円）となる。

この驚異的な出来事は無視するわけにはいかず、取り急いで、高額作品ランキングを修正せざるをえない事態となったわけであるが、さて、これが何を意味し、今後に何を示唆するかは極めて重要な問題であると率直に受けとめて、美術市場がどんなものであるかを改めて考えてみたい。

絵画の価値と投資

さてここで、読者に向かって私のほうから一つの質問をしてみたいと思う。一点一億円の絵画というものの価値をどのようにお思いだろうか。世間では「絵に描いた餅」と言うように、それは一つの画像である。それには紙、布、キャンヴァスなどの材料と何らかの絵具が必要だが、大した値段のものではない。大きさは油彩画であれば号数で表し、一号は葉書よりやや大きいくらいで、大作とされる一〇〇号にしても、一六〇×一三〇センチメートル程度である。知名でない人の絵であれば数十万円かもしれないが、今度のピカソの場合は、何と一〇〇億円を超えたのである。ある実業家の会合で絵画の大きさの話をしたところ、土地一坪より小さくて、何千万円どころか、何十億もするのはけしからんし、馬鹿馬鹿しいと一人の不動産業者が力んだ。確かに一坪は三・三平方メートルである。

絵画を面積で論じられたら応えようがなく、音楽、文学、演劇にしても、すべての芸術は物量では計られず、それ自身の価値基準で扱われなければならない。それを理解できない、あるいは受け入れない人々には、ことごとく無用の長物と

▲瀬木慎一氏（1931-　）

なってしまうが、改めて考えてみるに、芸術は芸術家とその関係者によってのみ、評価されているわけではない。それどころか、それ以外の人々によって、特に価格が総じて高い美術品においては、美術館を別にして、実際の売買をおこなっているのは、専門商以外はほとんどすべて経済人なのである。一坪もしない絵が何千万円も何十億円もするのは何事だ、と憤慨した人の同業者も、実はその多数が美術品の収集もしくは投資家なのである。美術市場に出入りしている人々には、あらゆる経済人が含まれている、と考えて間違いではない。たとえば、わが日本では、古美術最大の収集家と言われた益田孝（鈍翁）は三井財閥の最高経営者だったし、世界最高と見なされたジョン・ピアモント・モーガンは世界の金融界を主導したモーガン商会の設立者だった。

美術市場の成立

このように経済人の多数が売買に関わり、その個別的価格も総じて高く、その上位にあるものは不動産以上であり、動産では高額の代表であるダイヤモンドをもしばしば超えることのある美術品、特に絵画という本質的に非物質であるものの価値が、これほどまでに上昇し、恒常的になったのは、歴史的にはルネッサンス以降のことであり、とりわけ十七世紀に活発化する株取引と国際貿易に連動しているように私には見える。

絵画にはもともと相当な価値があったのだが、特定の注文主によって制作され、一カ所に安置、固定するものから、形態的に移動しやすい額縁絵画が中心となり、多数の人々によって様々な機会に鑑賞される状態になると、需要が広がり、価値

が高まるのは必然だった。その流通的性質からして、資本主義の発展にともなうもっとも有力な文化商品としての要素が増大したと考えられる。

もちろん、それ以外にも、建物や環境の建設と整備から生じる生活的需要も大きくなるばかりであり、その種の実用を満たす機能からも、美術品に他の商品と同様の市場がおのずから成立する。それは十八世紀末から十九世紀にかけてであり、画期的に飛躍したのは、何と言っても新大陸アメリカの経済発展を機にしている。日本の場合にも、美術市場が広範に形成されるのは、町人の経済的地位が寺社、公家、武家から推移、向上する江戸時代の元禄期以降だった。

ロンドンからパリへ

このような歴史的な経緯は別の機会に詳説することとして、ヨーロッパ、アメリカの近代社会において、美術市場が経済市場の一端を担い、たとえ巨大産業の生産物とは比較にならないとしても、それぞれの国、地域にかならず付随し、資産形成並びに投資活動と連動しながら、それ独自の価値体系を以て活動してきたことの歴史的な基盤はここにある。

その最大のものは、古くは、イタリアと北ヨーロッパの諸都市にあったが、産業革命以来、あらゆる商品取引の中心を成すロンドンに集中する。そして十九世紀末以降は、新たな有力美術作家が続出するパリの地位が目ざましく向上して、二大センターがめざましく競合する国際的状況となった。選択眼のある専門美術商が力を増し、販売網の大きいオークション・セールが発展したのも、二十世紀前半までのこの二つの都市においてだった。

ニューヨークとロンドン

この間、早くもある見逃せない変化が派生していた。それは第一次世界大戦にロシア革命が重なった変動期であり、東・中部ヨーロッパの人々が西方へ、そしてアメリカへと大移動を開始し、それが第二次世界大戦に及んで、西ヨーロッパからさらにアメリカへと大量化する次の動乱期であり、その結果、世界経済の比重が史上最大となるアメリカへと美術品取引の場もおのずから移動する。その現れとして、各センターのシェアもかつてない変化を示すこととなって、一九七〇年代を一大転換点として、順位がニューヨーク、ロンドン、パリと変化したばかりか、強力な後継者が減少したパリがいちじるしく後退し、二つの都市が呼応する形で、国際市場の七五％前後を制覇する集中状況に到達する。そしてその時々の景況を反映して多少の増減を示しつつも、そのシェアを維持して現在に至っている。

最近の市場規模

さて、この手短な考察のまとめとして言えるのは、次のことである。美術品はその規模ではもちろん、他の生産物や大量消費品とは比較にならない。とはいえ、全世界で三〇〇―四〇〇億ドルの年間取引高をもっている。そのなかの相当な部分が国家、公共施設、美術館、公益財団などの長期コレクションに組み込まれていくが、絶えず循環し、また新たに供給されるものがあって、けっして止むことのない市場である。そこで扱われる作品の価値には、当然、将来の増減が不可避であるにしても、積年のデータと最新の比較検討に基づいて人々が下す判断には、主観は別にして、何らかの根拠が無いはずはない。その最高の表示が、冒頭で取り上げたピカソの一億ドルを超えた一点の絵画に他ならなかった。

（せぎ・しんいち／美術評論家）

国際／日本　美術市場総観
バブルからデフレへ 1990―2009
瀬木慎一
A5上製　六二四頁　九九七五円
カラー口絵四頁

再編される記憶――「弱い日本」幻想はどのようにして生まれたか？

「戦後」というイデオロギー

高 榮蘭

日本の「八月」

一九九四年八月は、日本で過ごした初めての夏であった。未だに忘れられない衝撃を受けた暑い八月であった。六日は広島に、九日は長崎に原爆が落とされたこと、連合軍の大空襲、沖縄戦などについては歴史的知識として知っていた。しかし、それらの惨状がテレビ画面に映し出されるたび、「日本」で死んでいた人々に対する自分の想像力のなさに気づき、驚愕したことをよく覚えている。

韓国で蓄積された、戦争をめぐる私の記憶は間違いだったのだろうか？ 日本のメディアをいくら眺めても、韓国の八月に召還されるような残虐な日本軍人は何処にもいない。戦争の悲惨を体験した「日本国民」の悲しみに満ちた声だけが聞こえる。その記憶を共有しない「他者」が入る隙間などないのである。広島にも長崎にも、東京にも沖縄にも、植民地から動員された人、移動してきた人が住んでいたはずである。そして、日本軍と殺し合いをした大陸や島々での「敵」、日本軍によって殺された民間人、「日本人」として戦った植民地の人々がいないのはおかしい。日本帝国は、無力な「我々」の頭の上に爆弾を落とすアメリカという大きな「敵」とだけ戦ったわけではないはずである。日本の「八月」にそれらがあまり前景化されないのは何故か。どこで何が捻れてしまったのか。本書は、その些細な疑問から始まったものである。

本書で扱うテクスト・出来事の配置は、日露戦争前後―アジア・太平洋戦争―占領期という流れになっているが、通史的手法をとってはいない。むしろ一九四五年から五五年までの間に近代の記憶がいかに再編され、それが日韓国交正常化、ベトナム戦争、冷戦崩壊、九・一一という言葉に遭遇することによって、どのような衝突と再編を繰り返したのかについて注目したものである。記憶は断絶されるものでも、継続されるものでもなく、歴史的・社会的コンテクストと交渉しながら再編を繰り返すものではないだろうか。

ノイズとしての戦後

「戦後」という言葉と交渉する過程で編成される歴史的記憶は、一九四五年から五二年まで続いたGHQ占領の記憶によって作られた、強いアメリカ対弱い日本（植民地・日本）という枠組みから自由だとは言いにくい。戦後あるいはイデオロギーという言葉と最も無縁に思える阿部和重の長編小説『シンセミア』（二〇〇三）すらも、九・一一以後に再編される占領の記憶、いわば「植民地・日本」という表象と補完関係におかれてしまう。「弱い日本」―「平和なニッポン」幻想はつねに旧植民地の記憶との抗争を繰り広げてきたのではないか。

▲高 榮蘭氏（1968- ）

本研究の狙いは、「戦後」のかわりに「ポスト・コロニアル」という枠組みから、日本の近代へアクセスするのではなく、むしろそれらの言説の交錯に注目することである。ポスト・コロニアルという言葉を媒介に過去の植民地支配の記憶が、「戦後」に新たなノイズとして作用しているのは確かである。冷戦崩壊以後、両方の言説が交錯する過程で生じた記憶の抗争がそれである。その過程で浮上してきたのが「抵抗」をめぐる言説であろう。

現在のナショナル・アイデンティティに基づく線引きによって出現する遠近法的構図を警戒しながら、近代における抵抗と連帯の言説が如何に編成されていたのかについて考えてみたい。それは、私自身が置かれている複雑な社会的コンテクストを相対化し、自分自身のアイデンティティがどのように構成されるのかを問い続ける作業にもなるだろう。

（コウ・ヨンラン／日本大学専任講師）

「戦後」というイデオロギー
歴史／記憶／文化
高 榮蘭

第Ⅰ部 戦後というバイアス
第1章 幸徳秋水と平和的膨張主義
第2章 『破戒』における「テキサス」
第Ⅱ部 記憶をめぐる抗争
第3章 戦略としての「朝鮮」表象
第4章 植民地を消費する
第5章 総力戦と『破戒』の改訂
第Ⅲ部 戦後神話のノイズ
第6章 文学と八月一五日
第7章 「植民地・日本」という神話
第8章 共闘の場における「女」たち

四六上製 三八四頁 **四四一〇円**

幕末維新から平成まで、日本人の遺書一〇〇通を集大成した『日本人の遺書』、来月刊

大西瀧治郎

合田一道

敗戦を迎えて

太平洋戦争末期の昭和二十（一九四五）年三月、日本軍は乾坤一擲、飛行機ごと敵艦に体当たりする特攻作戦に踏み切った。この肉弾作戦はアメリカ軍を驚かせたが、戦果ははかばかしいとはいえなかった。その挙げ句、日本は同年八月十五日、ポツダム宣言を受諾して敗戦となる。

特攻作戦を発案し、実行に移した中心人物とされる海軍軍司令部次長大西瀧治郎中将は、最後まで徹底抗戦を主張したが容れられず、天皇陛下の玉音放送の翌十六日、官舎内で腹を切った。

急報を聞いて軍医が駆けつけたが、大西は血みどろになって、「生きるようにはしてくれるな」と言い、腸が露出したまま耐え抜いた挙げ句、数時間後に絶命した。

残されていた二通の遺書

遺書が二通残されていた。一通は疎開先の妻へ、もう一通は海軍の特攻隊の戦死者の御霊と遺族に宛てたものだった。

瀧治郎より淑恵殿へ
一、家族其の他家事一切は、淑恵の所信に一任す。淑恵を全幅信頼するものなるを以て近親者は同人の意志を尊重するを要す
二、安逸を貪ることなく世の為人の為につくし天寿を全うせよ
三、大西本家との親睦を保続せよ。但し必ずしも大西の家系より後継者を入るゝの要なし

之でよし百万年の仮寝かな

遺　書

特攻隊の英霊に曰す　善く戦ひたり深謝す
最後の勝利を信じつゝ肉弾として散華せり
然れ共其の信念は遂に達成し得ざる

遺書
特攻隊の英霊に曰す
善く戦ひたり深謝す
最後の勝利を信じつゝ肉
弾として散華せり然れ
共其の信念は遂に達
成し得ざるに至れり
吾死を以て旧部下の
英霊と其の遺族に謝せ
んとす
次に一般青壮年に告ぐ
我が死にして軽挙は利
敵行為なるを思ひ
聖旨に副ひ奉り自
重忍苦するの誠とも
ならば幸なり

に到れり
吾死を以て旧部下の英霊と其の遺族に謝せんとす
次に一般青壮年に告ぐ
我が死にして軽挙は利敵行為なるを思ひ
聖旨に副ひ奉り自重忍苦するの誠ともならば幸なり
隠忍するとも日本人たるの矜持を失ふ勿れ
諸子は国の宝なり　平時に処し猶ほ克く特攻精神を堅持し
日本民族の福祉と世界人類の和平の為最善を尽せよ

（後略）

海軍中将　大西瀧治郎

（ごうだ・いちどう／ノンフィクション作家）

日本人の遺書

一八五九―一九九七

合田一道

■幕末維新
吉田松陰／大原幽学／長井雅楽／清河八郎／真木和泉／武田耕雲斎／武市瑞山／高杉晋作／滝善三郎／近藤勇／河井継之助／白虎隊／西郷千重子ら一族／中野竹子／土方歳三／中島三郎助／雲井龍雄／江藤新平／西郷隆盛　ほか

■明治・大正
高橋お伝／山岡鉄舟／唐人お吉／中江兆民／正岡子規／尾崎紅葉／横川省三・沖禎介／斎藤緑雨／佐久間勉／幸徳秋水／乃木希典・静子／田中正造／松井須磨子／原敬／森鷗外／知里幸恵／有島武郎・波多野秋子／金子ふみ子　ほか

■昭和戦前・戦中
芥川龍之介／生田春月／宮沢賢治／長谷川海太郎／北一輝／白井波留雄／種田山頭火／北原白秋／山本五十六／都井睦雄／石岡俊蔵／南雲忠一／尾崎秀実／中野正剛／前田啓／阿南惟幾／大西瀧治郎／栗林忠道／幸田明・美智子　ほか

■昭和戦後・平成
菊池寛／太宰治／山口良忠／川島芳子／松涛明／東條英機／広田弘毅／岡田資／山崎晃嗣／宮武外骨／瀬戸奈々子／永井荷風／山口清人／山口二矢／沢田義一／千葉覚（島秋人）／由比忠之進／円谷幸吉／三島由紀夫／小原保／植村直己／河口博次／白洲次郎／坂口新八郎／大河内清輝／永山則夫　ほか

リレー連載　今、なぜ後藤新平か　57

後藤新平と新渡戸稲造

財団法人新渡戸基金常務理事
内川永一朗

後藤を見出した安場と児玉

「よく聞け、金を残して死ぬ者は下だ。仕事を残して死ぬ者は中だ。人を残して死ぬ者は上だ。よく覚えておけ」

後藤新平は晩年ボーイスカウト運動のリーダーとなる。運動の右腕となった三島通陽にこう言った。人を残して死ぬ者は上だという言葉が響く。後藤新平は誰を連想し、人を残して死ぬ者――と言ったのであろうか。

真っ先に頭に浮かぶのは安場保和を指しているのではないだろうか。安場保和は維新後、胆沢県庁の大参事として水沢に赴任してきた。新平の夫人、和子は安場保和の次女だった。十八歳で二十七歳の新平と結婚した。新平は胆沢県庁時代に給仕として仕えこれが縁で福島県須賀川医学校に進学する。安場の支援があったからだ。新平の出世の端緒となる運命的出会いである。

「安場は人（新平）を残して亡くなった」。後藤新平が描いたもう一人の人物は児玉源太郎陸軍大将であろう。児玉こそ日本が台湾領有時代に第四代総督に任命し、後藤新平を台湾民政長官として縦横に腕を振るわせた。児玉が上司として新平をよく使い、それにこたえる実績を上げたからこそ、後藤新平がいう「人を残し死ぬ者（児玉）は上だ」と重なる。

「人を残して死ぬ者は上だ」と評価している人物の三番目は誰か。後藤新平その人を指している。そう思って私は新平を観察している。新平が残した人物は、新渡戸稲造である。

新平に説得された稲造の見識

新渡戸稲造は札幌農学校教授時代に重度の神経症を患って、はじめ群馬県伊香保温泉、その後、カリフォルニア州モントレーに転地療養をする。伊香保温泉で療養中の一八九九（明治三十二）年三月二十七日、佐藤昌介（岩手花巻出身　北海道大学初代総長）らとともに日本で初めて農学博士号を授与される。著書、『農学本論』『農業発達史』等に込められた学識が評価されたからである。

▲後藤新平（左）と新渡戸稲造（右）（東京市政調査会・提供）

病気療養中に博士号を授与された新渡戸稲造に着目したのは台湾民政長官時代の後藤新平である。病いが治って札幌農学校教授に復帰しようとしていた新渡戸稲造であったが、後藤は断れないような説得力ある長文の電報を寄せて稲造をくどいた。

ついに札幌農学校への復帰をあきらめて、親友の宮部金吾に台湾行きの決意を伝える新渡戸稲造であるが、その心境は「士は己を知る者のために死す」ということであったろう。新渡戸稲造は臨時台湾糖務局長として、台湾農業の大発展の基礎を築いた。

新渡戸稲造は三年有余勤務してから京都帝大教授、旧制一高校長、東京帝国大学教授、拓殖大学学監、東京女子大学初代学長を歴任するが、第一次大戦が終わり、戦後処理を行うパリ平和会議が一九一九（大正八）年一月十八日から始まる。

後藤新平は「六千億円かかった大芝居が終わった。一つ見物しておかなくては……」と新渡戸稲造らを誘い、一九一九（大正八）年三月四日に米欧視察の旅に出る。これがきっかけとなり、新渡戸稲造は日本に割り当てられた国際連盟事務次長に就任する。やがて新渡戸稲造は「ジュネーブの星」と評されるほどの活躍をする。新渡戸稲造の国際連盟時代の最大の功績はバルト海のオーランド領土紛争に終止符を打ったことにある。これを「新渡戸裁定」という。その骨子は以下のようなものである。

一、オランド島はフィンランド領とする。
二、同島に自治を認め、スウェーデン語を公用語とし、固有の文化を保持する。
三、同島を非武装、中立地帯とする。

今もオーランド諸島はこれを堅持し、バルト海の平和が保たれている。新渡戸稲造を「永遠の青年」と言ったのは賀川豊彦であり、人を育てた後藤新平の真価を伝えている。

（うちかわ・えいいちろう）

Le Monde

■連載・『ル・モンド』紙から世界を読む　87

言語　アイデンティティの根元

加藤晴久

BHVという略号を見るとフランス人はふつうBazar de l'Hôtel de Ville、すなわち、パリ市庁の隣にある老舗百貨店を考える。ところが最近の新聞で見るBHVはBruxelles-Hal-Vilvorde（ブリュッセル首都圏）のこと。すなわち、ベルギー王国を構成する三つの地域圏のひとつである。ブリュッセル市の一九の区とオランダ語ブラバン地方の三五の町村からなる。他の二つは北部のフランドル地域圏と南部のワロン地域圏。前者はオランダ語、後者はフランス語が日常語である。

BHVは複雑で、ブリュッセル市民は六〇%が、その周辺もかなりがフランス語話者だが、フランドル地域に浮かぶ島みたいなものだから、全体としてはオランダ語が優勢。そうした状況のなかでブリュッセルは二言語併用、周辺部の約一五万人のフランス語話者は行政・司法・政治（選挙）でフランス語によるサービスを受ける権利を保障されている。

ベルギー建国は一八三〇年。はじめはフランス語のみが公用語。経済的にワロン地域圏の方が発展していたので政治的にも主導権を握っていたが、第二次大戦後、人口的に優勢なフランドル地域圏が経済発展をとげ、一九六三年以降、次第に言語・文化面での、ついで政治面での自治権を獲得し、ベルギーは「連邦制」に移行していった。それにともない、経済面で相対的に遅れをとったワロン圏を教育・厚生・社会保障面で支援する形になることへの不満も高まった。支配層であったフランス語話者に対する歴史的怨念もある。ついに今年四月、オランダ語圏の政党がこぞって同地域出身のレテルメ首相が率いる連立政権にBHVの分離、すなわちオランダ語地域のHVをフランドル地域圏に合併することを要求。フランス語圏の政党と全面対決、内閣総辞職、国の分解の危機を迎えた。

欧州連合の「首都」がブリュッセルだという事実がベルギー国の解体を回避させてくれる、という観測もある。六月に総選挙が予想されているが、どう展開するか。『ル・モンド』四月二四日／二七日の記事を紹介した。

（かとう・はるひさ／東京大学名誉教授）

リレー連載　いま「アジア」を観る　89

歴史研究とナショナリズム

富田　武

よくロシアはアジアの一員だと言われ、ユーラシア主義も話題になることがあるが、私の研究、訪露体験からすると、どうも首肯し難い。昔から西欧的なペテルブルグはもとより、モスクワの知識人も欧米志向で、アジアに対してはオリエンタリズム的な関心しかないからである。この三月のモスクワ滞在中に会ったロシア人日本学者との会話を紹介することにしよう。

今回の公文書調査の一つの課題は、一月末に公刊した拙著『戦間期の日ソ関係　一九一七―一九三七』（岩波書店）の不十分な部分を補うことにあった。一九一九年七月の第一次カラハーン宣言（帝政ロシアの利権放棄を宣言）に、中東鉄道（東支鉄道）の放棄が明記されていたか否か、である。というのも、当時のソヴィエト側新聞及び公式文書では明記されていないが、中国側には明記されたテキストが流布し、その後中ソ間の外交上の一争点となったからである。私はロシア国立社会政治史公文書館で、明記されたテキスト（ロシア共和国全権代表ヴィレンスキーのレーニン宛書簡に添付された文書）を見出した。

で、この件を先の学者に話したところ、「そんなはずはない」「ロシアの資金と労働で築いた鉄道を無償で中国に引き渡すなんてあり得ない」と躍起になって否定した。この人がソ連崩壊後に共産主義者からナショナリストに転向したことは知っているので、論争しても無駄だと判断した私は、同公文書館の文書が証明していることのみを指摘した。鉄道利権放棄はコミンテルン（共産主義インター）のアジアにおける革命運動促進の見地から理解できること、ロシア帝国が日清戦争後の清国の弱体化に乗じて鉄道利権を獲得し、資金はフランスに助けられ、多数の中国人苦力を使役して中東鉄道を建設したことは、敢えて言わないでおいた。

かっての国際主義はどこに消えてしまったのかという感想だが、同時に、日本の朝鮮支配（今年は韓国併合百年）を正当化する言説を思い出して他人ごとではないなと思った次第である。

（とみた　たけし／ソ連政治史・日ソ関係史）

連載

女性雑誌を読む　26

前期『女人芸術』（七）

尾形明子

四月末。歌舞伎座が幕を下ろした。チケットをようやく手に入れて、舞台と客席がひとつになったような熱気に酔った。芝居好きの祖父に連れられた幼い日以来、どれだけ通ったことだろうか。花道横の桟敷も、三階の掛け声が飛び交う席も、どこもかしこも馴染み深い。懐かしい人たちの顔が想い浮かび、私自身の生の場面に重なる。ビルの立ち並ぶ一角に、ぽっかりとある異空間は、非日常の昂奮に満ちていた。

その日、舞台正面から十列目、少し左手で花道に近い席に座りながら、長谷川時雨の定席がこのあたりだったと、作家の若林つやさんから聞いたことを思い出した。現在の歌舞伎座ではない、戦火で焼失した歌舞伎座だが、昭和十年代まで「舞台から十列目、左手を真四角にとってね」と時雨は言い、若林さんは六代目尾上菊五郎に頼んで手配してもらう。時雨は、たいがい岡田八千代と連れ立って、時にはおそろいの粋な着物姿で、定席に座ったという。

前期『女人芸術』で驚かされるのが、時雨、八千代による劇評の厳しさである。舞台装置、役者の演技、衣装、表情、台本にいたるまで容赦がない。創刊号では帝劇と御国座で同時に演じられた、菊池寛原作「義民甚兵衛」を、二人がそれぞれとりあげている。

御国座は、関東大震災で焼失した浅草の大劇場である。ともに御国座に軍配を上げているが、八千代は、たとえば村田嘉久子の母親役を「舌切り雀のお婆さんのよう」と言い、大根の皮を剥かずに煮ていることを指摘し、あるいは「自分は其劇のどの程度にいるのか」を考えずに目立つ演技をする俳優に苦言を呈する。

時雨は帝劇の失敗の原因として、脚本が俳優に理解されていなかったことを挙げている。八千代自身も大阪浪花座で、岡本綺堂原作「出雲崎の遊女」の舞台監督をした。はるか昔の劇評から、舞台を想像するしかないが、その場で消えていく一瞬間を懸命に観て、感じ、批評する時雨と八千代の精神が伝わってくる。こうした情熱が演劇を今日にまで至らせたのだろう。

（おがた・あきこ／近代日本文学研究家）

■連載・生きる言葉　38

大人の思考力

粕谷一希

轟々と風が吹き、無数の径一米はあらうかと言ふ火の玉が路面を街の上空を転がつてゆく。火の玉のみならず、あらゆるものが、火の粉が煙が焼けトタンが瓦が飛んでゆく。魔法の絨毯のやうに畳一畳がそつくり人を乗せられる形で横に飛んで行くのを見た。

（加賀乙彦『帰らざる夏』二〇九頁、講談社、一九七三年）

加賀乙彦は昭和四年生れ、陸軍幼年学校に入学、東京大空襲を身近に体験した。その経験に基いた大空襲の描写はおそらく他の作家にはあるまい。空襲によって起る竜巻が畳や自転車を空中に舞い上げる様子は、空襲の経験者しかわかるまい。

昭和二十年の夏は日本人が生存する限り集団的記憶に残る性格のもの、ヒロシマ、ナガサキ、硫黄島、沖縄と共に戦後日本が忘れてならない原点である。

加賀乙彦はその極限状況を描き切ったが、戦後の彼は、もうひとつ、精神科医として、死刑囚と無期囚の決定的差異を、ドストエフスキーの作品から学んだ（小木貞孝『死刑囚と無期囚の心理』）。死刑囚は死刑を前にして、生の実存に目覚め、無期囚は永久の生を前にして生への気力を失う。この事から人間はさまざまな議論と方向を展望できる。北杜夫と加賀乙彦という二人の作家兼精神科医が誕生していることを、もっと批評家は論ずべきだろう。

日本人は戦後の無気力の前に、大人の思考力を失ってしまった。精神科医の分析は文学や政治学・経済学よりも現実を摑んでいる。石原慎太郎と大江健三郎は学生時代に作家になった秀才だが、どちらも社会生活の経験なしに作家になったことの無残さを歴然と残している。日本人の〝戦後〟はそのころからおかしい。その幼稚さの陽と陰の極限が二人の文章である。

（かすや・かずき／評論家）

連載　風が吹く　28

『室内』

山本夏彦氏　7

山崎陽子

山本夏彦さんが、昭和三十年に創刊した『木工界』は三十六年に誌名を『室内』と変更し五十年にわたり発行されたインテリア専門誌だが、専門分野のみならぬ多彩な執筆者により、愛読者も多岐にわたっていた。『木工界』の頃からの山本さんの連載コラム「日常茶飯事」を読みたくて購読していた人も多かったという。ベストセラーになった安部譲二さんの『塀の中の懲りない面々』誕生のいきさつは、つとに名高いが、とにかく豊富な〝読み物〟として毎号楽しみにしていたので、山本さんからエッセイの依頼を頂いたときは仰天した。抵抗むなしく「わたしと違って、邪気のない笑いがいいんです」と押し切られた。

せめて室内に関係ある題材をと思って書いた「走る個室」だったが、建築には無関係なタクシーの話である。不安で胸を痛めていたら、山本さんが、電話口で呵呵大笑して下さり、編集長さんからは、漢詩風のFAXを頂いた。

「玉稿拝受　早速拝見　突然爆笑　再読三読　再笑三笑　落涙三斗　腹痛数度
疑惑実話　作者善人
信用事実　説得充分　山本満悦　小生大喜　担当感涙　読者大笑　内容充実
字句簡潔　論旨明快
白眉圧巻　感謝多謝　編集長」

長い読者の私が知る限り、かってないアホらしい一文であったと自負？しているが、この時の嬉しさの後遺症か、以後『室内』の私のエッセイは、この調子が続くことになってしまった。「走る個室」は、私が乗った風変わりなタクシーの数々について書いたものだが、山本さんが最もお好きで、後に写真コラムに取り上げられたのが、〝民謡タクシー〟のくだりだった。

のど自慢の運転手さんが、民謡をサービスするのだが、まず『佐渡おけさ』を歌ってくれた。当時幼稚園児だった息子が喜んで手を叩くと、「じゃおまけに『松島音頭』を」と言い、「お客さん、すンませんが、エンヤァドットの合いの手をお願いします」。初夏のこととて窓は開いている。信号待ちで人はむらがっている。あまりの恥ずかしさに、私はわが子に肩をよせ、小声でエンヤァドットを繰り返したのだが……。

（やまざき・ようこ／童話作家）

連載

入れ歯

帰林閑話　186

一海知義

人間はいつごろ「入れ歯」を発明し、使い始めたのだろう。

わが国では、すでに江戸時代には使われていたらしく、『誹風柳多留』に、

くらへども其のあじはひは入歯也

という句が見える。『柳多留』は、十八世紀後半から十九世紀前半にかけて刊行されたものだから、与謝蕪村（一七一六―八三）は入れ歯をはめていた可能性がある。

中国ではどうか。

宋代の詩人陸游（一一二五―一二一〇）に入れ歯を詠じた「歳晩幽興」と題する作品があり、そこには「染鬚種歯」という言葉が出て来る。今でいえば、「白髪染め」と「入れ歯」。陸游はこの「種歯」という語に注して言う。

近ごろ聞く、医の、堕けたる歯を補い種うるを以て業と為す者有り、と。

「近ごろ聞く」というのだから、当時詩人が暮らしていた江南地方の農村では、珍しいことだったのだろう。

ところで「髪を染める」といわず、「鬚（あごひげ）を染める」というのはなぜか、よくわからぬ。しかし六朝時代の詩人謝霊運（三八五―四三三）の伝記（『宋書』）に、

陸展、鬢髪を染め、以て側室に媚びんと欲す。

という句が見え、「白髪染め」は「入れ歯」よりも歴史が古いことをうかがわせる。

百科事典の知識を援用すれば、西欧の入れ歯の歴史は古くて、紀元前五～四世紀にはすでにあったらしく、川上為次郎『歯科医学史』には、古代エトルリア人の義歯の写真が載っているという。

また、日本で最古の総入れ歯として現存するのは、時代は降るが、剣客柳生飛騨守宗冬（一六一三―七五）が使用したと称するものだという。とすれば、松尾芭蕉（一六四四―九四）もまた入れ歯をはめていたかも知れぬ。

ところで、入れ歯を詩歌に詠じたのは、陸游が最古だろうか。博雅の教えを俟ちたい。

（いっかい・ともよし／神戸大学名誉教授）

五月新刊

全体小説作家、初の後期短篇集

死体について

野間宏後期短篇集

野間宏

「未来への暗示、人間存在への問い、そして文学的企みに満ちた傑作『泥海』……読者はこの中に、心地良い混沌の深みを見るだろう。」（**中村文則**氏評）

収録＝「**泥海**」「**タガメ男**」「**青粉秘書**」「**死体について**（未完）」　解説・**山下実**

四六上製　二四八頁　**二三一〇円**

「物語」のように読める通史の決定版

キリスト教の歴史

現代をよりよく理解するために

アラン・コルバン編

浜名優美監訳　藤本拓也・渡辺優訳

イエスは実在したのか？　教会はいつ誕生したのか？　「正統」と「異端」とは何か？　キリスト教はどのように広がり、時代と共にどう変容したのか？……コルバンが約六〇名の第一級の専門家の協力を得て、キリスト教の全史を一般向けに編集した決定版通史。

Ａ５上製　五三六頁　**五〇四〇円**

日本型都市の創造への道

都市をつくる風景

「場所」と「身体」をつなぐもの

中村良夫

西洋型の「近代化」を追い求めるなかで、骨格を失って拡散してきた日本の都市を、いかにして再生することができるか。庭園の如く都市に自然が溶け込んだ日本型の「山水都市」に立ち返り、「公」と「私」の関係の新たなかたちを、そこに探る。

四六上製　三二八頁　**二六二五円**

〝民衆の世界〟の誕生

フランス史（全6巻）

J・ミシュレ

〈監修〉大野一道・立川孝一

II 中世 ㊦　〈責任編集〉立川孝一 真野倫平

十四世紀（フィリップ四世）から十五世紀（ルイ十一世）まで。〝民衆〟の側から歴史の変化をダイナミックに捉える。　解説（**真野倫平**）

四六変上製　四七二頁　**三九九〇円**

〝日本近代都市計画の父〟後藤新平

シリーズ「**後藤新平とは何か**——自治・公共・共生・平和」

都市デザイン

解説＝青山佾／コメント＝青山佾・陣内秀信・鈴木博之・藤森照信

植民地での経験と欧米の見聞を糧に、震災復興において現代にも通用する「東京」を構想した後藤。

四六変上製　二九六頁　**二九四〇円**

読者の声

南方熊楠書翰■
高山寺蔵

▼待ちに待った本が出た！　まだ読んでいないのに読者カード書いています。こんなこと初めてです。ゆっくり熟読玩味したいと思っています。私の意見としては、もう少し価格が高くなっても箱入りの装丁にして頂きたかった。編者の三人に感謝！
（和歌山　会社員　**上出均**　41歳）

『環』40号〈特集・いま、「農」を問う〉■

▼ここ五年ほど畑を耕作しています（10ａ程度）。収穫物は食べきること、使いきることを基本としています。こんなふうになるとは思ってもいませんでした。自分で耕し、収穫すること、このことのもつ意味は本当に大きいと思います。耕す前は、「いただきもの」でも捨てることがありました。農や一次産業を見直すKeyは「体験」かなと思い……確信になりつつあります。みんなにもすすめます
（愛知　団体職員　**都築秀行**　57歳）

▼内容はやっぱり農業を問うになっていますが、これでよろしい。農業についての私の考えを総括してくれるよい内容でした。特集の座談会、論文すべて、甲乙つけ難い永久保存内容です。
（高知　**竹内功**）

一海知義著作集■

▼池袋三丁目にあった友人の書店が廃業してしまい、いままで注文で発送してもらっていた本書の最終巻は池袋のジュンク堂で買いました。別巻はいつ発売されますか？　楽しみに待っています。
（東京　会社員　**笠井政雄**　68歳）

範は歴史にあり■

▼橋本五郎さんの本はとても親しみある文体でわかりやすく、また勉強になるので大好きです。ぜひ続刊を！（東京　会社員　**佐藤一**　53歳）

▼『読売新聞』紙上の「五郎ワールド」の連載を毎回欠かさず熟読させて頂いております。毎回分を切り抜いてスクラップしており、その都度、第一回目からまとめて本にして欲しいと願っておりました。先日、御厨先生の『政治の終わり、政治の始まり』を求めて、こちらも非常に楽しみながら読んでおります。
（東京　**古澤三四二**　69歳）

▼私は、『読売』『朝日』『日経』と三紙をとっています。朝はゆっくりと三紙を見ます。読売に時々、書かれる橋本さんの記事、論説が大好きです。戦中、戦後を経験した私には、彼の論説に大きくうなづき、又或時は涙を流し乍ら読ませて頂き、いつか一冊の本にまとめて欲しいと思っていました。（茨城　**樫村観**　81歳）

▼民主党のうそつきぶりには、怒りを超えて、この国の政治家に絶望感を抱くようになりました。本書の著者ならびに読者の輪が広がることが、せめてもの救いと考えています。
（埼玉　**明地勝**　67歳）

▼後藤新平が正力松太郎に読売新聞買収に関してさし出した条件に明治の男の懐の大きさを知り、情熱を持って事にあたることの大切さを痛感しております。『読売新聞』の「五郎ワールド」のコラムで本書を知り、書店にて取り寄せて戴きました。
（千葉　病院栄養士　**齋藤房子**　63歳）

白い城■

▼木更津図書館にリクエストしてパムクの本を買ってもらったのはこれで二度目です。難しそうな気もするけど、読みだすと止まりません。自分でこんなに高い本を買うのは無理だけれど、これからもリクエストしつづけようと思います。
（匿名）

花供養■

▼多田富雄さんの本が読みたく、『言魂』を近くの書店に頼んだのですがないと言われました。そして、昨年『花供養』が是非ほしいと思い注文した際、やはりないとのことであきらめていました。同じく白洲正子さんや多田さんが好きな友人がインターネット等で手に入れてくれました。

（徳島　音楽教師　**勝山尚子**　52歳）

▼あまりにすばらしい作品でした。ぜひ能の「花供養」を拝見したいと思っていますが、なかなか情報が入ってきません。美しい日本で心がなごみ、忘れていたこんな美しい日本語でお話しできるといいですネ。多田富雄先生のお会いしてみたいようなお人柄、だんだんとのめりこみつつあります。すばらしい御本をありがとうございました。心がいやされました。

（東京　自由業　**佐藤登志子**　74歳）

1968年の世界史■

▼一九六八年には私はまだ生を受けていませんが、この年が世界にとって激動のときかもしれないということを、本書を手にとることで分かったような気がします。二十一世紀に入っても、その時代の影響は私たちの生活の中にもしっかりと根付いていることでしょう。本書のようなマクロ的視点から読み解けるのは、それぞれが抱いていた思想こそ違え、何か熱い志があったのは間違いないと確信しています。

（滋賀　会社員　**中島竜憲**　33歳）

別冊『環』⑯清朝とは何か■

▼清朝の財政について、勉強になりました。近代化とはちがう「近世化」にも興味をもちました。

（京都　教員　**籠谷直人**　51歳）

「バロン・サツマ」と呼ばれた男■

▼重厚な内容で読みごたえがあった。人間としては、（多分）徳島での尾羽打ち枯らした生き方の方に、より興味をもつ。その部分の叙述がやや薄いのでは？

（東京　会社役員　**岡田吉弘**　65歳）

清らに生きる■

▼著者がすでに亡くなられたことが残念です。大阪と京都の府境近くに生まれ育ちましたが、岡部伊都子さんのことは全く存じませんでした。TVの番組と番組の間に、偶然拝見したのがきっかけです。強く惹かれるものがありアマゾンで検索して、手はじめにこの本を選びました。繊細だけどはっきりと強い意志を持つ、柔和でいて、怒るべき時には怒る方、私もそのように生きたいと思いました。

（滋賀　主婦　**安部亜紀子**　43歳）

いのち愛づる姫■

▼亡妻が元気な頃、第一勧業銀行のマッチ箱になっていた堀文子先生の絵が大好きでしたので、その思い出と、先生の絵の素晴らしさに、個展を見させて頂き、先生の画集、書籍も購入していたので、買わせて頂きました。

（埼玉　**菅沼義則**　67歳）

帝国以後■

▼最初は『環』の中の記事からE・トッドを読み始め、貴社続刊を次々に購読。日本のジャーナリストや政治家等がアメリカのCIAや圧力が怖いのか……全然発言しない。トッド氏が意見を堂々と発表していることに心の底から同感し、私の代弁者ではないかとも思う。『デモクラシー以後』『「帝国以後」と日本の選択』の三冊は購読したのに、息子が全部持って行って読んでいる。対話の素が無くなったのでもう一度貴社の二〇周年記念会場で注文した。E・トッドが傍にないと寂しい。貴社も勇気があると思う。

（神奈川　**田村晋作**　79歳）

鶴見和子対話まんだら　言葉果つるところ■

▼お二人の素晴らしい対談は、日本

の近代の病理をえぐり取るものでした。日本の近代化、帝国主義的資本主義が押しつぶしていったもの、それこそが水俣の問題であった。「いのちの響き」を押しつぶして、利潤を追求していった日本の近代化。アメリカのアフガン戦争も同じ問題がある。そのすべての問題は、「チッソ水俣」に集約され、顕在化している。

これと異なる論理が石牟礼道子著『アニマの鳥』と『煤の中のマリア』にある。『プロテスタンティズムの倫理と資本主義の精神』は公害問題を乗り越えることはできないが、内発的発展の動機づけとしてのアニミズムは極めて重要なことであるという指摘。（東京　**成瀬功**　69歳）

※みなさまのご感想・お便りをお待ちしています。お気軽に小社「読者の声」係まで、お送り下さい。掲載の方には粗品を進呈いたします。

書評日誌（四・一〇〜五・六）

㊢ 書評　㊊ 紹介　㊟ 関連記事
Ⓣ 紹介、インタビュー

四・一〇　㊟読売新聞「範は歴史にあり」（「五郎ワールド」／「自国史の豊穣さ　知る」／『喧噪』の歴史排す」／橋本五郎）

四・一七　㊢「金時鐘四時詩集　失くした季節」（「倉橋健一の詩集を読む」／「雨に立ち向かう孤独の強さ」）

四・一八　㊢日本経済新聞「日本の『失われた二〇年』」（「SUNDAY NIKKEI」／「貨幣的側面から経済停滞に迫る」／滝田洋一）

㊢毎日新聞「クローチェ　1866-1952」

㊊毎日新聞「〈決定版〉正伝　後藤新平」（「藤原書店の『心に残る本』」）

㊊しんぶん赤旗「金時鐘四時詩集　失くした季節」（「本立て」）

四・二二　㊊読売新聞（夕刊）「花供養」（「よみうり寸評」）

四・二三　㊊毎日新聞「歌占」（「余録」）

四・二四　㊊朝日新聞「言魂」（「文化」／「病の中、能で示した免疫論」／「多田富雄さんを悼む」／石牟礼道子）

四・二五　㊊朝日新聞「花供養」（「天声人語」）

㊟東京新聞「龍馬の世界認識」（「ルート一八六〇　幕末・維新　再発見」／「龍馬・慎蔵・海舟を語ろう」／小美濃清明）

四・二六　㊊毎日新聞（夕刊）「環41号」（「安保の総体分かる特集から」／鈴木英生）

四月号　㊢演劇と教育No.623『出会う』ということ」（「無限の問い返しを続ける――」／平林正男）

五・一　㊢週刊東洋経済「日本の『失われた二〇年』」（「デフレの二〇年間を検証　財政金融政策の妥当性を問う」／津田倫男）

㊢高野山時報「高山寺蔵南方熊楠書翰」（斎藤史子）

五・二　㊢「金時鐘四時詩集　失くした季節」（「在日詩人の『現在』」／今福龍太）

㊢「身体の歴史Ⅰ」（「時代と価値観を刻んできた人間の身体」／田中優子）

五・四　㊊日本農業新聞「環40号」（「農論時評」／「農産物流通の新潮流」／「需要喚起は知恵次第」／蔦谷栄一）

五・六　㊊朝日新聞（夕刊）「戦後行政の構造とディレンマ」（「テークオフ」／「手塚洋輔さん(三二)東大先端科学技術研究センター客員研究員」／「分かりやすく語り斬新な論も」／米原範彦）

七月新刊

＊タイトルは仮題

先鋭の美術批評家、ゾラ

ゾラ・セレクション 9 美術論集

エミール・ゾラ

三浦篤編＝解説　三浦篤・藤原貞朗訳

セザンヌの親友であり、マネの芸術、印象派や自然主義をいち早く評価したフランスの文豪ゾラ。鋭敏な観察眼、挑発的な文体で当時の美術評論界に衝撃を与えた美術論を精選。

初の江戸女流文人、江馬細香論。

〈新版〉江馬細香

江戸化政期の女流詩人

門 玲子　序＝吉川幸次郎

女の才能を開花させえぬ幕末にありながら漢詩人・画家として活動し独身を貫いた文人、江馬細香。頼山陽の愛人とのみ知られる従来の見方を脱し、その生涯と作品を辿り直す。

書簡に遺された近代日本の素顔

蘇峰への手紙

中江兆民から松岡洋右まで

高野静子編著

近代日本のジャーナリズムの巨頭、徳富蘇峰が約一万二千人と交わした膨大な書簡の中から、中江兆民、釈宗演、鈴木大拙、森次太郎、国木田独歩、柳田國男、正力松太郎、松岡洋右の書簡を精選。書簡に吐露された時代の証言を甦らせる。

「仮想戦争」とは何か？

仮想戦争

原理主義を超えて

レザー・アスラン

白須英子訳

9・11のハイジャッカーたちは、現世では目的を果たし得ない「仮想戦争」を戦っていた。地球全体を仮想戦争に引きずり込む原理主義的勢力への唯一の対処法を説く。

トルコで記録破りのベストセラー

新しい人生

オルハン・パムク

安達智英子訳

「ある日、一冊の本を読んで、ぼくの全人生が変わってしまった」――一冊の本の圧倒的な力によって全く別の世界に引き込まれた三人の若者たち。その本の謎を追う旅の末に見出されるものとは？　トルコで最速の売れ行きを達成し、世界二五か国以上で翻訳された、ノーベル賞作家の五番目の小説作品、待望の完訳。

医と芸の両面に名を馳せた知的巨人の全貌

環

学芸総合誌・季刊

【歴史・環境・文明】

Vol.42　'10 夏号

【特集】多田富雄の世界

「多田富雄さんへの最後の手紙」石牟礼道子

「多田富雄さんを偲ぶ」安藤元雄／加賀乙彦／木崎さと子／櫻間金記／新川和江／永田和宏／中村桂子／野村万作／真野響子／村上陽一郎／安田登／山折哲雄／柳澤桂子他

〈多田富雄のことば〉「若き研究者へ」「自然科学とリベラルアーツを統合する会に寄せて」

〈詩〉「歌占」「新しい赦しの国」

略年譜（1934-2010）／新作能上演記録　他

〈対談〉「いま、なぜ森崎和江か」

姜尚中＋森崎和江

〈討論〉「いま、日本をどう立て直すか――人づくり・街づくり・国づくり」

佐伯啓思＋片山善博＋青山佾＋宮脇淳子＋小倉和夫＋御厨貴

〈寄稿〉大野一道／速水融／大沢文夫

「ネオニコチノイド農薬問題」今野時雄

■藤原書店創業20周年に寄せて

〈書評・書物の時空〉粕谷一希／一海知義／佐佐木幸綱／塩川正十郎／速水融／呉世宗／鈴木英生

バディウ／バリバール／トッド／コルバン他

〈連載〉石牟礼道子／金子兜太／小島英記／平川祐弘／小倉和夫／橋爪紳也／能澤壽彦

6月の新刊

タイトルは仮題、定価は予価。

語る 俳句 短歌 ＊
金子兜太・佐佐木幸綱　黒田杏子編
四六上製　二七二頁　二五二〇円

身体の歴史Ⅱ（全3巻）＊内容見本呈
19世紀 フランス革命から第一次世界大戦まで
A・コルバン編
小倉孝誠＝監訳
A5上製　五〇四頁　カラー口絵三二頁　七一四〇円

国際／日本 **美術市場総観** ＊
バブルからデフレへ 1990-2009
瀬木慎一
A5上製　六二四頁　カラー口絵四頁　九九七五円

「戦後」というイデオロギー ＊
歴史／記憶／文化
高榮蘭
四六上製　三八四頁　四四一〇円

7月刊

『環』 歴史・環境・文明 ㊷ 10・夏号 ＊
〈特集・多田富雄の世界〉
石牟礼道子／加賀乙彦／櫻間金記／新川和江／永田和宏／中村桂子／野村万作／真野響子／村上陽一郎／安田登／山折哲雄　ほか

蘇峰への手紙 ＊
中江兆民から松岡洋右まで
高野静子編著

新しい人生 ＊
オルハン・パムク
安達智英子訳

仮想戦争 ＊
原理主義を超えて
レザー・アスラン
白須英子訳

〈新版〉**江馬細香** ＊
江戸化政期の女流詩人
門玲子
序＝吉川幸次郎

ゾラ・セレクション（全11巻＋別巻一）
第10回配本
⑨ **美術論集** ＊
エミール・ゾラ
三浦篤編＝解説　三浦篤・藤原貞朗訳

好評既刊書

死体について ＊
野間宏後期短篇集
野間宏
解説＝山下実
四六上製　二四八頁　二三一〇円

キリスト教の歴史 ＊
現代をよりよく理解するために
アラン・コルバン編
浜名優美監訳　藤本拓也・渡辺優訳
A5上製　五三六頁　五〇四〇円

都市をつくる風景 ＊
「場所」と「身体」をつなぐもの
中村良夫
四六上製　三二八頁　二六二五円

都市デザイン ＊
シリーズ「後藤新平とは何か——自治・公共・共生・平和」
後藤新平
コメント＝青山佾・陣内秀信・鈴木博之・藤森照信
解説＝青山佾　特別寄稿＝田中重光・西澤泰彦
四六変上製　二九六頁　二九四〇円

フランス史（全6巻）＊
J・ミシュレ
大野一道・立川孝一＝監修
② 中世 ㊦
立川孝一・真野倫平＝責任編集
四六変上製　四七二頁　三九九〇円

『環』 歴史・環境・文明 ㊶ 10・春号
〈特集・「日米安保」を問う〉
渡辺靖＋松島泰勝＋伊勢﨑賢治＋押村高
新保祐司／中馬清福／李鍾元／中西寛　ほか
菊大判　四三二頁　三七八〇円

改宗者クルチ・アリ
教会からモスクへ
O・N・ギュルメン
和久井路子＝訳
四六上製　四四八頁　三七八〇円

＊の商品は今号に紹介記事を掲載しております。併せてご覧戴ければ幸いです。

書店様へ

▼5／23(日)『毎日』で、先月刊の『**死体について 野間宏後期短篇集**』が早速紹介！　これを皮切りに各紙誌紹介続く予定です。更に大きなご展開をぜひ！
▼同日『日経』では、4月発刊のミシュレ不朽の名著『**フランス史**』(全6巻)も紹介され、これ以降のパブリシティ予定も合わせ、更に追い風必至です！
5／2(日)『毎日』、5／9(日)『日経』と立て続けの書評以降大好評の『**身体の歴史**』(全3巻)と共に、〈**小社創業20周年記念フェア**〉の主軸の一つとして大きくご展開を。▼金時鐘さんの約十年ぶりの新詩集『**金時鐘四時詩集 失くした季節**』も勿論大好評。3／9(火)『読売』での著者インタヴュー以降、5／2(日)『読売』、『週刊朝日』5／28号と続き、6／5(土)のNHK-BS2「週刊ブックレビュー」で明川哲也(ドリアン助川)氏に紹介され更に大反響。詩歌の棚だけでなく、社会や思想の棚での大きなご展開が効果的です！
▼『**高山寺蔵 南方熊楠書翰 土宜法龍宛 1893-1922**』も、勿論手堅く動いています。こちらもお忘れなく！　（営業部）

後藤新平の会

〈二〇一〇年度シンポジウム〉
後藤新平と同時代人 *Part 2*

言論・メディアのなかの後藤新平

佐野眞一「正力松太郎と後藤新平」
三神万里子「新渡戸稲造と後藤新平」
米原　謙「徳富蘇峰と後藤新平」
橋本五郎「後藤新平とメディア」
御厨　貴（コーディネーター）
＊敬称略

【日時】二〇一〇年七月一〇日（土）
一三時開場・一三時半開会
【入場料】一般二〇〇〇円
学生一〇〇〇円（学生証持参）
【場所】日本プレスセンター
ＡＢＣホール（東京・内幸町）

第四回「後藤新平賞」授賞式と講演

〈本賞〉**安藤忠雄　氏**（建築家）
【日時】二〇一〇年七月一〇日（土）
授賞式・一七時
【場所】交詢社（東京・銀座）
【定員】一五〇人（先着順・要申込）
＊お申込み・お問合せは、藤原書店内「後藤新平の会」事務局まで

出版随想

▼昨秋、首相の座に就いたことを子どものように喜んでいるように思われた鳩山由紀夫氏が、辞任した。一年足らずの短い時間ではあったが、これからの日本の、何らのビジョンを示すことができず去っていった。全体のビジョンを示すのがリーダーの役割。当面の問題はあるが、それも長期のビジョンがあって初めてその中に位置づくものだ。それがなければ、場当たり的な対応しかとれない。国家、社会を混乱させるだけだ。後任は菅直人氏だ。彼も前任の二の舞を演じなければいいが。

▼二十一世紀は「環境の世紀」と謳われる。二十世紀の後半からの急激な産業化によって、わずか百年足らずの間に地球環境及び生態系は異常をきたしてきた。なかでも、大問題は生物の種の極端な減少だ。二〇五〇年までに、地球上の種の五〇％以上が消滅するだろうと言う科学者も出てきている。生物の種の減少は、何を意味するか。海洋探険家で海洋生態学者のクストーは、「生物多様性が地球生態系保全の可能性を高める」と。生物の種が少なくなった地域は、生物が生きにくい場所になり地球崩壊につながる、と警告した。一九七二年の地球サミットで、「未来世代の権利宣言」を国連憲章に入れることを要求したクストーは、それが国連で採択された一九九七年にこの世を去った。

▼今秋、名古屋でＣＯＰ10（生物多様性条約第10回締約国会議）が開かれる。国家の利害を超えて、公共のために今何がやれるかを、世界の叡智を結集させて欲しい。

▼沖縄の基地が温存され、予定通り辺野古に移転されることに日米首脳が合意した。私観でいえば、もともと四百年前に薩摩藩に侵略支配された琉球王国（奄美諸島から沖縄、宮古、八重山諸島）だが、一八七二年に琉球藩として日本へ帰属、七九年に琉球処分として沖縄県とされたのだから、この際、元に戻して、「琉球自治共和国連邦」となることを推奨する。約五〇余の島嶼で成り立つ「琉球弧」は、一つ一つの島々の「自治」共和国の連邦となる。島嶼の人々は、今何を思っているのだろう。（亮）

●〈藤原書店ブッククラブ〉ご案内●
▼会員特典は、①本誌『機』を発行の都度ご送付／②（小社への直接注文に限り）小社商品購入時に10％のポイント還元／③送料のサービス。その他小社催しへのご優待等。詳細は小社営業部まで問い合せ下さい。
▼年会費二〇〇〇円。ご希望の方は、入会ご希望の旨をお書き添えの上、左記口座番号までご送金下さい。
振替・00160-4-17013　藤原書店